KB131592

감방에서
남자주인공을
반났습니다

감방에서 남자주인공을 만났습니다

문시현 장편소설 × 4

위즈덤하우스

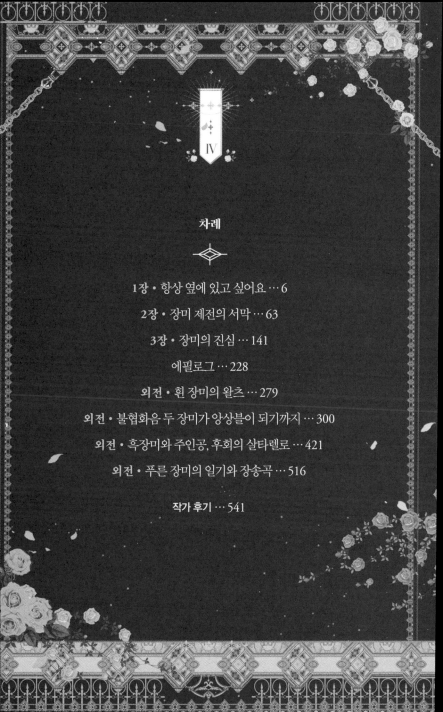

IV

차례

1
항상 옆에 있고 싶어요

칸탈라의 대성당.

추정하기로 약 200년 전에 지어진 아주 오래된 성당이다. 도시 이름을 따와 그대로 칸탈라의 대성당이라 불린다. 오래된 성당을 둔 도시답게 도시 또한 아주 유서 깊은 역사를 자랑했다. 하나 인류사에서 오랫동안 대 인구를 품어온 도시이나 모든 것이 쇠락의 길을 걷듯 예전과 같은 영락을 누리는 곳은 아니었다.

이 도시는 도뮬릿 영지와 사흘 정도 떨어진 거리에 위치한 곳, 다시 말해 도뮬릿 영향 하에 있는 도시다.

정확히는 스체루텐과 판테스 사이에 있는 도시. 여기서 판테스는 내가 도뮬릿 저택으로 돌아갔을 적 제이르가 폭발을 일으킨 도시이기도 했다.

"성당이 있다고는 하지만 더는 종교가 힘을 발휘하는 곳은 아니에요."

　신전과 종교 전문가답게 프란시아가 나서서 설명했다.

　"근처에 있는 도시들이 죄 자유도시, 즉 범죄 도시들이잖아요? 자연스럽게 물든 거죠."

　"거기도 범죄가 만연해?"

　"만연……까지는 아닌데. 음. 범죄보다는 부정부패의 도시지. 더는 종교인이라 말할 수 없는 것들이 대가리에 앉아 성심을 버리고 현실을 택해 향락을 좇는 곳이니까?"

　"음……. 설명 고마워."

　"뭘."

　아무래도 칸탈라에 대한 프란시아의 감상은 영 좋지 않은 듯 이어지는 예시와 설명이 적나라했다.

　"신전에 관한 검은 돈은 저기와 연관 있더라. 신전에서도 골치 아프게 여기는 곳이야."

　하기야. 프란시아의 입에서 나오는 사항만 해도 그리 느껴질 법한 것들뿐이었다. 체이서가 어째서 이 도시와 대성당을 고른 것인지 알만했다.

　정리하자면 범죄 도시나 다름없다는 얘긴데. 사실 이런 곳은 체이서의 주영역이다. 그가 가장 잘 아는 분야이자, 활동하기 제일 편한 곳. 그가 초대한 무대에서 싸우는 것이나 마찬가지였다.

　"칸탈라의 대성당 수용인원이 장난 아닌데……."

　애석하게도 이런 곳을 골랐더라도 대응해서 가야 하는 처지였다.

더군다나 황제를 알현한 지 이틀이 지난 지금 이미 우리는 칸탈라 근처의 도시에 머무르고 있었다. 시간이 촉박한 만큼 준비를 마치자마자 떠나온 것이었다.

사실 장미들은 하나같이 내가 헤르님에 남아 있길 바랐지만 내가 직접 가는 것이 체이서의 조건이었기에 어찌할 수 없었다. 무엇보다⋯⋯.

'수호신을 찾는 데는 내가 필요하니까.'

나는 황무지 저 너머를 바라봤다. 귀를 기울이면 들려오는 작은 울림소리. 헤르님 성에서는 아주 멀다 싶던 소리가 가까워진 것이 느껴졌다.

그렇기에 알 수 있었다. 내 수호신은 저 도시에 있다. 적어도 체이서가 거짓 함정을 판 것은 아니란 소리다. 물론 그 남자의 뜻을 더욱 알 수 없었지만.

"이 근처에 헤르님 영역에 속하는 도시가 있어서 다행이네."

"그렇지."

리케도르안과 체이서는 땅따먹기 게임을 하듯 서로의 영향력을 겨루었기에 드넓은 제국 땅 내에 각기 이들에게 속한 도시가 여기저기 나눠져 있는 상황이었다. 다시 말해 도뮬릿 영지 근처의 도시라 해서 전부가 체이서 손에 있는 것은 아니란 것.

주둔지로 삼은 도시에 정예가 모인 상태에서 우리는 마지막 점검에 들어갔다. 점검이라 해 봐야 준비한 작전을 되새기는 것에 가까웠지만.

특히나 이 중에서 마법사, 그들을 이끄는 제이르는 가장 바빴다. 리케도르안과 르나그, 각 우두머리의 명에 내 몸에 덕지덕지 붙일 마법 도구를 빠르게 구해내고 만드느라 말이다.

'이렇게까지 하지 않아도 된다…… 말하고 싶은데. 이게 맞는 거겠지.'

─당연하다, 냥!

내 생각을 듣던 푸딩이 옆에서 냥냥, 울었다. 그때였다. 막 성기사 하나가 주변으로 다가오더니, 조심스럽게 고개를 숙였다.

"저…… 성녀님, 성하께서!"

"아, 언니 잠시만."

한창 칸탈라에 대해 설명하던 프란시아가 내게 손을 휙휙 흔들고는 자신을 부른 기사에게로 다가가 함께 자리를 비웠다.

사라지는 그녀의 옆얼굴은 한 단체를 이끄는 얼굴로 돌아가 있었다. 내게 방긋방긋 맑게 웃던 얼굴은 어디 가고, 어른스럽고 차분한 분위기, 황제와는 다른 위엄마저 흘러나왔다.

"아직 어린 것 같다가도…… 저렇게 보면 어른이네."

"흰 장미 말입니까?"

"네. 프란시아요."

나는 옆에 서 있던 르나그를 보며 살짝 미소했다.

프란시아가 성기사에게로 간 탓에 내 옆에는 리케도르안과 르나그가 각기 서 있었다.

"황무지가 정말 크네요."

목적지인 칸탈라와 우리가 지금 머무는 도시 간에는 거대한 황무지가 있었다. 오래전 전쟁이 있었다던 이곳에서는 당시의 독을 사용한 무기 때문에 어떤 농사도 힘든 불모지가 되었고, 지금도 이렇게 버려진 땅으로 남아 있었다.

"바람이 많이 부는 곳이에요."

우리는 이런 황무지가 잘 보이는 언덕에 서 있었고, 바람이 길게 불었다. 머리카락과 함께 옷자락이 살랑살랑 흔들렸다.

바람에서는 모래 냄새가 났다.

"그러고 보면 리케도르안과 르나그, 그리고 프란시아는 항상 서로를 장미라고 부르는 것 같아요."

사실 체이서까지 포함이겠지만 나는 굳이 그 남자까지 입에 담지는 않았다. 다른 이들이 정확히 대공 각하, 발테이즈 후작님, 성녀님 등 직위를 부르는 것과 차별된다고 할까.

"자연스럽게 존재감을 느끼니, 그건 아마 서로를 의식한다는 증거일 겁니다."

"그래요?"

"네. 경쟁 관계이니까요."

앞은 르나그, 뒤는 리케도르안의 대답이었다. 어째…… 대답도 경쟁적으로 하는 두 남자를 보며 나는 난감하게 웃음을 흘렸다.

무슨 말인진 알겠다. 시선을 살짝 내리면 아줄르와 푸딩이 나란히 제 장미를 바라보고 있었다.

"수호신……."

수호신 이야기가 나와서 말인데, 장미와 수호신은 아주 비슷하다더니 이들의 관계도 장미들의 관계와 비슷했다. 아줄르와 푸딩은 서로 건드리지만 않으면 소 닭 보듯이 서로를 방관하거나 무시했지만.

칼리스토는 푸딩과 마주하기만 하면 으르릉대며 투탁투닥 다퉜다. 마치 프란시아와 리케도르안의 관계처럼. 지금도 그랬다.

캬앙!

하아아악!

"이런, 푸딩!"

난 얼른 칼리스토를 잡아서 안았다. 다른 뜻은 없고 칼리스토가 바로 옆에 있어서였다. 프란시아가 잠시 자리를 비우며 칼리스토를 여기 두고 갔는데, 이틈을 타 곧바로 또 서로 잡아먹을 듯 싸운 것이다.

-인간!

푸딩은 숫제 충격에 사로잡힌 얼굴로 칼리스토를 안은 나를 보았다.

-그 곰을 안은 거냐, 곰을 안은 거냐!

"아니……. 더 옆에 있어서. 칼리스토?"

캬옹! 칼리스토가 보란 듯이 내 품에 안겼다. ……어째. 이 얼굴, 리케도르안을 약 올리는 프란시아의 표정이랑 똑같은데. 문제는 아기곰의 애교가 살인적으로 귀엽다는 점이었다.

하아아악!

-인간, 네가 쓰다듬었냐, 냥! 그럴 수 있냐! 인간!

"어⋯⋯."

그때, 품속의 칼리스토가 빛으로 산화했다. 아마 제 장미에게로 돌아간 모양이었다. 깔끔하게 놀릴 걸 모두 놀리는 것까지⋯⋯ 딱 프란시아였다.

웃음소리가 들려 옆을 바라보니, 르나그가 살짝 웃고 있었다.

"이아나 양, 이런 말씀 조금 당혹스러우실 수도 있겠지만⋯⋯."

내게 속 깊은 마음을 고백한 뒤로 그는 웃음이 잦아졌는데, 이런 모습은 이따금 속이 후련한 모습처럼 보이기도 했다.

"후련하군요."

물론. 이번엔 진짜 후련해서 웃은 것 같은데. 아무래도 그는 푸딩이와 리케도르안을 동일시하는 듯했다.

"개인적으로 저는 칼리스토와 흰 장미를 응원하는 바입니다."

"어, 네?"

"적의 적은 동지라지요."

"⋯⋯그렇게 되나요?"

"그렇지요. 공통의 적이 있으니 말입니다."

"그, 르나그. 그 공통의 적이 당신을 노려보고 있는 것 같은데요⋯⋯."

"상관없습니다."

르나그가 고개를 숙여 칼리스토가 사라져 어정쩡하게 허공에 들린 내 손을 살짝 붙잡았다. 그러고는 손등에 정중하게 입을 맞췄다.

"제가 당신을 바라볼 수 있는 것만으로 충분하니까요."

르나그는 그리 말하고는 제 말에 조금 부끄러워졌는지, 슬쩍 눈 밑을 붉혔다가 얼른 손을 놓아주었다. 리케도르안이 수줍어하면서도 제가 하는 말들엔 아무렇지 않게 당당하다면, 르나그는 가끔 제가 한 말에 부끄러움을 이기지 못하곤 했다.

지금처럼.

"후작님! 어디 계십니까!"

마침 제이르 쪽에서 르나그를 불렀다. 제이르 휘하에는 발테이즈 후작가에서 온 마법사들도 있었기에 그도 그곳에서 의견을 나누곤 했다.

"잠시 다녀오겠습니다."

"아, 네."

그렇게 르나그가 폭탄을 떨어트리고 간 자리.

나는 남겨진 장미와 수호신을 바라보았다. 곧이어 소리 내어 웃음을 흘렸다. 각기 한쪽을 노려보는 모습이 우스웠기 때문이었다. 푸딩이는 프란시아 쪽을, 리케도르안은 르나그 쪽을 말이다.

나는 웃다 말고 리케도르안에게 한 걸음 다가가, 조심스레 그의 손을 잡았다. 리케도르안이 움찔했다.

"그러고 보니 리케도르안."

"네?"

"우리 제대로 된 데이트 한번 못 해봤다. 그렇죠."

리케도르안의 눈이 내게로 돌아왔다. 그는 언제 노려봤냐는 듯이 퍽 순진한 눈망울을 하고 귀를 슬그머니 물들였다. 서로 마음을 고백했는데, 당장 중요한 임무가 앞이니 마음 놓고 꽁냥꽁냥 해볼 새가 없긴 했다.

"일단 당신의 생명과 관계된 일이잖아요. 서운하겠지만 조금만 참아요. 응?"

"⋯⋯서운하진 않았어요."

"정말?"

리케도르안이 내 품에 파고들었다. 거대한 짐승이 안기는 듯한 느낌과 함께 끙끙거리는 소리가 들려오는 듯했다. 이어 그가 작게 속삭였다.

"⋯⋯조금은 했던 것 같기도."

나는 웃음을 터트리며 그의 부드러운 머리를 쓰다듬었다.

"나중에 하게 된다면요."

"데이트 말인가요, 이아나?"

"응. 데이트요. 어디로 가고 싶어요?"

그러자 내 목에 얼굴을 비비던 그가 슬그머니 고개를 들었다. 순간이지만 그에게 짐승의 귀와 꼬리가 있었다면 쫑긋 섰을 거란 생각이 들었다. 그는 푸른 눈을 이리저리 굴리다가 곧 뽀얗고 상기된 얼굴로 말했다.

"⋯⋯결혼?"

"⋯⋯그건 데이트가 아니잖아요."

뭘 그리 상큼하게 말하세요. 이 사람아.

"종일 당신 옆에 있는 거요."

"그건 지금도 그렇잖아요?"

"내일도요."

"그럴 거예요."

"다음 하루도요."

"……."

리케도르안이 내 목에 얼굴을 다시 묻었다.

"다음 하루도. 그다음 하루도. 언제나요. 이아나."

그의 목소리가 고스란히 귀로 흘러들어왔다.

"항상, 언제든 옆에 있고 싶어요."

"……그건 결혼이네요."

태연히 끄덕이는 내 얼굴에 리케도르안이 작은 바람 소리를 내며 목에 키스를 남겼다. 어깨가 잘게 떨리는 것이 웃는 것 같았다. 그는 웃음 끝에 입술을 열었다.

"이아나, 묻고 싶은 것이 있어요."

나는 어느새 리케도르안의 등을 타고 올라와 저도 쓰다듬어 달라 며 캬옹캬옹, 우는 푸딩이를 보았다.

"무엇인가요?"

그는 말을 고르는 것인지 잠시 침묵했다. 목에서 날 것에 가까운 숨이 느껴진다. 짬이 난 틈을 타 질투 많은 3세 수호신님을 쓰다듬 고서야 말이 흘러나왔다.

"최후의 싸움에서, 흑장미를 어찌할 건가요?"

나는 쓰다듬다 말고 멈칫했다.

"……어찌할 거냐니요?"

"싸움에는 필히 검을 꽂아 넣을 순간이 와요. 이아나."

이윽고 마침내 마주한 리케도르안의 시선은 분노도 울분도 없이 고요했다.

"죽일 건가요?"

그저 내 대답을 기다리겠다는 듯이.

나는 입술을 꾹 다물었다.

이미 내 안에서 정해져 있던 답이지만 혀끝으로 말이 쉬이 나가지 못했다. 단순히 답하기 어려워서가 아니었다. 그의 태도에서 이상한 것을 느껴서였다. 내가 바라면 죽여주겠다고?

"죽인다면 누가요?"

리케도르안이 눈을 깜빡였다. 의문이 섞인 시선이 반문하는 것 같았다.

"당신이 찌를 건가요?"

"네."

약속이라도 한 듯이 흘러나온 대답은 대답이라기보다는 짐승이 잘 훈련된 성과처럼 보인다.

"당신이 바란다면요."

자신의 가치관과 옳고 그름은 상관없다는 듯이.

"명하면 무엇이든지. 내가 죽더라도 지킬 거예요."

나는 여기서 무언가 잘못됨을 느꼈다. 수줍어하는 그가 좋다. 내 말에 어쩔 줄 몰라 하는 그가 좋다. 그러나 이건 동등하게 사랑하는 연인보다는…….

"이봐요, 리케도르안."

그가 체이서에게 원한이 있음을 알지 않는가. 그 원한을 지우라, 용서하라, 복수가 낳는 것은 없다 강요할 생각은 없다. 분명 그가 가진 증오를 알진데 내게 결정을 미루는 것, 이것이 의미하는 건 정확했다.

침묵이 성에처럼 입술 끝에 달라붙었다. 이런 고요 속으로 바람이 불었다.

"내게 죽이겠느냐 물었죠? 내가 만약 그러고 싶다고 하면. 피는 당신의 손에 묻겠네요."

난 이리 말하며 그의 손을 잡았다.

"왜죠?"

"그건 당신이…… 바라니까."

"날 사랑한다고 해서, 내게 모든 것을 의지하지 말아요."

그대로 그의 손을 잡아당겨 그가 내게 숙이도록 만들었다. 내 입술로 삐딱한 미소가 스몄다.

"눈치 보지 말아요."

잠시 파르르 떨리던 푸른 눈이 날 향했다. 날 납치했을 때의 그를 보자면, 그는 타인에게 다정한 사람이 아니었다.

"감방에서 내가 당신에게 누누이 가르친 건 자유 같은데. 왜 스스로 목줄을 메려 할까."

"……당신이 주는 거라면 목줄마저도 좋아요."

"스스로 생각조차 못하는 복종을 내가 좋아할 거라 생각해요? 왜 내 의지로 결정한 일에 당신이 피를 묻히죠?"

"이아나……."

"내 말 끝나지 않았어."

나직하고도 태연한 말에 리케도르안이 움찔했다. 나는 그가 들을 수 있도록 또박또박 말했다.

"나는 당신이 제멋대로 굴어도 당신을 싫어하지 않아요."

나는 리케도르안을 사랑한 것이지, 이 비이성적인 관계에 얽힌 장미를 사랑한 것은 아니다. 설사 우리가 장미란 지독한 연으로 얽혔더라도 나는 한쪽이 굴복하고 복종하는 사랑이 아닌 동등한 사랑을 하고 싶다.

"날 사랑한 건 푸른 장미라서가 아니라 오로지 당신의 의지라고 말했잖아요."

겉모습이 멀쩡한 어른이 되었더라도 이 순간 복종을 최고 가치로 여기는 당신이 왜 이러는지 안다.

사랑하니까 의지마저 지워내는 모습이 당연히 옳다고 여기는 모습. 이렇게밖에 될 수 없던 이유를 안다.

"이제 와 당신의 의지를 내려놓지 말아요."

나는 그의 뺨을 붙잡았다.

"내게 하고 싶은 걸 말해도 돼요."

"그게 이아나가 싫어하는 것이라면 어떡해요? 날 싫어하게 되면 어떡하죠?"

그가 울 것처럼 얼굴을 흐렸다.

"물론 나는 어떤 상황에서도 당신을 놓지 않고 사랑할 거지만…… 이아나. 나는 이따금 두려워요. 어느 날 당신이 날 멀리할까봐. 다른 사람 쳐다보지 말았으면 하는 욕심이 들어요."

그의 가장 깊은 곳에 있던 마음이 비로소 터져 나온 것 같았다.

"……당신, 질투해요?"

"네. 아주 많이요."

귀를 절절히 울리는 울림으로 알 수 있었다.

"……알려주세요, 이아나. 이런 감정은 어떻게 해야 해요?"

그는 그렁그렁한 눈으로, 온몸으로 사랑해달라고 외치고 있었다.

"욕심인 거 알아요. 제발, 저만 사랑해주세요."

얼떨떨하게 그를 보던 나는 황급히 끄덕였다.

"그럴게요. 이미 그러고 있잖아요. 울지 말아요. 응?"

"흡, 손……. 오 초 이상 잡지 말아요……."

"응, 그럴게. 또요?"

"눈도, 흡……. 십 초 이상……."

"알았어요. 마주치지 않도록 해볼게요."

"팔 초……."

"어……. 그래요. 팔 초요? 세어 본 적은 없지만……. 그것도 노력해볼게."

눈앞의 남자는 길을 잃은 아이 같았다. 그러면서도 내 손을 놓치지 않으려 꾹 잡았다. 사랑하는 이를 앞두고도 애정을 갈망하는 것은 역시나 이 기형적인 관계의 폐해라 느꼈다.

그럼에도 티를 내지 않았다.

"내가 싫어하는 걸 한다고 해서 당신을 싫어하게 될 만큼 내 감정은 가볍지 않아요. 날 뭘로 아는 거예요?"

나는 이것이 서툰 질투라고 안 이상 아무런 말도 할 수 없었다. 그럼에도 담담하게 눈물을 닦아주며 할 말은 했다.

"왜 갑자기 자신감을 잃었어요?"

"갑자기가 아니라."

"그런 모습마저 좋아해요."

"……"

"곰곰이 생각해봤는데, 역시 사랑하는 데는 이유가 있는 것 같지 않아요."

나는 그의 뺨을 매만지며 까치발을 들었다. 입술이 가볍게 스쳤다.

"이런 모습마저 사랑스럽게 여기니까. 사랑인가 봐요. 불안해 말아요."

커다란 짐승이 낑낑대는 것 같았다. 하기야 짐승을 키우며 멘탈 케어할 일이 없겠나.

"눈도 덜 마주치고, 손도 덜 잡아볼게요."

"걸음도……."

"걸음도?"

"세 걸음 이상……."

"푸흡."

나는 참지 못하고 웃음을 터트렸다.

"지금까지 이 질투를 어떻게 참았어요?"

"……당신의 장미 정원을 보더라도 곁에 있고 싶다고 한 건 나니까요. 그렇지만 이제 참지 말라 말했으니까."

"그래요. 내가 말했지."

나는 안겨 오는 머리를 쓰다듬었다. 사랑하는 남자를 커다란 강아지 취급하는 내가 웃기기도 했지만, 한편으로 유쾌하게 느껴졌다.

"이것만 생각해줘요. 이제 더 이상 당신은 감방에 있지 않아요."

이어 입을 열려는 순간 누군가 내게 그림자를 드리웠다.

"실례지만, 이아나 양."

나는 막 입을 떼다 말고 시선을 돌렸다. 적당한 거리에 서 있는 남자가 보였다. 르나그였다. 그는 우리 사이에 묵직하게 가라앉은 공기를 느낀 것인지 난감한 표정이 스쳐 지나갔다.

"마법사 제이르가 당신을 보길 청했습니다만……."

르나그의 눈매가 옆으로 느릿하게 굴렀다.

"혹 제가 방해한 것입니까?"

우리의 대화를 들었는지는 알 수 없었다. 마찬가지로 장미라 신체능력이 좋은 이이니 들었을 가능성이 컸다.

"아뇨. 방해는 아니고요."

어차피 한번은 해야 할 말이었다. 나는 웃으며 고개를 저었다. 그러나 대답하려던 순간에 이번엔 누군가 내 어깨를 톡 잡았다.

"언니!"

양어깨로 꾹 누르는 무게가 느껴졌다. 보드라운 향기로 알 수 있었다. 고개를 돌리면 싱글싱글 웃는 얼굴이 있었다.

"뭐야, 뭐야. 무슨 재미난 이야기 중이었어?"

"아…… 프란시아."

그녀가 눈을 깜빡이며 고개를 기울였다. 그러더니 멈칫했다.

"어라, 나 잘못 끼어들었어?"

"아니야."

프란시아의 어깨에 매달린 칼리스토를 보고 있으려니 비장함이 사르르 녹는 기분이었다.

나는 허탈하게 웃음을 지어내며 고개를 저었다. 이를 물끄러미 보던 리케도르안이 어깨를 으쓱하며 손바닥을 보였다.

"이아나, 조금 전의 이야기는 반만 잊어주세요."

"반만요?"

"……전부 잊어달라고 하면 거짓말이고, 그렇다고 잊지 말아달라고 하기엔……."

그는 손등에 입술을 묻으면서도 하아, 숨을 내쉬었다.

"질투 나니까요."

나는 고개를 끄덕였다. 멀리서 제이르가 열심히 손을 흔들고 있었다.

"아가씨, 잠깐 이쪽으로 와주시겠습니까!"

왜 저리 급하게 부르는 거지? 일단 고개를 끄덕였는데, 끄덕이고 서야 제이르가 있는 거리에선 보이지 않겠구나 싶었다.

"그럼 리케도르안 다시 이야기해요. 그 기준 말이에요."

"네."

리케도르안이 청아하게 미소했다. 흰 뺨을 붉게 물들인 얼굴을 보다 걸음을 뒤로 물렸다. 그리고 등을 돌리려 한 순간 리케도르안의 표정이 무섭게 굳었다.

그의 고개가 확 반대로 돌아간다. 리케도르안뿐만 아니었다.

"이아나 양!"

가장 가까이에 있던 르나그가 나를 잡아당겼다.

쾅!

거대한 몸이 나를 감싸 안는 것과 동시에 거대한 굉음이 들렸다. 나는 나를 안은 품에서 눈을 크게 깜빡였다.

뭐야, 무슨 일이야? 시야가 확 뒤집어지는 사이에서 무슨 일이 일어난 건지 알 수 없었다. 르나그의 품에서 고개를 들자, 멀지 않은 곳의 풍경이 보였다. 나와 꽤 거리가 떨어져 있던 막 지어진 막사 하나가 완전히 박살 나 있었다.

운석이라도 떨어진 듯 땅이 움푹 파인 채였다.

"……흑마법입니다."

르나그의 목소리가 들렸다. 그리고 나는 그의 말에 흠칫 어깨를 굳혔다.

"이건 아마도⋯⋯."

흑마법과 도뮬릿. 누군지 모를 수가 없는 조합이었다.

"이동 거리를 무시한 이 마법은 도뮬릿 공작 최측근의 특기입니다."

르나그는 흘끗 구멍을 바라보고는 나를 보는 것 같았다. 그러나 그의 시선을 신경 쓸 겨를이 없었다.

우리가 있는 곳은 임시로 하루만 머물기 위해 임시거처를 세운 곳이었다. 곳곳에서 신음과 수습하기 위해 분주히 뛰어다니는 발소리가 들렸다. 기사들은 태연했다. 대처 또한 빨랐다.

이런 일이 있을 줄 알았다는 듯이.

낯설게 느끼는 이방인은 나 하나 뿐인 것 같았다. 모든 모습을 담담하게 보다 고개를 떨어트렸다.

"이건."

나는 부상으로 신음하는 이들에게서 눈을 떼어낼 수 없었다.

"선전포고군요."

부드럽지만 단호한 선고를 듣고서야 깨달았다.

⋯⋯한때 내가 몸을 담았으며 정을 주었던 이와 진정 적이 되었던 것을. 어쩌면 나는 너무 쉽게 생각했는지도 모른다. 쳇이서, 그 남자가 나를 너무나 쉬이 놓아주었기에 착각했던 걸까? 모든 것이 순조롭게 잘 풀리리라고.

내가 이상했던 거다. 그 남자는 책 속에서 수없이 많은 사람쯤은 아무렇게 사라지게 만든 악당이었는데. 나만 안온하게 잘 살아 있다면, 모든 것이 상관없다는 듯이 구는 남자였지 않나.

거사 일, 단 하루 전.

긴장감이 온몸을 휘감았다. 나는 한참 동안 뺨 위에 손을 얹은 채 아무것도 하지 못했다. 이제 와 새삼 충격을 받진 않았다. 그저, 내가 다소 안이했음을 깨달았을 뿐이다.

곧 고개를 들었다.

"손 좀 잡아줄래요?"

르나그가 말없이 손을 내밀었다. 이 손을 잡고 아무렇지 않게 일어났다. 내가 멍하니 있는 동안 리케도르안이 다녀갔고, 프란시아가 다녀갔다. 나는 얼른 수습해달라는 말을 돌려주었던 것 같다.

"빨리 진정시켜줘, 모두를."

내 단호한 말에 그들은 얼른 제 진영을 챙겼고, 전권을 헤르님에 넘긴 르나그만이 내 옆에 남아있었다. 나는 툭툭 무릎을 털었다.

"갈까요?"

"예."

르나그와 함께 자리를 떠나 제이르에게로 향했다.

모든 이들이 수습하느라 바쁜지라, 제이르가 이끄는 마법사들도 바빴다. 하나 제이르만은 수습 현장에서 나와 내게 얼른 달려왔다. 막 완성한 도구의 보호 마법을 시험해 보고자 불렀다나.

"아가씨, 다치신 곳은 없습니까? 많이 놀라셨지요!"

"괜찮아요. 나와 거리가 떨어진 곳으로 날아갔으니까."

그래. 마치 짜기라도 한 것처럼 말이지. 나는 입술을 비틀어 끌어

올렸다.

"일단 후… 여기. 여기로 잠시 서 주십시오."

"뭘 하는 거죠?"

"도구의 시험운행을 당겨야 할 것 같습니다. 작전 일시가 바뀔지 모르니까요."

제이르의 말은 타당했다. 저쪽에서 친히 선전포고까지 해준 이상 더는 여유가 없다 봐도 좋았다. 나는 내 팔에 마법 도구를 채우는 제이르를 보다 슬그머니 시선을 돌렸다.

르나그가 제이르의 손을 물끄러미 보고 있었다.

"그거, 내가 채워도 되겠나?"

"네? 아……. 음, 어. 예."

제이르가 어물어물 눈치를 보며 자리를 비켜주었다.

사실 나름 능글맞은 대마법사님은 현직 간수장의 눈치를 보는 편이었다. 뻔뻔하게 나올 것 같은데. 하긴 감방에서 만났을 때도 르나그 하면 학을 떼던 제이르였다. 그렇게 도구를 건네받은 르나그가 내 팔에 채우기 시작했다. 팔찌 형태로 여러 개의 팔찌를 겹쳐 차는 식이다.

"……조금 전에 많이 놀라셨습니까?"

"아. 조금요."

나는 피식 웃으며 수긍했다. 르나그는 염려 어린 눈이었다.

"보통 수성 전에는 이런 일이 있기도 한지라……. 이아나 양에게는 낯선 일이었을 겁니다."

"그래요?"

"미리 이야기라도 드릴 것을 그랬습니다⋯. 제 실책입니다."

"에이, 왜 르나그 잘못인가요."

나는 미소를 지우지 않은 채 눈을 돌렸다.

"그런 마법을 던진 사람 잘못이지."

창문 밖, 정확하게는 칸탈라가 있는 쪽이었다. 그대로 그에게로 다시 돌아와 아무렇지 않게 말했다.

"시킨 사람도요."

르나그는 말없이 팔찌를 다시 채웠다. 끈으로 만들어진 팔찌는 중앙에 보석이 달려 있고 끝에 체인을 채우는 형식이었다. 그러고 보면 제이르가 감방에서도 팔찌를 줬지?

"음, 르나그. 그렇게 열심히 하지 않아도 돼요."

그는 내 팔을 거의 힘도 느껴지지 않게 잡고, 섬세하게 채우고 있었다. 그러자 한창 집중하던 긴 속눈썹이 그대로 올라간다. 나는 더는 이 눈매를 보며 움찔 떨지 않았다.

"불편하셨습니까?"

"아뇨, 그런 건 아니고요."

나는 내 손목을 잡은 손을 툭 건드렸다.

"금방이라도 깨질 것처럼 붙잡고 계시기에. 그러지 않으셔도 된다고요."

"아⋯⋯."

"생각보다 튼튼하답니다."

이를 증명하듯이 나는 손을 몇 번 쥐었다가 펴 보였다. 그러다 그를 보는데, 르나그의 귀가 보란 듯이 물들어가는 것이 보였다.

……대체 왜? 나름 르나그를 오래 보았다고 생각했지만 이번만큼은 이유를 알 수 없었다.

"제가, 그…… 너무 오래 붙잡고 있었군요."

당장 놓으라고 윽박지른 것도 아닌데 그는 화들짝 놀라 손을 놓았다. 그런 것이 아니란 내 설명을 듣고서야 겨우 진정했지만, 놀라는 모습도 차분해서 인상적이었다.

"다 됐습니다."

"아, 고마워요."

그렇게 오해가 풀리고 르나그는 내 손에 모든 팔찌를 채웠다.

"이거, 손을 뻗으며 외치면 된다고 했었나요?"

"예. 듣기론 급할 땐 그대로 찢어도 된다고 하더군요."

조금 전에 튼튼하다고 자부한 것이 무색하게 난 걱정 어린 표정을 지었다.

"……제가 찢을 수 있을까요?"

"아, 네. 염려하지 않아도 될 것 같습니다. 당신의 힘에도 뜯어지게끔 만들었다고 들었습니다."

그런 거라면야 안심이다. 나는 찰랑 흔들리는 팔찌를 보다 고개를 들었다.

"르나그, 당신은 언제 돌아가나요?"

그 순간 르나그의 눈이 진지하게 가라앉았다.

"곧 돌아갑니다."

"내 생각엔 당신이 더 빨리 돌아가야 할 것 같아요."

그가 끄덕였다.

"……저도 그렇게 생각합니다."

당장 거사를 앞두고, 르나그는 할 일이 있었다. 내가 줄기를 짜고 세부적인 것은 세 장미가 채워준 계획.

"당신의 역할이 가장 중요해요."

곧 있을 '작전'에서 가장 중요한 역할을 맡은 건 리케도르안도 프란시아도 아닌 바로 이 남자였다.

"알고 계시죠? 이건 시간 싸움이에요. 반드시, 황궁으로 가서 '장미제전'을 청하세요."

리케도르안이나 프란시아의 역할이 가벼운 건 아니었다. 그보다도 이 남자가 할 일이 이 배의 키를 잡고 있다는 것이지.

"……물론입니다."

그는 부드럽고 차분한 기색을 잃지 않으며 단단한 음성으로 말했다.

"무슨 일이 있더라도 완수할 테니 염려 마십시오."

언제나 진지하기 짝이 없는 이 남자의 낯을 보며 나는 씩 웃었다.

"언제고 당신이 엮인 일엔 걱정한 적이 없는걸요."

진심을 가득 담은 말에 잠시 눈을 크게 뜨던 그가 곧 고개를 숙였다. 동시에 부드러이 웃는 것도 같았다.

"……제 존재의의를 찾아 기쁩니다. 이쪽은 걱정하지 않으시도록 최선을 다하며…… 다시 뵐 날을 기다리겠습니다."

"네. 행운을 빌어요."

같은 시각,

이아나와 멀리 떨어진 자리. 마법사들과 도구를 점검하는 데에 여념이 없는 이아나의 모습을 물끄러미 바라보는 이가 있었다. 마법사가 다가가 이아나에게 팔찌를 다시 채워주자 바라보던 이의 표정이 찡그려졌다. 그는 바로 이곳의 총 사령관, 리케도르안이었다.

"아주 뚫어지겠네. 뚫어지겠어요."

그런 남자를 보며 쯧쯧 혀를 차는 이도 있었다.

"질투도 적당히 해야지. 지나치면 사랑받지 못한답니다?"

볼멘 소리가 한 번 더 이어지자 그제야 뚫어지듯 팔찌를 바라보던 리케도르안이 흘끗 시선을 돌렸다.

"어머나. 대공 각하."

프란시아가 턱을 기울이며 피식 웃고 있었다.

"뭘 그리 쳐다보시나요?"

프란시아는 이아나 쪽을 한번 보고는 그녀의 위치를 확인했다. 이아나가 제 쪽을 완전히 등진 것을 확인하고서야 미소의 모양을 바꿨다.

"아니. 꼬나본다고 해야 하나."

그녀는 생글생글 웃으며 비속어를 서슴지 않고 사용했다.

"괜히 힘 빼지 말아요. 가뜩이나 곧 발바닥 불나도록 뛰어야 할 텐데."

곧 작전이 시작할 것이다. 이 작전에서 프란시아와 리케도르안이 맡은 것은 체이서 루브 도뮬릿 앞에 나타나 최대한 격렬한 전투를 벌이는 것이다. 그들의 역할은 침투와 전투. 그리고 교란이었다. 체이서의 발을 묶거나 적어도 그의 수하들이 다른 것을 하지 못하도록.

이는 이아나가 수호신을 찾으러 갈 시간을 버는 것이기도 했다.

그들의 왕이 짠 계획은 생각 이상으로 파격적이었고 동시에 허를 찌르는 것이었다. 젊은 나이치고는 수많은 격전을 겪어온 그녀가 놀랄 정도로 말이다. 오히려 제 안위를 생각하지 않으니 나오는 작전이기도 하였다.

프란시아는 불만 어린 목소리를 숨기지 않았다.

"뭐 그리 불안해 안절부절못하고 그래? 어차피 언니가 사랑하는 건 당신이야."

말의 뒤로 이것으로 부족하냐는 말이 숨겨져 있었다. 리케도르안이 이를 모를 리 없었다.

"붉은 장미께서 배가 부르셨지. 누구는 갖고 싶어도 못 가지는데."

이미 이아나와 재회하기 전까지 두 사람은 무수히 많이 만나고 부딪쳐 온 사이였다. 리케도르안은 이아나 앞에서 보이던 순진한 낯과는 상반된 얼굴로, 차디찬 표정을 숨기지 않았다. 그러고는 묵묵하게 한 마디 던질 뿐이었다.

"태도가 잘도 변하는군."

얼음장같이 차가운 음성에도 프란시아는 웃음을 잃지 않았다.

"왜 이러실까. 내가 이딴 식인 걸 몰랐던 것처럼?"

리케도르안 옆에는 푸딩이 네 발로 서 있었다. 이아나를 따르는 대신 이곳에 남아 있던 참이기도 했다. 푸딩은 사나움을 숨기지 않으며 날카로운 울음을 토해냈다.

이아나에게 속했다고 하여서 수호신의 본질을 잃은 것은 아니었다. 푸딩은 여전히 리케도르안의 심상을 공유했다.

아니, 어쩔 수 없이 닮고 마는 것이 장미와 수호신이라. 칼리스토 또한 귀여운 형태가 아닌 날카로운 이빨과 발톱을 드러냈다.

"흐응, 근데 사랑받아도 불안한 건 어쩔 수 없나 봐?"

"너야말로 날 살살 긁는 이유가 궁금한데. 이 자리에서 끝을 보자는 소린가?"

리케도르안, 헤르닝 대공은 냉철하지만 결코 싸움을 피하지 않는 이로 소문이 자자했다. 거기다 비단 소문으로 그친 것이 아니었다.

"야호, 우리끼리 싸우면 언니가 참 좋아하겠네."

일촉즉발의 긴장감 속에서 프란시아는 걸음을 옮겨 교묘하게 절벽의 그림자로 숨었다. 그러고는 느릿하게 돌벽에 등을 기댔다. 완벽한 사각이었다. 이아나가 볼 수 없는.

"난 앞으로도 내가 이딴 식으로 살아 온 걸 말 안 할 거야."

그녀가 눈을 들어 올렸다. 색이 다른 오묘한 눈동자, 한쪽 눈으로 선명한 흰 장미가 그려져 있었다.

"사실 당신도 그렇잖아?"

"……."

"난 알아."

껍질처럼 싸고 있던 마지막 예의가 프란시아에게서 지워졌다. 화사하지만, 가시를 품은 미소를 가감 없이 드러내면서.

"당신도 나와 같은 부류의 인간이야."

그녀가 그리 말하는 순간 그들의 곁으로 누군가 다가왔다. 성기사 단원이었다. 특이하게도 그는 하얀 셔츠를 손에 들고, 상반신을 탈의 한 채였다.

"성녀님."

묵직한 체격을 가진 이가 정중하게 고개를 숙였다. 프란시아는 보지도 않은 채 고개를 까딱였다. 기사가 기다렸다는 듯이 쿵, 무릎을 꿇었다.

기사의 얼굴이 프란시아의 허리에 올 듯 말 듯 했다. 프란시아는 상체를 살짝 숙여 성기사의 턱밑을 살살 문질렀다. 아주 익숙하다는 듯이.

프란시아의 한 손에는 어느새 긴 막대가 들려 있었다. 그녀는 한 손으로 아무렇지 않게 빙빙 돌렸다. 유려한 곡선을 그리며 돌아가는 건 다름 아닌 긴 지휘봉이었다.

"미안하지만 조금 전의 대화를 모두 들었거든."

성황의 봉이라 불리는 이 황홀은 다름 아닌 성황만이 소유하는 역사적 성물이었다.

"뭘 망설이는 거야?"

이것이 프란시아의 손에 있다는 건 그녀가 신전의 권력을 모두 쥐었음을 의미했다. 막대의 크기가 손바닥만큼 작아졌다. 프란시아는 이것의 주인임을 드러내듯 자유자재로 다뤘다.

그녀의 입술이 막대의 끝을 살짝 깨물었다.

이건 신관들의 기력을 돋우는 역할을 해, 그녀와 같은 치료능력을 지닌 이에겐 곱절의 능력을 안겨주는 물건이기도 했다. 신전의 권력을 상징하는 황홀, 상의를 탈의한 기사, 그리고 단정하고 편안한 성복 차림의 성녀.

리케도르안이 줄곧 보아온 성녀, 아니. 신전의 진정한 '교황'의 모습이기도 했다.

"이제 와 언니가 당신을 버릴 리가 없는데. 집착하는 것도 참 이 몹쓸 장미의 영향인가 싶다가도."

리케도르안이 눈을 가늘게 좁혔다.

"그냥 천성이 그렇게 생겨 먹은 거야, 그렇지?"

다분히 비꼬는 어조처럼 들렸지만 프란시아는 씩 웃었다.

"당신과 나는 참 닮았으니까. 방식도 가치관도."

어쩔 수 없이 억세게 살아온 과거도. 프란시아는 마지막 말을 막대를 깨물며 꿀꺽 삼켰다. 리케도르안과 프란시아에게는 태생적이든 환경적이든 자라며 어쩔 수 없이 세상의 그림자를 짊어진 채 자라게 된 사정이 있었다. 그렇기에 그들은 치열하게 살아야만 했다.

"어쩌면 언니를 만나지 않았다면 우린 다른 방식으로 연을 맺었을지도 모르지."

프란시아는 의미 없는 가정을 뱉었다.

"약혼 관계라거나."

놀리는 기색이 다분한 말투였다. 리케도르안의 표정이 더욱 차가워진 것은 물론이었다.

"뭐 손잡고 다른 새낄 밟아버리기엔 이것만큼 좋은 관계가 없잖아요?"

"오늘 진정 끝을 보고 싶다면 말리지 않겠다."

"누가 싸운대요? 그런 눈으로 보지 말아주세요, 각하."

프란시아는 커다란 눈을 접어 웃었다.

"나도 댁은 싫으니까."

여기에 한마디 덧붙이는 것도 잊지 않았다. 프란시아는 이아나가 제게 한 모든 말을 기억했다.

"그리고 이건 언니가 싫어하는 방법이니까."

"……."

"안 써."

짧은 스침이라 할지 몰라도 프란시아 생에 다시 없을 따스한 순간이었다.

"어디까지나 가정인 거지."

그녀는 그렇기에 이아나의 선택을 존중했다. 비록 장미로서의 본능이 저 남자를 치워버리고 푸른 장미의 옆을 차지하라 속삭이더라도 이를 참을 수 있을 만큼.

"당신이나 나나 이 지긋지긋한 집착과 본성을 숨기는 건 언니를 위해서잖아?"

"……."

"그러니까 언니를 차지하고서 그런 얼간이 같은 얼굴을 하지 말란 소리야."

리케도르안의 표정이 점차 평소의 평온함을 되찾았다. 프란시아는 리케도르안이 얼마나 흉포해질 수 있는지 알았다. 몇 번 같이 싸워보며 직접 보았으니 말이다.

"누군 누리지도 못하는 선택의 행복을 올바르게 누리란 말이야. 알겠어?"

붉은 장미의 본성이란 사람을 상상 이상으로 더 야수에 가깝게 만들었다. 그럼에도 저 남자는 그 야성을 제 이성과 의지로 억눌렀다. 피를 짜내는 고통이 있었으리라.

"내 태양을 나눠 가지는 건 쓰리지만."

프란시아는 툭 건드렸던 성기사의 얼굴에서 손을 떼어냈다.

"적의 적은 동료라는 말 잊지 마. 울리면 언제든 앗아갈 테니까. 나와 노란 장미가."

프란시아는 언제든 기회가 된다면 기꺼이 르나그와 손을 잡아서라도 옆자리를 차지할 의향이 있었다. 그럴 기회는 희박하겠지만. 대신 이럴 때면 잔뜩 일그러지는 저 대공을 구경하는 맛이 쏠쏠했다.

리케도르안이 곧 픽 웃었다.

"그럴 일 없어."

그는 고개를 비스듬히 기울였다.

"네 자린 없어. 언제고 그 자리를 내어놓지 않을 테니."

"이거 봐. 성격 안 좋다니까."

프란시아는 꺄르르 소리 내어 웃으며 이아나 쪽을 보았다.

"이 음습한 속을 어찌 숨기고 다니는지. 우리 언니가 알아야 하는데."

프란시아는 알고 있었다. 이아나는 설사 이 모습을 보았어도 리케도르안을 버리거나 사랑하지 않는 일은 없을 것이다. 그러니……이건 그저 심술이었다.

'부럽다니까.'

이아나를 담는 순간 프란시아의 얼굴엔 맑은 빛 도는 함박웃음이 새겨졌다. 그녀 자신도 모르게 흘러나오는 표정이었다. 이를 보던 리케도르안은 거울을 보는 듯한 느낌을 받았다.

앞뒤가 다른 프란시아와 자신의 모습은 가식인가?

아니.

리케도르안은 이것만은 확신할 수 있었다. 이아나는 그의 가장 깊은 본연의 표정을 지을 수 있게 만들었다. 지금 그와 그녀의 표정, 이것이야말로 그들이 지을 수 있는 가장 진심 어린 표정이었다.

"정신 차려, 이 사람아."

프란시아는 언제 그에게 심술궂게 굴었냐는 양 얼른 이아나에게로 달려가 버렸다.

"잘생긴 남자도 질투하면 흉하더라."

하얀 장미가 마지막으로 남긴 심술은 의외로 그에게 유효타를 먹였다. 리케도르안은 손을 들어 얼굴을 문질렀다. 성스럽기 그지없는 낯이 살짝 일그러졌다.

"하……. 추한가?"

그때였다. 누군가 그의 다리를 툭 밀었다. 지금까지도 계속 리케도르안의 곁을 지키던 푸딩이었다. 작은 짐승은 앞발로 그의 다리를 밀었다. 그러고는 툭툭 건드린다.

－넌 고생길 훤하구나, 냥.

푸딩이 절레절레 머리를 저었다.

－내 계약자가 될 뻔한 인간이 이렇게 등신 같다니, 넌 이 몸이 아까웠도다. 냥.

사실 이아나에게 말할 기회가 없었지만 리케도르안은 푸딩의 말을 모두 알아들었다. 물론 거리에 따라서 듣지 못하기도 했으나 이를 제외하면 모두 가능했다. 그야 본디 그의 일부이자 수호신이었으니 당연한 일이었다.

지금까지는 푸딩의 말이 들리든 말든 신경 쓰지 않았지만 이 순간마저 그럴 수는 없었다.

"……넌 수호신치고는 위엄이라곤 전혀 없군. 그딴 말은 어디서 배운 건지."

－뭐? 등신? 인간이 알려준 것이다, 냥!

"좋은 말이군."

리케도르안은 한 점 부끄럼 없이 말을 바꿨다. 그 모습을 보며 푸딩이 절레절레 다시 한번 머리를 저었다.

-너도 중증이다, 냥.

그러나 푸딩이나 리케도르안이나 둘 다 이아나를 쳐다보고 있는 건 매한가지였다.

-물론 우리 인간이 대단하긴 하다, 냥. 최고다, 냥!

"당연한 말이다."

-엣헴, 냥!

그렇게 말하는 푸딩이야말로 역시 내 계약자는 대단하다! 하고 뿌듯해하는 것이 리케도르안과 똑같은 사고임을 전혀 알지 못했다. 한참을 이아나의 매력에 대해서 제 수호신과 입씨름을 하던 리케도르안은 돌연 고개를 들었다.

'시간이 오는가.'

하늘을 바라봤으나 그가 정작 보고 있는 것은 저 멀리 보이는 도시, 정확하게는 성벽이었다. 칸탈라의 성벽. 저 너머에는 체이서 루브 도뮬릿이 만들어놓은 함정이 산재할 것이다.

'죽인다고는 했지만.'

리케도르안은 스스로 잘 알고 있었다. 자신이 손에 피를 묻히지 못할 거란 걸. 그를 죽이지 못하는 것이 아니라 피가 묻은 손으로 이아나의 손을 잡고 싶지 않은 것이다.

깨끗하고 좋은 것만 잡아야 할 손이니까.

무엇보다…… 체이서 루브 도뮬릿의 힘은, '매혹'. 즉, 세뇌 능력이 었다. 저 성벽 너머에 무엇이 있을지 몰라도 결코 쉽진 않을 것이다. 그와 프란시아가 맡은 역할이 제압인 만큼 더욱더. 이와 동시에 리케도르안은 다가오는 끝을 느꼈다.

─……너 말이다, 냥.

그 순간 리케도르안이 거칠게 기침을 토했다. 누가 들어도 비정상적인 거친 기침 소리가 연이어 울려 퍼졌다. 리케도르안은 당황하는 대신 교묘하게 등을 돌려 사각지대로 들어갔다.

"……아무 말도 하지 마."

리케도르안이 푸딩이 하려던 말을 가로막았다.

─느긋하게 구니까, 네 몸이 여기까지 내몰린 것 아니냐, 냥!

"너야말로 말을 듣는 법이 없군."

─네 육체가 서서히 말을 듣고 있지 않다, 냥! 넌 장미로서 생명이 얼마 남지 않는 게 무슨 의미인지 모르지 않으면서!

"조용히 하래도."

그러나 그럼에도 푸딩은 으르렁거리는 목소리로 끝내 내뱉었다.

─대체 언제 말할 거냐, 냥?

이미 이 수호신은 이아나와 계약해 그와 연결이 꽤 멀어진 상태지만, 그럼에도 푸딩에게 약간이나마 영향력을 발휘할 수 있었다. 이를테면 이 짐승이 이아나에게 하고픈 말 하나 정도는 못 하게 하는 거라거나.

─네 생명이 생각보다 더 빨리 닳아서 얼마 남지 않았다는 걸.

"……."

푸딩의 음성은 사나움을 품었으나 한편으로 어찌할 줄 모르는 목소리였다.

-빨리 가지 않으면, 넌 죽을 거다 냥.

리케도르안은 피식 웃고는 눈을 감았다.

"네가 그렇게 말하지 않아도 이 싸움은 곧 끝날 거야."

누구에게도 꺼내지 못한 진실.

이 싸움은, 시간 싸움이었다.

다음날 새벽, 칸탈라의 대성당에는 여느 날과 다를 것 없이 종이 뎅뎅 울렸다. 저 종소리가 얼마나 큰지는 이 도시 근처에 머물며 이미 느꼈다. 실로 거대한 종소리였다. 마치 이곳으로 온 나를 반기는 것처럼 웅장하고 묵직한 울림.

칸탈라의 성문은 활짝 열려 있었다. 적어도 성당에 오기까지는 건드리지 않겠다는 듯이 거리 또한 깨끗하게 비어 있었다. 결코 작은 도시가 아님에도 텅 비어있는 광장은 소름을 자아냈다.

나는 벽의 진동을 느끼며 고개를 들었다. 거대한 종소리 사이로 희미한 울음소리가 겹쳐진다. 내가 듣고 있다는 것을 알아챈 듯 점차 울음소리가 커졌다.

'여기 있구나.'

푸른 장미의 수호신이 이곳에 있다는 것을 알 수 있었다. 그리고 마침내 나는 문에 손을 가져다 댔다.

"……잘 부탁해요, 리케도르안. 그리고 부탁해, 프란시아."

성당에 있는 문은 두 개. 여기서 체이서가 말한 문은 정문이다. 그러나 내가 붙잡고 있는 것은 정문이 아니었다. 나는 숨을 꾹 참으며 고개를 돌렸다. 뒷문 근처엔 아무도 없었다.

이상할 정도로 고요했다. 아주 멀리서 사람이 보이긴 했지만 순찰을 도는 것인지 근처를 움직이다 갈 뿐이었다. 가까이에 있었더라도 나를 보지 못했을 거다. 강력한 투명화 마법을 쓰고 있었으니까. 이를 위해 열이 넘는 마법사가 참여했으니.

이윽고 뒷문 안으로 발을 디디는 순간이었다.

"어서 와, 이아나."

귓가로 유혹하듯 달콤한 음성이 들려왔다.

"왜 그래? 들어오지 않고서. 널 기다렸어."

나는 텅 빈 앞을 보며 침을 꼴깍 삼켰다. 목소리의 주인공인 체이서가 여기 없음에도 그를 본 것같이 등으로 소름이 돋았다.

당연했다. 지금 내게 들려오는 말은 마법 도구를 통해 들려오는 말이었으므로, 지금쯤 체이서와 만났을 리케도르안과 프란시아에게 건넨 말일 테니까. 아마도 나로 분장해, 환상 마법까지 덧씌운 프란시아를 보며 한 말일 것이다.

나는 걸음을 재게 놀렸다.

〈체이서는 누구보다 내가 잘 알아요.〉

귓가로 내가 지시했던 말들이 고스란히 떠올랐다.

〈그 남자는 분명 내가 장미들과 함께 나타날 거라 예상했겠죠. 나와 만나기로 한 장소에 나타나 거기 모든 힘을 집중할 거예요.〉

날 데려가야 하니까.

〈똑똑하고 치밀하지만 맹목적이에요.〉

걸음을 걷는데, 귓가로 아슬아슬한 음성이 들려왔다. 날카로운 목소리였다.

"그런데 이상하네, 이아나."

체이서의 웃는 미소가 스쳐 지나가는 것만 같았다.

"왜 날 보지 않을까."

분장은 금방 들통 날 짓이었다. 처음부터 완벽하게 속이는 게 목표가 아니었다. 나는 여러 얼굴을 지우며 발을 재게 놀렸다. 이곳에 오며 더욱 커진 내 수호신의 존재감을 쫓아서. 시간이 없었다. 다행스럽게도 이 성당 전체에 퍼져 있는 수호신의 기운을 느꼈다. 나를 부르고 있었기에 찾기 어렵지 않았다.

〈그 남자는 내가 바라는 것을 바로 주지 않을 거예요.〉

"오히려……."

나는 입술을 꾹 깨물었다.

〈숨겨두었겠지.〉

걸음을 옮길수록 나를 부르는 노랫소리가 더욱 커졌다.

나는 걸음을 빠르게 옮겼다. 마음이 급한 만큼 속도가 빨라졌으나 동시에 차분해졌다.

실수해서는 안 돼.

누군가의 무리가 포함된 작전이었다. 지금의 이 싸움이 더욱 커다란 전쟁이 되지 않기 위해서는 빠르게 찾을 것만 찾고 빠지는 것이 최선이었다. 이 작전은 푸른 장미 수호신의 기척을 잡을 수 있는 사람이 유일하게 나밖에 없기 때문에 만들어진 것이니까.

'복도에 아무도 없어.'

-기척 또한 느껴지지 않는다, 냥.

속으로 중얼거리는 말에 내 안에 숨어 있던 푸딩이 대답했다.

'⋯⋯모조리 예배홀 쪽으로 배치한 건가?'

체이서에게는 수많은 기사가 있었다. 그것도 그가 직접 키우고, 단련시켜 강한 데다 체이서라면 죽는시늉을 할 정도로 맹목적인 이들이었다. 책 속에서 느낀 바 있지만 충성이 아니라 맹목이었다.

거기다 그는 필요하다면 기꺼이 사람을 세뇌시켜서라도 원하는 명을 수행하게 할 수 있는 사람이었다.

"완전 악당이네."

그리 중얼거리다 말고 나는 작게 실소를 머금었다. 이는 당연한 사실이었다. 이제 와 깨달은 척 할 필요 없이 무수히 본 모습 아닌가. 그럼에도 중얼거린 건 도뮬릿에서의 그의 진실 고백이 꽤나 인상 깊었던 탓일 거다.

'감상에 빠져 있을 겨를 없어.'

나는 고개를 흔들고 방향을 꺾었다. 여기서 오른쪽. 다시 왼쪽. 수호신을 찾으러 가는 길은 미로 속을 걷는 기분이었다. 계속해서 나를 부르는 울음소리 탓에 헤매진 않았지만 전체적으로 음습한 성당이 미로를 헤매는 기분을 들게 했다. 희미한 빛에 의지해 한참을 걸을 때였다.

-저, 인간.

돌연 푸딩이 나를 불렀다.

"왜 그래?"

나는 잠시 멈칫했다. 평소답지 않은 가라앉은 음성 탓이었다.

-그게, 냥…….

"뭔데 그래, 급한 거야?"

나는 멈췄던 걸음을 걸으며 급히 되물었다. 혹시 리케도르안에게 이상이라도 생겼나?

-아니, 이 상황에 어울리지 않는 말이란 건 알고 있다 냥. 그런데…… 인간 너도 알아야 할 것 같아서.

"뭔데 그렇게 뜸을 들여?"

-붉은 장미는…… 냥!

그 순간 날카로운 울음소리가 들렸다. 다름 아닌 푸딩이 내 안에서 짧게 비명을 지른 것이다. 나는 깜짝 놀라 걸음을 멈췄다.

"뭐야, 너 왜 그래?"

-아, 아니다. 냥. 따끔했다……. 진짜 말을 못 하게 하다니…….

뒷말은 너무 작아서 들리지 않았지만 잔뜩 불만 어린 어조였다.

-아무튼 인간, 붉은 장미는 내가 하는 말을 들을 수 있다.

"뭐?"

갑자기 이게 무슨 소리야.

"언제부터? 원래는 못 들었잖아?"

-오래되진 않은 것 같다, 냥. 네가 붉은 장미에게 납치될 즈음에는 못 들었던 것 같고…….

"그렇지. 그땐 절대 아니야."

그때 푸딩이의 말을 들었다면 푸딩이의 정체도 눈치챘을 거니까.

-아마도…… 최근인 것 같다. 최근에 붉은 장미와 무슨 일이 있었냐, 냥?

"……최근에? 그런 것 없……."

없다고 말하려다 말고 말을 멈췄다. ……혹시 밤에 그렇고 그런 일을 한 것 때문인가.

"……짐작 가는 게 있긴 한데."

나는 혹시나 하는 마음으로 날짜를 하나 말했다. 푸딩이는 잠시 생각해보더니, 그즈음 부근인 것 같다고 했다.

-인간 너와 말을 할 때 노려봤다, 냥.

"그래? 진짜인가 보네."

나는 복잡 미묘한 감정을 느꼈다. 수호신과 장미가 의사소통이 된다는 기쁜 마음 반, 내 생각은 들리지 않았다고 하더라도 푸딩이의 말로 유추할 수 있던 내 생각들. 뭐, 좋게 생각하기로 했다.

푸딩이는 이상하게 더 할 말이 있는 듯했지만, 입을 꾹 다물었다. 마치 누가 입을 못 열게 꾸욱 잡기라도 한 듯이.

-하아, 인간. 네가 꼭 들어야 할 말이 있다. 꼭 알아야 한다, 냥!

"어? 알았어. 꼭 얘기해줘."

그렇게 푸딩이와 짧은 대화를 나누고 다시 방향을 꺾었다.

-인간, 그렇게 가볍게 넘길…….

"……잠시만. 거의 다 온 것 같아."

멀지 않은 곳에 작은 문이 있었다. 이 성당의 문들은 대부분이 컸지만 저 문은 이상하게도 사람이 겨우 들어갈 수 있을 만큼 작았다.

"저쪽인 것 같은데."

문 주변으로 희미한 기운이 파도처럼 넘실넘실 흘러나오는 것 같았다. 발걸음을 옮기는 찰나였다.

콰앙!

땅이 흔들렸다. 나는 재빨리 벽장식을 붙잡고 휘청거리는 몸을 지탱했다. 천장을 바라보면 천장화에 금이 간 것이 보였다. 무슨 일이었는지, 금방 알 수 있었다.

"크흡!"

귀로 커다란 숨소리가 들려왔다. 챙강, 들려오는 병장기 소리.

"……내 이아나는 어디에 있지?"

귀로 들려오는 목소리가 한순간 끊겼다가 다시 돌아온다. 아마도 리케도르안이 체이서와 직접 검을 맞대고 싸우는 것 같았다.

"내가 왜 그걸 알려줘야 하지?"

"흐음, 아직 그런 말을 할 여유가 있나? 대공, 이곳 어딘가에 있다면 찾는 것 어렵지 않아."

"여기 없다면, 아주 찾지 못하겠군."

쿵! 다시 한번 복도가 진동했다. 나는 이 진동이 멀지 않은 곳에서 들려왔다는 것을 알았다.

'……전투 장소가 멀지 않아.'

아울러 추측하기로 이 진동은 리케도르안이 일으킨 거란 것도 알 수 있었다.

"또 세뇌당한 이들인가."

작게 중얼거리는 리케도르안의 음성에는 숨이 섞여 있었다. 나는 얼른 고개를 들어 올렸다.

"푸딩, 빠르게 움직일게!"

상황이 그리 좋지 않았다. 단 몇 마디가 들렸을 뿐이지만 이를 눈치채는 건 어렵지 않았다. 음성이 쉴 새 없이 끊겼다 들려 왔다를 반복했다. 이건 연결이 불안정하다는 신호인 동시에, 리케도르안이 격렬히 몸을 움직인다는 소리였다.

애초에 리케도르안은 작전 한 순간에만 이 도구를 다시 켜기로 했는데……. 조절하지 못하고 있다는 것이 이 상황의 방증이기도 했다. 제이르가 경고한, 결코 좋지 않은 상황이었다. 최악이 되기 전에 찾아야 해!

나는 지체할 것 없이 문으로 달려갔다.

"조금만, 더, 다 왔어……."

초조하게 중얼거리며 문을 열었지만 덜컥, 문은 잠겨 있었다. 나는 재빨리 주변으로 고개를 돌렸다. 근처에 갑옷 장식이 있었다. 저기 놓인 검으로 문고리를 부수면 되지 않을까?

그리 생각한 순간, 호통이 돌아왔다.

-인간, 넌 나를 뭐라고 생각하는 거냐, 냥!

순식간에 모습을 드러낸 것으로 모자라 문고리를 부숴버린 작은 수호신님이 씩씩대며 말했다. 나는 쓴웃음을 짓고는 얼른 열린 문 안으로 들어갔다. 문 안쪽은 텅 비어 있었다. 아니, 왜 잠가뒀는지 모를 만큼 깨끗하게 비어있다. 오히려 이것이 강한 위화감을 자아냈다. 나는 입술을 삐뚜름하게 말아 올렸다.

"보통 이런 곳에는 응당 비밀 통로가 있는 법이지."

그러나 이 순간에 은밀한 통로를 찾을 시간은 없었다. 울음소리가 더욱 커졌다. 이제 정말 얼마 남지 않았다는 소리일까? 그런데 이상하게도 울음소리가 전과는 조금 다르게 들린다는 생각이 들었다.

……마치 경고라도 하듯이.

'뭐지?'

벽에는 거대한 벽화가 그려져 있었다. 언젠가 캄브라캄에서 보았던 장미들로 이루어진 그림이었다. 나는 이것을 유심히 보다 말고 벽을 두드렸다.

'비어 있어.'

나는 벽 한 지점을 두드리다가 얼른 고개를 들었다.

"푸딩아…… 물어!"

말하고 싶어서야 아차 싶었지만 수호신님은 적절하게 달려갔다.

그리고 쾅! 와르르르, 부서지는 벽을 가만히 보았다. 자욱하게 일어난 먼지바람이 가라앉자 그 사이로 벽 너머가 보였다. 부서진 벽 뒤로 또 다른 공간이 있었다. 예상한 대로였다.

그 너머로 또 한 번 사방이 막힌 방이 보였다.

"방?"

방 중앙에 무언가 보였다. 반짝거리는 것은 왕관 같기도 했다. 이상하게도 황제의 티아라와 비슷하게 생긴 물건이었는데……. 티아라에 있는 것보다 더욱 커다란 푸른 보석이 붙어 있었다.

'저기에 봉인당한 건가?'

푸르른 기운이 언뜻 보인 것도 같았다. 나는 지체할 것 없이 안으로 들어갔다. 그 순간이었다.

–인간!

푸딩이의 날카로운 음성이 들린 것과 동시에 철컥, 거대한 톱니바퀴가 돌아가는 소리가 들렸다.

철컹!

무언가 발목을 잡았다. 익숙한 감각에 고개를 내리면……. 발목을 휘감은 족쇄가 보였다. 잡아당겨 보지만 꿈쩍도 하지 않았다. 다행이라면 빠르게 달려간 탓에 왕관을 손으로 잡은 거랄까.

나는 허탈하게 웃음을 터트렸다. 본능적으로 알 수 있었다. 이건 '가짜'다.

우리는, 아니……. 나는 속았다. 이를 증명하듯 귀로 선명한 음성이 들려왔다.

"거기, 있었구나. 이아나."

즐거이 웃는 체이서의 음성이었다. 곧 병장기 소리에 파묻혔으나 알 수 있었다. 이로 내 위치가 고스란히 노출되었단 걸.

나는 왕관을 자세히 내려다보았다. 옆에서는 푸딩이 쇠사슬을 찢으려 몸을 키워 마구 물고 흔들고 있었다.

'이거, '가짜'만은 아니네.'

정확하게는 처음엔 '가짜'가 아니었다. 희미하게 흘러나오는 힘으로 알았다. 한때 이걸로 수호신을 봉인했었을 거란 걸. 다만, 다른 곳으로 옮겼을 뿐이지. 느껴지는 흔적으로 보아서는 비교적 최근에 말이다.

나는 철그렁. 길게 늘어진 쇠사슬을 보았다.

"도돌이표네."

생각해보면 이건 나와 아주 밀접한 것이었다. 캄브라캄에서부터 시작해 도튤릿의 저택과 잠시지만 헤르님 성에서까지. 나는 항상 감금당한 채로 눈을 뜨고 어딘가에 갇혔다. 내 의지와는 상관없이.

"그런데, 오빠. 이번엔 당신이 잘못 안 것 같아."

내 첫 번째 자유는 체이서가 캄브라캄에서 나를 꺼내줬을 때 얻었다. 그러나 잠시 후 다시 감금되었고, 이 사슬은 리케도르안이 부쉈다. 도튤릿으로부터 자유롭게 해주었던 것은 그다.

항상 누군가에게 해방과 자유를 맡겨왔다.

"푸딩, 더는 물지 않아도 돼."

입술에 피가 나도록 쇠사슬을 씹는 푸딩이를 멈춰 세웠다. 그대로 고개를 들었다.

"보고 있지?"

천장에서 나를 바라보는 시선을 느꼈다. 비록 움직이지 못하더라도 그이가 아주 가까이 있는 것이 느껴졌다. 나의 일부.

"울지 마."

울음소리가 서글피 들려왔다. 마치 내 모습이 무척이나 서러운 모양이었다.

"괜찮아, 익숙하거든."

체이서는 우리가 이토록 가까이 있을 때 일어나는 일을 몰랐던 모양이야. 나도 이제야 안 거지만 말이야.

"도와줄래?"

첫 번째 사슬은 다른 이가 풀어주었다. 남에게 내맡긴 자유는 또 한 번 찾아온 구속에 구원만을 기다리게 할 뿐이다.

이제는.

내 손으로 부셔야 할 때였다.

그렇게 생각한 것과 동시에 천장에서 부드러운 기운이 흘러나왔다. 물결 같은 푸르른 아지랑이는 나를 감쌌다. 미약했으나 이것만으로 충분하다. 손끝에서 푸르른 빛이 꽃처럼 피어났다.

"……항상 푸른 장미의 몸은 왜 이렇게 약할까. 보통 사람과 같을까 궁금했는데."

맨손으로 돌을 부수고, 철을 찢거나 아무리 말을 타도 지치지 않는 체력, 왜 이런 강인한 육체가 푸른 장미에게는 주어지지 않을까 궁금했었다.

"근데 이젠 알겠다."

원래의 힘보다 아주 약한 힘이 손끝에 맺혔는데도 알 것 같다.

"그럴 필요가 없었던 거구나."

쩌쩌적. 쩌적.

챙그랑!

그 말과 동시에 사슬이 유리 조각처럼 산산이 부서졌다.

몸 안에서 무언가 충만한 것이 느껴졌다. 주변으로 푸른 아지랑이가 파도처럼 넘실거린다. 마치 뻥 뚫려 있던 구멍을 메운 듯 잊고 있던 몸의 일부를 되찾은 것 같은 기분이었다.

'일부가 이 정도 힘이라니.'

나는 내 힘의 아주 일부를 되찾았을 뿐이었다. 내 수호신은 여전히 묶인 채 봉인 당해 있었다. 그러나 이제는 똑똑히 느껴졌다. 내가 어느 부분에서 길을 잃었고……. 또 어디로 가면 되는지.

"푸딩, 이리 와."

푸딩이 훌쩍 내 품에 뛰어들었다. 안기기 직전 몸을 작게 만드는 것은 물론이었다. 작아진 짐승을 꼭 끌어안았다. 말하지 않아도 내 심정을 느낀 듯 푸딩은 붉은빛으로 산화하며 내 안으로 사라졌다. 나는 손을 꾹 쥐었다가 폈다.

수호신은 여기 없어.

이제 어디로 가야 할지 분명했다.

'그곳으로 가야겠지.'

눈을 감았다가 뜨자, 나는 전혀 다른 공간에 서 있었다.

눈앞에는 거대한 홀의 풍경이 펼쳐져 있었다.

홀을 가득 메운 사람들.

쉴 새 없이 부딪치는 병장기 소리와 곳곳에서 신음이 들려왔다.

전체적으로 새카만 옷을 입은 이와 평범한 옷을 입은 사람이 하얗거나 하얗고 푸른 옷을 걸친 이들을 삼면에서 압박하는 형세였다. 당연하겠지만 입구를 등지고 싸우는 희고 푸르른 옷의 이들은 프란시아와 리케도르안의 기사들이었다.

사방에서 타는 냄새와 비릿한 내음이 코를 찔렀다. 여기서 비릿한 냄새는 아마도 피일 것이었다. 나는 무심히 고개를 돌리다 날 집요하게 바라보는 시선을 마주했다.

"안녕, 오빠."

단상과 멀지 않은 거리. 리케도르안과 검을 맞대고 있던 체이서가 뒤로 물러났다.

제이르와 장미들이 경고했던 것이 하나 있었다. 흑장미의 능력이 매혹안인 것, 아마도 성당에는 세뇌당한 사람이 있을지도 모른다고. 그 말처럼 이 홀에는 초점이 없는 눈으로 농기구, 식칼과 삽 등을 붙잡고 휘두르는 이들이 있었다.

아마도 도시에서는 사라졌던 영주민들일 것이다. 나는 쓴웃음을 지었다가 다시 고개를 들어 올렸다. 그사이에도 체이서의 눈은 내게 고정된 채 벗어나지 않았다.

놀라 크게 뜨인 눈이 천천히 제자리로 돌아간다. 체이서는 검을 거둬들이며 뒤로 물러났다. 여유로운 웃음과 다르게 민첩한 움직임이었다. 그가 비운 자리를 텅 빈 눈동자를 한 사람들이 메웠다.

"어서 와, 이아나."

그는 언제나처럼 녹진한 음성으로 나를 반겼다. 그러나 나는 알 수 있었다. 이 목소리에 당황이 담겨 있다는 것을.

나는 빠르게 상황을 훑었다.

모두들 짧은 시간 내에 엉망이었다. 그나마 멀쩡한 것은 리케도르안과 저 멀리 프란시아 정도였지만 그들도 지쳐 보이는 것은 매한가지였다.

아마도 사람들이 다치지 않게 제압하는 싸움은 무척이나 고되었을 것이다. 홀 안은 여전히 병장기 소리로 가득했다. 싸움을 멈춘 것은 오로지 리케도르안과 체이서 주변의 소수뿐이었다.

"흐윽……."

여기저기서 흘러나오는 신음은 사실 기사들에게서 나오는 것이었다. 세뇌당한 이들은 한눈에 봐도 아픈 것을 모르고 신음조차 내지 않고 덤비는 모습이 보였으니까.

계단 위에서 내려다보고 있었던 나는 망설임 없이 싸움 한복판으로 뛰어내렸다.

"이아나!"

거의 2층 높이였지만 나는 익숙하기라도 한 듯 푸르른 기운으로 내 발을 붕 띄웠다. 리케도르안이 내게로 달려오려 했다. 그는 저를 막는 이들을 붉은 기운을 두른 검으로 가볍게 쓰러트리고 다가왔다.

"어째서 여기에……."

"당신이 다치는 걸 더는 볼 수 없잖아요."

아마도 어째서 숨어 있지 않고 이쪽으로 왔냐, 이런 의미를 담은 음성이었지만. 난 손을 뻗어 리케도르안의 뺨을 다정하게 매만져 주었다.

"수고했어요, 정말로."

이미 상황을 아는데 더 다치는 것을 두고 봐서 무엇하겠는가. 고개를 돌리고, 걸음을 옮겼다. 한 걸음, 한 걸음 옮길수록 묶여 있는 네가 느껴진다. 내 수호신이 아주 가까이에서 숨을 쉬고 있었다.

이 순간에도 내게 꽂혀 있는 한 쌍의 시선은 떨어질 줄 몰랐다. 바로 사람들 사이에 서 있는 체이서의 눈이다.

악당과 나 사이의 거리는 멀지 않았다. 리케도르안은 모두를 지키기 위해 최전방에 서 있었으니까.

나는 발을 멈췄다.

"이곳에 있는 거지?"

내 말에 체이서가 낮게 숨을 내쉬었다.

"……역시, 이건 숨기지 못하나 보네."

아쉬움이 가득 담긴 말이었다.

"그대로 있었다면 안전했던 것을."

나는 피식 웃었다.

"묶어두기만 하려는 네 방식은 이제 좀 진절머리 나려 해."

"이아나, 넌 잘 몰라."

"뭘 자꾸 모른대?"

어느새 내 앞으로 다가온 리케도르안이 나를 지키듯 서고, 검을 겨눴다. 나는 그의 어깨를 부드럽게 쓸어내렸다.

"리케도르안, 지금부터 무슨 일이 있어도 움직이지 말아요."

그에게만 들리도록 작게 속삭이고는 리케도르안 앞으로 나섰다. 어느새 내 손에는 단검이 하나 들려 있었다. 제이르가 호신용으로 들려준 것으로, 작지만 예리해 무엇이든 벨 수 있을 거라고 했다. 나는 이걸 아무렇지 않게 내 목으로 가져와 그대로 손을 내리그었다.

그와 동시에 내 손이 붙잡혔다. 시선을 들어 올리면 내 손을 붙잡고 거칠게 숨을 내쉬는 남자가 있었다.

체이서의 눈이 사납게 흔들렸다.

"너, 무슨 짓이야."

낮게 가라앉은 음성이 위협하듯이 흘러나왔다. 이 순간에도 유혹할 듯 황홀한 음성이었으나 난 그저 미소 지었다.

그는 자각하고 있을까. 자신이 이 짧은 시간에 얼마나 빠르게 내게 달려왔는지. 그리고 적들이 포진한 곳으로 달려왔다는 것도.

"진짜 널 모르는 건 너인 것 같은데."

이 남자가 나를 묶어두려 했던 건, 아마 이 전투에서 나를 위험하게 하지 않기 위함이었겠지.

"참 삐뚤어진 애정이다, 당신도."

흑장미가 가진 상징은 '집착'. 뿌리부터 올바르지 못한 것이 과연 그의 탓이었을까. 그러나 그가 행한 모든 것들이 돌이킬 수 없는 강을 건너게 했다.

"미안, 오빠."

"……."

"이제 네가 하는 말은 안 들으려고."

뚝뚝. 붉디붉은 핏방울이 땅으로 떨어졌다.

"너에겐 기대조차 하는 게 아니었어."

끝끝내 단 한 번도 꺼내지 못했던 말. 당신도 안타까웠다는 그 말은 해선 안 될 것 같아서. 혹시나 이것이 너와 함께 살며 나도 모르게 세뇌된 것일지도 모를까 봐, 꾹꾹 누르고 또 눌렀다. 마음의 작은 틈 하나도 주지 않으려 했다. 그렇지만 이젠 상관없을 것 같다. 미련 없이 놓을 수 있다고.

나는 그대로 검을 놓고 체이서의 옆을 스쳐 지나갔다. 체이서는 눈을 부릅뜬 채 아무것도 하지 못했다. 마치 내 말에 꽁꽁 묶인 사람처럼.

"몸에는 지니지 않았나 보네?"

흘긋 시선을 던지면 체이서의 눈이 가늘어지는 것이 보였다.

나는 무심히 그의 몸을 훑었다.

곁에 있으니까 알겠다.

힘이 어떤 건지.

어떻게 써야 하는 건지.

"모두 멈춰."

노래하듯 흘러나온 내 음성에 모든 사람이 거짓말같이 움직임을 멈췄다.

"당신의 수를 알아채지 못하고 한 방 먹었어. 그래서 깜빡 속았지 뭐야."

나는 천장을 보며 씩 웃었다.

"사실, 이 홀 전체가 봉인 장소였던 거지?"

머리 위로 거대한 푸른 기운이 나타나며 형언할 수 없이 아름다운 형상을 맺었다. 이 거대한 홀을 가득 메우는 모습, 푸른 물결이 파도치는 아래.

거대한 고래가 모습을 드러냈다.

오랫동안 봉인되었던 푸른 장미의 수호신. 고래의 거대한 몸에는 쇠사슬이 칭칭 감겨 있었다. 그러나 쇠사슬이 모습을 나타내는 것도 잠시.

챙강!

쇠사슬에 금이 가기 시작하더니 산산이 조각나듯 부서졌다. 흩어진 쇠사슬 조각이 바스러지고 흑색 별빛처럼 아래로 흩어져 내렸다. 검은 별빛이 쏟아지는 광경에서 나는 눈을 들어 올리고 내 수호신과 눈을 마주했다.

"안녕."

진하고 낮은 울림이 홀 전체를 둥둥 울렸다. 수호신의 기분 좋은 노랫소리였다. 내게도 수호신의 해방감과 기쁨, 행복이 고스란히 느껴졌다.

본능적으로 알았다. 이 봉인은 내가 수호신과 만나는 것으로 풀리는 것이었다. 그렇기에 체이서는 마지막까지 나와 이 수호신을 마주하지 않게 하고 싶었겠지.

"결국은 내가 이곳에 오지 않으리란 걸 알고 있었구나."

정말이지, 수 싸움엔 도가 튼 남자였다.

아니지. 내가 저이를 아는 만큼 나를 안다고 생각했지만. 사실 더 욱더 간파당한 건 나일지도 모르겠다. 하지만 이제는 어쩌랴? 봉인이 풀린 이상 더는 상관없는 이야기인 것을.

고래에서 흘러나온 푸르른 파동에 모든 사람이 세뇌에서 깨어났다. 홀 안은 순식간에 혼란스러워하는 주민들의 말소리로 가득 찼다.

"이런."

이대로 해피엔딩이었습니다, 하는 결과였다면 참 좋았겠지만……. 상대는 이 소설의 최종 악역이라 불리는 자였다.

"놀랍네. 여기까지 망치게 될 줄은……."

몰랐어.

그가 얼굴을 감싸며 중얼거렸다.

리케도르안이 다시 검을 드는 것이 보였다. 체이서의 기사들이 자세를 낮추는 것에 따라 헤르님의 기사들도 다시 검을 들었다.

"하지만, 이아나."

모든 것이 제자리로 돌아가던 이 상황에서도 남자는 끝까지 미소를 지우지 않았다.

"끝이라고 생각하면 곤란해."

그와 동시에 무시무시한 검은 기운이 그에서 흘러나왔다. 여느 때와도 비교할 수 없는 거대한 기운이었다. 나는 이 검은 기운 사이로 언뜻 보이는 푸르른 색을 발견하고는 표정을 굳혔다.

체이서는 이전 '이아나'의 힘을 받아 회귀했고, 그 탓에 푸른 장미의 힘도 쓸 수 있는 것 같았지.

그게 일부인지, 전부인지는 몰라도.

나는 숨을 훅 들이마셨다.

사실상, 체이서가 세뇌를 일깨운 사람들을 다시 세뇌시킨다면 상황은 불리하게 돌아갈 터였다. 내가 무엇을 하든 막을 것이고, 공백이 생긴 만큼 리케도르안이 활약하겠지만.

짐승처럼 부수고 파괴하는 붉은 장미의 힘은 제압과는 상성이 맞지 않았다. 정의를 지키려는 이들은 평범한 사람들을 다치게 하지 않아야 하는 이 싸움에서 압도적으로 불리했다.

나는 이 불리한 상황 속에서도 피식 웃었다.

이런 걸 보면 악당이 참 편하지. 나라고 어찌 이런 상황을 예상하지 못했을까.

"타이밍이 잘 맞아야 할 텐데."

나는 리케도르안을 대동한 채로 체이서의 행동을 지켜보기까지 하는 여유까지 보였다. 이윽고 검은 기운이 이 홀의 바닥을 가득 메웠을 무렵이었다.

쿠웅.

홀 안이 거세게 진동했다. 땅이 울렸나? 아니다. 공기가 울린 것이다. 이윽고 하늘에서 거대한 소리가 들려왔다.

「오래전 약조한 신성한 제전의 허가를 청한 바, 이 자리에 다시 한번 열리노라!」

하늘에서 빛이 흘러내렸다. 천장으로 막힌 탓에 창문으로 알 수 있을 뿐이었다.

스테인드글라스로 만들어진 창문으로 빛이 쏟아지고, 묵직한 음성이 들려왔다. 어찌 보면 신자들이 환장할 하늘의 목소리와 더불어 신성하기까지 한 광경이었다.

「제786차 장미 제전이 허가되었노라.」

다행스럽게도 르나그가 타이밍을 잘 맞춰주었다.

나는 크게 웃음 지었다.

「신성한 규칙에 따라 모든 장미는 태초의 영지로 이동하리니.」

그와 동시에 나와 체어서, 리케도르안과 프란시아의 몸이 커다란 빛에 휘감겼다. 나는 통쾌하게 웃는 그대로 입술을 떼었다.

"이런, 우리가 싸울 일은 없겠다. 그렇지?"

2
장미 제전의 서막

아주 오래전 태초의 장미가 살아 있던 시대까지 거슬러 존재한다는, 유구한 역사의 신성한 전쟁. 하나 어느 순간에 발자취를 감추었던 의식이 이 자리에 재현되었다.

제전을 준비하면서 여기에 대한 걸 알아보지 않았을 리 없었다.

장미 제전의 규칙은 간단했다.

규칙 하나, 모든 장미는 제전이 시작되는 순간, 자신의 영지로 돌아간다.

규칙 둘, 푸른 장미는 모든 장미들의 영지의 가장 한가운데로 이동한다.

규칙 셋, 장미들은 푸른 장미를 찾는다.

참으로 간단하지 않은가?

야만적이기까지 한 승자가 모든 것을 독식하는 구조였다. 그러니, 무대는 더는 이곳이 되지 못했다.

창문으로 빛이 쉴 틈 없이 파고들었다. 흰빛이 너울너울 춤을 추는 광경은 실로 하늘에서 신탁이 내려왔다 해도 믿을 정도로 성스럽고 거룩했다.

빛이 일으킨 바람에 치마가 펄럭펄럭 움직였다. 적어도 이동할 때까지는 아무도 움직이지 못하리라. 체이서의 눈은 찢어질 듯 커져 가라앉을 줄 몰랐다. 이 상황이 믿기지 않아서인가 싶었으나 그와는 조금 달랐다. 당황보다는 당혹?

"이아나, 너……. 설마 황실과 손을 잡은 거야?"

장미 제전을 일으키기 위해서는 건국과 함께 지어진 '태양의 황궁'을 필요로 했다. 정확히는 이 거대하고 아름다운 성 한가운데 있는 신성한 제단이 필요로 하며, 반드시 이 시대의 장미가 직접 찾아가 빌어야 한다.

엄중한 감시를 띤 황성 한가운데란 말이었으니 정식으로 청할 시엔 황제의 명이 없고는 불가한 일이었다. 그러니 손을 잡다는 표현은 맞지 않으나 협력하기로 한 것은 사실이었다.

"대답해, 이아나!"

나는 체이서의 의문에 대답해주는 대신 뒤로 시선을 던졌다.

곧 내 발이 자유로이 움직인다. 앞서 아무도 움직이지 못한다 했으나 나만은 예외였다. 이 제전은 내가 주인이자, 나를 위해 열린 것이었으니.

나는 차분하게 걸어 한곳에 도달했다. 리케도르안이 있는 곳이었다. 그에게로 손을 뻗었다. 그러자 리케도르안이 기다렸다는 듯 내 손을 마주 잡았다. 리케도르안의 몸에서 희미한 빛이 흘러나왔다. 동시에 맞잡고 있던 손이 희미해졌다.

"리케도르안, 돌아가면 캄브라캄에 갈 채비를 바로 해요."

리케도르안은 내 팔을 그대로 잡아당겨 나를 품 안에 안았다.

뒤에서 끌어안긴 채로 그가 귓가에 나지막이 속삭였다.

"네. 곧바로 찾으러 갈게요."

나를 안고 있던 팔이 점차 희미해졌다. 리케도르안이 얌전히 송환에 응한다는 소리였다. 프란시아가 있던 곳을 보니, 이미 그녀는 재빨리 응한 것인지 온데간데없이 사라진 뒤였다.

아마 남은 기사들은 제이르와 프란시아의 부관이 수습해 빠르게 물러날 터였다. 어렵지 않을 거다. 저쪽의 지휘관인 체이서도 역소환될 것은 매한가지였으니까. 리케도르안에게 흘끗 눈인사를 하면서도 체이서에게서 눈을 떼지 못했다.

"보고 싶을 거예요……."

"금방 볼 것을요."

우린 보지도 않고 이렇게 대화했다. 나는 무언가 이상함을 지우지 못했다. 마침내 등을 덮었던 리케도르안의 몸이 사라졌다. 등을 덮었던 커다란 체온이 사라졌기 때문일까?

등 뒤로 싸늘한 한기가 몰아쳤다. 영문을 알 수 없는 불안과 함께. 왜지? 모든 게 생각한 대로 되고 있는데…….

파지지직.

이때 거대한 번개가 일어났다. 체이서가 무언가에게 저항하는 듯 검은 기운을 피워냈다. 그는 소환을 거부한 채 핏발선 눈으로 나를 보았다.

"크흡. 이아나. 다른 건 몰라도 절대, 절대. 황실과는 손을 잡아선 안 돼. 믿어선 안 돼."

……무슨 말이야. 지금 상황에 체이서보다 위험한 악당은 없었다. 이런 와중에 누군가를 믿지 말라니.

우습지도 않은 얘기였다.

"웃기지마. 이 순간에 가장 위험한 사람은 다름 아닌 너야."

"아무리 좋은 소릴 흘려도 듣지 마. 그래, 지금 네가 내게 하는 대로, 모든 걸 의심해. 이제까지 그러했듯이!"

"무슨 소리야, 당신."

이제 와 동정이라도 살 생각일까? 머리가 좋은 남자였다. 합당한 의심이었다.

"날 의심하게 만든 건 너잖아."

눈앞에서 사람이 끌려가는 것을 보았다. 내 발에 채워진 족쇄와 사슬을 보던 시절이 존재하는데 어찌 자신을 믿으라 말하는 건지.

그답지 않은 얼굴과 다급한 어조에 나는 미간을 찌푸렸다.

"……네 말은 더는 안 믿어."

이어서 눈을 가늘게 좁혔다. 고개를 내리면 이렇게 말하는 내 손도 점차 희미해지는 것이 보였다.

"이아나! 제발, 들어. 후, 내가 밉더라도! 황실은……!"

그대로 시야가 암전되었다.

체이서의 마지막 말이 마음에 남은 채로.

～≪≫～

눈을 뜨면 고요한 풀숲 속이었다.

'이동한 거지?'

나는 천천히 일어났다. 몸에 붙어 있는 잎을 대충 털어내며 주변을 살폈다. 깊은 풀숲이라 여겼지만 앉아서 보았을 때 착각이었던 듯 나뭇가지 사이로 마을이 보였다. 조그만 마을이었다.

"……의논한 곳과 그리 멀지 않은 곳이네."

장미 제전의 규칙, 모든 장미들은 영지로 송환된다는 규칙하에 모두가 각기 영지에 도착했을 터였다. 그러나 나는 이것이 다가 아니란 걸 알고 있다.

하늘을 올려다보았다.

아직은 시작한 것이 아니라…… 한 가지 과정이 더 남아 있었다. 기다리기 무섭게 하늘을 울리는 소리가 들려왔다. 스피커를 귀 바로 옆에 둔 듯 머리와 귓가를 바로 쿵쿵 울리는 소리 같기도 했다.

「중립과 균형의 노란 장미가 제전을 열었노라. 제전의 참가를 요청하나니, 이를 승낙한다!」

생각하기 무섭게 목소리가 들려왔다.

「열정과 야성의 붉은 장미가 제전의 참가를 요청하나니, 이를 승낙한다!」

「치유와 존경의 흰 장미가 제전의 참가를 요청하나니, 이를 승낙한다!」

그리고 이어서 다시 한번.

또 한 번 더.

1차로 장미들이 영지로 송환되면 장미 후계자가 맞는지 인증 절차를 밟는다고 한다. 그리고 여기서 인증을 완료하면 참여할지 선택할 수 있다고. 기록된 바에 따르면 지금까지 단 한 장미라도 빠진 적은 없었다고 하지만.

'아직 한 사람……. 남았어.'

가장 중요한 음성이 들려오지 않았다. 시간이 지나면 불참 여부로 넘어갈 것이었다. 사실 이쪽도 나쁘지 않았다.

이 제전에 참여하지 않은 장미는 다신 내 곁에 다가올 수 없으니까. 그에겐 혹독한 대가일 터. 나는 손을 꾹 쥐었다가 폈다. 손바닥에 식은땀이 가득했다.

이윽고 잠시간의 간격이 있고 나서 다시 한번 더 울렸다.

「집착과 애욕의 검은 장미가 제전의 참가를 요청하나니, 이를 승낙한다!」

보이진 않았으나 체이서가 치열하게 고민하다 참가를 청했다는 것이 느껴졌다.

'참가가 끝이 났네.'

'일단 첫 고비인 참가는 넘겼네.'

나는 작게 숨을 내쉬었다. 이 목소리는 일종의 '가이드'란다. 이 전쟁의 주체인 나를 비롯해 참여자에게 공지를 알려주고 전달하는. 신의 음성이 아닐까 싶을 만큼 온 하늘에 쩌렁쩌렁했지만 정체를 알 수는 없었다. 정보원인 황제도 몰랐으며 기록에도 나와 있지 않았고.

일단 제전을 일으켜 불리한 싸움터를 피한다는 방법은 성공을 거두었다.

"…이제 시작인가."

나는 마을을 바라보다가 길을 가늠했다.

"빠르게 움직여야 해."

이제 남은 것은 리케도르안과 만나 캄브라캄으로 최대한 빨리 달려가는 것이었다. 이젠 힘을 되찾았고, 내 안에 푸딩이뿐만 아니라 막 풀려난 수호신도 있으니 안전은 걱정하지 않아도 된다.

더군다나 이미 황제의 허가를 받았으니 캄브라캄으로 달려가기만 하면 그만이었다.

이곳은 푸른 장미가 송환되는 장소, 다시 말해 모든 장미들의 영지의 한가운데였지만 엄밀히 말해 이곳과 가장 가까운 영지가 있다. 바로 발테이즈, 르나그의 영지였다.

'체이서도 이를 알고 있을 테지.'

아마도 체이서 또한 이를 알고 있을 바, 내가 이곳으로 향하리라 생각할 것이다.

무엇보다 그는 내가 캄브라캄으로 가려 한다는 내 목적을 모르고 있을 테니까. 르나그가 미끼 역할을 잘해주길 바랄 뿐이었다. 이는 르나그가 직접 자청한 역할이기도 했다.

그렇게 모든 참여자 확인 및 작전 검토를 마치고, 막 발을 옮기는 순간이었다.

「마지막 장미의 요청을 수락하노라!」

……뭐?

나는 얼른 하늘을 올려다봤다.

이게 무슨 소리야?

「하나 그대는 적법한 참가자가 아닌바, 심사를 거치겠다.」

하늘에서 울리는 목소리는 숫제 누군가에게 말을 거는 것 같았다. 도대체 무슨 일이지? 당황한 나머지 아무런 생각도 못하는 사이

답이 흘러나왔다.

「심사가 끝났다.」

나는 입술을 달싹였다.

「불완전한 존재여, 그대의 참여는 본디 허락되지 않는 일. 하나 천년의 세월을 인정하는바, 적법한 이름을 인정하겠노라.」

불완전. 이 한마디로 모든 사태를 파악했다.

「미완성과 탐심의 보라 장미가 제전의 참가를 요청하나니, 이를 승낙한다!」

이는 다섯 번째 장미의 등장이자⋯⋯ 황실의 참여를 알리는 소리기이도 했다. 나는 숨을 꿀꺽 삼켰다.
'이게 무슨 일이지?'
당연하겠지만 이는 전혀 약속된 바 없는 일이었다.
황제는 내게 도움을 청했다. 그리고 자신이 도울 수 있는 것은 모두 돕겠다며 내게 제전에 관한 정보를 아낌없이 넘겨주었다. 특히나 황제가 가진 정보는 그저 기록상으로 남겨진 게 아닌 역대 수많은 역사를 실제로 살았던 선대황제들의 기억이었다. 그 어떤 기록

보다 보존 가치가 높았다.

이렇듯 제전이 열리고 정보가 모두 사실로 드러난 이상 거짓을 고한 건 아니었다. 그러나 여전히 마지막에 자신이 참여하는 건…… 언급한 바 없는 일이다.

지금쯤이면 모두가 이 음성을 들었을 것이다. 그리고 무언가 잘못되었음을 느꼈겠지.

일단 달라지는 것은 없었다. 어쩐지 너무나 쉽게 도움을 주더라니, 여기까지 생각한 걸까? 그저 황제가 가진 사정 때문이리라 생각했다. 그렇게 생각할 수밖에 없는 상황이기도 하였고.

이 순간 체이서의 마지막 말이 마음에 걸렸다.

끝까지 황제와 손을 잡지 말고, 믿지 말라는 그 말……. 분노가 치밀었다. 이를 부득 갈았다.

"도대체, 누가 누구에게 믿지 말라고 하는 거야."

나는 주먹을 꾹꾹 쥐고는 미간을 눌렀다.

다행스러운 건 마지막까지 황제에 대한 찜찜함과 의심을 거두지 않았던 탓에 작전을 공유한 것은 아니란 점이었다. 그저 제단을 이용할 허가만 받았을 뿐이니까.

'하지만 내가 캄브라캄으로 가리란 걸 알고 있어.'

그녀가 모르는 건 내가 가는 루트일 뿐.

나는 입술을 꾹 다물었다.

당황할 시간은 없었다. 불안하게 우짖는 푸딩이를 진정시킬 새도 없이, 처음 만난 내 수호신과 제대로 회포를 풀 겨를도 없이 빠르게 걸음을 옮겼다.

'일단 리케도르안과 약속 지점으로 향해야 해.'

제전에 영향을 받는 건 어디까지나 장미 당사자들로, 그들의 수하와는 상관없었다. 이러한 즉, 아마 저 마을을 스쳐 가면 헤르님의 기사가 나를 기다리고 있을 터였다.

미리 준비해둔 마법과 함께 있겠지? 마법은 추적이 가능했기에 여기 도착하자마자 섣불리 사용할 수 없었다. 지금쯤 이쪽으로 달려오고 있을 체이서에게 내가 향하는 방향을 최대한 숨겨야 했다.

'이젠 숨겨야 할 사람이 하나 더 늘었지만.'

황제가 어떤 이유로 제전에 참여했는지 쉬이 예상하지 못했지만 감으로는 결코 좋은 의도는 아닐 것 같은 기분이 들었다.

감이 마구 외쳤다. 마주쳐선 안 된다고. 황실에도 유능한 마법사가 있을 터이니, 더욱더 마법 사용에 주의를 기울여야 했다. 한참 걸음을 옮길 즈음 눈앞에서 수풀이 흔들렸다.

본능적으로 허리춤에 매단 단검을 붙잡으며, 한발을 뒤로 물렀다. 생각하기 무섭게 손끝에 푸르른 빛이 어렸다.

"오잉? 안녕하세요!"

그리고 수풀 사이로 등장한 것은 맥빠지게도 아주 작은 어린아이였다. 그것도 귀여운 여자아이.

"손님이에요? 우리 마을에 여행자는 거의 오지 않는데!"

나는 아이의 차림새나 얼굴을 유심히 응시했다. 혹시라도 속임수나 계략이 아닐까 했지만 마법 특유의 기운이 느껴지지 않았다. 수호신을 얻으며 더욱 예리해진 감각에도 느껴지지 않는 걸 보면 진짜 일반인인 것 같은데…….

오래 전 도튤릿에 살 적 나는 어린 아이처럼 변장한 납치범에게 끌려간 적 있다. 경계를 지우지 않으며 걸음을 뒤로 물렸다.

"…맞아. 난 지나가던 길이야. 넌 왜 여기 있는 거니?"

"여긴 제가 도토리를 줍는 길이에요!"

아이의 손에는 이 말을 증명하듯 도토리가 한 줌 쥐어 있었고, 조금 열린 주머니로도 도토리가 한 움큼 보였다. 경계가 조금 풀렸다.

"……저, 이상한 이야기로 들리겠지만 여긴 곧 위험해질지도 몰라. 얼른 집으로 돌아가."

"헉, 왜요? 전쟁이 일어나요? 장미님이 오세요?"

"뭐?"

정확한 용어에 나는 멈칫했다.

"우리 마을은 푸른 장미님을 모시는 마을이에요!"

아이는 맑은 얼굴로 활짝 웃었다.

"저기, 저 마을이요."

"…마을이 있다고?"

"네! 아주 옛날에는 태초의 푸른 장미님이 여기 살면서 우리를 예뻐해줬대요. 그때의 힘이 남아서 마을에서 태어나는 사람은 모두 푸른 눈을 가져요!"

그렇게 말하는 아이의 눈은 짙은 바다처럼 진한 푸른빛이었다. 연한 푸른색을 가진 리케도르안의 눈과는 다른 느낌이었지만 이상하게도 익숙했다.

이건 내 수호신이 내뿜던 기운의 빛이 띤 색과 비슷했으니까.

"여기는 푸른 장미님이 다스리던 땅이었어요."

"……영지 말이니?"

"네. 나라요! 예전에는 아주아주 컸지만 지금은 작아졌대요."

아이는 설명하기를 좋아하는 듯 해맑은 뺨을 붉히며 말했다.

"아주 가끔 푸른 장미님이 우리 마을로 돌아오는데 촌장님이 이 때 아주 잘 모셔야 한댔어요. 우리를 이때까지 잘 살게 해준 귀한 분 이라고."

아이가 손을 크게 벌렸다.

"우리는 그분의 사람들이니까, 오래오래 행복하실 수 있게 빌어 야 한다고요!"

나는 잠시 할 말을 잃었다.

"언니는 누구예요?"

"나는……."

아이의 영롱한 푸르른 눈에는 어떠한 사심이나 계략 없이 순수한 동경, 경의만이 어려 있었다.

"…너는 푸른 장미를 한 번도 보지 못했는데도 기다리는 거야?"

"네. 언젠가는 오실지도 몰라요!"

그래서 너는 누구냐는 아이의 눈이 내게 돌아왔다.

모든 장미는 영지를 가지고 있었다. 나는 황제에게서 현재 장미 의 영지란 태초의 장미가 뿌리 내린 곳이라 들었고 이들의 가문 이름이 곧 태초의 장미 이름이란 것도 들었다.

이런 유용한 정보 속에 푸른 장미의 사람이라거나 영지에 대한 것은 전혀 없었다. 그러나 모든 장미들이 자신의 땅을 가지고 있었다면…… 푸른 장미도 가지고 있지 않았을까?

그 답을 눈앞의 존재로 들은 기분이었다.

모든 장미는 영지로 소환된다. 그리고 나도 영지로 소환 된 것이라고.

"나는 그냥 우연히 길을 잃고 여길 지나가는 여행자야."

"아, ……정말요?"

아이가 시무룩한 얼굴을 했다.

"혹시나 언니가 푸른 장미님이 아닐까 생각했어요. 너무너무 예뻐서요."

"그러니? 고마워."

시간이 없었다. 한시라도 바삐 이곳을 떠나야 했다. 나는 살짝 웃어주고는 아이의 머리를 조심스럽게 쓰다듬었다.

"그렇지만 수도로 가면 푸른 장미님을 만날 수도 있을 것 같은데."

"언니가요? 정말요? 진짜예요?"

"응. 하고 싶은 말이 있어? 전해줄게."

아직 이런 거짓이 통할 법한 작은 아이라 끔뻑 넘어간 것 같았다. 예상대로 아이는 활짝 웃었다. 나는 아이가 푸른 장미에게 이 마을을 한번 방문해달라고 말하지 않을까 싶었다.

"헤헤, 그러면 행복하게 지내 달라고 전해주세요! 언제나 행복하시라고요!"

"……뭐?"

그러나 생각지 못한 말에 나는 말을 잇지 못했다.

"촌장님이 그랬는데, 푸른 장미님은 아주 강하고 아름다우신데, 그런데도 뜻대로 살 수가 없었대요. 자유롭지 못했다고."

나의 고래를 닮은 푸른 눈이 깜빡였다.

"그래서 가끔 이곳으로 돌아오시는 거라고도요."

아주 가끔 들렀다는 푸른 장미는 아마도 장미 제전을 치르기 위해 이곳으로 소환되었던 역대 푸른 장미들이리라.

과거 장미 제전이 일어난 것은 푸른 장미가 선택을 체념했거나 싸움이 너무나 치열했기에 일어났다 하였으니 과거 푸른 장미 중에는 도피한 사람도 있을지 모른다.

"하지만 저희는 푸른 장미님이 주신 땅에서 잘 지내고 행복했어요. 그러니까 저희는 언제라도 장미님의 행복을 빌 거예요."

아이가 자그만 손을 펼쳤다.

"늘 자유로우시길! 늘 행복하시길!"

커다랬지만 점차 줄어들어 이제는 조그맣게 명맥만을 유지하는 조그만 마을. 수호신의 기운과 똑같은 눈색을 가졌다는 사람들. 나는 형언할 수 없는 감정을 느꼈다.

푸른 장미의 이름 따위 어쩔 수 없이 받아들였을지언정 반쯤은 성기시고 이해할 수 없다고만 느꼈는데…….

"······고마워."

"네?"

"아니야. 꼭 전해줄게."

왜 눈 밑이 잠시나마 시큰했던 것인지. 정확한 이유를 알 수는 없었다. 그저 내가 모르는 곳에서 순수하게 나의 행복을, 자유를 빌었던 이들이 있던 것에.

나는 감사함을 느꼈다. 어찌할 줄 모르는 감정 또한 함께.

이제는 정말로 떠날 시간이었다.

"그럼 난 가볼게. 다시 볼 수 있으면 좋겠다."

아이는 친절하게도 마을을 끼고 이 수풀을 나가는 길을 자세하게 알려주었다. 사냥꾼 아저씨들의 덫을 피하라며 덫이 있는 자리도 알려주면서.

"네. 예쁜 언니! 또 봐요! 언니는 예쁘고 신비로워 보이고 또 응, 아름답고! 또 보고 싶어요."

"그래. 고마워."

나는 그길로 아이와 헤어져 뛰듯이 걸음을 옮겼다. 내 체력을 안배하여 헤르님의 기사와 만날 지점은 그리 먼 곳에 배치하지 않았다.

푸르른 기운이 내 발을 휘감고 있었다. 아무리 걸어도 발이 아프지 않고 속도는 내 본래 속도보다 훨씬 빨랐다.

그렇게 수풀을 헤치고 막 거대한 들판으로 나왔을 무렵.

"이제 오는가."

나를 기다리던 무리와 마주했다. 애석하게도 가장 만나고 싶었던 헤르님의 기사가 아니었다. 말도 안 되는 속도로 달려올 내 장미들도 아니었다.

휘이잉.

긴 적갈색 머리칼이 흩날린다. 상처 가득한 뺨을 그대로 드러내 보인 황제가 우아하게 웃고 있었다. 드레스는 어디로 가고, 친히 제복을 걸친 채였다.

"다시 보는군, 푸른 장미."

그녀의 말이 끝나기 무섭게 거대하게 준비된 마법이 나를 덮쳤다.

쾅! 쾅쾅!

드넓게 펼쳐진 들판에 때아닌 굉음이 울려 퍼졌다. 어떤 것은 들판을 불태우고, 또 어떤 것은 얼렸으며 마치 염산인 듯 치익 타들어 가게 하기도 했다.

"하아, 하아."

순식간에 움푹 파인 땅들은 얼마나 거대한 마법이었는지 또 얼마나 치열했는지를 알려주었다.

나는 숨을 작게 몰아쉬었다. 나를 보호하듯 감싼 푸른 장막 위로 먼지가 가라앉고, 그 사이로 웃는 황제의 얼굴이 보였다.

"……예상 밖인데."

하나 그녀는 웃고 있지만 더는 여유로운 얼굴이 아니었다.

싸움이 격렬했다. 짧은 시간이었으나 불같이 맹렬했던 싸움은 서로에게 많은 것을 알려주었다. 이 무수히 많은 마법을 막는 것이 어렵지 않다는 것과 이 정도로는 내가 쓰러지지 않음을 저들이 깨달은 것.

"폐하께서 여기까지 어인 일이신가요?"

서로의 깨달음이 스친 사이로 황제가 눈을 가늘게 좁혔다.

"이제야 이를 묻는 건가?"

"물을 시간을 주셨어야 말이지요."

"그대의 말투는 여전하군. 건방진데도 기분이 나쁘지 않은 짐의 상태도 여전해."

황제의 입술로 웃음이 스민 사이, 잠시 마법이 멈췄다.

"이미 보인바 무엇을 못 하겠나? 그대를 데리러 왔네."

"죽이려는 것이 아니고요?"

이 살벌한 마법들이 어디가 마중이란 말인가.

"아, 짐은 숨만 붙어 있다면 상태는 상관없어서 말일세."

마법이 멈추고서야 제대로 황제의 얼굴을 보았고, 그제야 알 수 있었다.

"하하하, 하하하하. 그대를 다시 보니 아주 좋아."

형형한 보랏빛이 도는 눈동자는 어딘가 이상했다. 황제의 주변으로 맴도는 희끄무레하던 형제가 이전보다 더욱 진하게 보였다.

"망령들도 그대를 보아 즐겁다고 하는군! 아주 좋은 날이야, 하 하하!"

보는 순간 불길함을 자아내는 형체들이었다. 나는 내 안에 푸딩이가 뛰쳐나오지 않도록 가라앉혔다.

저들은 내 능력을 전부 파악하지 못했다. 그러니 푸딩이는 비장의 수로 두어야 했다. 이미 그것이 아니라도 마법을 막아내는 건 어렵지 않았다. 검 또한 마찬가지였다.

내 위험을 눈치챈 것인지 내 수호신은 나를 보호한 푸르른 장막을 거두지 않았다. 오히려 더 푸르게 나를 감싸 안을 뿐. 마치 포근한 파도에 안긴 기분이었다.

"……고마워."

귀로 잔잔한 울음소리가 들려왔다.

"내게 도와달라더니. 이제 와서 제전에 참여한 건 모두 계산된 일이었나요?"

정말 궁금하진 않았다. 그저 방법을 모색하기 위해 던진 질문이었을 따름이었다.

"글쎄. 그랬나? 하하하. 그랬었나……."

황제가 고개를 느슨하게 기울였다. 형형한 눈동자를 숨기지 않는다. 그녀의 말투는 마치 나쁜 약을 한 것처럼 나른했고 말꼬리가 길게 늘어졌다.

"……그러지 않았던 것 같기도 한데…… 아니지. 무슨 상관인가. 이제 와 그 자리와 힘이…… 존재가 욕심났지. 그래. 그랬어……. 다,

갖고 싶어…."

황제의 손가락이 제 턱을 쓸어내렸다.

"역대 장미들은 이 제전에서 승리하기 위해 별수를 다 썼다 하던데…… 짐은 흑장미의 방식이 가장 마음에 들어…… 소중한 것을 부숴버린다 협박을 했다 하였나. 아, 그래!"

중얼중얼 말을 외던 그녀가 고개를 옆으로 돌렸다. 우리가 대치한 곳은 너른 들판이었다. 들판의 지대가 높았던 탓에 옆으로는 탁 트인 마을의 풍경이 그대로 보였다.

조금 전 아이가 살던 마을이었다.

"무고한 이들의 목숨을 인질 잡고 회유도 했었다던데……. 저 마을이나 불태워볼까?"

동요하지 말았어야 했다. 그러나 그 순간 해맑은 아이의 표정이 스쳤고, 나도 모르게 흔적을 드러내 보인 건지도 모른다.

"오호라?"

들켰다. 그리 생각할 수밖에 없는 표정이 황제에게로 스쳤다.

"의외로 이런 게 정답이란 말인가?"

"무슨."

그녀의 얼굴이 화사하게 밝아졌다.

"공격해."

그녀의 손가락은 나를 향해 있지 않았다. 불길이 마을로 향한 것을 본 순간 나는 입술을 꽉 깨물었다.

"막아줘!"

저기, 저기로!

불행하게도 내 수호신은 하나를 택할 수밖에 없었으리라. 내 간청을 들어주든 무시하고 나를 지키든. 그러나 힘의 주체는 나였고, 내 힘은 모든 마법을 막아냈다.

그리고.

-인간!

눈앞에서 조그만 설표가 내게 날아온 검을 대신 막았다. 붉게 일어난 기운이 모든 검을 튕겨내고 기사를 날려버렸다.

그러나 다시 한번 무수한 검이 날아왔다. 검이 설표를 꿰뚫는 순간 나는 주저앉아 푸딩이를 꽉 끌어안았다. 푸욱. 손끝에서 만들어진 푸르른 아지랑이가 꿰뚫린 검을 밀어냈다.

"너, 너 괜찮아? 빨리, 빨리. 내 안으로…… 들어가, 어서!"

그러나 이 착해빠진 짐승은 아옹아옹 울며 내 걱정밖에 할 줄 몰랐다.

-인간, 냥! 인간, 빨리 나를 놔라! 인간!

동시에 등에서 참을 수 없는 고통이 밀려왔다. 한발 늦게 푸른 기운이 나를 감쌌다. 내 수호신이 길게 울부짖고 있었다. 흡사 제 탓을 하는 양.

"……괜찮아. 네 탓…… 아니니까."

어렵사리 고개를 돌리면 멀쩡한 마을이 보였다. 높다란 하늘 아래, 마을은 내가 보았던 그대로 평화로웠다. 밥을 짓는 듯 연기가 흘러나오는 모습이 느릿하게 흘러간다.

이거 참. 내가 언제부터 인류애가 넘쳤다고.

그저 웃음이 나왔다. 이와 함께 기다렸다는 듯 빠르게 다가온 마법이 내 장막을 픽 내려쳤다. 막는 건 거뜬한데, 몸에서 피가 흐르는 것 같다. 아, 생각보다 좀 커다란 것을 맞은 것 같네.

'……리케도르안에게 가야 하는데.'

그리고 눈이 서서히 감겼다. 흘러내리는 풍경으로 황제의 얼굴이 담겼다. 아, 이제야 알겠다.

〈짐은 삼켜지지 않기 위해 안간힘을 썼네만.〉

비단결같이 윤기가 흐르는 머리카락 아래 뱀의 눈처럼 똬리를 틀고 있는 것. 활짝 웃고 있지만 결코 정상은 아닌 광기 어린 황제의 미소를 마지막으로 응시하면서.

"하하하하, 가졌다! 드디어 가졌다! 아하하하하!"

그곳엔. 인외의 힘이 인간의 운명을 좌지우지하는 것을 좋아하지 않는단 내 말에 웃으며 단단한 얼굴로 동의하던 이는 없었다.

〈나는, 미치고 싶지 않아.〉

미치고 싶지 않다는 당신의 소망은 끝내 이루어지지 않았구나. 나는 마지막으로 피식 웃었다.

'적이 늘었구나.'

암전을 맞이하며.

똑똑.

물이 떨어진다. 익숙한 소리로 물이 떨어지는 중임을 알았다. 나는 의문을 느꼈다. 이상하네. 보지도 않고 이걸 어떻게 알지? 스스로에게 물은 질문에 대한 답은 곧바로 돌아왔다.

……그거야 무수히 많이 듣던 소리니까.

감방은 아무리 잘 만들어봐야 돌벽이었고 비가 오는 날엔 늘 이런 소리가 들려왔다. 특히나 지하에 갇혀 있던 리케도르안의 감방은 더욱 심했지. 그런데 잠깐.

'감방?'

나는 서서히 눈을 떴다. 무의식중에 생각한 것이 틀리지는 않았는지.

"진짜 감방이잖아……."

익숙한 방의 구조가 보였다. 다만 구조만 익숙했을 뿐 완전히 같지는 않았다. 캄브라캄과는 돌의 재질과 창살의 넓이나 모양 등이 달랐다.

그러나 묵직하게 내려온 창살이나 작게 타오르는 횃불, 전체적으로 습윤한 공기까지. 내게 너무나 익숙한 공간이었다.

'어쨌거나 감방이라는 건데.'

나는 내 손을 내려다보고는 푹 한숨을 쉬었다. 손이 무거웠다. 눈을 떴을 때 그다지 평화로운 일이 기다리진 않을 거라 예상은 했지만……. 철그렁. 내 손에는 차갑고 묵직한 수갑이 채워져 있었다. 철컹거리는 쇠사슬은 덤이었다.

"허어."

나는 혀를 쯧 찼다.

이제는 수갑이라니. 족쇄가 아닌 게 다행인가 싶다가도 아주 감방에다 감금을 풀세트로 경험해본다 싶었다. 일단 수갑이 채워진 양손으로 머리를 크게 쓸어 올렸다.

"······어째 돌고 돌아 다시 감방이냐."

우선 상태를 점검했다. 가장 걱정했던 푸딩이는 내 안에 잠들어 있었다. 불러도 대답하지 않는 걸로 봐서는 기절했거나 회복 중인 듯했다.

내 품에 무사히 돌아온 것만으로 다행이지만. 그리고 내 수호신 또한 얌전히 잘 있는 듯했다. 다만 이 수갑에 무슨 수를 쓴 것인지 힘이 쉬이 사용되지 않았다.

'미안해. 너와 만나자마자 고생을 많이 시키네.'

아직 내 수호신과 제대로 된 말도 해보지 못했다는 것이 마음에 걸렸다. 상황이 획획 뒤바뀌는 탓이었다. 내 생각을 들었는지 작은 울음소리가 들려왔다. 물속에서 듣는 듯 둥둥 울리는 소리는 마음을 편안히 감싸오는 것 같았다.

이게 네 위로구나.

나는 살짝 웃고는 수갑을 찬 손을 꾹 쥐었다.

'힘을 못 쓰게 만드는 것이 수갑인지. 아니면 이 방 전체인지 모르겠지만.'

마지막으로 보았던 황제의 얼굴을 떠올린바 쉬이 풀리도록 두진 않았을 것이다. 그래, 평범하게 묶어두진 않았겠지. 나는 오래전 기억을 떠올리며 한숨을 푹 쉬었다.

"묶이는 건 질색인데."

"구속은 별로야?"

"당연하지. 그걸 누가 좋⋯⋯."

자연스럽게 대답하다 말고 우뚝 멈춰 섰다.

감금, 쇠사슬, 그리고 늘 그 뒤로 익숙하게 들려오던 목소리.

내겐 너무나 익숙하고 낯익은 상황인지라 나도 모르게 대답했다. 그도 그럴 것이 도뮬릿에서 늘 있던 일이니까.

'체이서?'

고개를 돌리면 이 황홀한 목소리의 주인공이 빙긋 웃고 있었다. 나를 보며 기쁘다는 듯 눈을 나른하게 접으며.

"다시 보네. 이아나."

그러나 그의 상황은 여유롭게 웃을 상황이 되지 못했다.

뚝뚝.

물방울이 떨어지는 소리. 이것의 주인은 바로 그였다. 양손이 벽에 구속된 그의 손끝 아래로 핏방울이 뚝뚝 떨어지고 있었다. 금욕적이던 옷차림은 어디 갔는지, 그는 새하얀 셔츠가 반쯤 찢어진 상태로 바지만을 걸친 채 벽에 구속되어 있었다.

서지도 앉지도 못하는 악랄한 형태로 구속된 채 아프지도 않은지 그는 나를 보며 미소를 잃지 않았다.

"나를 보니 통쾌하지 않아?"

"누가."

나는 눈을 찡그렸다.

"아닌가. 이런 걸 좋아할 줄 알았는데……."

"쇠사슬에 그렇게 매달리는 게 취향이야?"

"그럴 리가."

나는 자연히 체이서와 거리를 벌렸다. 친근함? 그런 건 이제 어디에도 없었다. 변해버린 황제가 그렇듯이, 저 남자는 '적'이다.

"하지만 우리 이아나. 널 보는 건 기분이 좋네."

나는 대답하지 않았다.

대신 바로 옆에 구속된 그의 모습을 훑어보다 천천히 입을 열었다.

"……누가 그딴 호칭에 동의한다고 했어? 날 부르지 마."

"그럼 내 이아나?"

내가 눈에 띄게 물러나는 모습을 보았음에도 체이서의 표정엔 변함이 없었다. 나는 무심하게 시선을 흘려내며 고개를 돌렸다.

"마음대로 떠들어. 더는 너랑 말을 섞지도 않을 테니까."

"이아나."

머리가 좋은 남자였다. 대체 무슨 일이 있어서 저기 매달린 건지는 몰라도……. 그럼에도 불구하고 위협을 느끼게 하는 남자였다. 한편 이런 상태로도 아무렇지 않게 말을 하는 모습에 기가 차 말이 나오지 않았다.

"상황이 이렇지만 너무 기쁘다는 건 진심이야."

체이서가 그렇게 말하는 동시에 귀에 익은 목소리가 한 번 더 들려왔다.

"이아나, 닥치라고 하세요."

낮지만 청아한 울림을 가진 나의 장미 목소리.

"시선도 눈길도 눈도 주지 말아요."

고개를 돌리면 창살 너머 마찬가지로 구속된 리케도르안이 보였다.

"리케도르안?"

"네. 빨리 저한테 말해주세요. 저놈도 듣게."

이쪽은 쇠사슬에 꽁꽁 묶인 채 안개까지 씌워진 채로.

"사랑한다고요."

불빛이 희미해 거의 실루엣으로 보이는 수준이었지만 똑똑히 알아보았다. 아니, 내가 내 장미의 모습을 못 알아볼 리 없었다. 다행히도 손이 묶였을 뿐 움직임까지 구속되지는 않았다. 거기다 수갑과 연결된 쇠사슬이 길어 창살까지 걸어갈 수 있었다.

"정말 리케도르안이죠?"

"네. 이아나."

가까이서 보니, 그의 상태가 똑똑히 보였다. 리케도르안 쪽도 그리 좋은 상태가 아니었다. 온몸이 빈틈없이 쇠사슬로 묶여있는 데다 얼굴에 씌워진 안대 군데군데 피가 묻어 있었다.

"……다쳤어요?"

나는 황급히 창살 앞에 무릎 꿇고 앉았다.

"어디가 아파요? 얼마나 다친 거예요?"

잔뜩 걱정 어린 내 목소리에 안대 아래로 보이는 붉은 입술이 수줍은 곡선을 그렸다.

"조금요. 아주 조금이요."

"조금이 아닌 것 같아요."

"정말 조금이에요."

리케도르안은 눈이 가려져 있었지만 소리로 내 위치를 정확히 알아본 것 같았다.

"이아나가 걱정해줄 만큼만 다쳤어요."

"……그게 뭐예요."

리케도르안이 손을 창살 쪽으로 뻗었다. 쇠사슬 때문에 길게 뻗지는 못했다. 마치 잡아달라는 손이었다.

"아파요, 이아나."

나는 하, 숨을 쉬며 그의 손을 잡았다. 이미 그의 손은 자잘한 상처투성이였다. 여기 묻은 피가 누구의 피인지는 알 수 없으나…… 누구의 피였든 치열한 싸움을 겪었음을 알려주는 것 같았다. 사실 뒤에 있는 체이서에게 묻고 싶은 말이 없는 것은 아니었다.

그가 내게 경고했던 말. 황실을 믿지 마라, 혹시 이런 상황을 예상하고 했던 거냐고. 이렇게 물을 수 있었지만 그러지 않았다.

어차피 일어난 일이었다.

"그나저나 왜 당신까지 잡혀 온 거예요?"

리케도르안의 무력은 실로 압도적이었다. 이런 그를 산 채로 잡기란 웬만한 무력을 동원하지 않고는 불가능했을 텐데…….

리케도르안이 잠시 쓴웃음을 지었다.

"어쩔 수가 없었어요. 흑장미와 싸우는 도중에 황제가 나타났는데, 저쪽에서 꼼짝없는 수를 내밀어서……."

웃는 그를 보자니 머릿속에 스쳐 지나가는 것이 있었다.

"설마, 나를 인질로 내세웠어요?"

"……."

리케도르안은 답하지 않았지만 이것이 긍정의 의미란 걸 알았다.

"……당신은 나의 유일한 약점이자, 모든 장미의 취약점이니까요."

리케도르안이 배시시 웃었다.

"당신을 지키기 위해서라면 내 몸은 아깝지 않아요."

나는 발끈했다.

"아깝지 않아요, 하고 말할 때가 아니잖아요. 나라고 당신이 다치고 아픈 게 달가울 것 같아요?"

"그렇지만…… 이렇게 다시 만났잖아요."

갈증이 스민 그의 목소리에 나는 그대로 말을 멈췄다.

모든 장미의 취약점.

나도 모르게 고개를 돌릴 뻔했다.

……그렇다는 건 체이서 쪽도 인질 때문에 잡힌 거라는 건가. 이제 와선 도무지 저 남자를 알 수가 없었다. 그러나 이젠 이해하기엔 너무 먼 길을 와버렸다.

"그보다 이아나, 들려주지 않을 거예요?"

"……네?"

리케도르안이 혀를 내밀어 입술을 살짝 적셨다.

안대 아래로 보이는 하얀 피부와 그와 대조되는 검붉게 달라붙은 핏자국. 그리고 붉은 입술까지. 이러면 안 되겠지만…… 상황도 잊고 묘한 상상을 불러일으키는 모습이었다. 나는 숨을 삼켰다.

아니, 잠깐만 여기서 이상한 생각하면 내가 정말 쓰레기가 될 것 같아. 나는 수갑으로 얼굴을 툭툭 두드렸다. 정신 차려.

"사랑한다고, 말해주세요. 네?"

"아……."

"흐음, 이런 식으로 자극을 주는 거라면. 참 색다른데."

나와 리케도르안만 있는 것 같던 대화에 체이서의 목소리가 끼어들었다.

나는 그제야 뒤를 흘끗 보았다.

지금까지 왜 침묵을 지킨 것인지는 몰라도……. 체이서가 뚫어질 듯 우리를 응시했다. 나와 마주치자 붉은 눈동자가 잘게 흔들렸다.

모순적인 남자였다. 타인을 해치는 데에는 아무런 거리낌이 없으면서. 내 작은 시선 하나에 상처를 받는다는 것이.

나는 눈을 느리게 깜빡였다. 갑작스러운 응석을 보이는 리케도르안. 그에게 더는 참지 마라고 한 것은 나였다.

이윽고 살짝 웃었다. 내 입술이 천천히 열렸다.

"짓궂네요. 내 리케도르안은."

체이서가 움찔했다.

나는 리케도르안의 손을 꽉 잡았다. 상처를 피해서 잡았지만 그에게서 미약한 흔들림이 느껴졌다. 혹시 아픈 건가 싶어 손에 힘을 빼자, 오히려 리케도르안의 손가락이 나를 옭아맸다. 마치 놓지 말라고 하는 듯.

"그 말 질리도록 해주겠다고 했잖아요."

체이서가 들으라는 듯 리케도르안은 목소리를 낮추지 않았다. 나는 더는 체이서, 저 남자를 용서하지 않기로 했다. 이해해보려고도 하지 않을 거다.

"내 리케도르안."

당신이 지겹도록 부르던 그 호칭은 이미 다른 이에게 줘버린 뒤라고.

"고개 들어요. 움츠리지 않아도 된다고 했잖아요."

나를 묶고 감금했던 사람을, 수많은 이의 눈에서 피와 눈물을 낸 사람을 이해하고자 하는 건 그들을 향한 기만이었다. 이 남자 스스로 멀리 걸어가 버린 길이다. 더는 나와 교차할 일 없이 아주 멀리.

"당신이 불안해하지 않을 수 있다면 나는 몇 번이고 말할 수 있어요."

내게 연민마저 앗아간 것은 당신이며, 당신이 만든 결과다.

"사랑해요."

나는 리케도르안의 손을 들어 올려 기꺼이 입을 맞추었다. 피로 얼룩진 손에서 풀 내음과 진흙 내음 그리고 피가 마구 뒤섞인 냄새가 났다. 나를 지키기 위해 흘렸던 피야. 리케도르안은 손을 빼려는 듯 움찔했지만 저항은 미약했다. 내가 놓기를 바라지 않는 듯이. 이에 부응하듯 나는 손가락에 힘을 주었다. 그리고 입술을 옮겼다.

리케도르안이 했던 것처럼 손톱이 갈라진 손 끝에 입을 맞춘다.

"……더러워요, 이아나."

"전혀요."

비릿한 피 내음이 입술로 달라붙었다. 그러나 불안해하는 내 장미의 마음을 토닥일 수 있다면 이 정도는 아무렇지 않았다.

"당신만을 사랑해요."

사랑하는 사람이 다치고 엉망이 된 모습은 생각 이상으로 마음을 아프게 하는구나.

"이젠 알겠어요."

리케도르안에게 말을 했으나 이는 체이서에게도 분명히 들리리라. 그러나 비단 이 남자가 들으라 하는 말만이 아닌 진심이기도 했다.

"전에 이야기했잖아요. 내가 진정 사랑을 느낄 수 있을지 모르겠다고."

이 대목에서 고개를 살짝 숙여 시선을 아래로 내렸다.

"다시 말해야겠네요. 사랑이 나를 이렇게 바꿔버릴 줄은 몰랐어요. 이 순간 당신을 바라보고 있으면 내가 대신 아프고 싶을 정도로 나도 아파요."

다신 당신이 쇠사슬에 묶이지 않길 바랐다. 그런데 이것이 내 탓

같아서 마음이 아프다.

"내 탓 같아요."

지금도 손을 뻗어 피를 지워주고 싶은데, 그의 얼굴까지 손이 닿지 않는다. 하나 날 알아챈 것인지 리케도르안이 고개를 숙였다. 심지어 안대를 한 얼굴로 내 손 가까이 다가오더니 오래전 감방 속 짐승 모습처럼 킁킁 냄새를 맡았다.

"아파하지 말아요. 이아나."

"…어떻게 그런 생각을 안 해요. 마음이 많이 아파요."

"……당신은 제가 어디에 있든, 그곳을 낙원으로 만들어요."

"그런 말 말래도. 감방은 당신에게 그다지 좋은 기억이 없는 곳이잖아."

"그럼에도 지금 여긴 내 천국이에요."

그는 그러고는 이내 제 뺨을 내 손에 비볐다.

"……당신이 있으니까."

그와 동시에 목이 졸린듯한 작은 음성이 터져나왔다.

"이아나……."

나는 뒤로 들려오는 애절한 내 이름에도 고개를 돌리지 않았다.

체이서가 어떤 얼굴을 하고 있을지, 관심 없었다. 나를 묶고 감금했던 사람을, 수많은 이의 눈에서 피와 눈물을 낸 사람을 이해하고자 하는 건 과거의 나와 아팠던 이들에게 못할 짓이었으니까.

"프란시아와 르나그는요?"

"모르겠어요. 나와 같이 있지 않아서."

아직 장미 제전이 진행 중이었다. 참여를 외치곤, 각자 영지에서 약속된 지점으로 움직였을 터다.

나는 빠르게 고개를 돌려 창살을 확인했다. 벽이 없는 대신 창살이 자리한지라 바로 옆 방들이 훤히 보인다. 일단 저쪽 반대편 감방은 아무도 없는 것 같고, 불이 희미하긴 해도 확인할 수 있는 것이 많다. 마찬가지로 리케도르안 방 너머에도 아무도 없는 듯했고. 우리의 대화에도 반응이 없는 걸로 봐서는 간수도 없다.

'간수가 없다는 건…… 이 방에 만들어진 장치를 신뢰한다는 건가?'

아마 르나그와 프란시아가 이 감방에 없는 것으로 보아서는 이들은 붙잡히지 않은 모양이었다.

자, 그럼 이젠 어떻게 움직여야 할까. 나는 회의적이지만은 않다. 작전은 완전히 어긋나지 않았으니까, 그렇다면.

"일단, 여기서 벗어나야 할 것 같은데……."

제전이 끝나기 전까지 캄브라캄으로 가야 한다. 체이서를 의식해 목적지를 말하지 않았다. 체이서가 뒤에서 듣고 있단 걸 알고 있으니까.

"여기서 어떻게 나가죠?"

내가 이렇게 묻는 순간 두 개의 목소리가 동시에 대답했다.

"그건 걱정하지 말……."

"그건 걱정하지 말아, 이아나."

리케도르안이 말을 하다 말고 멈칫했다. 그러고는 입술을 꾹 깨물었다. 나는 천천히 고개를 돌렸다. 그곳에는 그림같이 미소한 남자가 있었다. 조금 전의 대화를 모두 들었을 텐데도 체이서는 전혀 동요가 없는 기색이었다.

없는 것인지, 모두 갈무리하는 것인진 몰라도.

나는 적어도 후자라고 생각했다. 미처 꺼트리지 못한 감정의 찌꺼기가 얼굴에 덕지덕지 묻어있었으니까.

"왜 그래? 나가야 하는 처지는 똑같잖아? 잠시 동안 악당이랑 손잡는 것도 나쁘지 않을 텐데. 어때?"

찰랑. 위로 묶인 체이서의 손 위로 굵은 쇠사슬이 미약하게 흔들렸다. 그는 매달린 채로 아찔하게 미소를 지었다. 사로잡힌 악마같이.

횃불 그림자가 진 아래에서 체이서의 붉은 눈동자가 가늘게 휘었다.

"보다시피 난 쓸모 많은 패잖아. 그렇지?"

너는 날 잘 알고 있잖아, 하고 묻는 듯한 시선이었다.

"난 여길 평화롭게 나가는 방법을 알아. 이아나."

그는 그렇게 말하며 내게서 눈을 떼어내지 않았다. 끝까지 들어달라는 것처럼.

"나도 오래 갇혀 있으면 안 되는 입장이라서."

그렇다면 처음부터 붙잡히지 않았다면 될 것 아닌가? 이렇게 묻고 싶었지만 나는 아무런 말도 하지 않았다.

"뭘 믿고 당신과 손을 잡으란 말이야?"

"이런, 이아나. 그건 좀 슬픈 말인데. 사실 네가 날 믿어준 적 있었어? 그랬다면 나야 고마운데……. 그런 적 없잖아?"

"말장난하지 마. 어차피 이곳을 나가면 다시 나를 붙잡을 널 알아."

"이아나."

"너와는 함께 안 해. 아무것도."

나는 단호하게 체이서의 말을 잘랐다.

"더는 날 현혹할 생각 마."

그제야 체이서의 표정이 미묘해졌다. 아니, 천천히 미소가 사라진 얼굴은 와그작 금이 간 것처럼 보였다. 체이서가 잠시 말을 잃었다. 곧 다시 입을 뗐다. 그러나 그보다 다른 이가 빨랐다.

"한번 들어보는 것도 나쁘지 않을 거예요."

나는 깜짝 놀라 리케도르안을 보았다.

"리케도르안?"

내 부름은 그게 진심이냐는 말을 품고 있었다. 다른 이도 아니고 리케도르안에게서 나올 거라 생각 못한 말이었으니까.

"계략에 있어서는 제국의 누구라도 따라잡지 못할 남자예요. 특히나… 질 나쁜 계략은 타의 추종을 불허하죠."

체이서가 싱긋 웃었다. 언제 표정을 굳혔다는 양.

"본인은 마치 깨끗한 것처럼 말을 하는군. 섭섭한데? 나의 라이벌이라 불리던 대공께서."

"내가 얼마나 더럽든, 고귀한 손을 잡은 건 이쪽이지."

"아아. 내 앞에서 선택받은 걸 뽐내보겠다?"

체이서가 부득 이를 갈았다.

"내 이아나와 함께하고 싶지만 이딴 식의 도움은 그다지 달갑지 않은데."

철그렁. 체이서의 손을 매단 쇠사슬이 거칠게 움직였다.

그의 손끝에서 막 피어나려던 검은 기운이 강제로 치이익 소리와 함께 사라지는 것이 보였다. 그와 동시에 체이서의 손목에는 타는 듯한 상흔이 남았다. 그러나 체이서는 아랑곳하지 않는 얼굴이었다. 대신 느릿하게 고개를 기울였다.

"내 자존심을 이렇게 부숴 바닥에 깔아줄 작정이라… 정의의 장미께서 쓰는 수 치고는 저열한 방법 아닌가."

나는 두 남자의 대화를 듣다가 작게 한숨을 쉬었다. 그러고는 리케도르안의 손을 살짝 잡아당겼다.

"리케도르안, 다툴 시간 없어요."

"……알고 있어요, 이아나. 하지만……."

리케도르안이 말을 살짝 흐리더니 이내 한숨을 쉬었다.

"저놈이 자신만만하게 말하는 이유가 있는 걸 압니다. 짜증 나서 당장 치워버리고 싶지만요."

"이유요?"

"그거, 내가 설명해야겠는데."

"닥쳐."

리케도르안은 체이서의 말을 깔끔하게 무시하며 말했다. 이를 갈

듯 씹는 음성으로.

"하아, 젠장. 저도 전혀 기쁘지 않아요. 하지만 저쪽과 이쪽의 힘을 합쳐야 나갈 수 있어요. 이아나."

"힘을 합쳐요? 지금 내가 보는 사람이 리케도르안 당신이 아니라 가짜는 아닌 거죠? 진자 당신이 한 말이에요?"

"…네. 이아나. 믿기지 않겠지만 저예요."

조금 전에도 그랬지만 리케도르안의 입에서 나온 거라고는 믿기지 않는 말이었다.

"저 또한 지금 당장 제 스스로가 혐오스럽지만."

리케도르안이 이를 악 물었다.

"…가장 중요한 걸 위해 포기할 줄도 알아요, 전."

여전히 믿기지 않았다. 다른 이도 아니고 체이서랑? 리케도르안이 체이서에게 가진 감정은 누구보다 잘 알고 있는데. 리케도르안의 음성을 듣자 하니 그도 그리 달가운 기분은 아닌 것 같았다.

"대체 어떤 방법이기에 그래요?"

"……이아나. 제 직위가 어떻게 되죠?"

"네? 그거야……. 대공이잖아요?"

"그리고 저쪽의……."

리케도르안이 막 이렇게 말한 순간이었다.

끼이익.

녹슨 쇠가 부딪치는 소리가 들렸다. 본능적으로 알았다. 이건 문이 열리는 소리다. 아니나 다를까 저 멀리 희미한 빛이 보였다. 곧이어 저벅저벅 걸어오는 발소리가 들렸다.

"……이아나, 부탁인데 내 옆으로 와주겠어? 옆방의 헐벗은 장미께서는 당장 널 지키지 못할 거야. 응?"

체이서가 낮게 속삭였다. 나는 그 말을 듣지 않았다. 동시에 발걸음이 멈췄다.

"일어나셨습니까?"

낯익은 목소리였다. 어디서 들어봤더라? 하나 나는 기억을 뒤져볼 필요가 없었다. 낯선 방문자가 망토를 내린 순간, 누군지 알아보았으니까.

"당신은……."

기억하는 것이 맞다면, 그는 황제의 알현실에서 보았던 늙은 사내였다. 비밀스러운 알현을 할 때면 유일하게 자리를 지키던 사람. 그가 정중하게 고개를 숙였다.

"생각보다 빠르게 일어나셔서 다행입니다."

"생각보다 빠르게? 제가 얼마나 누워있었는데요?"

"3일입니다."

나는 움찔했다. ……그렇게 오래 기절해 있었다고? 체감상 얼마 되지 않았으리라 생각했다. 이곳이 황성 내 감옥이라면 아마도 마법을 이용해 빠르게 나를 데려왔겠거니 했을 뿐. 한 대 얻어맞은 것 같은 기분에 혼란을 숨기지 못한 사이, 사내가 얼른 말을 이었다.

"시간이 없으니 빠르게 전달드리겠습니다. 이것은 황제 폐하의 마지막 명입니다."

"마지막 명이라니, 그게 무슨."

"온전한 정신이실 때 하달하는 마지막 명이라 하시면 알아들으실 거라 하셨습니다. 이후론 '미친 황제'가 될 것이라고."

나는 숨을 멈췄다. 그 말에 흔들렸기 때문이었다. 미친 황제, 마지막으로 보았던 그녀의 모습은 그 이름에 딱 걸맞았다. 이내 사내가 내게 서신을 하나 건넸다. 경계를 풀지 않은 채 주춤 그 서신을 받았다. 뒤에서 리케도르안이 가지 말라 말했지만, 위험한 느낌은 들지 않았다.

"그 외에 남긴 말씀은 없으신가요?"

"…우려했던 일이 일어날 거라고, 그렇게 전하셨습니다. 영애께선 모두 아실 거라고도."

두 남자의 부름을 넘긴 채 사내의 한 말을 곱씹었다. 한 가지 결론이 나왔다.

'……역시 정신을 빼앗긴 거구나, 황제는.'

나는 바스락 내 손에서 구겨지는 편지를 보았다. 천천히 열어보면, 편지 속에 적혀 있는 말은 예상대로였다. 자신에게 한계가 왔으며, 마지막 이성을 다해 이 편지를 남기노라고. 종이 끝에는 약도가 하나 그려져 있었다. 꽤 상세하게 그려진 지도였다.

'웬 약도지?'

사내는 내가 편지를 읽는 동안에 가만히 자리를 지켜주었다.

"이 수감실을 벗어나면 서쪽으로 쭉 뛰어가십시오."

내가 모두 읽고 고개를 들기 무섭게 그가 말했다.

"황제 폐하의 마지막 안배가 그곳에 있습니다."

그는 다시 망토 모자를 뒤집어썼다. 그러고는 미련 없이 뒤로 물러났다. 여기까지가 자신의 일이며 나머지는 상관없는 일이라는 듯. 선을 긋는 태도가 느껴졌다.

"종이 마지막에 그려진 약도를 따라가시면 됩니다. 사용 방법은 그곳에 적힌 대로 하시면 되실 겁니다."

"알겠어요. 이 편지가 사실이라면 거긴⋯⋯."

"예. 황제 폐하께서는 당신이 바라는 곳으로 바로 떠날 수 있는 통로를 만들어두었습니다."

목적지는 캄브라캄일 터다.

"조심하십시오. 이미 현재 황제 폐하께서는 그쪽까지 점령하셨으니."

"네? 잠시만요, 아직!"

나는 물러나는 사내를 황급히 붙잡으려 손을 뻗었다. 그러나 이미 멀어진 사내에게는 닿지 않았고 대신 창살을 붙잡았다.

"장난해요? 여기서는 어떻게 나가라는 건데요?"

황제의 편지는 내가 황실로 잡혀 올 때를 가정하여 이야기했으나 여기엔 감방에서 탈출에 관한 이야기는 없었다.

이봐요, 나가야 복도에 갈 거 아냐? 황당했다. 그러나 사내는 뒤도 돌아보지 않고 걸어나갔다. 참다못한 내가 소리치는데도 문은 무정히 끼이익 닫혔다.

"잠깐, 잠시만. 야! 허. 미친."

어처구니가 없었다. 통로가 있으면 뭐 하는가. 당장 쇠사슬도 벗지 못하는데! 웬만해선 흥분도 분노도 크게 느끼지 못하는 편이나 이건 참을 수 없었다. 내가 화를 참지 못하고 창살을 쾅 두드렸을 때였다.

"저, 이아나. 그렇게 화내지 않아도 괜찮아요."

뒤에서 날 진정시키는 듯한 목소리가 들렸다. 고개를 돌리면 역시나 리케도르안이 내가 있는 방향을 정확히 향하고 있었다. 안대까지 쓴 모습을 보니 울컥 무언가 차올랐다.

"하지만 리케도르안. 지금 그런 말이 나와요?"

가장 강하다는 내가 힘을 제대로 쓰지 못하는 상황이었다. 그럼 리케도르안이나 체이서 또한 움직이기 어렵다는 것.

"상황이 이런데!"

당장 밖으로 나가도 모자랄 상황에서 갑갑하게만 느껴졌다. 리케도르안은 이런 나를 청초하고 다정한 음성으로 달래듯 계속 말을 걸었다. 이상하게도 보통은 내가 그를 진정시키는 역할이었는데, 역할이 반대로 된 기분이었다.

그러나 순탄한 것도 내가 이렇게 오래 기절한 줄 몰랐을 때 일이다. 우린 반드시 정해진 시간 내에 캄브라캄에 도달해야 했는데!

"당신 말은 언제고 위안이 되지만 리케도르안, 지금만은 괜찮지 않은 것 같아요."

나는 수갑을 찬 손으로 이마를 짚으며 중얼거렸다.

"…실패해선 안 된단 말이에요. 알잖아요."

무엇보다 이 작전의 궁극적인 목표는 리케도르안의 수명을 늘리는 것. 이 남자의 생명이 달린 일이었다. 그가 고개를 저었다.

"아니요. 이아나. ⋯⋯제 말은 화를 내지 않아도 이 수감실에서 벗어날 수 있다는 거예요."

"네? 그게 정말이에요?"

"네."

"그걸 왜 이제 말⋯⋯. 아니, 흥분한 건 나였죠. 하⋯."

나는 이마를 짚은 채로 멈칫했다. 그런데 방법이라니? 어떻게? 리케도르안과 체이서를 번갈아 봤다. 한쪽은 온몸이 쇠사슬로 꽉 묶인 데다 안대를 쓰고, 한쪽은 벽에 매달려 있는데? 거기다 나 또한 수갑을 차고 있다. 이해할 수 없었다.

"대체 어떻게요?"

"이아나. 제 직위를 알고 있죠?"

"네. 대공이라고, 아까 대답했잖아요?"

리케도르안이 입술을 깨물었다가 거친 숨을 내쉬었다. 일련의 행동이 마음에 들지 않은 말을 앞둔 사람처럼 보였다. 마침내 그의 입술 끝에서 작게 말이 이어 나왔다.

"⋯⋯저쪽의 직위는 어떻게 되죠?"

"저 남자? 그거야⋯⋯ 공작이죠."

"그럼 이아나. 질문."

불쑥 끼어든 건 체이서의 음성이었다.

"과연 황제가 대공과 공작을 얼마나 붙잡아둘 수 있을까? 그것도 황제와 권력을 분립하고 있는 양대 세력의 수장을."

"뭐?"

"쓰러진 우리를 데려가며, 그것을 본 사람은 몇이나 될까?"

리케도르안이나 체이서나 결코 홀로 움직이지 않았을 둘의 다툼에는 적든 많든 그들의 수하 혹은 기사가 있었을 것이고……. 황제가 두 사람을 붙잡아 가는 것을 보았다?

"벌써 3일이 지났지."

체이서가 고개를 기울이며 씩 웃었다. 아찔한 미소였다.

"사실 3일씩이나 기다린 건, 네가 잠든 모습을 다시 보지 못할 것 같아서 말이야."

그 순간 뿌드득, 마찰음이 들렸다. 나는 놀란 눈으로 천장 쪽을 응시했다.

하늘에서 솔솔 먼지와 돌가루가 떨어졌다. 위쪽에 아무렇지 않게 뜯긴 벽이 보였다. 체이서가 그대로 벽을 뜯어버린 것이다. 그는 여기서 그치지 않고 아직 저를 구속하는 쇠사슬을 슥 보더니 발로 밟아 꽉 잡아당겼다.

동시에 검푸른 기운이 일어나 쇠가 부식되었다.

"너……."

"물론 기회를 기다린 것이기도 했지."

여전히 수갑을 차고 있지만 아무렇지 않은 얼굴로 손을 툭 흔든 체이서가 부드러이 미소했다.

"개수작 부리지 마."

동시에 투두두둑, 무언가가 억지로 찢기고 부스러지는 소리가 들렸다. 난 얼른 고개를 돌렸다.

쾅!

거대한 굉음과 함께 먼지 바람이 날렸다. 가라앉는 바람 사이로 창살이 쓰러진 것이 보였다. 이어서 바닥으로 쿵, 소리를 내려 떨어진 건 반 토막 난 쇠사슬이었다. 그리고 언제 온 것인지 내 몸을 가로막은 커다란 체구가 보였다. 리케도르안이었다.

"왜 그런 눈으로 보지?"

체이서가 여유롭게 미소를 지었다. 풀풀 흩날리는 흙먼지는 이 순간 팽팽한 긴장감을 대신 표현해주는 것만 같았다.

"붉은 장미, 그대도 이 상황을 예견했잖아?"

체이서가 그렇게 말함과 동시에 아주 먼 곳에서 함성이 들렸다. 아스라이 들렸지만 똑똑히 알 수 있었다. 거대한 발소리, 수많은 사람이 움직이는 소리였다.

"그대의 세력, 내 세력. 잠시 동맹 아닌 동맹을 취한 이들이 이곳으로 찾아오겠지, 다름 아닌 나와 그댈 찾기 위해서."

격식 있는 체이서의 어조는 나른했고 동시에 비꼬고 있었다.

"기다렸던 상황이 찾아온 것뿐이야. 우린 이아나가 바라는 대로 여기서 나갈 수 있어."

아니, 틀렸다. 내가 나가길 희망했던 상황에 체이서는 포함되어 있지 않았다. 체이서가 눈을 가늘게 좁혔다.

"적어도 그대와 내가 이곳에서 싸우지 않는다는 전제가 바탕 되어야겠지만. 동의하나?"

"······."

"싸워 봐야, 내전이 되겠지만. 그럼 황제가 원하는 대로 되겠지."

그리 말하는 체이서의 옆으로 검은 기운이 요동치기 시작했다. 아지랑이 같던 기운이 만들어 낸 것은 거대한 재규어와 커다란 새였다.

익히 아는 체이서의 수호신이었다. 라탄과 아퀼라를 바라보며 조용히 숨을 삼켰다. 적으로 보게 되니 공연히 무시무시하다는 생각을 하지 않을 수가 없는 모습이었다.

푸딩이는 아직 내 안에 있다. 내 수호신이라도 부를 수 있다면 좋을 텐데. 동맹을 제안하는 것치고 무척이나 위협적이니 말이다.

"누가 너와 손을 잡는다고 했지?"

"이런, 그대가 아무런 행동을 취하지 않는 것. 내 말에 동의하는 것 아니었나?"

"아니."

리케도르안이 살벌한 얼굴로 체이서를 보고는 천천히 눈을 돌렸다. 내게 어떻게 하고 싶으냐고 묻는 듯한 낯이었다. 나는 잠시 말을 잇지 못했다. 이런 그의 모습에서 상황도 잊고 생경함을 느꼈기 때문이었다.

'분명 체이서는 리케도르안에게 절대 잊을 수 없는 원한을 가진 철천지원수일 텐데.'

그의 얼굴은 더는 내게 맹목적으로 결정을 넘기는 수동적인 시선이 아니었다. 오히려 말 그대로 내게 결정을 맡긴 듯한 표정이었다.

무엇을 말하든 함께 할 준비가 되어 있다는 믿음.

내가 조언을 한 것이 그리 먼일이 아닐 텐데 달라진 변화에 가슴이 꽤나 시큰거렸다.

당신은 정말, 내가 원하면 무엇이든지 하는구나.

나는 천천히 고개를 돌렸다.

어째서인지 리케도르안과 체이서는 구속한 사슬을 풀었으나 나는 그러지 못했다. 무언가 다른 방법이 있는 걸지도 모른다. 이 작은 감방 내에서 싸워 봐야 서로 손해 보는 일이다. 특히나 시간이 촉박한 우리에게 더욱이 불리했다.

"체이서."

내 입술이 열리고 매끄럽게 흘러나온 부름에 체이서가 잠시지만 움찔했다. 붉은 눈동자 속의 동요를 눈치채고는 슬쩍 눈을 휘었다.

그러고는 시선을 살짝 내렸다. 8초 이상 눈 마주치지 말 것, 이걸 기억하고 있지.

"그렇게 나와 있고 싶어?"

붉은 눈이 흔들릴수록 내게 유리했다. 틈을 보아야 했다. 나는 리케도르안의 찢어진 셔츠 사이로 드러난 가슴을 살짝 쓰다듬다가 눈을 깜빡였다.

"그런데 너와 리케도르안은 손쉽게 쇠사슬을 풀었는데, 왜 난 여전히 능력을 못 쓰는 거야?"

"이아나, 그건······."

"요령이 없어서야, 내 이아나."

두 남자가 경쟁이라도 하듯이 한 번에 말했다.

"이아나, 모든 장미는 어린 시절에 능력을 구속하는 도구로 벗어 나는 법부터 배워요."

"어린 후계자들은 납치당하기에 십상이니까 말이지."

"그런 범죄는 대체로 너희가 저지르는 편이지, 흑장미."

"아아, 그 말도 맞긴 한데 그렇다고 우리라고 안전한 것도 아니어 서 말이지. 지금 봐, 역대 황제가 어디 하루 이틀 미쳤던가? 광증이 도질 때면 장미들을 괴롭혀왔지."

나는 체이서의 말을 자르고 끼어들었다.

"그래서 어떻게 벗어난 건데?"

체이서가 한쪽 눈썹을 치켜 올리더니, 이내 순순하게 방법을 이 야기했다.

"……힘을 수갑에 집중하지 말고 바깥, 표면에 압력을 준다고 생 각해."

체이서가 설명했다. 이 방법이란 생각보다 간단했지만 과연 보통 상황에서 생각하긴 어려운 요령이나 편법에 가까운 것이었다.

'힘을 바깥에 집중, 부식시키듯이……'

그러자 아무리 해도 일어나지 않던 힘이 거짓말처럼 공기 중에 맺혔다. 이내 내 수갑에 파지직 금이 가더니, 챙강 부서진다. 반 토 막 난 수갑이 그대로 바닥에 떨어졌다.

수갑이 떨어진 순간에 우리 사이로 긴장감 어린 침묵이 흘렀다.

"이아나, 난 네 적이 아니야."

마치 뱀이 사람을 유혹하듯 나긋하고 부드러운 음성이 체이서에게서 흘러나온다.

"적어도 지금은."

그는 미소를 지우지 않았다.

"그렇게 생각 하지?"

체이서의 말대로 당장의 적은 그가 아니나 그렇다고 그가 적이 아닌 것은 아니었다. 등 뒤에 놓으면 반드시 등을 칠 상대.

여기서 멈춰 상대할 수도 없다.

어떡할까.

잠시 손을 잡을 것인가. 말 것인가. 짧은 시간 수많은 생각이 스쳤다. 생각하는 와중에도 체이서에게서는 어떡할 거냐는 시선이 느껴졌다. 이윽고 입을 열려는 순간이었다.

쿠르르릉!

바닥이 거세게 진동했다. 아니, 바닥이 아니었다. 천장, 위층으로부터 내려온 진동이었다. 위쪽에서 커다란 힘이라도 받은 것인지 천장에서 큰 돌이 떨어진다. 부서진 천장 일부였다.

그것을 시작으로 천장이 도미노처럼 무너져 내렸다.

"이아나!"

나는 당황하지 않았다.

"리케도르안, 나를 안아요!"

단단한 팔이 내 몸을 감싸는 것과 동시에 휙 시야가 뒤집혔다. 정신 차리면 몸이 절로 이동하고 있었다. 주변 풍경이 휙휙 바뀌었다.

"리케도르안, 문은요?"

"조금 전에 천장이 무너져 내리며 열렸어요."

먼지 사이로 드러난 문은 열렸다는 말이 어울리지 않았다. 부서진 수준이었다. 벽이 허물어졌단 소리였다. 이런 상황에서 지하에 머무르는 건 매우 위험한 선택이었다.

먼지바람을 가리려 눈을 가늘게 뜨고 소매로 입을 가렸다. 그러다 말고 손을 내려 치맛자락을 잡고 있는 힘껏 찢어냈다. 푸른 장미의 기운을 빌리니 이것도 그리 어렵지 않았다. 나는 잘라낸 천을 리케도르안의 코와 턱을 빙빙 감았다.

화재는 아니지만 먼지를 잔뜩 마셔서 좋을 건 없을 것 같았다. 왜인지 이렇게 해야 할 것 같았으니까. 리케도르안은 인간을 뛰어넘은 능력을 가진 이답게 순식간에 지하를 빠져나왔다. 뒤로 쫓아올 체이서의 행동이 염려되었지만 일단은 길을 찾는 것이 급선무였다.

"이아나, 길을 알겠어요?"

"……네. 대충 외웠어요."

복잡한 헤르닝 성이나 도뮬릿 저택. 그리고 황성까지 이리저리 거닐어본 것이 도움이 된 건지. 거대한 기둥들이 흔들리는 틈에서도 당황하지 않을 수 있었다.

"콜록, 리케도르안. 혹시 천사 석상이 보여요? 나팔을 든 석상요."

"저기, 보이는 것 같아요."

나는 리케도르안에게 안긴 채로 길을 안내했다.

"일직선으로 쭉 달려요. 계속!"

이상하게도 복도에는 아무도 없었다. 그렇게 큰 함성이 들렸는데도. 아무래도 이곳을 찾아온 인원은 모두 여길 지나간 뒤인 것 같다. 지하로 가는 길을 찾아내지 못한 걸까? 조금 전에 보니 우리가 나온 문은 벽이 무너진 사이에 있었다.

아마 우리가 있는 곳을 찾기 어려웠을지도 모르겠다.

한참을 달렸을까. 리케도르안에게서 침음이 흘러나왔다. 어쩐지 나는 그가 난감한 숨을 흘리는 이유를 알 것 같았다.

"……이아나. 그놈이 쫓아오고 있어요."

누군지는 말하지 않아도 뻔했다. 나는 숨을 작게 내쉬었다.

"어떡할까요?"

머릿속으로 수많은 생각이 스쳐 지나갔다. 역시나. 나는 쇠사슬의 감각과 끌려가는 사람들을 잊지는 못하겠다. 하지만.

"리케도르안, 만약 체에서 그 남자와 손을 잡고 여길 탈출하면 어떨 것 같아요."

리케도르안은 잠시 말이 없었다. 이런 와중에도 그의 다리는 열심히 달리고 있었다.

"……지금 가장 최선의 선택이자, 기분으로는 어쩔 수 없는 최악의 선택이겠죠."

리케도르안은 담담하게 감정이 배제된 듯한 목소리로 말했다.

"전 좋아요. 당신의 뜻이라면."

"리케도르안."

"복종이 아니에요, 이아나. 믿음이지."

나는 숨을 후, 내쉬었다.

"만약 대공으로서 당신이 이 순간에 판단하면 어떤 결정을 내렸을 것 같아요?"

"손을 잡았을 거예요."

리케도르안이 산뜻하게 대답했다.

"하지만……. 세상엔 100중의 100 모두 이득이 될지라도 손을 잡을 수 없는 상대가 있어요. 제겐 흑장미가 그런 사람이니, 감정에 밀려 잡지 않았을지도 몰라요. 지금은 상황이 다르지만."

그 순간 커다란 장식장이 넘어지며 우리 앞을 막았다. 리케도르안은 아무렇지 않게 이를 뛰어넘으며 말했다.

"이아나, 계획한 것이 있는 거죠?"

생각한 것이 있어서 물은 것이 아니냔 말이었다. 나는 잠시 침묵하다 입을 뗐다.

"황제의 편지에는 약도와 함께 그곳에 있는 고대 주술진을 사용하는 방법이 적혀 있었어요."

그랬다. 황제가 안배해둔 것은 캄브라캄으로 바로 이동할 수 있는 '통로'였지만, 이는 평소에 알던 마법진이 아닌 조금 특별한 것이었다.

"이건, 오직 장미만이 사용할 수 있다네요."

그렇다는 건 체이서 또한 사용할 수 있다는 말이다.

"다만……."

"다만요?"

"끝에 적힌 말이 아리송했어요. 어쩌면 푸른 장미만이 사용할 수 있을지도 모른다고 했거든요."

황제는 내게 사용법을 알려주면서 부정확한 정보 또한 함께 주었다. 자신도 이걸 이용해본 적은 없다는 말로. 뒷받침하는 증거로 그녀의 설명은 자신의 경험이 아닌 누군가의 기록을 고스란히 적어둔 느낌이었다. 아마도 이것 또한 선대 황제 망령 사이에서 들은 정보인 것 같았다.

"그러니까, 확률은 반반이에요."

황제가 내게 준 최후의 호의이자 도움이었다. 이걸 이용해야했다. 아니, 이 방법밖에 없다. 나는 흘끗 그의 어깨너머를 응시했다.

"저 남자를 떼어두고 가거나 끝내 쫓아오면 함께 이동하거나."

"함께 이동하면……."

"그게 더 문제죠."

우리의 목적을 들킬 테니까. 그때 가서는 정말 손을 잡을 방법을 강구해야 할지도 모른다. 결론을 내리지 못한 사이 마침내 우리는 황제가 말했던 장소에 도착했다.

또 다른 성 아래, 거대한 지하 공간이었다. 드넓은 크기를 증명하듯 아주 커다란 문이 가로막았다. 그러나 황성을 격타한 거대한 진동이 여기에도 영향을 미친 것인지 문은 뒤틀린 채로 열려 있었다.

"우리보다 먼저 도착한 사람이 있는 걸까요?"

"아니요. 그건 아니에요. 이아나. 인기척이 느껴지지 않아요."

그의 말처럼 홀 안쪽엔 아무도 없었다. 거대한 공동을 하나하나

살펴볼 겨를은 없었다. 홀의 중앙에는 황제가 편지로 설명했던 그대로 기하학적인 곡선의 주술진이 있었다.

이게 바로 황제가 말한 고대 주술진이다.

'어째 캄브라캄에서 봤던 것과 비슷한데.'

천천히 모양을 관찰하고, 캄브라캄에 있는 벽화와 비슷하게 생겼단 걸 알아차린다. 하나하나 보고 물을 겨를은 없었다.

"리케도르안, 이리로."

나는 리케도르안을 내 옆에 세워놓고 심호흡을 했다. 그런데 왜일까, 아주 잠깐이지만 리케도르안의 표정이 좋지 않은 것 같았다. 고개를 돌리면 그는 언제 그랬냐는 듯 평온한 얼굴이었다.

"리케도르안, 혹시 어디 아파요?"

"아… 아뇨. 아니요, 이아나."

그는 언제나 그렇듯 볼을 살짝 물들이며 수줍게 미소했다. 고개를 살래살래 저으며. 내가 착각했던 건가? 나는 머리를 갸웃하며 얼른 손을 들어 올렸다. 시간이 없었다.

한쪽 무릎을 접고, 들어 올린 손을 그대로 바닥의 주술진에 가져다 댔다.

쿵!

한차례 작은 진동이 일었다. 당황하지 않고 푸르른 힘을 일으킨 순간, 바닥뿐만 아니라 홀 전체가 진동했다.

-인간……

때마침 안쪽에서 푸딩이의 목소리가 들렸다.

'너, 일어났어? 괜찮아?'

푸르른 아지랑이가 움푹 패인 주술진 사이로 찰랑 물처럼 고였다. 이윽고 거대한 주술진을 가득 채운 아지랑이가 그대로 눈부신 푸른빛을 발산했다.

ㅡ인간, 냥! 그게 문제가 아니야! 냥, 할 말이 있다, 인간 네가 꼭 들어야 한다!

비산하는 빛과 함께 푸딩이가 다급하게 내게 소리쳤다. 무슨 일이냐고 대꾸해주고 싶었지만 애석하게도 나는 이쪽에 집중할 수 없었다. 천장까지 솟아오른 푸른 빛의 기둥, 그 가장자리에 발을 걸친 남자를 보았기 때문이었다.

땀에 젖은 머리칼, 생긋 웃는 얼굴은 약간의 숨을 고를지언정 지쳐 보이지도 힘들어 보이지도 않았다.

"······체이서."

기어이 쫓아왔구나.

나는 입술을 꾹 깨물었다. 그와 동시에 내 어깨로 커다란 무게가 느껴졌다.

"리케도르안?"

"······하아, 이아나. 할 말이 있는데. 그······."

"당신? 왜 몸이 뜨거워요? 어디 아파요?"

"하아, 미안해요. 이제, 조절이 되지 않아서······."

분명 조금 전에 안겨 올 때만 해도 뜨겁기는커녕 정상적인 체온이었다. 그러나 내게 안겨 오는 몸은 비정상적으로 뜨거웠다. 그에게서 흘러나오는 내용이 푸딩의 급박한 말과 같아, 문득 깊은 불안과 두려움을 불러왔다.

"왜, 왜 그래요? 갑자기 왜 이런 거예요?"

그러나 내게 안긴 리케도르안에게서는 말이 흘러나오지 않았다. 뜨거운 숨을 참느라 말이 나오지 않는 것 같았다. 그의 모습은 오래전 감방에서 약으로 인해 거센 열을 일으키던 모습을 연상케 했다. 내 심장이 쿵 떨어진다.

"잠시만, 잠시만 견디면 괜찮아질 거예요……."

"리케도르안!"

이 순간에도 빛은 착실하게 퍼져나갔다. 그리고 번쩍! 눈을 뜰 수 없을 정도로 눈 부신 빛이 퍼졌을 때, 나도 모르게 눈을 꽉 감았다.

리케도르안을 강하게 안으며. 제발 그를 놓지 않게 해주세요. 제발……!

그러나 눈을 떴을 때, 새로운 공간이 보임과 동시에…… 내 품에는 아무도 없었다.

"리케도르안?"

나는 황급히 고개를 돌렸다. 내가 있는 곳은 검은 어둠이 내린 1층 복도였다. 복도 옆으로 보이는 정원 풍경이 익숙했지만 그보단 리케도르안을 찾는 것이 급선무였다.

"아무래도 따로 이동한 모양이네."

그러나 곧이어 찾고 있던 이 대신 그다지 듣고 싶지 않은 목소리가 들려왔다.

"그렇지, 이아나?"

고개를 돌리면 긴 기둥 그림자에 반쯤 잠긴 채로 서 있는 체이서의 모습이 보였다. 그와 나 사이에 거리가 있었으나 체이서는 당장 좁히지 않았다.

"그렇게 경계할 것 없어, 이아나."

안심하라는 듯 그는 양손바닥을 보였다.

"아무것도 하지 않을 테니까."

내게는 그저 헛소리로밖에 들리지 않는 말이었다.

"정말이야."

그는 도리어 딱 반보 걸음을 물렀다. 제 말을 증명하려는 것처럼.

"여기 온 이유는 이제 잘 알겠어. 흠, 붉은 장미에게 걸린 저주를 풀러 온 거지?"

"……."

"그렇겠네."

체이서야 좋을 대로 떠들라고 하고는 나는 듣는 척 눈을 이리저리 돌렸다. 조금 전엔 경황이 없어 보지 제대로 못했지만 우린 제대로 이동했다. 이곳은 캄브라캄이었다.

이 안에서 리케도르안을 다시 만난다면 문제없어. 그래, 아무런 문제가 없을 거야. 보이지 않게 이를 꽉 깨물었다. 그에게 들키지 않도록.

"아, 하는 김에 붉은 장미 수명도 원래대로 돌리려고?"

나는 고개를 돌렸다. 이 순간만큼은 내 무심한 표정에 감사했다.

담담한 낯으로는 아무것도 드러나지 않을 테니까.

"걱정하지 마, 방해하지 않을 테니까."

나는 피식 웃었다.

"그걸 믿으라고?"

"난 네게 거짓말을 하지 않는 것, 알잖아."

체이서가 손을 내리며 뒷짐을 졌다. 그러고는 한 손만을 내밀어 제 가슴을 짚었다.

"그렇다면 이건 어때, 내 모든 사랑을 걸고 네 목적을 방해하지 않는다고 맹세할게."

나는 멈칫했다. 내게 제 사랑만은 진실하다 인정받고 싶어 하던 남자였다. 수단과 방법이 삐뚤어졌음을 시인하면서도 이 사랑은 순수했다고. 그런 것을 걸겠다고?

여기서 느껴지는 진실함이 오히려 가증스럽게 느껴졌다.

"……넌. 내가 너를 싫어하게 만드는 데 천부적인 재주가 있어."

뚝뚝, 잘리는 내 말에 체이서가 잠시 표정을 굳혔지만 이내 부드러이 웃었다.

"사람을 살살 유혹하는 그 말재간이 바로 네 악취미지. 방해하지 않겠다면 왜 쫓아온 건데?"

"보고 싶으니까."

"……."

"그렇게 노려보지 않아도 정말로 방해하지 않을 거야. 이아나."

어째서일까. 여전히 거리가 떨어져 있음에도 체이서가 가까워지는 듯한 기분이 들었다.

"애초에 난 네게 수호신을 돌려주고, 마지막 사실을 전하려 했으니까. 이건 정말이야."

"사실? 웃기지 마. 아직도 내게 할 말이 있어? 그런 건 접도록 해. 이젠 네 말이 무엇이 됐든 들을 생각 없으니까."

나는 천천히 자리에서 일어났다. 이동하자마자 힘이 풀려 주저앉아 있던 참이었다. 그러나 고개를 들면 어느새 가까워진 체이서의 모습이 보였다. 가까워진 기분은 착각이 아니었다.

"돌려주려 한 것뿐인데."

"말장난은 더는 사양하겠어."

"기억하고 싶지 않아?"

"그러니까 무얼."

"이전 세계의 네 기억."

나는 거짓말처럼 멈춰 섰다. 딱딱하게 굳은 채로 그를 보았다.

"네가 무심할 수 있었던 건, 그리움이 없기 때문이지."

그는 단정 짓듯이 말했다. 어떤 순간에도 권유하는 듯한 어조를 사용하는 체이서, 그는 자신의 능력에 걸맞게 항상 나를 매혹하는 시도를 멈추지 않았다. 그러나 이 순간 그의 목소리에는 어디에도 날 기만하거나 속이려는 듯한 태도는 찾아볼 수 없었다. 그를 알기에 더욱 잘 보였고, 그렇기에 나는 멍하니 그의 말을 곱씹었다.

지금 뭐라고 한 거지?

"내가 가지고 있었어."

슬슬 정신이 돌아온다. 아무런 말이 나오지 않았다. 그저 황당해서 였다. 가증스러움보다도 당혹감이 먼저였다. 전 세계의 기억이라니? 그런 건 당연히 나한테도 있었다. 이젠 무슨 기만을 하려 하는 걸까.

"기억한다고 자신하는 얼굴이네. 그럼 이아나, 물어볼까? 이전 세 계의 네 이름이 뭐야?"

"그거야……."

잘만 열린 내 입술이 더는 움직이지 못했다.

"나이는?"

"……."

체이서는 얼어붙은 내 얼굴을 즐겁게도 그렇다고 서글프게도 보 지 않았다. 그저 부드러이 웃는 그대로 볼 뿐이었다.

마치 제 할 일을 하듯이.

"이제 돌려줄게."

그 순간 체이서의 손이 내 눈을 덮었다.

"원래 네거야."

힘이 하나도 느껴지지 않음에도 몸을 움직일 수 없었다. 무언가 가 머릿속으로 덮쳐들었기 때문이었다. 깜깜한 어둠 속, 어째서인 지 처음 체이서를 만났던 순간이 스쳐 지나갔다.

캄브라캄에서 '오빠'로 등장해, 나의 눈을 가리고 말을 걸었던 순 간. 그때, 그는 내게 자신을 용서했냐고 물었다. 물론 그 말은 '이아 나'에게 했던 것이겠지만…… 왜 이제야 그것이 동시에 나에게도 건넨 말이란 생각이 드는지.

나는 뒤로 휘청거렸다. 체이서의 다른 한 손이 내 손목을 붙잡아 넘어지지 않게 지탱했다.

"흐……."

속이 울렁거렸다. 식은땀이 나고 내장이 쥐어짜이는 듯한 고통이 느껴졌다. 시야도 결코 정상적이지 않다. 공간이 뒤집히고, 땅이 젤리인 양 물컹하게 느껴지며, 하늘이 무너지는 기분, 토할 것 같은 고통이 고약할 정도로 나를 마구 덮쳤다.

발바닥이 푹 꺼지는 감각에 그대로 주저앉고 싶었지만 이를 악물고 참았다. 짧은 시간 동안 무슨 정신으로 이렇게 참았던 것인지 기억도 나지 않았다.

체이서가 천천히 손을 떼어냈다.

"생각해보니, 이아나. 끝내 내가 가질 수 없다면."

나긋하고도 황홀한 목소리가 화살처럼 귀를 푹 파고들었다.

"네가 원래 있던 곳으로 돌려 보내주어도 괜찮을 것 같아서."

그 말의 의미를 알아들었지만 감상이 제대로 흘러나오지 않았다. 머릿속으로 수많은 것이 마구잡이로 쏟아지는 기분이었으니까.

아아, 어째서 잊었을까?

체이서는 가증스럽게도 내 턱을 타고 흐르는 땀방울을 툭 닦아주었다. 흐릿한 시야에 그의 표정이 보이지 않았다.

왜, 난 이걸 잊은 거야?

체이서가 한걸음 뒤로 물러난다. 그리고 다시 한 걸음.

"언니? 언니!"

이대로 체이서의 그림자에 사로잡힌 것 같은 기분이 든 순간에 반가운 목소리가 뒤에서 흘러나왔다. 한줄기 구원같은 프란시아의 목소리였다.

그러나 그녀에게 정말 미안하게도… 그 목소리가 구원으로 느껴지지 않았다. 반갑지 않았다. 울렁거리는 무언가가 넘쳐흐를 것만 같았다.

다시 체이서가 있던 곳을 보면 체이서는 온데간데없었다. 처음부터 없었던 것같이 기척조차 느껴지지 않았다. 완벽하게 몸을 숨긴 것처럼.

"언니, 어떻게 된 거야? 나랑 노란 장미가 어떻게든 여기 통제권은 잡고 있는데, 황제가 나타나서는……. 언니?"

프란시아를 본 순간 주르륵 눈물이 흘러내렸다.

"언니!"

나는 프란시아를 볼 수 없었다. 그저 체이서가 사라진 자리를 바라보며 중얼거렸다. 체이서, 체이서, 체이서! 단 한번도 격해진 적 없던 내 감정이 마침내 폭주기관차처럼 폭발했다. 울음과 함께 웃음이 흘러나왔다. 머리가 고장난 것처럼 삐걱거린다. 생각나는 것은 오직 웃고 있던 한 남자의 얼굴뿐.

"……당신, 정말……. 쓰레기구나."

이 순간이 얼마나 다급한 순간이며 내가 해야 하는 일이 촌각을 다투는 일인지 알고 있었다. 움직여야 하는데, 움직여야 하는데……. 하, 하하. 허탈함이 섞인 헛웃음이 새어 나왔다.

"왜, 하필… 지금……."

그럼에도 나는 이렇게 말할 수밖에 없었다.

"……에 ……어."

"언니? 언니! 미안해. 잘 안 들려. 어디 아파? 응? 아파?"

프란시아의 목소리는 숫제 울먹이고 있었다. 평소 같았다면 그저 평온하게 왜 울려 하냐고, 아무것도 아니라고. 그녀를 토닥여주었을 것이다.

하지만 그럴 수 없었다.

들이마시는 숨이 가빠졌다. 목구멍이 좁아지는 것 같았다. 가슴에 갑작스럽게 끓는 듯한 파도가 치는데 흘러넘칠 곳이 없었다.

차마 가슴을 쥐지도 못했다. 나는 프란시아의 어깨를 잡은 채 그대로 주르륵 무너져 내렸다.

"흐읍……. 흡……. 나……."

나의 무심함과 태연함은 장장 5년을 눌러온 그리움과 나의 추억들에 허물어진다. 막아서는 모든 것이 무용지물이었다.

"집에, 가고 싶어……."

우습게도 이전 세계의 나는 너무나 행복했던 사람이었다.

너무나도.

"언니. 괜찮아?"

프란시아는 살금살금 걸으면서 연신 내 얼굴을 쳐다보기 바빴다. 눈치를 보는 것 같았다. 머리를 귀 뒤로 넘기는 척하며 혹은 옷자락을 정리하는 척하며 눈을 굴리는 모습은 오래전 도뮬릿 저택에서의 어린 소녀를 떠올리게 했다.

보통 때 같았다면 빙긋 웃어주었을 나는 힘겹게, 억지로 입을 끌어올렸다. 겉으로는 엉망인 속이 드러나지 않게 웃었다.

"응. 괜찮아."

나는 아무런 설명도 이유도 붙이지 않았다. 프란시아는 이런 내게 아무것도 묻지 않는다. 도리어 그녀는 무언가 짐작한 것이 있는 듯한 얼굴이었다.

"흑장미, 그 개새, 아니. 그놈이 무슨 수작을 부린 거지? 또 그놈인 거지?"

내가 어째서 눈물을 뚝뚝 흘린 것인지 사정을 말하는 대신 3일간 그동안에 있었던 일은 털어놓은 뒤였다. 리케도르안, 체이서와 함께 이곳으로 이동한 것까지 말이다.

"그놈이 아닐 리가 없지."

프란시아가 이로 엄지를 꽉꽉 깨물었다. 고민에 잠기거나 초조할 때 나오는 그녀의 버릇이었다.

"일이 이상하게 돌아간다는 건 알고 있었지만. 정말 거지 같은 경우네. 황제가 적인 상황에 그놈까지 여기까지 나타나다니."

프란시아는 내 앞에서 최대한 말을 곱게 쓰려 노력했던 모양이지만 흥분하며 실패한 것 같았다.

나도 프란시아에게 간단히 이곳 사정을 전달받았다. 본래 프란시아와 르나그는 각각 다른 길을 이용해 캄브라캄에서 만나기로 했다. 그리고 무사히 만나는 데는 성공했으나 얼마 가지 않아 황제가 기사단을 이끌고 이곳에 난입했다고. 그때의 황제는 정말이지 미친 사람 같아보였다고 한다.

　이미 장미 제전이 시작할 때 황제의 참여 선언을 들은 두 사람은 결코 황제가 곱게 보이지 않았던 차에, 황제가 '푸른 장미의 부탁으로 이곳에 왔다.'라고 한 말에 더욱 의심을 굳혔다고 한다. 내가 그런 말을 했을 리는 없다고 생각하면서.

　두 사람은 황제의 명에 따라 이곳을 지키는 척하며 몰래 감시 체계를 파악하는 데 주력했으며, 그러던 와중에 내가 나타난 것이고 지금이었다.

　"황제는 흑장미가 언니를 해치려고 이곳으로 달려올 거라 했어. 그러니 우리가 함께 지켜야 한다고 말이지. 그놈이 공동의 적이라나."

　싸늘하게 가라앉은 프란시아의 눈에는 황제를 향한 존경은 찾아볼 수 없었다.

　"웃기지도 않지. 본인도 적인 주제에."

　다행스럽게도 우리가 걷는 길에는 아무도 없었다. 프란시아가 적절하게 인적이 드문 길로 걷는 덕분이었다.

　이미 중앙동 귀족 죄수 전원을 다른 동으로 옮긴 지 오래라고 한다. 이를 보면 황제 또한 이 캄브라캄 지하에 있는 동굴에 대해 아는 듯하지만.

'모를 리가 없지.'

나는 프란시아의 말을 들으며 마음을 다스렸다. 동요하지 않기 위해 얼굴을 몇 번이고 쓸어내렸다. 물론 이런다고 동요하지 않은 건 아니었다. 여전히 마음은 쉼 없이 울렁거렸다.

눈을 꾹 감았다.

내가 있던 곳에는 이런 이야기들이 많았다. 죽었다가 살아나 책 속으로 들어가는 이야기. 다른 세계에서 환생하는 이야기.

그리고 어느 날 눈을 떴더니, 내가 읽었던 책 속이었던 이야기.

이상한 나라의 앨리스가 된 주인공들은 무리 없이 그 세계에 적응했다. 그들은 때로 고아였고, 때로 교통사고로 죽었고, 때로는 병으로 죽었다. 마치 작가가 주인공에게 미련을 가지지 않게 배려해 준 것처럼 말이다.

그렇다면 나는?

야속하게도 너무나 행복하게 살다가 갑자기 방랑자가 되었고, 그리움을 5년간 잊고 살았다.

수없이 많은 이야기 속에 그리움을 포기하지 못한 주인공은 그리움에 매몰되었다. 이상한 나라를 모험한 앨리스가 아니라 도로시로서 따뜻한 집으로 돌아가기를 염원했다.

이제, 도로시가 된 나는 우습게도 구두를 부딪치길 망설이고 있었다.

기억을 되찾은 순간에는 삶을 송두리째 빼앗긴 것이 비통할 정도로. 아무것도 보이지 않았다.

하지만 지금은?

"언니?"

프란시아가 걸음을 멈췄다. 더는 걷지 않고, 멈춰선 내가 이상하다는 듯이 고개를 기울인다.

내가 돌아가고자 마음먹는다면 이들은, 맹목적으로 나를 따르는 내 장미는, 내 장미들은.

프란시아의 어여쁜 낯으로 염려가 스쳤다. 나는 괜찮다는 듯이 웃어주었다.

"여기 어딘가에 리케도르안도 함께 이동했을 거야. 꼭 찾아야 해."

"대공이라면 문제없을 텐데. 무슨 문제 있어?"

"……리케도르안의 몸 상태가 이상해. 열이 끓었어."

지금은 추억이 만든 해일에 파묻힐 때가 아니었다. 억지로 돌을 만들어 꾹꾹 눌렀다.

"열이? 그럴 리가 없는데."

프란시아가 비스듬히 고개를 꺾은 채로 미간을 설핏 찌푸렸다.

"그 사람, 평범한 병으로는 꿈쩍도 안 할 몸이야. 웬만한 중상을 입어도 빠르게 나을걸?"

리케도르안을 설명하는 프란시아의 목소리는 산뜻하기만 했다. 그녀는 그를 얄미워하기는 해도 믿음은 있는 것 같았다.

"그건."

나는 거기에 대꾸하려다 말고 멈칫했다. 그러고 보니, ……푸딩이가 무어라 말을 하려 했다. 분명 이동하기 직전에 나를 불렀다.

'푸딩.'

속으로 한참을 푸딩아, 불렀지만 답이 없었다.

프란시아는 일단 르나그와 합류하자며 나를 이끌었다. 내 표정에서 심각함을 눈치챈 듯 그녀의 걸음은 조금 전보다 더 빨랐다.

한참을 걷는데, 돌연 속에서 작게 낑낑대는 듯한 소리가 들렸다.

—……인간…….

푸딩이었다. 나는 잰걸음을 멈추지 않은 채 얼른 답변했다.

'무슨 일이야, 아까 무슨 말 하려 했어? 왜 죽어가는 목소리야. 아직 회복 중이라 그래?'

나치고는 말이 많았다. 왜일까, 이유 모를 불안함이 덮친 탓이었다. 항상 이런 기분이 들 때면 좋지 않은 일이 일어났는데……. 쿵쿵. 심장이 엇박자로 뛰는 것 같았다.

—인간, 너는 알아야 할 것 같다…… 냥.

'그러니까 뭘.'

—금제가 풀렸어. 그가 죽어가는 거다, 냥.

이상했다. 푸딩은 회복을 하는 중인 수호신치고는 목소리에 지나치게 힘이 없었다.

—풀릴 정도로 위독한 거다 냥…….

'뭐가?'

알 것 같음에도 물었다. 묻지 않고서는 몸이 파르르 떨릴 것 같았으니까. 초조한 내 마음에 화답하듯 정답이 흘러나왔다.

130

-붉은 장미의 수명이 얼마 남지 않았다, 냥.

이번에야말로 걸음을 멈출 수밖에 없었다. 나를 부르는 프란시아의 목소리도 들리지 않았다.

'그게 언젠데?'

이윽고 한 번의 침묵 끝에 어린 수호신의 무겁디무거운 소리가 가슴에 짙게 울려 퍼졌다.

-⋯⋯오늘이다, 냥.

쿵. 가슴에 거대한 돌이 떨어진다. 심장이 거세게 뛰었다. 충격에 아무 말도 할 수 없었다.

이 순간엔 쉼 없이 나를 흩트려 놓던 전 세계의 기억마저 신경 쓰이지 않았다. 아니, 어떠한 말도 머릿속에 꾸려지지 않았다. 죽어? 누가? 푸딩이는 죽는다 언급하지 않았지만 결국엔 같은 소리였다. 입술이 파르르 떨렸다. 떨림을 참아내려 꾹 다물었지만 소용없는 일이었다.

"언니? 언니!"

때마침 프란시아가 내 어깨를 흔들었다. 프란시아의 눈동자에 비친 내 모습은 형언할 수 없는 감정으로 얼룩져 있었다.

입을 뻐끔거렸다. 목소리가 나오지 않는다. 이렇게 흔들릴 때가 아니야. 나는 이를 악 다물었다. 커다란 충격이 남아 있었지만 동시에 생각할 틈이 생겼다. 왜, 어째서 갑자기 수명이 다된 것인가? 분명히 마지막으로 들었던 일자는 한참이나 남아 있었는데!

-인간⋯⋯ 그건⋯⋯ 이유는 알 수 없다, 냥.

푸딩이는 자신조차 이유를 알 수 없다고 했다. 그저 어느 날부터 갑자기 급속도로 그의 생명이 꺼져가는 속도가 빨라졌다고.

금제가 걸려 말할 수 없었으나 그가 약해져 풀렸단 푸딩이의 설명은 눈앞을 아찔하게 했다. 붉은 장미에게 수명이란 곧 생명이자 힘의 근원이었다. 혹시 나를 구하려다 지나치게 힘을 쓴 건 아닐까? 눈을 감았다. 원망이 해일처럼 밀려들었다.

'왜, 당신은 아무런 말도 하지 않은 거예요?'

아프고 아리다. 구멍이 뻥 뚫린 것 같았으며, 상처에 모래를 뿌린 것처럼 쓰라리고 묵직한 둔통이 함께 이는 것 같기도 했다.

그러나 이는 곧 가라앉고 말았다. 그가 말하지 않은 이유를 짐작하지 못하는 건 아니었으니까. 왜였나. 내가 바빠 보이니까, 신경 쓰지 않길 바라서?

아니다. 사실은 잘은 모르겠다. 이는 곧 그를 말 못 하게 만든 원인이 나라는 것, 나에 대한 자책으로 변했다. 그러나 고개를 흔들었다. 그러고는 입술을 꾹 깨물었다.

아니, 이건 누구의 탓도 아니다. 탓을 찾는다면…….

리케도르안의 몸을 이따위로 만들어놓은 기형적인 이 세계와 사람의 운명을 폭군처럼 멋대로 휘두르는 이 힘에 있는 거다. 갈 곳 잃은 원망이 이정표를 찾자, 그대로 몰아닥쳤다.

"언니……."

프란시아는 내 어깨를 붙잡은 채로 입술을 달싹였다. 할 말을 찾으려 했으나 무슨 말을 해야 할지 모르겠다는 얼굴이었다. 나는 어깨 위로 올려진 손을 잡았다.

"프란시아. 아무래도. 큰일이 일어난 것 같아."

나는 내 마음속에 일어난 재난을 이렇게밖에 표현할 수 없었다. 차마 직설적인 말이 나오지 않았으니까. 하나 설명해야 했다. 끝내 튀어나온 것은 하고 싶지 않았던 직설적인 한 마디였다.

"리케도르안이…… 죽을 것 같아."

프란시아의 눈이 찢어질 듯 커졌다.

"어? 죽어? 누가? 대공이?"

그녀는 말도 안 된다는 얼굴이었다. 거세게 내젓는 고개가 부정을 표했다.

"말도 안 돼. 죽으려 해도 그러기 어려운 사람이야! 왜? 갑자기?"

팔다리라도 잘렸냐며, 프란시아는 그 정도는 자신이 고칠 수 있다고 목소리를 높인다. 차라리 그랬다면 좋을까마는. 나는 빠르게 상황을 설명했다. 최대한 간결하고 간단하게.

모든 이야기를 들은 프란시아는 입을 벌린 채, 아무런 말도 못 했다. 내가 그랬듯 말을 잊은 듯했다. 그녀는 곧 표정을 단단하게 굳혔다.

"일단, 발테이즈 후작과 합류하자. 언니도 알겠지만 노란 장미가 가진 능력은 요새화야. 이 캄브라캄 구조를 전부 꿰고 있어. 대공 성격 상 죽어간다고 해도 절대 황실 기사들에게 잡히진 않았을 거야. 죽어도 언니에게 피해 주긴 싫을 테니까."

프란시아가 손끝을 잘근잘근 깨물며 말했다. 나 또한 동의하는 바였다.

"그래, 얼른 가자."

그렇지 않아도 르나그와 합류 지점이 머지않았다고 했다. 프란시아와 부지런히 걸어 합류 장소에 도착했다.

"후작."

도착한 공간은 감방 한쪽 텅 빈 공동이었다. 이미 죄수들은 다른 곳으로 보냈다더니 지나온 수감실은 모두 비어 있었다.

평소에는 간수들이 한담을 나누는 공간이었는데……. 프란시아가 르나그를 불렀지만 사실 이곳엔 아무도 없었다. 그러나 프란시아는 아랑곳하지 않고 벽 이곳저곳을 두드리더니, 곧이어 벽돌 하나를 쑥 빼냈다. 묵직해 보이는 돌이었으나 그녀는 아무렇지 않게 들고 있었다. 무어라 말하기도 전에 스르륵 벽이 돌아갔다.

노란 기운을 본 것 같았다.

그리고 활짝 열린 공간 앞으로 낯익은 얼굴이 드러났다. 하아, 하아. 갈색 머리를 아무렇게나 흩트린 채로 숨을 몰아쉬는 이, 르나그였다.

"이아나 양……!"

그는 나를 보자마자 성큼 다가와 내 손을 잡아당겼다. 어어, 할 틈도 없이 공간으로 끌려 들어갔다. 쿵. 뒤로 문이 닫히고, 프란시아의 작은 투덜거림이 들렸다.

"문 좀 조용하게 닫을 수 없어?"

나는 프란시아에게 시선을 주는 대신 앞을 응시했다. 어둠이 자욱하게 깔려 아무것도 보이지 않았으나 차차 눈에 익어 실루엣이 보였다. 르나그는 손등에 제 이마를 가져다 댄 채로 숨을 크게 몰아 쉬었다.

"……잘못되신 줄 알았습니다."

그가 끊어질 듯 작게 말했다. 그의 커다란 어깨가 쉴 틈 없이 오르락했다 다시 내려왔다.

"황제는 갑작스럽게 나타나 당신의 청으로 참여한 것이라, 이곳에 나타난 것도 당신의 뜻이라 하는데…… 믿을 수가 없고, 당신께선 사흘간 전혀 연락이 되지 않고 닿을 수단조차 없으니."

빛이 한줄기 새어 들어왔다.

"그런 능력조차 없는 제가 미련하고 한심하게 느껴졌습니다."

반대편 문이 저절로 끼익 열리며 보이는 횃불의 빛이었다. 그리고 이는 눈물과 땀으로 얼룩진 반쪽 얼굴을 고스란히 드러냈다.

"……거기다 당신과 함께 해야 할 붉은 장미가 돌연 기절한 채로 이곳에 나타나, 제가 정말 얼마나……."

나직하지만 차분하게 울음을 참는 목소리, 애틋함에 동요하다 말고 나는 고개를 번쩍 들었다. 그대로 르나그의 손을 휙 잡아당겼다. 절로 손가락끼리 깍지가 끼워졌다.

"잠깐만요, 르나그. 뭐라구요? 리케도르안이 여기 함께 나타났어요? 어디로요?"

다급하게 묻다 말고 멈칫했다. 느릿하게 깜빡이는 금색 눈동자를 보았기 때문이었다. 나는 깍지를 끼지 않은 손가락을 들어 천천히 그의 눈물을 닦아주었다.

"……미안해요. 당신의 걱정을 결코 가벼이 느낀 건 아니에요. 다만 이곳에 오며 체이서를 만난 데다 리케도르안의 상태가……."

나는 입술을 꾹 깨물었다가 다급히 말했다.

"정말로 좋지 않아요. 위험할 정도로요. 어쩌면… 죽을지도 몰라요."

"아닙니다. 알고 있습니다. 흑장미도 이곳에 함께 나타났지요?"

르나그는 정확하게 상황을 파악하고 있었다.

"리케도르안이 알려준 건가요?"

"아니요, 그건 아닙니다. 그는 조금 전에야 막 눈을 떴습니다. 이아나 양을 모시러 가기 바로 직전이겠군요."

그 말인즉 수 분 전까지도 기절해 있었단 말이다. 역시나 몸 상태가 최악이구나. 다시 한번 깨닫게 된 나는 초조한 기분을 되새겼다.

"체이서가 온 건 어떻게 아셨나요? 혹시 마주쳤어요?"

"아닙니다."

그는 고개를 저었다.

"기회가 없어 제 능력을 제대로 알려드리지 못했군요. 저는 이 감옥에서 일어나는 일이라면 뭐든 알 수 있습니다."

르나그의 목소리가 평소보다 빨랐다. 내 표정에서 심상치 않음을 느낀 것이 틀림없었다.

그는 굳은 표정으로 설명했다.

"정확하게는 어느 한 땅을 저만의 요새로, '요새화'시킬 수 있는 능력이지요. 제가 요새로 지정한 건물에 공간을 만들 수 있으며 어디로든 이동 가능합니다. 단 한 사람을 안전하게 지키기 위한 능력이니까요."

르나그의 한 손에서는 어느새 나타난 그의 수호신 아줄르가 칭칭 감겨 있었다.

"제 수호신은 어떤 무기로도 변할 수 있습니다만, 본래 기본 형태는 방패입니다."

"그럼 활은……."

"오래 전 배신자 소리를 들은 뒤로부터 바뀐 것이지요. 방패를 자처할 자격이 없다고 말입니다."

독과 방패, 노란 장미 가문의 상징을 언급한 르나그는 이는 공격의 수단뿐 아니라 지키는 데도 유용하다 일렀다.

"더는 설명할 시간이 없군요. 이쪽입니다, 이아나."

설명은 짧았고, 르나그는 얼른 나를 다른 방으로 인도했다.

걸으며 르나그는 이곳은 그가 특별히 만든 공간으로, 캄브라캄 내에서도 그의 최측근이 아니면 모르는 공간이라 일렀다. 걸음을 디딜수록 무언가 익숙한 기운이 느껴졌다. 말로 일일이 모두 표현할 수 없지만 반갑고 애틋한 기분, 이런 기분을 일으키는 기운은…….

내 걸음이 빨라졌다. 휘청거리는 내 팔을 양쪽에서 붙잡아주었다.

"조심하십시오."

"조심해, 언니! 급한 건 알지만 천천히. 응?"

각각 내 팔을 하나씩 잡은 르나그와 프란시아가 한마디씩 말했다. 나는 끄덕이고는 다시 걸었다. 이윽고 또 한 번 문이 열리며 열린 틈 사이로 반가운 얼굴이 보였다.

고작해야 수십여 분 보지 못한 것뿐인데, 마음이 마구 울렁거렸다. 내게 이러한 기분을 이끄는 이는 단연 한 사람밖에 없었다. 앉아 있던 이가 자리에서 벌떡 일어났다. 감옥에서 나온 그대로 너덜너덜한 셔츠를 걸친 리케도르안이었다.

"이아나!"

하나 평소와 다르게 그보다 내가 더 빨랐다. 나는 성큼 걸어가 그에게 안기는 대신⋯⋯. 덥석. 그의 얼굴을 붙잡았다.

"이, 이아나?"

순식간에 뺨을 붙잡힌 리케도르안은 눈을 깜빡이면서도 순순하게 고개를 숙여주었다. 내가 불편하지 않도록. 그 모습에 가슴이 쿵 떨어지며 손끝이 파르르 떨렸지만 오히려 손에 힘을 주었다.

울지 않을 거다. 끝날 때까지는 끝이 아니니까.

"누가, 이렇게 나오래요."

난 숨을 삼켰다.

"누가⋯⋯. 이렇게 멋대로 굴라 했어요!"

리케도르안은 화들짝 놀랐다. 그는 영문을 모르는 얼굴이었다.

"저, 이아나. 무슨⋯⋯ 일이 있었나요? 혹시 조금 전에 제가 쓰러졌던 것 때문이라면 미안해요. 아니. 걱정시켜서 미안해요. 미처 몸

관리가 되지 않아서……. 피곤해서 그랬나 봐요."

수줍은 듯 푸르른 하늘처럼 맑게 웃는 얼굴과 그의 말에 기가 막혔다. 아직도 들키지 않은 것이라 생각 하는 건가?

"지금 붉은 장미가 피로를 느낀다는 말을 믿으란 얘기에요?"

리케도르안이 멈칫했다. 그가 무어라 변명하려 했으나 그보다 내 뒤에서 흘러나오는 목소리가 자리를 가로챘다.

"그럴 리가 있나요. 붉은 장미가 피로하다니. 이 무슨 개소리가 따로 있나. 안 그래요, 노란 장미?"

"당신의 말에 정답게 대꾸하고 싶진 않습니다만, 그건 그렇군요."

"그죠? 참신한 개소리였어요. 짝짝짝."

프란시아가 입으로 짝짝짝, 박수 소리를 내자, 리케도르안의 낯으로 찡그림과 함께 난감한 빛이 돌았다. 이와 함께 나는 리케도르안이 생각보다 더 연기에 능할지도 모른단 생각이 들었다. 하지만 그러면 어떻단 말인가.

"당신, 수명이 얼마 남지 않았죠? 사실대로 불어요. 그렇잖아요."

이와 동시에 웃고 있던 리케도르안의 어깨가 그대로 굳었다.

"더는 거짓말은 통하지 않아요."

놀란 건 리케도르안뿐만 아니었는지 르나그가 무어라 중얼거리는 소리가 들렸다. 곧 프란시아가 설명하는 소리도.

"왜 말 안 했어요?"

그들의 말을 흘러내며, 나는 오로지 리케도르안만을 응시했다. 한참이나 날 보던 리케도르안이 입술을 달싹였다. 마침내 그에게서 무어라 흘러나올 때, 나는 손을 들어 올렸다.

"아니, 말하지 말아요."

내 손은 리케도르안의 입술을 막았다. 그대로 그를 바라보며 말했다.

"이야기가 길어질 테니까."

그의 이유가 어찌 됐든 우리의 이야기는 길어질 것이다. 원망이 없진 않다. 그러나 무엇이 되었던 간에 이 남자의 모든 행동의 근원이 '나'라는 것에는 부정하지 못할 것이다. 나는 결심하고 입술을 떼어냈다.

"당신을 죽게 두지 않아."

또박또박, 한마디씩 뱉어냈다.

"절대로."

반드시 지켜내리라. 시선이 잠시 뒤로 향했다가 다시 리케도르안에게로 돌아왔다.

"나만 믿어요."

직접 움직이리라. 어느 누구도 잃지 않게. 그 누구도 다치지 않게. 동시에 다짐했다.

"이 상황, 내가 다 부숴버릴 테니까."

이 모든 건, 내 손으로 직접 끝내겠노라고.

3
장미의 진심

어떤 일이건 간에 무작정 앞만 보고 진행할 수는 없었다. 이는 당장 죽을지 모를 일 또한 마찬가지였다.

섶을 지고 불 앞에 뛰어들어 봐야 불나방이 될 뿐이다. 마라톤에서도 일부러 속도와 페이스를 조정하는 시간이 있듯 우리 또한 정비를 가졌다. 물론 길게 가질 수는 없지만, 한동안 떨어져 있던 우리에겐 꼭 필요한 과정이었다.

"푸딩이에게 재차 확인했어요."

간단하게 꾸려진 회의, 회의의 구성원은 리케도르안, 프란시아, 르나그를 포함한 프란시아와 르나그의 보좌 겸 수하들이었다. 특히나 르나그의 수하 중에는 낯익은 얼굴도 있었는데, 감방의 간수였으니 당연한 일이었다.

그들 또한 내 얼굴을 알아본 기색이었으나 언질 받은 게 있는지

정중히 고개를 숙여 보였다.

"리케도르안에게 남은 시간은 오늘, 정확하게는 하루예요. 그러니까 오늘 밤이 지나고 내일 밤."

이미 프란시아와 르나그가 믿을 수 있는 이들로만 꾸린 참이었다.

"내일 밤이 끝이라는 것이죠."

리케도르안 당사자치고는 너무나 태연한 얼굴이었다. 푸딩이에게 듣기로 죽음이 머지않았던 건 알아도 언제인지는 몰랐을 거라 했는데. 나는 속에서 끓는 말을 꾹꾹 참으며 좌중을 돌아보았다.

"저흰 어떻게든 이 지하로 가야 해요."

도플릿 저택에서 보았던 장미와 관련한 주술 문양들. 그곳에 푸딩이가 봉인되어 있었고 이것의 원본으로 추정되는 것이 이곳 지하에 있었다.

이뿐이 아니라도 온몸의 감각이 본능적으로 그곳에 가야 한다고 외치고 있었다. 어쩌면 내 안에 깃든 푸른 장미 수호신이 속삭이는 것일지도 모른다. 이처럼 목적지가 정해졌다면 바로 출발하는 게 좋겠으나, 우리에겐 변수가 두 가지 있었다.

황제와 흑장미.

"일단 황제는 기사를 빈틈없이 배치해 감시하고 있습니다."

바통을 건네받은 르나그가 상황을 설명했다.

"현재 모든 기사들과 간수들은 이아나 양이 나타나는 즉시 상부에 신고하도록 명받았습니다."

그는 눈짓으로 천장을 가리켰다.

"기존의 간수들과 함께 행동하나 권한은 그쪽에서 가져간 상태입니다."

"예를 들어서 눈앞에 제가 나타난다면요?"

"그럼 황실 기사의 명령을 들어야 할 겁니다. 듣지 않으면 반역일 테니까요."

황제가 각 기사들에게 커다란 권한을 줬다. 이 말인즉 그녀도 나를 잡는 데에 혈안이 되었을 거란 소리다.

"이아나 양의 말처럼 황성이 엉망이 되었다면 당연히 돌아가야 할진대, 황성에 남은 장군에게 맡기고 돌아가지 않는 것만 보아도."

"정상적이진 않다 이거군요."

"예, 그렇지요."

나는 입술을 툭툭 두드렸다. 이미 황제가 제정신이 아니다 못해 완전히 미쳐버렸단 사실은 알고 있다. 그리고 나, 푸른 장미에 대한 집착 또한 대단하단 것도. 가둬뒀던 이가 탈출했으니 여기로 올 거란 것도 알고 있을 거고, 언제 나타날지 몰라 상당히 긴장하고 있을 터다.

'반대로, 이걸 이용할 수는 없나?'

나는 두드림을 멈추고 고민에 잠겼다. 그러다 말고 눈을 들어 올렸다.

"르나그, 흑장미의 위치는 어때요?"

"똑같습니다."

르나그가 고개를 살짝 내저었다.

"알려드린 위치에서 움직이지 않고 있습니다."

르나그는 이 감방의 내부 사정을 속속들이 알 수 있으나, 다만 체이서의 위치를 알아내는 건 불가능할 수 있다고 하였다. 체이서가 힘을 사용해 기척을 숨겨버리면 찾지 못할 수도 있다고. 한데 체이서는 힘을 쓰지 않고 한곳에 조용히 숨어 있었다. 마치 내게 말한 약조를 지키기라도 하듯이.

"계속 주시해주세요. 언제 움직일지 몰라요."

"네."

나는 눈을 가늘게 떴다. 체이서가 이렇게 나온다 한들 의뭉스럽고 가증스럽기만 했다.

"확실히 어떤 수로 뒤통수를 칠지 모르겠군요. 교활한 남자니까요."

"뭘 남자씩이라고 해줘요? 그냥 그놈이라 해요. 아! 개새끼라 해도 좋겠다."

프란시아가 손을 교차해 턱을 기대며 배시시 웃었다.

"말만 하면 왈왈. 꼬리치고 사람 등 처먹는 꼴이 아주 딱인데."

웃음과는 전혀 어울리지 않는 살벌한 말이었다. 르나그가 잠깐이지만 질린 듯한 표정을 지었다.

"개한테 미안할 노릇이군요."

르나그가 절레절레 고개를 저었다.

"참견할 일은 아닙니다만, 이제 내숭은 완전히 거둬낸 겁니까?"

"어머, 내가 언제 내숭을 보였다고 그러세요."

프란시아가 웃으며 손을 우아하게 휙휙 저었다.

"난 언제나 이랬는걸."

물론 프란시아의 말은 거짓말이었다. 내가 보아도 프란시아가 말을 조심하는 척이라도 하던 모습을 벗고 과격해졌음을 느꼈으니까.

"그리고 언니는 내가 어떤 모습이어도 날 좋아해 줄 거야."

그녀의 내부에서 어떤 일이 있었던 걸까. 나를 바라보는 색이 다른 눈동자는 전에 없던 확신으로 반짝거리고 있었다. 물론 그 말은 딱히 틀리지 않았다.

"그건 그래."

하지만 나는 이렇게 말하는 순간에 전과 다른 씁쓸함을 느꼈다. 이제는 전처럼 마냥 순수하게 받아들일 수 없었기 때문이었다.

"봐, 우린 이렇게 오래오래 함께 행복하게 살 거라고."

속이 울렁거린다.

머리를 또 한 번 덮치는 전 세계의 기억을 억지로 밀어냈다. 급한 상황이 만든 공기 덕에 울렁거리는 기분은 금방 가셨다.

"이아나 괜찮아요?"

그러나 오직 내게만 예민하게 반응하는 사람이 이 공간에 셋이나 있었다. 내 어깨를 잡은 이는 리케도르안이었다. 나는 웃음을 터트렸다.

자기 수명이 단 하루 남았다는 것에는 전혀 동요가 없던 남자가 금방이라도 울 것처럼 걱정 어린 얼굴을 하고 있었다. 나는 내 얼굴에 감사했다.

"괜찮아요. 아까 이동하면서 힘을 좀 많이 썼나 봐요."

"피로하신 겁니까?"

"그건 아니에요. 그냥, 가벼운 현기증?"

이어진 르나그의 질문에 대답하며 나는 리케도르안의 어깨에 머리를 묻었다. 리케도르안의 어깨가 잠시 굳었다가 이내 등을 토닥이는 손이 느껴졌다. 토닥임이 어색하기 그지없었다. 마치 한 번도안 해본 사람처럼. 나는 리케도르안의 서투름에 다시 한번 미소했다. 갑작스러운 심적 동요가 있었다고 해도 몸에 체득된 버릇은 어디 가지 않는 법이라, 동요가 드러나지 않은 모양이었다.

"……그보다 내게 생각이 있는데요."

나는 리케도르안의 어깨에 기댄 채로 작게 중얼거렸다. 목소리가 작았으나 이곳에 있는 이들에겐 충분히 들렸으리라.

"현재 황제가 내게 얼마나 집중하고 있는지 잘 알겠어요. 그러니…… 이걸 이용해서, 관심을 다른 곳에 옮겨보면 어때요?"

"미끼를 말씀하시는 겁니까?"

르나그가 기민하게 눈치채고 물었다. 나는 끄덕였다.

"네. 제가 다른 곳에 나타났다고 하는 거죠. 이를테면 이곳이 중앙 동이니 서쪽이나 동쪽으로요."

둘 중 한 곳은 대단한 흉악범이 있는 곳이었고, 다른 하나는 예전에 제이르가 몰래 잠입해있던 곳이었다. 르나그는 이 중 후자라면 잠입할 통로가 있을 거라며 긍정했다.

"하지만 미끼는 누가 하는 건데?"

듣고 있던 프란시아가 의문을 던졌다.

"언니가 갈 수는 없잖아. 저주를 풀어야하니까."

"그렇지."

직접 주문을 푸는데, 내 힘이 필요했으므로 내가 빠지는 건 어렵다. 무엇보다 미끼를 던지는 일에 내가 가서야 소용없는 일.

"그럼 우리 중 하나가 갈까? 나나 노란 장미?"

합리적인 말이었으나 나는 단호하게 고갤 저었다.

"아니. 소용없을 거야."

나는 황제의 마지막 모습을 떠올렸다.

"황제가 정상적인 상태는 아닌데, 머리를 못 쓰는 건 아니야. 오히려 이성적으로 미쳤다고 봐야 해. 나를 협박해서 붙잡았으니까."

나를 손쉽게 납치할 수 있단 판단을 내리고, 아무렇지 않게 마을을 불태우려 했다. 이는 그전에 내 행동과 미세한 표정을 파악, 그리고 빠른 판단을 내린 결과였다. 황제는 이 망령이 깃들면 제국을 위해 현명한 판단을 내리되, 푸른 장미에 관해서만 집착적으로 변한다고 했다.

"만약 둘 중 한 사람이 미끼로 나타난다면, 바로 함정인 걸 눈치챌 거야."

이래서야 시간을 끌 수 없다.

"두 사람은 우리와 함께 움직이는 게 나아."

리케도르안이 언제 다시 쓰러질지 모르니까. 나는 이 말을 삼키며 두 사람을 번갈아 보았다.

"그럼 이아나 양, 누가 좋다는 말씀이십니까? 아니면 제 수하나 하얀 장미의 성기사라면 어떻습니까?"

"아니요. 르나그나 프란시아의 최측근도 마찬가지예요."

나는 리케도르안의 어깨에서 머리를 들었다. 그러고는 손가락으로 입술을 툭 건드렸다.

"여기선 차라리 일반 간수가 그렇게 말하는 편이 좋은데…… 문제는 여기서 연기해줄 사람은 충성심은 둘째치고, 황제의 앞에서도 제대로 말을 할 줄 알아야 해요."

"겁먹지 않고 떨지 않아야 한다는 겁니까?"

"아뇨. 겁먹거나 떠는 건 상관없어요. 오히려 자연스러운 모습이니까 괜찮죠. 제 말은 황제를 속일 정도로 능청스럽고…… 시간을 끄는 데도 능한……."

나는 말을 하며 결론을 내렸다.

"그래. 사기."

나는 손가락을 부딪쳤다.

"사기를 쳐줄 사람이 필요해요."

되도록 우리와도 관련 없는 사람일수록 좋다. 모든 설명을 듣던 르나그의 얼굴로 난감한 빛이 어렸다.

"그런 사람이 있을지……."

르나그의 말을 듣는 순간 나는 번쩍 어떤 생각이 번개가 치듯 스쳐 갔다.

"르나그!"

"예?"

"죄수들을 전부 한곳으로 옮겼다고 했죠?"

황제가 들이닥치며 본래 이곳에 수감 중인 귀족 죄수는 모두 옮겨갔다.

"내가 말하는 사람을 하나 찾아 줄래요? 성은 팔라디스, 남작이에요."

여기는 캄브라캄, 내가 수감되었던 감방이다. 이 말인즉 어쩌면 현재 감방에 남아 있는지도 모른다.

사기에 있어서는 최고를 자부하던 내 어떤 감방 동기도 말이다.

상황은 르나그가 빠르게 일단 내가 이야기한 사람을 찾아보기로 하고 일단락되었다.

끼이익. 문이 닫힌다.

르나그가 제시한 시간은 한 시간이었다. 시간이 없었으니 최대한 빠르게 움직일 생각인 듯했다. 다시 말해 우리에겐 1시간이라는 잠시의 휴식 겸 유예 시간이 주어졌다. 그리고 나는 모두에게 양해를 구하고 이곳에 단 한 사람과 남은 참이었다.

바로 리케도르안과 말이다.

다행스럽게도 이 공간은 여러 방이 있었으며 소음이 철저히 차단

되는 편이었다. 애초에 르나그가 황실 몰래 은밀한 일들을 처리하기 위해 만든 공간이었으니까.

"……이아나?"

문이 닫히자마자 리케도르안이 나를 무구하게 바라보았다. 아니, 문이 닫히기 이전부터 나만 쳐다보던 눈이었다.

"잠시만 그대로 있어요."

나는 문고리를 잡았다. 끼익 열리는 문을 확인하고는 다시 닫았다. 철컥. 자물쇠가 돌아갔다. 그대로 빙그르 돌아 리케도르안을 응시했다.

"아, 문이 잘 잠겼나, 보려고요."

나는 긴말하지 않고 그에게 성큼 걸었다. 그리고 이제는 참지 않고 그의 멱살을 쥐었다.

"각오는 되어 있겠죠?"

"네? 어떤 각오를 말……."

"내게 제대로 말하지 않은 거요. 잘못한 거죠?"

리케도르안이 입을 꾹 다물었다.

"벌을 줘야겠네."

"나를 버리지만 않……."

"헛소리한 벌도 추가예요."

나는 그의 말을 무시한 채 고개를 획 숙였다. 그대로 그의 입술을 삼켰다. 금세 상기되는 얼굴을 빤히 바라보다 손을 천천히 옮겼다. 내 손가락이 찢어진 옷자락 틈 사이를 더듬다 너덜너덜한 단추를 벗겨냈다.

어차피 그를 탓할 마음은 없었다. 이제 와 탓해봐야 지난 일이었다. 당장 하루가 급박하고 어떻게 될지 모르는 상황이다. 물론 그가 죽도록 두지 않을 거지만, 소중한 시간을 실랑이에 뺏기고 싶지 않았다. 의미 없는 실랑이면 더더욱. 나는 입술을 살포시 떼어 숨소리와 함께 속삭였다.

"한 시간은 짧아요, 그렇죠?"

"……웃."

가슴골을 슥 훑던 손가락이 그대로 붙잡혔다. 리케도르안은 내 검지를 잡아 그대로 제 입술로 가져왔다.

"……후회하지 않겠어요?"

리케도르안은 잠시 방문을 쳐다보는가 싶더니 태양처럼 붉게 상기된 얼굴로 작게 속삭였다.

"걷지 못할 수도 있을 텐데."

그 말을 듣는 순간, 나는 눈을 깜빡였다. 곧 웃음을 터트렸는데, 우스웠다기보다는 귀여웠던 탓이다. 얼굴은 붉어질 대로 붉어진 채로 내 옷자락은 꽉 붙잡으면서 내게 경고하듯이 조언하는 모습이라니. 어찌 사랑스럽지 않을 수가 있을까?

"왜 웃는 거예요, 이아나."

곧 불퉁한 목소리가 돌아왔다. 나는 잡히지 않은 손을 입술로 가져다 대고 쿡쿡 소리 내어 웃었다.

"아니, 곧 내일 죽을지도 모를 사람이 할 대사는 아니잖아요."

그러자 리케도르안이 붉어진 얼굴로 나를 빤히 보다 말했다.

"……이아나가 한 말도, 내일 죽을 사람에게 건넬 제안은 아니었던 것 같아요."

"그래서 싫어요?"

리케도르안이 도리질 쳤다.

"아니요."

그것으로 모자랐는지, 그는 얼른 덧붙였다.

"절대요."

마치 내가 제안을 번복한다고 하여도 그건 안 된다는 듯이. 불안이 약간 어린 눈동자와 날 단단히 붙잡은 손은 대조적이었다. 왜일까. 이 말을 듣고 이유 모를 만족감과 뿌듯함. 그리고 애정이 내 안에 차올랐다.

"이아나?"

내 웃음이 달라진 것을 그도 느낀 것일까. 리케도르안이 반문하듯 나를 불렀다. 나는 그의 손을 바꿔 잡아 그대로 내 뺨에 가져다 댔다.

"조금 전의 우리 대화. 평범한 연인이 하는 것 같았잖아요."

나는 눈을 감았다가 떴다.

"난 늘 그런 걸 바랐던 것 같아요."

처음부터 평범한 인연은 아니었다. 나는 감방에서 눈을 떴고, 그곳은 결코 평범한 공간은 아니었다.

"평범하길 바랐어요."

거기다 한 겹씩, 한 겹씩 벗겨지는 나의 정체는 나를 평범함에서 멀리 떼어놓는 결과를 가져왔다. 이어서는 이 세계에, 적어도 누군가들에게는 절대 없어서는 안 될 존재로 만들었다.

나는 깨달았다.

그럼에도 나는 사랑만은 평범하게 할 수 있길 바랐구나.

적어도 보통 이들처럼 같은 위치에서 누가 누구를 우러러보지도 집착하지도. 그저 나를 나로서 봐주는 사랑을. 평온하고 평화롭게 하기를.

내가 리케도르안에게 사랑 속에 복종을 담지 말아달라 청했던 것은, 나를 위해서이기도 했구나.

리케도르안은 더는 말이 없었다. 그저 내가 하는 양을 물끄러미 보았다. 툭. 툭. 그의 찢어진 옷자락의 단추가 벗겨진다. 이미 몇 개는 풀어내고 또 나머지는 너덜너덜했기에 남아 있는 것은 몇 개 없었다.

그는 뛰어난 검사였다. 타고나길 압도하고 파괴하는 짐승의 힘을 지녔으며, 이곳을 나선 뒤로는 본인의 뼈를 깎는 노력을 더해 대단한 경지에 올랐을 것이다.

이는 지방이라곤 전혀 없이 근육으로 꽉 짜인 아름다운 상체로도 알 수 있었다. 정말이지, 신이 조각한 걸작처럼 황홀하리만치 완벽한 비율을 가진 몸이었다.

신기하게도 그럼에도 그는 눈처럼 새하얀 피부를 가지고 있었다. 마치 눈이 내리는 겨울의 나라에서 온 것처럼. 내가 풀어내리는 동안 눈 밑이 발긋 달아오른 시선은 나를 집요하게 담고 있었다. 푸르른 눈동자 속으로 무언의 욕구가 가득했다. 어느새 그의 한쪽 손이 내 다리를 잡고 있었다. 허락을 구하는 말에 나는 가벼이 끄덕였다. 곧이어 옷자락 안쪽으로 들어온 손이 허벅지를 조심스레 스쳤다. 까끌까끌한 손끝이 조금씩 올라와 문신이 있는 곳을 스쳤다.

나는 입술을 꾹 물고 신음을 참았다.

그러고는 고개를 들었다.

"잘 들어요, 리케도르안."

그의 허벅지에 살포시 걸터앉은 채로 입술을 가까이했다.

"당신을 절대 죽게 두지 않을 거예요."

단 한 번도 그리 두겠다 생각한 적 없으나, 말로 뱉으니 더욱 의지가 단단해지는 기분이었다.

"······네. 이아나."

발밑으로 옷자락이 떨어진다. 내 몸을 감싸고 있던 옷이었다. 리케도르안이 고개를 숙여 내 목덜미에 입술을 가져다 댄다. 날숨이 그대로 솜털을 간지럽혔다.

"아주 오래전에는. 단 한 번도 살고 싶다 생각한 적이 없었어요."

그가 나지막하게 속삭였다.

"그저 흘러가는 대로, 흐르는 대로 몸을 맡겼을 뿐."

촉. 촉. 그는 목선을 따라 길게 입맞춤을 남겼다.

"이곳에서 당신을 만나기 전까지는요."

깊은 회한이 남긴 목소리가 점차 멎어 들어간다. 그는 빗장뼈 부근 움푹 파인 곳에 입술을 묻었다. 축축한 혀가 그곳을 적셨다.

"당신의 평범한 연인이 될게요. 저도 이아나와 오래 함께 있었으면 좋겠어요."

그의 고백은 이렇게 말하는 것 같았다. 나 또한 마냥 손을 놓으려 했던 것은 아니라고. 이토록 촉박했음을 저도 몰랐노라고. 그는 용서를 구하는 한편 달콤한 숨결로 나를 유혹했다.

"당신을 두고 죽지 않을게요."

고개를 들어 올린 그가 바로 귓결로 다가와 귓바퀴에 대고 속삭였다.

"사랑해요. 이 말조차 마음을 담지 못할 만큼."

물기를 담긴 숨결은 깊이만큼이나 그의 마음이 가득 담겨 있었다.

"내 생의 무엇을 주어도 아깝지 않을 만큼."

내가 바란다면 세상을 바치겠다는 듯, 깊어진 눈동자는 송곳과도 같았다. 박힐 대로 박혀 더는 빠질 수 없는 가시였다. 나를 꿰뚫듯 붉은 얼굴 속 푸른 눈동자는 이를 알려주고 있었다. 절대로 나 없인 살 수 없다고. 가슴에 푹 박히는 교훈이었다. 그의 입술이 내게 다시 닿는 순간 나는 눈을 감았다.

……당신을 살리는 것에는 이견의 여지가 없다. 하지만. 내 가슴에 얼굴을 묻은 리케도르안이 천천히 아래로 내려갔다. 나는 그의 머리를 그대로 끌어안았다.

"리케도르안, 읏……. 당신은, 흐 내가 행복하길, 바라요?"

내 안으로 깊이 들어왔던 몸이 잠시 멈칫했다.

"이아나, 흐, 그건…….너무나 당연한걸요."

그는 땀방울이 맺힌 내 손을 잡아 그대로 입을 맞췄다.

"어쩌면 내 목숨보다도."

땀이 맺힌 그 얼굴이 숭고하여, 나는 차마 아무런 말도 하지 못했다.

"당신이 평온하고 행복하길. 늘 바라고 있어요. 나의 이아나."

하지 못했던 말은 연기처럼 속으로 빠져나간다. 리케도르안 당신을 살리더라도.

이 세상에서 내가 사라진다면, 당신은 괜찮은 걸까?

캄브라캄.

지어진 지 어쩌면 천년을 훨씬 넘을지도 모른다는 감옥은 아주 거대했으며 보통 사람이 상상할 수 없는 복잡한 구조를 보유했다. 거기다 아주 오래되었음에도 어느 곳은 낡고 노쇠했으나 또 어느 곳은 금방 지은 것처럼 깨끗한 모습이 신비감과 함께 불길한 공포를 자아냈다.

보통 이들에게 있어 이곳은 악명 높은 수감소로 상상할 수 있는 최악의 범죄자들이 가는 곳으로 유명했다는 이야기다.

"으으, 으스스한 느낌이군."

이는 제국의 가장 유능한 기사단이라 할 수 있는 황제 친위대 '듀어블'에게도 다르지 않았다.

"자네는 캄브라캄은 처음이랬지?"

옆에 있던 동료 기사가 한마디 툭 던졌다.

"그렇지. 악명만 높은 곳이니, 올 일이 무에 있겠나?"

"난 두 번째일세."

"뭐? 자네 범죄자였나?"

황실 친위대 마틴이 동료를 경악한 눈으로 보았다.

"무슨 소릴 하는 건가? 수습 기사일 때 한 번 와본 것이네."

"아, 그러고 보니. 가끔 수습 기사 중에서도 간수로 차출된다고 했나?"

"그래."

이곳의 간수 대부분이 정식 기사 출신이란 건 기사라면 모두 아는 이야기였다. 다만, 자세히 들어가자면 황실에서 파견한 기사와 이곳의 관리자 발테이즈 후작가 소속이냐의 차이가 있었을 뿐. 이처럼 후작은 수감소 내 무력 집단을 양성할 수 있었고, 이는 황실이 발테이즈에게 허락한 권한이기도 했다.

"여기 말이야, 그 뭐냐. 고대의 힘이 깃들었다는 소문이 있다며? 고대의 힘이면 하나같이 불가사의한 힘들 아닌가? 특히나 여긴 괜히 으스스하단 말일세."

"그 소문이야 유명하지. 유령이 나온다거나."

동료가 어깨를 으쓱했다.

"왜, 아주 오래전에는 여기가 수감소가 아니라 다른 건물이었단 말도 있지 않은가. 그때 죽은 사람이 있을지도?"

"뭐, 크기부터가 수감소 같지는 않네만."

그랬다. 여기저기 수감소임을 알리는 철제문이라거나 창살이 보였지만 가끔 보이는 고풍스러운 벽 무늬나 기둥은 기묘한 부조화를 일으켰다. 그 덕에 더 을씨년스럽기도 하였지만. 마틴이 몸서리 쳤다.

"그럼 수감소가 아니라 무엇이었단 말인가?"

"글쎄. 나도 잘은 모르는데, 왜 자네도 알다시피 내 동생이 하나에 미쳐 있지 않나?"

"아, 고고학에 푹 빠졌다는 그 여동생?"

"그래. 혼인은 어찌하려고 그러는지…. 아무튼 간에 그 애가 날 붙잡고 설명하는 걸 좋아해. 나더러 이곳이 오래전에는 신전이었다고 하지 않나?"

"신전? 빛의 재단은 제국 남쪽에 몰려있지 않나?"

"그러니까 말일세. 그 이전에 아주 오래전의 고귀한 신을 모셨다고 하는데……. 자네도 알다시피 제국에 빛의 재단이 들어온 지 오래되지 않았잖나."

"그건 그렇지."

프란시아가 성녀로 속한 빛의 재단, 제국에서 가장 큰 신전을 떠올린 마틴이 얌전히 수긍했다.

"아주 오래전에는 어떤 숭고한 신을 모셨을지도 모른다는데, 뭐.

자세한 건 모르겠고 내 여동생이 걱정일세. 하라는 연애는 안 하고 이런 것에만 관심을 두니, 원."

"확실히 고민이긴 하겠군."

두 기사 사이에 잠시 침묵이 흘렀다. 사실 마틴은 이 어둑한 풍경을 보며 하고 싶은 말이 있었다.

"……그런데 말일세, 황제 폐하께서는."

어두운 밤, 너무나도 넓어 어쩔 수 없이 잘게 찢어져 맡게 된 드넓은 구역, 오래 떨어지지 않은 곳에 잠들었을 죄수들. 적어도 이곳에는 두 사람만 있다는 걸 알기에 말이 흘러나왔다.

"……자네가 보기엔 괜찮으신 것 같은가?"

"뭐? 미친! 이 사람아. 지금 무슨 불충한 소리인가?"

"아니……."

"가장 친한 동료만 아니었다면 검을 뽑을 수도 있었네. 알고 있나?"

마틴이 얼굴을 굳혔다.

"그러지 말고 생각해보게. 자네도 이 상황이 이상하단 건 알고 있지 않나."

그가 더없이 진지해지자 동료도 화를 멈췄다. 오히려 정곡을 찔렸단 표정이었다.

"현재 수도에서 황성이 공격받았어. 공작의 군대였다고 하지 않나. 반란이 일어났을지도 모른단 소리까지 나오는 상황일세. 그런데 우리는……."

나라의 심장은 수도다. 그중에서도 황제가 기거하는 황성. 지도적 정치적 및 행정적 거점으로서의 중요성은 이루 말할 수 없다.

"한데, 폐하께서는 이 위급한 상황에도 한 곳에만 집착하지 않으신가. 마치……."

거기까지 이야기했을 때였다. 마틴이 입을 다물었다.

"왜 그러나? 아."

의아해하던 동료도 금세 표정을 굳히고 빠른 태세로 몸을 돌렸다. 어둑한 복도, 분명 아무것도 없던 곳이었으나 곧 선명한 발소리가 들렸다. 먼 곳에서 뛰어오는 듯한 다급한 소리였다.

"간수!"

이윽고 그들 앞으로 뛰어온 사람은 중년의 남성이었다. 거기다 익숙한 죄수복을 걸치고 있었다.

'죄수?'

마틴이 의아한 마음을 버리지 못하며 경계했다.

"아니, 간수가 아니군. 기사요?"

마틴은 죄수의 말투를 듣고 곧바로 그의 정체를 알아차렸다. 귀족 죄수군. 얼마 전까지 중앙동에 수감되었던 이들이 그들이 감시하는 동으로 이동해왔다.

귀족 죄수의 경우 다른 죄수들과는 취급이 달랐다. 이 중에는 밤에 자유로이 화장실을 다녀오는 놀라운 조건 또한 있었는데, 이는 감시 인원이 적절하지 못한 이 상황에서 대단한 자유를 준 것이기도 했다.

이것이 가능한 이유는 이미 그들이 귀족 죄수의 신원을 모두 파악했을뿐더러 특히 그들 중에서도 이런 자유를 누리는 건 출소를 얼마 두지 않은 죄수뿐이었다. 달려온 죄수는 자신이 달린 상황을 빠르게 설명했다.

"나는 팔라디스 남작이요. 아 글쎄, 내가 소피가 급해 황급히 나서는데……."

그의 표정은 다급했고 상당히 놀란 얼굴처럼 보였다. 사정을 모두 들은 마틴의 얼굴이 심각해졌다.

"수상한 사람을 보았다고?"

죄수가 보았다는 누군가의 인상착의를 듣자 하니, 간수도 이곳에 파견된 황제 친위대 및 황실 기사단도 아니었다.

"아 글쎄, 여성이랑 남성이었다니까?"

더군다나 한 사람은 여성이라니. 마틴은 기사단 내 여성 기사를 떠올렸지만 일치하는 이가 없었다.

무엇보다 이쪽 동에 파견된 이 중에 여성 기사는 없었다. 들을수록 황제가 일갈한 이와 비슷하였다. 마틴의 동료는 그 즉시 황제에게로 보고했다.

잠시 후, 죄수는 황제 앞으로 인도되었다. 기사들의 뒤를 걸으며 죄수, 팔라디스 남작은 고개를 숙였다.

'여기까지는 잘 되었는데, 말이지. 당연한 일이지만.'

사실 팔라디스 남작으로 할 것 같으면 앞서 설명되었듯이 출소를 얼마 남지 않은 죄수였다. 그에겐 남을 속이는 일이 무엇보다 쉬웠다. 그도 그럴 것이 이러한 죄목으로 옥살이를 하는 죄수였으니 말이다.

그리고 그는 벌써 세 번째 수감생활이었다. 몇 년간 들락날락하기도 세 번째. 이어 세 번째 출소를 앞둔 참이다. 어찌된 게 출소를 앞두고 캄브라캄 상황이 영 이상하다 싶더니, 그는 몇 시간 전에야 왜 그러한지 이유를 알았다.

'허허, 그리운 친구가 이런 큰 건을 물어올 줄이야.'

죄수 팔라디스 남작의 범죄는 '사기'이다. 그가 생각하기에 사기란 두 가지에 해당했다. 생존을 위해서인가, 돈을 위해서인가. 팔라디스 남작은 둘 중 어느 쪽도 아니었다. 왜냐, 그는 첫 번째 사기로 무시무시한 돈을 벌었기 때문이다. 아마도 평생 먹고살아도 모자라지 않을 정도의 돈을.

그런 그가 왜 다시 이 감옥에 수감되었느냐, 그건 바로 그는 남을 속이는 그 행위에 중독되었기 때문이었다.

이것은 도박중독과 다르지 않았다. 누군가를 속여 넘어가는 순간의 희열과 기쁨, 행복. 이미 그 맛을 들여 발을 뺀 자는 돌아갈 수 없다는 점에서 도박 중독과 아주 비슷했다.

그렇기에 한때 그의 어린 죄수 친구는 말했다.

〈아저씨는, 사기로 망하겠어요.〉

분홍빛 머리카락이 유달리 눈에 띄던 죄수, 자신이 얼마나 눈에 띄는 외모인지도 모른 채 열렬한 관심과 시선에도 관심 없이 모든 것에 무심하기만 하던 얼굴.

그는 경험상 이런 인상의 얼굴이 때로 특정 사람을 미치게 할 수 있단 사실을 알고 있었다. 그렇기에 훗날 사교계에서 들릴 소문을 기대하기도 했다. 아무튼 이 무심한 친구는 때로 재미난 소리를 많이 했다.

〈아저씨가 대가 없이 좋은 얘기를 할 때는 사기 칠 때뿐이니까.〉

이렇게 한 번씩 눈을 번뜩이며 영특한 소리를 했지. 그런 이가 갑작스레 무려 황제에게 쫓기는 고귀한 이로 나타나 말했다. 안녕, 아저씨. 여전히 무심하면서도 퍽 친근한 말투로.

〈아직도 사기, 좋아해요?〉

물론이었다. 팔라디스 남작은 한때 이 지루한 감옥에서 무료함을 잊게 해준 그녀의 재등장이 반가웠다.

〈그럼 목숨 걸고 크게 한탕 해보실래요?〉

그녀가 어째서 수감실 벽 하나를 허물고 나타났는지는 중요하지 않았다. 오랜만에 만난 감방 동기는 마침 무료하고 허기진 그의 나쁜 중독을 채워줄 일을 알려주었으니까.

"고개를 들라."

자칫 실패한다면 그의 목이 어찌 될지 몰랐다. 가짜 동화를 팔 때 그를 업신여기던 대귀족들을 속여넘길 때와 상황이 전혀 달랐다. 그럼에도 팔라디스 남작은 받아들였다. 일단 잘만 넘긴다면 그렇게까지 위험할 가능성은 낮다는 점과, 그가 빠져나갈 구멍 정도는 충분히 존재한다는 이유에서였다.

사기를 칠 때에는 너무 당당해서도 안 된다. 적어도 지금과 같은 상황에서는 말이다.

적절한 공포와 떨림이 오히려 신빙성을 높여줄 때였다. 팔라디스 남작의 이야기가 끝나자 고귀한 황제가 입술을 비틀었다.

"……그 말이 실로 참말인가?"

제국에서 성황으로 소문이 자자하던 황제의 시선은 생각보다 더 음습하고 어두웠다. 팔라디스 남작은 본능적으로 떨리는 몸을 숨기지 않으며 말했다.

"예. 제가 분명 들었습니다, 폐하. 정체를 알 수 없는 이들은…… 캄브라캄 가장 동쪽으로 향한다고 하였습니다."

캄브라캄 동쪽 끝, 그곳은 악질 중에서도 가장 악질 죄수를 가둬두는 곳. 그리고 그 꼭대기에는 총 간수 관리장의 감시실이 있었다.

그 감시실에는 이 감방 내의 마법진을 관리하는 마법진이 하나 있다. 팔라디스 남작은 여기까지 몰랐으나 이아나를 비롯한 르나그는 이것이 황제에게 좋은 미끼가 될 것이라 생각했다.

"지금 당장, 모든 기사를 소집해라!"

끝내, 떨어진 황제의 명을 들으며 팔라디스 남작은 고요히 생각했다.

이 정도면 충분하겠나, 어린 친구?

"시간을 오래 끌진 못할 거예요."

나는 바삐 걸으며 말했다. 우리는 나선형 계단까지 내려가는 동안 아무런 제지를 받지 않았다. 이미 제지를 할 만한 이들은 복도에서 기절시킨 채 꽁꽁 묶어서 보이지 않는 곳에 숨겨두었으니까.

"이아나 양의 말이 맞습니다."

생각 외로 흔쾌히 작전에 동의한 팔라디스 남작 아저씨 덕에 일이 잘 풀렸으나 이것이 오래 갈만한 수는 아니었다.

미끼는 어디까지나 미끼. 황제는 곧 모든 걸 눈치채고 이곳으로 달려올 것이다. 하지만 상관없었다. 처음부터 완벽하게 추적을 따돌리려 한 것이 아니었으니까. 어디까지나 시간을 벌면 성공이었다. 적어도 리케도르안의 몸을 원래대로 돌릴 만한 시간.

"리케도르안!"

마침내 리케도르안의 지하 감방에 도착했을 때, 나는 그로 하여금 벽을 공격하게 만들었다. 리케도르안의 강력한 공격에도 벽은 꿈쩍하지 않았다. 나는 벽을 가만히 보다가 한 곳을 짚었다.

'리케도르안이 힘을 썼을 때, 분명 보였어.'

단 하나의 벽돌에서 기묘한 문양이 나타났다가 사라졌다. 나는 빠르게 그 벽돌을 잡았다. 곧바로 힘을 일으켰다. 창문조차 없는 감방에 바람이 흘러들었다. 곧 바람은 나와 일행들의 머리를 거칠게 흔들었다.

쿵!

벽돌이 부딪치고 떨어지는 소리가 나는가 싶더니, 눈앞에 거대한 공동이 생겼다. 리케도르안과 함께 들어갔던 그 동굴이었다.

"이쪽으로 들어가면 돼요."

나는 일행들과 얼른 공동으로 발을 들였다. 그리고 한 걸음을 딛는 순간 알아차렸다.

……지난번에 나타났던 곳과 다르잖아?

분명 리케도르안과 둘이서 들어갔을 때는 깜깜한 복도가 펼쳐졌었고, 곧 푸르른 불이 켜졌던 것으로 기억한다. 그러나 눈앞에 나타난 것은 좀 더 화려한 느낌의 기둥이었고, 주변을 밝힌 조명도 색색으로 다채로웠다.

"……이게 대체. 리케도르안 저것 좀 봐요, 아무래도. 우리가 들어갔던 곳과 다른 곳인 것 같죠?"

"그런 것 같아요."

리케도르안 또한 같은 생각인지 얼떨떨한 얼굴로 끄덕였다.

"그럼 잘못 들어온 거야?"

덩달아 심각해진 프란시아가 중얼거리자, 나는 내 손을 내려다보았다.

"……아니. 그건 아닌 것 같아."

내 손에는 희미하지만 푸르른 빛이 맺혀 있었다. 본능적으로 알 수 있었다. 우리는 잘못 들어온 게 아니다. 오히려…….

"제대로 들어온 것 같아. 이쪽이야."

발을 딛고 걸을수록 정말로 마지막 무대에 선 것 같은 기분이 들었다. 한동안 다들 말없이 걸었다.

우리의 진형은 날 중앙에 두고 앞에는 리케도르안과 프란시아 뒤는 르나그가 맡았다. 다들 날을 세운 채 주변을 경계하는 것이 느껴졌다. 그에 반해 나는 장미들과 마찬가지로 경계하고 있었으나 조금 다른 기분을 느꼈다.

'이상하네.'

나는 이루 말할 수 없는 묘함에 살짝 입술을 벌렸다.

왜 이 공간에서 향수를 느끼는 걸까? 향수, 이렇게밖에 표현할 수 없었다. 가슴을 쿡쿡 찌르는 이 감정은 그리움이었으니까. 리케도르안과 들어왔을 때는 이런 기분을 느끼지 않았는데.

조금 더 자세히 들여다보자, 알 수 있었다. 나의 그리움이 아니었다. 내 안에 깃든 내 수호신의 감정이었다. 내 수호신이 애수에 가까운 감정의 파도를 뿜고 있었다.

우리는 긴 복도를 지나 또 한번 계단을 내려갔다. 드디어 마지막 계단을 내려왔을 때, 드넓은 공간이 펼쳐졌다. 어째서인지 창문 하나 없는 공간이 흰빛으로 가득하여 낮처럼 밝았다.

리케도르안과 공동을 걸었을 때 복도 끝에서 보았던 공간과는 비교도 되지 않을 만큼 커다랬다. 그리고 공간의 중앙에는 거대한 돌이 떠 있었다.

아니, 저걸 무어라 표현하면 좋을까. 석판? 비석?

직사각형 네모반듯하게 잘린 돌에는 기하학적인 문양이 잔뜩 새겨져 있었다. 그곳에서 익숙한 문양을 발견했다. 장미와 장미의 수호신들. 분명 저것만은 리케도르안과 들어왔을 때 보았던 것과 일치했다.

"······저게 대체 뭘까?"

"제단 같은데."

"같은 생각입니다."

프란시아와 르나그가 차례로 말했다.

그들의 말처럼 허공에 붕붕 뜬 비석 아래로 사각형으로 만들어진 돌이 반듯하게 놓여있다. 높이는 내 어깨만큼 올듯했다.

모로 보아도 제단 같은 느낌이 물씬 풍겼다.

나는 천천히 허공에 뜬 비석을 응시했다. 차분하게 응시할수록 이제는 모두 알 것 같았다. 붉은 장미가 있는 자리에는 예전에 보았던 것처럼 붉은 보석이 박혀 있었다. 그러나 수없이 박혀 있었을 보석은 거의 깨진 상태였고, 단 하나만이 남아 영롱한 빛을 드러내고 있었다.

마치 한 한 개의 꽃잎만을 남겨둔 것처럼.

······저건 리케도르안의 상태를 말하는 거야.

빠르게 다른 장미들을 살폈다. 노란 장미 쪽은 예나 지금이나 활짝 핀 채 큰 차이가 없다. 흰 장미의 경우 오래전에 보았을 땐 오염된 듯 검은 반점이 찍혀 있었으나, 지금은 노란 장미와 마찬가지로 멀쩡하게 활짝 피어 있었다.

당시 프란시아는 체이서의 추적에서 벗어나기 위해 위험한 도망을 치고 있었고, 제대로 성장하지 못했으나 이젠 그렇지 않음을 드러낸 걸까. 내 눈이 붉은 장미와 대치되는 곳을 향했다.

'흑장미.'

그리고 흑장미를 본 순간 눈을 움찔했다. 분명 오래전에 보았을 때도 그리 정상인 모습은 아니었으나……. 처참했다.

타버린 듯이 너덜너덜하게 찢어진 꽃잎, 부러진 가시, 목탄을 그대로 짓이겨 놓은 것처럼 짓뭉개진 꽃의 형태. 저것이 만약 죽어가는 꽃이라면 가장 최악의 형태로 죽어가는 느낌이었다.

어째서 정말로 죽을지도 모를 붉은 장미보다도 더 상태가 이상한가?

그리고 끝으로 중앙을 바라보면, 푸른 장미의 자리는 움푹 파여 있었다. 보석은커녕 꽃의 모양은 온데간데없이 줄기와 잎뿐이다.

'……어째서?'

이상했다. 저것들이 정녕 장미들의 상태를 나타낸 것이라면, 이전에야 각성하지 못했던 나지만 이젠 다르지 않은가? 왜 푸른 장미가 나타나지 않았지?

"이아나?"

"아…….."

나는 황급히 눈을 떼어냈다. 그래, 지금은 생각할 때가 아니다. 시간이 없었다.

"지금 저 제단, 그러니까 저 돌 주변으로 거대한 진이 보여요?"

"네, 보입니다."

"응. 보여."

"보여요."

나는 차례로 흘러나오는 대답을 들으며 끄덕였다.

"리케도르안, 당신이 저기에 서면 될 것 같아요."

"서기만 하면 되나요?"

"네. 중앙엔…… 제가 서야 할 것 같아요."

나는 제단을 바라보며 눈을 좁혔다. 그저 바라보았을 뿐인데 저걸 어떻게 사용하는지 알 것 같다. 정확히는 내게 깃든 수호신이 속살거리듯 이미지를 머릿속으로 보내주고 있었다.

'……너는 어째서 모든 걸 알고 있는 거야?'

푸딩이를 생각해보면, 푸딩이는 많은 것을 알지 못했다. 딱 자신이 태어난 만큼 또 지내온 시간 만큼만 지각하고 사유했다. 다른 수호신들 또한 마찬가지였다. 그러나 내 수호신에게서는 기나긴 시간의 흔적이 느껴졌다. 마치 오랜 세월을 견뎌온 것처럼.

'넌 왜 푸딩이처럼 내게 말을 걸지 않아?'

수많은 의문이 스쳐 지나갔지만 지금은 이 의문에 대한 답을 구할 시간이 아니었다. 그리고 곧 모든 답을 알 것 같은 기분이 들었다. 이 무대에서 마지막 과제만 이루어 낸다면 말이지…….

"그럼 그동안은 저와 흰 장미가 주변을 경계하겠습니다."

"네, 부탁할게요."

그렇게 발걸음을 제단을 향해 내딛는 순간이었다. 등줄기로 선득한 감각이 들었다. 나도 모르게 좌우를 살폈다. 분명 아무도 없는데?

황제가 쫓아오려면 아직 시간이 있을 터였다. 거기다 지하 감방에서 일어나는 소음은 바깥에 전달되지 않는다는 걸 이미 이곳에 있을 때 느꼈었다. 그럼에도 왜 바늘로 콕콕 찌르듯 긴장감이 느껴지는가. 드넓은 길이 흡사 외길을 걷는 것같이 아슬아슬하게 느껴졌다. 숨을 꾹 눌러참으며 다시 한번 발걸음을 내디뎠다. 그와 동시에 내 손목이 잡혀 뒤로 휙 이끌렸다.

"이아나!"

내가 있던 자리로 푸드득 거대한 무언가가 스쳐 지나간다. 그리고 팔랑팔랑. 내가 있던 자리로 검은 깃털이 흘러내렸다.

어느새 내 앞에는 본능적으로 만들어낸 푸르른 방벽이 있었다. 그리고 양쪽에는 각각 프란시아와 르나그가 버티고 섰다. 나는 방벽을 유지한 채로 천천히 시선을 들어 올렸다.

허공을 타고 내려온 이가 가벼이 발끝으로 바닥에 디뎠다. 이어서 남자가 내민 팔로 거대한 새가 앉았다. 익숙한 독수리, 아퀼라다. 체이서가 웃으며 완전히 발을 내려놓았다. 조금 전까지만 해도 늘어졌던 긴장감이 팽팽하게 당겨진다.

"안녕, 이아나."

그가 어찌 나는 듯 허공에서 내려섰는지, 상관없었다. 중요한 것은 그가 이 공간에 나타났다는 점이었다.

'불안감의 정체는 이거였나.'

황제를 따돌린 뒤로 발생할 모든 경우의 수를 생각했었다. 그리고 이건 최악의 경우였다.

"기다리느라 조금 무료했어."

내 허리를 붙잡고 있던 리케도르안의 손에 힘이 들어갔다. 나는 손을 뻗은 채로 체이서를 노려보았다. 체이서는 내게 부드러운 미소를 지어 보일 뿐이었다.

"너, 날 방해하지 않겠다며."

"맞아. 그 말엔 변함없어, 이아나. 네게 거짓말을 하지 않겠다고 했잖아."

"웃기지 마. 방해하지 않겠다면서 여길 나타났다고?"

"맞아. 모순이지."

그의 음성은 노래하듯 감미로웠다.

"하지만 정말 널 방해할 생각은 없어. 정확하게 난 내 목적을 이루러 온 거야."

체이서의 팔에 앉아 있던 아퀼라가 크게 날갯짓했다. 그와 동시에 그의 허벅지 앞으로 거대한 맹수가 나타난다. 그의 또 다른 수호신 라탄이었다. 검은 재규어는 입을 벌렸고 어느 때보다 날카로운 송곳니를 드러냈다. 무시무시한 울음소리가 울려 퍼졌다.

"네 목적?"

이 순간에 여기까지 나타난 이상 그의 목적이란 결코 나에게 좋은 것일 리 없었다. 아니나 다를까 체이서가 고개를 기울여 그림과 같은 미소를 보였다.

"응. 목적."

마치 도플릿의 저택에서 '다정한' 오빠를 흉내 내듯이.

"널 집으로 돌아가게 해주려고."

집? 도플릿이 아니다. 그의 손가락이 자신의 뒤쪽, 제단과 거대한

172

주술진을 가리킨다.

"난 너를 네 원래 세계로 돌려주기 위해서 왔어."

그가 그렇게 말한 순간 거짓말같이 모든 장미들의 눈이 나를 향했다.

"……원래 세계로 돌아가?"

내가 입을 달싹이는 사이, 스멀스멀 이 거대한 공간에 연기 같은 어둠이 내려앉았다. 낮과 같이 밝던 공간이 점차 잠식되었다. 달도 없는 밤, 칠흑같이 깜깜한 어둠 속에 체이서의 몸도 비석도 제단도 모조리 삼켜진다.

빛이 모조리 사라지고 곳곳에서 보석이 내뿜는 희미한 빛에 겨우 앞이 보일 뿐이었다. 그사이 바로 옆에서 낮은 음성이 들려왔다.

"……이아나, 이게 무슨 소리예요?"

어느새 내 옆으로 선 리케도르안이었다. 그가 내 손을 잡고 중얼거렸다. 목이 꽉 졸린 듯한 음성이었다.

"원래 세계로 돌아간다니요?"

보통 사람에게라면 명확히 보이지 않을 시야였다. 그러나 각성하면서 약간이지만 시력도 좋아진 탓일까.

금방이라도 눈물을 떨어트릴 듯한 얼굴이 똑똑히 보였다. 리케도르안뿐만 아니라 아마도 다른 두 사람 또한 비슷한 눈으로 나를 보고 있을 거란 생각이 들었다.

"……저 남자의 말대로예요."

어차피 속일 생각은 없었다.

중요 순위를 둔 채 잠시 미뤄두었을 뿐.

"나는 이 세계 사람이 아니에요."

나는 길을 가로막은 체이서를 보았다.

"저 남자로 인해 억지로 끌려온 평범한 사람이었죠."

지금도 평범했던 나의 기억과 추억들을 놓지 못했던, 평화로운 삶을 살았던 사람. 고요한 분노가 가슴 깊숙한 곳에서 일었다. 그러나 나는 이 칼바람을 그대로 묻어두었다.

"하지만 리케도르안, 나는 아직 어떡할지 선택하지 않았어요. … 당신을 살리는 것 외에는 아무것도 생각하지 않았으니까."

그립지 않다고는 할 수 없다. 이 순간 내가 할 수 있는 솔직하면서도 최선의 대답이었다.

나는 리케도르안의 손을 고쳐 잡았다.

"현혹되지 말아요. 나도 당신도. 나는 우선순위를 정했고 그건 내 지난 삶보다도 당신의 목숨을 우선시하는 것이었어요."

나는 리케도르안의 눈을 피하지 않았다.

"제 말이 중요해요, 저 남자의 개소리가 중요해요?"

"당연히 언니 얘기지. 뭘 물어봐?"

바로 옆에서 프란시아의 말이 스쳐 지나갔다.

"더 중요한 걸 생각해요."

내 말에 리케도르안이 잠이 깬듯한 표정을 하더니 이내 얼굴을 굳혔다.

"이아나, 당신의 말이 옳아요. 뭐든지."

"네. 그 말이 순간에 참 듣기 좋네요."

이 순간에도 황제는 움직이고 있을 것이다. 나는 그의 손을 잡아 당겼다.

"가요."

그러고는 고개를 돌려 프란시아와 르나그를 향했다.

"프란시아, 르나그! 엄호 부탁해도 되겠어요?"

어둠이 자리 잡은 공간에 새하얀 빛이 내 주변으로 퍼져 나왔다. 프란시아가 흘려낸 빛, 어느새 그녀는 어깨에 거대한 망치를 가벼이 얹은 채로 웃고 있었다.

"그런 건 시키지 않아도 할 거야, 언니."

"물론입니다."

르나그 또한 수호신을 형상화 시킨 무기를 손에 쥐고 있었다.

"당신은 그저 앞만 보고 가십시오. 길은 저희가 뚫을 테니."

이 대화는 체이서에게도 고스란히 들릴 터였다. 나는 아랑곳하지 않은 채 방벽을 해제했다. 그대로 발을 박찼다.

"이아나. 내 뒤로요!"

내게 손을 잡혔던 리케도르안이 도리어 나를 잡아당겨 자신의 뒤로 두었다. 어느새 그의 손에는 처음 보는 커다란 검이 들려 있었다.

'푸딩이인가?'

내 안에 있던 푸딩이가 사라진 감각이 들었다. 푸딩이가 자신의 의지로 리케도르안에게 간 거다. 내 뜀박질이 멈추지 않았다.

"이아나, 제가 저 주술진 안에 있기만 하면 되는 건가요?"

"네? 맞아요!"

제단과 제단 주변을 둘러싼 땅에 그려진 거대한 주술진. 내가 중앙에 도착하면 저걸 일으킬 수 있다. 내 수호신이 연신 노랠 부르며 속삭이고 있었다.

"그럼 먼저 가세요."

"뭐라고요? 하지만 당신이 필요한 일."

그렇게 말한 순간 나는 멈칫했다. 공간 가득 자욱하게 깔린 어둠, 바닥에서 무언가 꿈틀대며 자리에서 일어나고 있었다.

"저게 뭐야……."

"이아나, 말을 하지 못했네. 사실 여긴 내가 한번 썼던 공간이야."

어느새 그림자 사이에서 자리를 옮긴 체이서가 뒷짐 진 채로 서 있었다.

"이곳에서 너를 이 세계로 불러냈으니까."

어둠 속에서 일어나는 것들을 보고 있노라면 섬뜩한 감각이 들었다. 마치 대성당의 홀에서 이지를 잃은 사람들을 보는 듯한 기분…….

"그러니까 사실. 이곳은 내가 만반의 준비를 해두었던 곳이라는 거지."

적, 이 순간 누구보다 강한 나의 적이 황홀하리만치 웃었다.

"어때, 널 돌려보내기에 적절한 공간이지 않니?"

왜일까. 가질 수 없다면 부숴버리겠다는, 끔찍한 말이 떠올랐다.

저 남자는 저가 가질 수 없다면 차라리 멀리 보내버리겠다는 건가? 누구도 가질 수 없게?

쿵!

육중한 소리가 들렸다. 거대한 굉음은 섬뜩한 감각에서 나를 일깨우기에 충분했다.

"언니!"

소리의 주인공은 프란시아였다. 그가 막 다가온 그림자를 날려버린 채로 소리치고 있었다.

"어서!"

나는 리케도르안과 내 위치를 확인했다.

"리케도르안, 반드시 주술진을 밟고 있어요!"

리케도르안은 내 말에 고개를 깊이 끄덕였다. 대화할 시간은 많지 않았다.

"그럴게요. 이아나, 그러니!"

"내 걱정은 말아요!"

리케도르안과 함께 주술진의 원을 우회해서 뛴 탓에 우리 주변으로는 아직 일그러진 그림자가 많지 않았다. 리케도르안이 가장 수가 많은 방향을 자진해서 맡은 동안 나는 곧바로 제단을 향해 뛰었다. 반투명한 푸르른 방벽이 그림자를 마구 튕겨냈다.

'하나하나가 그리 강하지는 않아.'

그러나 수가 많아도 너무나 많았다. 다행히 인간이 아니란 점은 좋았지만 쓰러져도 아무렇지 않게 일어나는 것 같았다. 마치 좀비처럼. 이래서야 쓰러트려도 끝이 없을 것이다.

광범위하게 능력을 쓴다면 쓰러트리는 게 어렵진 않을 것 같았으나 그러면 발이 묶인다. 차라리 이 채로 빠르게 제단에 가는 쪽이 좋았다. 슬쩍 돌아보면 프란시아는 수많은 그림자들을, 르나그는 라탄과 그림자를 동시에 상대하고 있었다.

남은 것은 나다. 나는 방벽의 범위를 좀 더 넓혔다. 그러고는 그대로 있는 힘껏 뛰었다.

내 몸 주변으로 푸르른 아지랑이가 파도처럼 넘실거렸다. 생긴 것이 물결과 비슷할 뿐만 아니라 이것은 역할도 파도와 비슷했다. 움직일수록 몸이 더 가벼워진다. 내 몸을 물결처럼 밀어주고 있었다.

쾅!

나는 그대로 내가 할 수 있는 속도보다 더욱 빠르게 박차고 달려간다. 다행스럽게 제단의 앞까지 도착하는 건 어렵지 않았다.

나는 숨을 크게 몰아쉬며, 손을 뻗었다. 손이 닿기 직전, 빠르게 뒤쪽을 확인했다. 리케도르안은 나와의 약속대로 전투를 이어가며 한껏 뒤로 뺀 상태였다. 리케도르안의 발이 확실히 주술진 안에 들어간 것을 확인하고, 고개를 돌렸다. 제단에 손이 닿았다.

'바로 지금!'

그 순간이었다. 닿은 면적에서부터 눈 부신 빛이 퍼져 나왔다.

쿠쿵. 바다 전체가 진동하며 거대한 소리가 울려 퍼졌다. 황실의 주술진을 움직였던 것처럼 움푹 파인 사이로 푸르른 아지랑이가 가득 차오르는 것이 보였다. 신기하게도 내 힘은 푸르른 색뿐 아니라 갈수록 붉은빛을 함께 띠었다.

왜일까. 주술진으로 스며들어간 힘은 내 힘임에도 더는 내 것이 아닌 것처럼 느껴졌다. 아울러 증폭된 힘이 내게 묻는 것 같았다. 무엇을 원하느냐고.

당연히, 리케도르안의 회복과 생명을 되찾는 일이지!

속으로 거세게 외치자, 기다렸다는 듯이 빛이 크게 쏟아졌다. 모두가 몇 초도 안 되는 순식간에 일어난 일이었다.

화아악!

점점 커지는 빛에 눈이 절로 감겼다. 나도 모르게 눈을 가렸을 때였다. 나를 노리는 날카로운 감각을 느꼈다.

방벽이 두꺼워진다.

캉!

내가 한 것이 아니었다. 내 안의 수호신이 더욱 두껍게 만든 것이었다. 그리고 그 방벽에 쩌적쩌적 금이 가더니, 곧이어……

쨍그랑!

소리를 내며 산산이 조각났다. 무형의 아지랑이가 유리 조각같이 부서져 비처럼 내리는 사이로 남자의 얼굴이 보였다.

"이아나."

체이서였다. 내 방벽을 부순 그는 내 앞에 가볍게 내려섰다. 나와 그의 거리는 채 세 걸음도 되지 않았다. 나는 그의 손을 보며 작게 숨을 삼켰다.

'……힘이 일어나지 않아.'

손을 쥐었다가 편다. 흘끗 시선을 굴리면 주술진에서 이어진 거대한 붉은 끈이 리케도르안과 연결되어 있었다. 다행스럽게도 고대의 힘은 무사히 리케도르안에게로 닿았다.

'한 번에 돌려받는 게 아니었나.'

그러나 나는 깨달았다. 리케도르안이 저주를 풀고 생명을 돌려받는 것은 한 번에 일어나는 일이 아니란 것을.

남은 것은…… 리케도르안이 완전히 돌려받을 때까지 시간을 끄는 일이었다.

내 시선이 다시 돌아갔다.

현재 내게서 힘이 일어나지 않는 건, 리케도르안의 생명을 돌려주는 데 모든 힘을 쏟았기 때문일까.

'아니면.'

나는 눈을 들어 올렸다. 체이서의 손에서 일렁거리는 저 푸른 빛, 나와 똑같은 푸르른 저 빛 때문일까? 어느 쪽인지 혹은 둘 다 일지 몰라도 힘이 제대로 일어나지 않는 건 분명했다. 낭패감이 등 뒤를 적셨다.

"이아나."

"……."

"왜 그래, 경계할 것 없어."

그는 부드러운 미소를 지었다. 옆으로 들리는 병장기 소리가 아무렇지도 않다는 듯이. 그의 눈은 마치 치료해, 방해하지 않을 테니까. 이렇게 속삭이는 것만 같았다.

"네게 아직 전하지 못한 것이 있다고 했는데, 기억해?"

옆으로는 전투가 한창이었다.

체이서가 무슨 수를 쓴 것인지 몰라도 지하엔 더욱더 많은 그림자가 일어나 있었다. 거기다 어떻게 생겨난 건지 몰라도 인간의 형태가 아닌 거대한 괴수 형태를 한 그림자가 보였고, 르나그가 이것과 치열한 전투를 치르고 있었다.

나는 눈을 굴렸다.

"기억하지. 그리고 난 듣지 않겠다고도 했고."

프란시아에게는 자신의 성기사를 주변에 소환할 수 있는 도구가 있었다. 그러나 그런 그녀는 르나그의 옆에서 마찬가지로 치열한 전투를 치르고 있었다. 이렇게 전투가 맹렬한 도중에는 도구를 쓸 수 없다. 시간을 끌수록 상황이 나빠질 것은 자명했다.

"하지만 꼭 들어야 할 거야."

체이서의 몸 주변으로 무수히 많은 검이 떠올라 있었다. 나는 이것이 아퀼라가 무기로 만들어졌을 때의 형태임을 알고 있었다. 날 다정히 부르는 이 음성이 더는 좋게 느껴지지 않았다.

"약속대로 나는 네가 하는 일을 방해하지 않았고, 너는 바라는 바를 이뤘어. 붉은 장미를 살렸잖아?"

체이서의 주변에 떠 있던 검이 한곳을 향해 날아간다. 바로, 그림자를 쳐내며 이곳으로 달려오는 리케도르안이었다.

"리케도르안!"

깜짝 놀라 그를 보았지만 다행히 리케도르안은 체이서의 검을 가벼이 쳐냈다. 다만 몸이 뒤로 밀리는 것은 어찌할 수 없는지 표정을 찡그렸다.

그사이 리케도르안에게로 그림자가 덮친다. 순식간에 주변에는 프란시아와 르나그 주변과는 비교할 수 없을 정도로 까맣게 그림자가 가득했다.

"이대로 두면 붉은 장미는 본래의 생명을 회복하겠지. 곧 모든 힘을 되찾으면 저 그림자 정도야 아무렇지 않게 떼어내겠고. 모든 게 네가 바라는 대로지. 안 그래?"

리케도르안을 회복하게 두면서 내게 할 말이 있다고? 도무지 이 남자의 목적을 알 수 없었다.

"대체 네가 바라는 게 뭔데!"

"네가 원래 세계로 돌아가는 것."

이제 와 나를 내 세계로 돌려보내겠다? 멋대로 이 세계에 데려다 놓은 것이 자신이면서? 이런 심리를 이해할 수 있을 리 없었다. 당연히 시도조차 하고 싶지 않다.

"이아나, 네가 건드린 이 제단과 주술진은, 느꼈듯이 푸른 장미의 소원을 들어주는 곳이야. 달리 말하자면 푸른 장미의 힘을 품은 공간이지."

체이서에게서 나른하고도 차분한 음색이 흘러나왔다. 그러나 섣불리 움직일 수 없는 위험한 푸른 아지랑이가 주변에서 마구 일렁거렸다.

차가운 칼로 만든 바람이 부는 것 같았다.

"그동안 흑장미는 황실과 손을 잡고 고대 주문을 통해 여러 실험과 악행을 벌여왔어. 끔찍한 족속이지."

악행, 흑장미인 그가 스스로 가문의 일을 비난하는 모습이 모순적으로 느껴졌다.

"내 아버지는 한때 푸른 장미를 완전하게 손에 넣고, 붉은 장미 가문을 멸문시키고 노예로 만드는 꿈을 꾸기도 했어."

헤르님과 도뮬릿은 역사 속에서 결코 사이가 화목한 가문이 아니었다.

"그래. 네가 죽은 것도 욕심을 부린 실험 때문이었어. 모든 힘을 손에 쥐고 싶은 내 아버지의 욕망이 만든 꿈."

체이서가 빙긋 웃었다.

"너랑 나를 이용해서 누구보다 강하고 오래 사는 장미가 되려 했지. 네가 죽기 전까지 힘을 도려내며."

그건 내가 아니다. 나는 더는 침묵하지 않았다.

"그건 내가 아니야."

"맞아. 내 여동생의 이야기야, 이아나."

체이서는 순순히 수긍했다.

그사이 난 손을 다시 쥐었다가 펴며 힘을 일으키려 했으나 여전히 응답이 없었다. 대신 이 순간에 리케도르안에게로 넘어가는 힘들이 고스란히 느껴졌다.

쾅!

르나그가 막 거대한 그림자 괴수를 쓰러트리는 모습이 보였다.

프란시아가 커다란 망치를 휘두르는 모습도. 내 안에서 수호신이 긴 울음소리를 토하는 것이 느껴졌다. 조금만 더 견뎌달라고 외치는 것 같았다.

조금만, 조금만 더.

"내 여동생이었던, 그 애는 소설을 쓰길 좋아했지."

체이서의 이야기는 계속되고 있었다. 그의 목소리는 이 치열한 풍경과는 관련 없다는 듯 평온하고 나긋했다. 그렇기에 오싹했다.

"그 애가 쓴 기록을 본 적 있지? 일기장."

나는 가만히 '이아나'의 기록을 떠올렸다 자신이 피 섞이지 않은 양오빠를 사랑하며, 푸른 장미라 고백하던 담담한 서술들을.

"난 그 일기장 말고도 그 애가 쓴 이야기를 알아. 그 애는 무언갈 쓰는 걸 좋아했어."

이제 와 '이아나'의 이야기가 무슨 의미가 있단 말인가.

죽어 돌아올 수 없는 이를 말하는 이유를 알 수 없었다.

"그 애가 쓰는 이야기의 주인공은 그래, 저기 있는 흰 장미이기도 했지만."

체이서의 말끝이 길게 늘어졌다.

"보통은 스스로가 주인공이었지."

"그게 지금, 어쨌다는 거야?"

"이아나. 나도 한참 뒤에야 알았지만. 그 애의 이야기의 남자주인공은 나였어."

아주 잠시지만 체이서의 미소로 겨울 바싹 마른 가지 같은 쓸쓸함이 스쳤다.

"이 세상이 이야기라면 내가 제 세계의 남자주인공이 되어주길 바랐던 거겠지."

나는 숨을 삼켰다.

"하지만 불행히도, 그 애가 완성한 이야기는 단 하나뿐이야. 그것도 중간에 내 아버지에게 들켜 엉망으로 난도질당한 이야기지. 거기엔 내가 악당이라나?"

저 남자가 말하는 과거나 진실에는 관심 없다. 내가 체이서의 말 따위를 길게 들어주는 건 오직 시간 때문이었다.

"그런데, 이아나. 그런데 말이야. 이상하다고 생각한 적 없어?"

그 순간 체이서의 음색이 달라졌다.

"나는 푸른 장미가 아니야. 그런데 어떻게 푸른 장미의 힘을 쓸 수 있었을까?"

"……당신 여동생이 당신에게 힘을 주었겠지. 아니, 주었다며."

"그래. 이아나. 그 점이 이상하지 않아?"

무엇이 이상하다고 말하고 싶은 것인지 모르겠다. 그렇기에 대충 대꾸했다. 적당히 장단을 맞춰주자 싶었다. 한쪽에서 점차 속도를 내며 차오르는 리케도르안의 힘을 선명히 느꼈으니까. 좋아, 조금만 더, 더. 견디면 돼.

"시공간은 오직 푸른 장미에게만 허용된 궁극의 힘인데 왜 내가 쓸 수 있지? 나는 의문이었어. 푸른 장미의 힘을 받았다고 시간을 뛰어넘을 수 있는 것이."

그러나 체이서의 말은 무심하게 흘려 넘기려던 나를 억지로 붙들었다. 아니, 그냥 넘길 수가 없었다.

"결국은 깨달았어. 이 세계는 이미 무너지고 있었고, 이게 내게 힘을 준 그 애가 사라졌기 때문이란 걸."

상황은 그리 나쁘지만은 않았다. 그러나 기분 나쁘게도 심장이 쿵쿵 뛰었다.

"한때는 푸른 장미가 세상의 중심이니, 신의 조각이니 떠들어대는 소리가 그저 우스웠거든. 그런데 이런 허무맹랑한 소리가 사실이었던 거야."

그렇게 말하는 체이서의 말이야말로 허무맹랑하게 들렸지만, 한편으로 내 무의식은 근거를 찾았다. 황제가 이야기해주던 장미들의 근원, 터무니없이 격이 높아진 신의 조각이란 이야기. 그리고 차원을 뛰어넘는 거대하고 신비로운 힘까지.

이런 힘이 가능하다는 건 결국 세계에도 영향을 미칠 수 있지 않을까?

"결과적으로 푸른 장미의 힘은 푸른 장미만이 쓸 수 있었던 거지. 그 결과가 무너지는 세상이었고."

어째서 이 순간 저 비석의 짓뭉개지고, 형체를 알아볼 수 없는 흑장미의 모습이 떠오르는가?

"나는 이곳에서 너를 소환했어. 다른 곳에서 또 다른 푸른 장미를 데려오면 무너져가는 세계가 붕괴를 멈추리라 생각했지."

체이서가 빙긋 웃었다.

"그리고 그건 착각이었어. 그러니, 이제 원래대로 돌릴 생각이야."

"…멸망하게 두겠다고?"

"그래."

이미 알고 있던 사실과 충격적인 이야기가 교차해서 흘러나온다. 그래 그뿐인데. 왜 불안감이 떨어지지 않는가.

"하, 그런 모순이 어딨어? 정녕 무너진 세계를 위한 것이라 해도 날 멋대로 데려온 건 당신이야. 그리고 이제는 멋대로 쫓아내겠다고?"

곁눈질로 본 시야에 현저하게 줄어든 그림자들이 보였다. 뛰어나고 유능한 장미들은 착실하게 줄여가고 있었다. 시간이 지날수록 불리할 거란 내 예상과 다르게 그들은 뛰어난 능력을 보여주고 있었다.

이대로라면 우리가 승기를 붙잡을지도 모른다. 그럴 텐데.

체이서의 입술이 부드럽게 떨어진다.

"쫓아낸다니 원래대로 돌리는 것뿐이야. 이제 난 네 귀환을 바라."

"그러니까, 어째서 이제 와……."

"내가 죽기 전에 돌아가."

참지 못하고 토해내려는 목소리가 그대로 멈췄다.

"내 목숨으로 지탱하던 이 세계가 한계를 맞이했으니까."

"그게 무슨 헛소리야."

나는 애써 침착하려 애썼다. 대체 무슨 말이지? 저 남자가 죽는다고? 세상을 지탱해? 잘못 들었다기에는 너무나 이상한 말이었다.

그러나 난 저 남자가 내게만은 거짓말을 하지 않는다는 명제를 믿었다.

그러니…… 모두 진실이라면.

"나는 더는 푸른 장미를 대신해 세상을 지탱하지 못한다는 거야."

"내가 있잖아!"

"봐, 이아나. 네가 있는데 저 석판은 왜 비어 있을까?"

"……."

나조차 알 수 있을 리 없었다. 분명 내가 각성했는데도 석판의 중앙은 여전히 비어 있다.

"넌 푸른 장미가 맞지만 이 세대, 이 시간의 푸른 장미는 아닌 거지. 내가 억지로 데려왔으니까."

"당신……. 언제 알았던 거야? 왜 진작에 말하지 않았어?"

"그야…… 처음엔 널 사랑하지 않았고."

체이서가 성큼 앞으로 걸어왔다.

"널 사랑한 뒤에는 방법을 찾으려 했고."

어째서인지 도뮬릿에서 주기적으로 자리를 비우던 모습을 떠올렸다. 어딜 가냐는 말에 늘 은밀한 미소만 띠던 모습이.

"끝내 네가 나타나도 소용이 없으며 멸망을 막을 방법이 없다는 것을 알았을 때는…… 그냥 널 독차지하고 싶었지. 내가 죽을 때까지."

칼바람이 뺨 바로 옆을 스쳐 지나간다. 그가 손을 뻗어 내 손을 잡았지만 아무것도 할 수 없었다.

"이미 이 세계는 빠르게 무너지고 있어."

그의 푸른 힘은 나를 해치지 않았다. 날카롭게 일렁이던 푸르른 기운은 정말 나와 똑같은 푸른 장미의 힘이었다.

"억지로 부여받은 푸른 장미의 힘과 내 힘. 거기다 붉은 장미의 수호신까지 데려왔지만 역부족이었더라고."

그 순간 푸딩이를 떠올렸다. 다른 수호신에 비해 자각도 늦고 유달리 유약해 보이던 어린 수호신. 푸딩이의 성장이 느렸던 건……. 모두 빼앗겨서였던가.

"역사 속에서 푸른 장미는 감금될지언정 절대 죽는 일 없이, 제 수명을 유지하고 죽었어. 이아나. 자살이나 타살조차 없이 언제나 죽음은 언제나 자연사."

바람이 요동친다.

"적어도 더 오래전 장미들은 본능적으로 알고 있었던 거지. 푸른 장미가 세계에서 아주 중요한 역할을 하고 있다는 것을. 물론 쉽게 죽지도 않으나 절대 죽지 않을 이유가 있었던 거야."

체이서가 고개를 숙여 설핏 미소했다.

"어리석은 내 아버지 때문에 그 애는 죽었지만."

이 순간 참으로 우습게도 리케도르안의 힘이 완전해지는 것을 느꼈다. 모든 저주가 풀릴 시점이 얼마 남지 않았다. 생명이 차오르는 느낌이 가슴을 강하게 두드렸다. 모순적인 상황이었다.

"푸른 장미의 힘을 다른 이가 써봐야 푸른 장미처럼 세상을 유지할 수는 없는 거야. 그래서 내가 푸른 장미를 대신해 세계를 지탱할 때 쓰인 건 내 수명이었지."

그는 아무렇지 않게 고백했다.

"그래도 강한 편이라 좀 더 오래 살 줄 알았는데, 그건 또 아니더라고."

그 모습은 내가 출소한 날 보았던 능청스러운 모습과 겹쳐 보였다. 믿기지 않을뿐더러 분이 치밀어 올랐다.

"어차피 난 죽어. 널 만나기 전 이 사실을 알았을 때 전혀 감흥은 없었지만 내겐 당연한 일이었어. 이아나."

신이 이 남자에게 넘긴 보물이 이 목소리가 아닐까 싶은 감미로운 음성이 귓바퀴를 파고들었다.

"……그럼 왜 날 데려온 건데."

"이따위 세상 멸망해버려도 좋지만. 그 애와의 약조에 따라 유희처럼 시도해본 거지. 다른 세계에서 내 장미를 데려오자."

내 목소리는 내가 들어도 잔뜩 혼란이 어려 있었다.

"나는 본래 불러들인 푸른 장미를 이대로 가둬 세계를 지탱하는 데 쓰려 했어."

그는 아무렇지도 않게 나를 도구로 쓰려 했음을 함께 고백했다.

"널 데려온 뒤에 널 재료로 쓰면 너 또한 오래 버티지 못할 거란 걸 알았어. 똑같은 푸른 장미인데 왜일까? 이유는 모르겠지만 이 세계는 아마 그 애가 아니면 안 되었던 모양이야. 그때는 네가 그대로 죽어도 상관없다고도 생각했지."

체이서의 매끄러운 얼굴로 회한과 의문, 희미한 분노가 스쳐갔다. 체이서가 날 잡은 손을 물끄러미 바라보며 천천히 눈을 감았다가 떴다.

"언젠가 내가 죽을 때 너도 함께 죽어도 상관없다고도 여겼지."

갈수록 작아지고 희미해지는 음성이었다.

"하지만 너를 사랑하고 말았네. 그게, 가장 큰 변수였어."

그가 쓴웃음을 지었다.

"이대로 널 차지해 버릴 대로 버티다가 같이 죽을까. 아니면 나만 가진 채로 내가 죽을 쯤에야 그대로 돌려보낼까 싶었는데."

왜 이런 걸 도플릿에선 말하지 않은 거지?

"당신, 이런 걸 알고 있으면서, 줄곧……. 말하지 않았다고?"

그의 말을 이해하지 못해서 묻는 것이 아니다. 오히려 이해했기에 목소리가 떨려 나왔다. 그때에도 절절하게 목숨을 다할 것처럼 말하더니, 그는 가장 중요한 것을 말하지 않았다.

"너도 알다시피 난 멋대로잖아."

거짓을 말하진 않아도 진실은 숨기는 남자. 그는 끝까지 제멋대로였다.

"네 이름이 뭐야?"

체이서는 내 질문에 답하지 않았다. 일부러 말하지 않는 것처럼. 그저 손을 잡힌 채로 노려보면 체이서가 그대로 시선을 내려 울 듯한 표정을 지었다.

"……내게는 들을 자격이 없다고 말하고 싶은 거야?"

나는 이제야 비석 속의 짓뭉개지고 으깨져 형태조차 알아볼 수 없는 흑장미의 뜻을 알았다. 죽은 '이아나'가 자신이 주인공인 이야기를 바랐다고 했던가. 줄곧 이 세상이, 이 남자가 만든 거대한 감옥이라면. 본래 '이아나'가 만날 이 남자는 이 감옥 같은 세상에서 만난 그녀의 남자주인공이었으리라.

그저 우스웠다.

이 복잡하게 얽히고 삐뚤어지고 일그러진 관계가.

비현실적인 힘들이. 결국은 엉키고 엉킨 실타래의 끝은 파멸만을 가리키는 것만 같아, 날 것의 거친 감정이 마구 몰려들었다.

"돌아가. 네 세계로."

아직도 이해할 수 없는 것으로 가득했다. 왜? 이 거대한 세계가 어째서, 고작해야 푸른 장미란 사람 하나 없다고 무너진단 말인가?

그러나 나는 한편으로 답을 알았다.

한때 그녀를 위한 나라까지 있으며 그녀를 숭배하는 신전까지 있었다. 이것은 보통 사람을 향한 것이라고는 할 수 없었다. 그런 힘을 이어받은 것이었다.

"그리워했잖아."

미친 세상이다.

평소의 무심하고 태연하던 내 모습은 온데간데없이 나는 엉망인 모습으로 그를 마주했다.

"네가 그걸, 어떻게 알아."

내 목소리는 짧은 시간동안 잔뜩 쉬어 더는 평소와 같지 않았다.

"네 기억은 항상 외치고 있던걸."

리케도르안과 연결된 힘이 조금씩 희미해지는 것을 느꼈다.

"전 세계에서의 행복한 모습을 난 보았으니까."

나를 이 세계로 억지로 데려와, 기억마저 앗아간 남자가 말했다. 이토록 가증스러울 수가 없었다. 결국 참고 참았던, 끝내는 터트리지 않으려 하던 원망이 폭탄 터지듯 폭발했다.

"하, 이제 와서?"

내 목소리는 쉬고 끓고 있었다. 오로지 리케도르안을 살리기 위해, 참았던 감정이 마구 뛰쳐나왔으니까.

"그건, 네가, 네가 할 말이 아니야!"

"알아."

그의 손을 그대로 뿌리치고 가슴팍 옷자락을 거세게 휘어잡았다. 체이서는 멱살을 내준 채로 나를 빤히 보았다. 붉은 눈이 광기와 표현할 수 없는 것으로 일렁거렸다.

"그냥 그런 생각이 들었을 뿐이야."

그는 울지 않았다. 그렇다고 도퓰릿에서처럼 사랑을 갈구한 것도 아니었다.

"여기서 이 세계의 종말과 함께 죽기보다는."

어딘가 포기하고 체념한 얼굴 같았으나 동시에 숨길 수 없는 광기와 집착이 동전의 양면처럼 자리 잡은 채 내게서 시선을 떼어내지 않았다.

"네가 행복했던 세계로 돌아가는 게 낫지 않겠어?"

그는 언제나 배려하는 척했고, 다정한 척했으나 나를 정말로 배려했던 것이 아니다. 그의 배려는 언제나 내 눈을 막고 귀를 가리는 폭거였다. 그렇게 나를 괴롭혔다.

"너와 함께 있는 세상을 위해 모든 수를 동원했어. ……정말로."

하지만 방법이 없었던 거지. 달콤한 목소리가 절절하게 들끓었다.

"내가 죽기 전에 네게 해줄 수 있는 마지막 선물이니까."

아니다. 이건 선물이 아니다. 당신이 도뮬릿에서 수없이 던져준 귀하디귀한 보물처럼. 내게 필요치 않은 것이라면 그것이 어째서 선물이란 말인가.

내 뺨으로 눈물이 흘러내렸다. 무엇하나 선택할 수 없는 현실이 지긋지긋하고 섧게 느껴졌다.

"……당신은 그걸, 내가 바랄 거라고 생각해?"

조금씩, 아주 조금씩. 리케도르안의 생명을 위해 보냈던 힘이 돌아오고 있었다. 동시에 눈앞으로 스쳐 지나가는 짓이겨진 흑장미의 모습, 집착은 사람을 어디까지 망가뜨려 놓는단 말인가.

"네 힘을 쓰면 이 세계를 좀 더 유지할 수 있겠지만."

그는 내 한 손을 잡아 다정한 오빠일 때처럼 사근사근 속삭였다.

"그럼 네가 죽을 거야. 무슨 의미가 있겠어?"

바람이 불며, 새까만 머리칼을 잔뜩 흩트려놓았다.

"네가 없는 세상은 더는 내게 의미가 없어."

그 순간이었다.

"돌아가."

"……."

"네 세계가 아닌 세상을 위해 목숨을 거는 꼴은 못 보겠으니까."

"……."

"그것도 다른 놈을 위해서."

쾅! 이 공간을 가득 채운 굉음이 울려 퍼졌다. 소음의 주인공은 리케도르안이었다. 그가 거대한 검을 땅에 꽂아 넣어 마지막 그림자를 쓰러트렸다.

불꽃 같은 붉은 빛이 거대한 검 주변을 거세게 맴돌고 있었다. 활활 타오르는 기운은 역동하는 생명의 기운과도 같았다.

마지막으로 보냈던 힘이 돌아왔다. 아니, 측정하자면 손가락 한마디쯤의 힘만 더 돌아온다면 힘을 발휘할 수 있을 터였다.

이와 동시에 푸르른 빛이 내 손에서 터졌다. 정확히는 날 잡은 체이서의 손에서였다.

"어서. 모든 것이 끝나기 전에."

나는 그가 남은 푸르른 힘으로 무언가를 하려 하는 것을 알아차렸다.

"보내줄게."

선고 같은 체이서의 말이 내려앉았을 때였다. 리케도르안이 고개를 들었다.

"아니. 나는……."

다신 얼른 시선을 돌렸다. 이제 곧 힘이 완전히 돌아올 것이다……. 그렇게 생각한 순간 시야가 확 뒤집혔다. 무슨 상황인지 볼 겨를도 없이 몸이 그대로 붕 떠올랐다.

푹!

섬뜩한 소리가 귀를 꿰뚫었다. 이게 무슨 소리지? 무슨 영문인지 몰라 몸을 더듬었다. 그러나 잡히는 건 단단하고 축축한 무엇인가였다. 곧 손바닥이 따끔했다.

나는 천천히 시선을 내렸다. 내 가슴과 아주 근접한 차이를 앞두고 멈춰선 단검. 그것은 아주 커다란 몸을 관통한 채였다.

뚝. 뚝뚝.

이어서 검 끝에 맺힌 피가 내 손등으로 떨어진다.

"……당신……."

나는 검을 잘 모른다. 그러나 이 두꺼운 단검이 꿰뚫은 곳이 심장의 자리란 건 아주 잘 알았다.

비틀거리던 남자의 몸이 내게로 쓰러진다. 거친 숨이 귀로 느껴졌다.

"……괜찮아?"

어느새 떨어진 피가 웅덩이를 이룬다. 체이서에게서 희미한 음성이 흘러나왔다.

그 음성을 듣는 순간 이 상황이 더욱 비현실적으로 느껴졌다.

죽여도 죽지 않을 것 같은 남자가 겨우 단검 하나에?

그럴 리 없다. 믿기지 않는 광경이었으니까. 단검에서 흘러나오는 소름 끼칠 만치 음습한 느낌을 외면하고 싶었다.

하지만 거대한 기운이 체이서를 지나쳐 나마저 덮는 순간 더는 외면할 수 없었다.

허물어진 남자의 어깨 뒤로 입을 벌려 미소 짓는 여자의 모습이 보였다. 여자의 머리 위로 익숙한 푸른 보석이 박힌 커다란 티아라가 보였다.

"놓쳤군?"

제복을 입은 채 티아라를 쓴 황제가 활짝 웃고 있었다. 광기에 이성을 잃은 눈빛으로. 황제가 그대로 체이서의 등을 걷어찼다. 나는 그의 무게를 이기지 못하고 그대로 주저앉았다.

나를 내려다보는 시선이 절로 느껴졌다.

"이아나!"

리케도르안의 간절한 음성이 들렸다. 시선을 돌리면 달려오는 그의 모습이 보였다.

리케도르안은 곧 황제와 대치했고, 반대쪽에서 프란시아와 르나그의 기척이 느껴졌다. 그러나 그들은 내게 다가오지 못했다.

촤르르륵!

바닥에서 뻗어 나온 쇠사슬이 그들이 팔과 다리를 묶어버렸기 때문이었다.

"하, 하하? 하하하하! 여기 있었네? 하하!"

황제가 미쳐버린 장미라고는 하나 여기에 장미가 셋이었다. 그럼에도 프란시아와 르나그는 묶인 채로 움직이지 못했다.

"하, 하하. 하하하하!"

황제가 웃음과 함께 발을 굴렀다. 거대한 주술진을 둘러싼 기운의 색이 순식간에 변했다. 불길하고도 불길한 검보라색이었다.

"나는 천년을 기다려왔단 말이야, 응?"

천장에 무수한 박쥐 떼가 나타나 그대로 비석을 덮었다. 이와 동시에 곰팡이가 핀 것처럼 검보라빛 자욱이 오염되듯 퍼지기 시작했다.

챙!

어느새 황제는 리케도르안과 검을 맞대고 있었다. 아니, 황제의 무기는 검이 아니었다. 넝쿨을 연상시키는 검은색 채찍이었다.

"여기서 천년의 기억을 고스란히 가진 사람이 누가 있지? 바로 나야!"

리케도르안이 이를 갈며 황제의 채찍을 쳐냈다.

"그 힘을 내게 줘! 내 거야! 하, 하하하! 이제 전능한 장미는 내가 될 거야, 반쪽 자리가 아니라. 내가! 내가! 신이 된다!"

그러자 수없이 많은 박쥐들이 그에게 달려들었다. 그러나 붉게 타오르는 그의 힘에 못 이겨 타거나 바스러진다.

그사이 나는 황급히 내게로 쓰러진 체이서를 확인했다. 이미 새하얀 셔츠는 처음부터 붉었던 것처럼 피로 잔뜩 물들어있었다. 의료에 대해 아무것도 모르지만 살아 있는 것이 용한 부상이었다.

…아니, 사람이 심장을 찔리고도 살아남을 수 있을 리 없었다.

"……이아나."

체이서가 손을 움직이려 했다. 그러나 그 시도는 아주 조금 움직이는 것으로 그쳤다. 나는 이를 악물었다.

"가만히 있어. 흰 장미의 치료라도 받고 싶다면."

그러자 체이서가 피식 웃었다. 울컥 피를 토하며.

"하하하, 살리려고? 안 될걸."

그는 그러면서 애타게 손을 움직이려 애썼다.

"지금도 장미라서 겨우 연명하는 거야. 몇 분쯤. 심장을, 쿨럭, 찔리고도 살아남는, 사람은 없어, 이아나……."

"……누가 그걸 모른대?"

입술을 꾹 깨물었다. 힘이 돌아왔지만 무슨 영문에서인지 프란시아와 르나그를 향해 뻗어나가지 않았다. 아무래도 두 사람을 묶은 저 검보라빛 사슬 때문인 것 같았다.

직접 움직여야 하는 걸까? 상황은 절망적이었다. 곧 문이 열리며 들이닥치는 황실기사단을 보았기 때문이었다. 다행스럽게도 문 쪽으로는 내 힘이 통했다. 기사단은 내가 친 푸른 벽에 가로막혀 더는 들어오지 못했다.

이가 갈렸다.

"당신, 왜 나를 구했어?"

찰나의 순간 이 이상한 힘이 깃든 단검이 노린 건 체이서가 아니라 나였다. 리케도르안의 생명을 돌리는 데 모든 힘을 쏟던 나로서는 막을 수도 피할 수도 없었을 터였다.

"……소중하니까."

체이서의 손이 아주 조금 더 내 손을 향해 움직였다. 나는 그 손을 잡아주지 않았다.

"그렇게, 생각하면서! 왜 나를 묶어둔 건데?"

오래 묵었던 원망이 그를 향해 새어 나왔다. 그때는 잘못된 것인 줄도 몰랐던, 무심히 흘려보냈던 시간을 되씹으면서. 체이서가 피를 삼키며 웃었다.

"널 나만 볼 수 있게. 그러고 싶었으니까."

"⋯⋯넌 역시 미쳤어."

가감 없는 대답이 흘러나왔다. 나는 곧이어 입술에 피가 나도록 꾹 깨물었다.

"됐어. 됐고."

체이서의 손이 조금 더 움직였다. 아직도 그와 나의 손 사이에는 약간의 거리가 남아있었다.

"살아."

나는 주먹을 꾹 눌러 쥐었다.

"살아서 죗값을 갚아. 너 같은 인간이 죽음으로 도피하는 건 용납 못 해."

네가 싫고, 네가 밉고, 네가 원망스럽다. 이 감정을 결코 끊어내지 못할 만큼. 그냥 죽어버리라고 할 수 있다면 좋을 텐데!

이 남자가 도뮬릿 저택에서, 그 수많은 암살로부터 나를 구하지 않았더라면.

나는 더욱더 편안히 이 남자를 싫어하고 무관심해질 수 있었을까.

웃음과 분노와 허탈함. 끝내는 헛웃음이 흘렀다.

한편으로 나는 차차 깨달았다. 어쩌면 푸른 장미는 모든 장미들을 외면할 수 없게 만들어진 것일지도 모른다고.

비석에 새겨진 사각형, 꼭짓점에 자리한 각각의 장미들과 중앙으로 이어진 선으로 연결된 푸른 장미.

이 선은 당신들과 나를 떼어낼 수 없음을 뜻하는 거였던가.

"살아."

그의 생명의 불꽃은 시시각각 수명을 다해가고 있었다.

"살라고."

이미 수많은 이들의 행복을 앗아간 이 남자가 행복해질 자격이 있단 말은 못한다. 아니, 하지 않을 거다. 그에게 죽고 끌려간 모든 이들을 욕되게 하는 것이니.

또한 이렇게 편안히 죽는 것으로 도피하는 것 또한 용서받지 못할 일이리라.

"이런 죽음은 네게 너무 편한 벌이잖아."

"그건 그래."

남자는 자신의 죄업을 외면하지 않았다. 체이서의 손과 내 손끝이 닿을 듯 말 듯 가까워졌다.

"그런데, 그건, ……명령이야?"

나는 입을 꾹 다물었다.

"……그래. 명이야."

"그래……. 그럼, 왕의, 마지막 명을, 어기지 않도록…… 노력, 해 봐야겠다……."

그러나 이렇게 말하는 그도 나도 알고 있었다. 이 남자의 몸은 빠르게 식어가고 있었다.

'몸이 이상해.'

그와 함께 나는 몸의 이상을 느꼈다. 이건 불길한 검보라빛이 비석을 오염시키고 주술진을 물들였을 때부터 느낀 기묘한 감각이었다. 나는 손바닥을 펼쳤다. 비석에서와 마찬가지로 곰팡이 핀 듯 자리 잡은 검보라빛 얼룩이 보였다.

기사단을 향해 친 방벽이 허물어지는 것이 느껴졌다. 본래라면 어림도 없을 일이었다. 이 검보라빛 기운이 모든 열과 성을 다해 망가트리려 애쓰는 것이 마치 나인 것만 같았다.

"……돌아가지, 않을 거야?"

죽어가는 체이서의 목소리가 귀를 울렸다.

"나는, 원래대로 돌려……놓으려고, 했어."

체이서는 피를 토하면서도 꿋꿋하게 아무렇지 않은 음성으로 이었다.

"……도뮬릿에 네가 그대로 머물렀다면, 내가 만족한 뒤에. 단, 한 달만…… 더 만끽한 뒤에."

아마도 그에게 주사기를 꽂아 넣던 날을 말하는 것이리라. 이제 그의 입술에서는 핏기를 찾아볼 수 없었다.

"거짓말하지 마."

"……내가, 네게 거짓말 못 하는 거 알면서."

그는 피 묻은 입술로 웃었다. 눈꺼풀이 천천히 가라앉고 있었다.

"내가, 가지지 못한다면… 아무도, 널, 가지지 않기를 바랐어. …내 거니까……."

끝까지 이토록 삐뚤어진 남자였다.

"하지만 네가 행복했으면, 좋겠어."

그러면서도 제가 할 수 있는 최선을 다해 날 사랑했다.

"……돌아가, 내 이아나. 네가 있던 곳으로."

이 사랑이 결코 고맙지도 기쁘지도 않았다.

"……넌, 정말 개새끼야."

그와 동시에 기사단을 막고 있던 방벽이 깨졌다. 내 몸이 강하게 흔들렸다.

와아아아!

한눈에 넣기 힘든 기사들이 그대로 들어왔다.

휘청. 흔들리던 손이 체이서의 손을 잡았다. 그대로 몸을 지탱했다. 흘끗 시선을 돌리면 프란시아가 내게 무어라 소리치고 있는 것 같았다. 하지만 무언가 방해라도 하는 것처럼 아무런 소리도 들리지 않았다.

"미안해. 이런 것밖에 난, 배우지 못했으니까……."

마침내 닿은 손에 체이서는 희미한 미소를 보였다.

"내가 죽어도, 힘은 잠시 동안…… 남아 있을 거야. 이아나. 더 늦기 전에, 돌아가."

그가 더듬더듬 말했다. 굳어가는 혀를 움직이는지 또박또박 말을 하려 애쓰면서.

"지금이…… 마지막 기회야."

수없이 달려온 기사들이 묶여있던 프란시아와 르나그를 향해 달려간다. 그들의 몸에 검이 꽂혔다. 힘을 보내려 했지만 저 사슬에 가로막혀 힘이 나가질 않았다. 그 사이 검보라빛 얼룩이 팔뚝까지 올라왔다.

안돼…….

내 외마디 비명은 채 목소리로 나오지 못했다. 손을 뻗는 순간 강한 향수가 온몸을 사로잡았다.

집으로 가고 싶다. 화목한 내 가족이 그립니다. 언니가 보고 싶었다. 엄마의 포근한 품이 그리웠다. 위로가 그립다. 둘밖에 없는 딸을 위해 매일 밤이면 데리러 오던 든든한 아빠의 그림자가, 익숙한 차시동 소리가 그리웠다.

"……안돼……."

뺨으로 한줄기 눈물이 가로질러 흘러내린다. 내 장미들이 나를 향해 울부짖고 있었다. 그 소리가 들리지 않았다.

나는 내 세계를 사랑했고, 너무나 화목한 가정에서 자랐다. 무심하던 성격이 이렇게 온난하게 받아들여지는 곳에서.

눈물이 흘러내렸다.

미안해요.

"……나는. 너무 화목하게 자랐어."

내가 없으면 멸망하는 세계.

나를 짓누르는 무게들.

내 품에 있던 남자의 체온이 싸늘하게 식어간다.

내게 마지막 선택지를 주고서.

나는 그대로 바닥을 짚었다. 내 안에 깃든 수호신의 노래에 가만히 귀를 기울였다. 나는 너무 늦게 깨달은 것인지도 몰랐다. 이 노래는… 수호신이 할 수 있던 최선의 말이었다.

'있잖아, 줄곧 네 노래가 계속 어딘가 서글펐던 건…… 넌 알고 있었기 때문이야?'

내가 네 말을 듣지 못하는 건 다 이런 이유 때문에서였냐고. 내 물음에 수호신은 답하지 않았다. 구슬피 흘러나오는 울음소리가 긍정에 가깝다는 것을 짐작할 뿐이었다.

"하하, 하하하! 드디어, 드디어 모든 힘이 내 손에 들어온다! 내 손에!"

광기 어린 목소리가 들렸다.

"이 순간을 무려, 천년을, 천년을 기다려왔다! 모든 장미가, 내 손에! 신이 되는 순간을!"

나는 손바닥을 펼쳐 바닥에 가져다 댔다. 속이 울렁거렸다. 이유는 모르겠으나 내 안에 퍼져나가는 이 검보랏빛 얼룩이 내 몸을 망가트리는 것 같았다.

내가 시작한 싸움이었다. 아무것도 하지 않을 수는 없었다. 쿨럭, 세찬 기침이 흘러나왔다.

"있잖아, 나 좀…… 도와줘."

마무리를 하고 싶어.

"아하하하!"

내 강한 열망에 맞춰 아무리 불러도 나오지 않았던 기운이 조금씩 흘러나오기 시작했다. 이와 함께 몸으로 강한 통증이 느껴졌다. 손등의 핏줄이 보랏빛으로 물들어 울룩불룩 튀어나오는 것이 보였다.

그러나 나는 아랑곳하지 않고 더욱 크게 힘을 일으켰다. 차차, 내가 있던 곳에서부터 보랏빛이 뒤로 주춤하더니 한곳을 향해 뻗어나간다.

벽에 가로막힌 기분이 들었다. 더, 더욱더 강한 힘이 필요해.

손가락이 바닥을 지이익 긁었다. 고통으로 인해 눈앞이 아릿했지만 입술을 깨물어 참았다.

와장창!

마침내 프란시아와 르나그 주변을 가로막은 사슬이 부서져 내렸다. 동시에 내 입에서 피가 한 움큼 쏟아진다. 뚝뚝. 떨어지는 피를 받는 남자는 더는 움직이지 않았다. 나는 주먹이 새하얘지도록 꾹 쥐었다.

"언니! 언니! 언니, 괜찮아?"

마침내 프란시아의 소리가 다시 들렸다.

나는 천천히 고개를 들었다. 남자를 그대로 조심스레 내려놓고 비틀거리며 자리에서 일어났다. 그러고는 한 손을 천장을 향해 뻗었다.

모든 수호신은 무기로 형상화될 수 있다.

리케도르안의 검과 프란시아의 망치처럼. 한 손에 맺힌 푸르른 기운이 하나의 현상을 이루었다.

내 손에 깃든 것은 기다란 '왕홀'이었다.

황제가 가진 것과는 비교도 되지 않은 거대한 보석 속 찬란한 푸른 빛이 일렁거렸다. 나는 왕홀 끄트머리를 바라보다 그대로 바닥에 힘껏 내려찍었다.

쾅!

바닥에서 일어난 거대한 푸르른 힘이 파도를 이루며 한곳을 향해 뻗어나간다. 그리고 푸른 파도같이 원을 빙 둘러 한 사람을 가뒀다.

황제의 움직임이 그대로 멎었다. 아니, 움직일 수 없으리라. 핏발 선 눈이 재빠르게 나를 향했다.

"이런다고 나를 막을 수 있을 것 같나? 아니, 죽어가는 꼴로는 날, 못 막아. 아하하하하!"

"……언제는 인외의 힘이 인간의 운명을 좌지우지하는 것을 좋아하지 않는다고. 나와 생각이 같다 하지 않았나요?"

그 순간 미친 황제의 움직임이 거짓말처럼 멈췄다. 푸른 기운은 연신 파도처럼 출렁이며 그녀의 힘을 봉쇄했다. 마치 조금 전에 그녀가 내게 했던 것처럼.

"미치지 않고 싶다며."

나는 입술로 흐르는 피를 손등으로 닦았다.

"그렇게 나약한 사람으로 보이지 않았는데. 실망이야."

"……큽, 쿨럭! 그런 말은 이미 통하지 않을 거다! 이미 그 영혼은 잡아먹혔어!"

"그런 삼류 악당 같은 말 말고. 정말 하고 싶어서 하는 거예요?"

거친 숨을 내쉬며 왕홀을 지팡이처럼 짚고 몸을 기댔다. 쓰러지고 싶지 않았다. 어느새 내게 달려온 프란시아가 내 몸을 잡았다. 그녀는 제 몸도 엉망이면서 나를 치료하려 했다.

나는 황제에게서 눈을 떼지 않았다.

"그 힘을 없애고 싶다면서요."

르나그 또한 내 옆으로 와 자리를 잡았다.

그때였다. 미친 듯이 웃던 황제의 얼굴이 몽롱해졌다. 그녀는 고개를 갸웃하며 제 손을 내려다보는 것 같았다.

그러더니 다음 순간 손을 들어 올렸다. 뾰족한 채찍의 끝이 그녀의 배에 푹 꽂혔다.

"……지금……어서……."

나는 미약한 음성을 들었다.

"끼야아아악! 미친 계집! 안돼! 아니된다! 우리의 천년 숙원을 망칠 셈이냐! 안 돼! 안 돼!"

그러나 황제의 무기는 제 배에 꽂힌 채 빠지지 않았다. 나는 더욱 큰 파도를 일으켰다. 파도는 황제의 머리를 감싸고, 그녀의 머리 위에 올려둔 티아라를 잡아 붕 띄웠다.

"아, 안 돼, 그건! 안 돼! 내거야, 내거라고!"

황제의 얼굴로 낭패감이 어렸다.

"리케도르안, 지금이에요!"

리케도르안은 틈을 놓치지 않았다. 푸른 힘이 황제의 팔다리를 구속한 순간에 푸욱, 그의 검이 채찍이 자리한 옆을 관통했다.

황제의 몸이 그대로 허물어진다.

활활 타는 듯한 붉은 힘과 나의 힘은 황제의 몸에 들어간 순간에 엉망으로 만들어 놓았으리라. 그녀의 힘은 아주 강한 껍데기를 가진 대신 알맹이와 영혼은 한없이 여리디여렸다.

이를 알려준 것은…… 노래하듯 속삭이는 내 수호신이었다.

"하아, 하아…."

황제가 쓰러지는 것을 마지막으로 내 몸도 함께 비틀거리며 쓰러진다.

"이아나!"

마침내 괴물을 쓰러트린 영웅이 내게 다가와 눈물을 뚝뚝 흘러내렸다.

"이, 이아나……. 이아나."

내게 달려온 리케도르안은 쓰러진 내 손을 잡고서 한없이 울었다. 나는 힘없이 고개를 들어 그를 물끄러미 바라보았다.

나는 마지막으로 힘을 써, 이 공간에 있던 황제와 모든 황제의 기사단을 황궁, 내가 떠났던 그 자리로 돌려보냈다. 다시 한번 속에서 피가 울컥 넘쳤지만, 잘했다는 생각이 들었다. 만약 일어난다 하더라도 더는 제대로 힘을 발휘하지 못하리라. 애초의 그녀의 힘은 이 주술진과 태초의 푸른 장미의 물건인 티아라에서 나온 것이었으니까.

"왜, 왜. 치료가 안 되는 거지? 빨리 치료해봐!"

"모르겠어. 이런 적이 한 번도 없는데. 언니, 언니!"

나는 눈을 느릿하게 깜빡였다.

'……또 다른 힘이 느껴져.'

이미 모든 힘을 소진해버린 내 힘은 아니었다. 나와는 비슷하면서도 아주 조금 다른 푸른 장미의 힘. 이건 체이서가 남긴 힘이었다. 주술진은 또 다른 주문을 향해서 거대한 힘을 드러냈다. 내가 집으로 돌아갈 수 있는 주문.

이제까지 들리지 않던 거대한 목소리가 머릿속을 웅웅 울렸다.

-원하는가?

나는 힘겹게 눈을 떴다. 멀리 떨어지지 않은 곳에서 푸르른 기운으로 맺힌 무언가가 보였다. 얼굴도 표정도 없었지만 사람과 같은 형상이었다.

저것이 물은 질문은, 당연히 내 세계로 돌아갈 것이냐는 질문일 것이다. 나는 저물어가는 눈을 깜빡였다.

'돌아간다라.'

나는 속으로 중얼거렸다. 숨을 거둔 남자의 모습을 보았다가 천천히 자리에서 몸을 일으킨다.

나를 만류하는 손길이 느껴졌지만 괜찮다는 듯이 토닥여주고 떼어냈다. 그대로 자리에서 비틀거리며 일어났다.

"언니!"

"이아나 양!"

날 위해 엉망이 된 프란시아와 르나그를 보았다. 마지막까지 제 몸은 돌보지 않고 나를 치료하려 했던 그녀와 몸을 아끼지 않고 방패가 되어주었던 나의 장미들. 푸르른 빛이 어리며 그들이 그대로 눈을 감았다.

나는 걸음을 옮기려 했다. 그러나 그보다 먼저, 덥석 누군가 내 손을 잡았다.

"이아나!"

눈물로 엉망이 된 리케도르안이었다. 그의 장미와 같이 붉디붉은 피 칠갑을 하고서.

"가, 가지 말아요. 제발. 제발……."

나는 차마 세게 쥐지 못한 손을 응시했다. 버석한 입술이 열렸다.

"사랑하는 나의 장미."

미약한 음성이 흘러나온다. 나는 한 손을 들어 그의 뺨을 쥐었다.

"내 리케도르안."

그의 눈물이 멈추지 않았다. 닦아도 닦아도 계속 닦아달라고 보채듯이. 나는 그의 뺨을 닦아내고서는 손을 떼어냈다. 괜찮다는 듯 토닥이고는 까치발을 들어 입을 맞췄다.

"괜찮아요."

무엇이 괜찮다는 것인지, 그는 이해하지 못한 얼굴이었다. 그럼에도 나를 더는 붙잡지 못했다. 나는 돌아서서 한곳을 향해 비틀비틀 걸었다. 푸르른 기운이 뭉친 인간 형상을 향해서였다. 가까이 다가가자 푸르른 형상이 내게 손을 내민다. 나는 그 손을 보았다가 손을 뻗어 잡았다.

파아아!

푸른빛이 확 터지더니, 눈을 뜨면 전혀 다른 공간이었다.

-가겠는가?

다시 한번 질문이 흘러나왔다. 아마도 이건 마지막 질문일지도 모른다.

돌아간다.

나는 다시 한번 속으로 중얼거려보았다. 그리움과 향수가 물밀 듯이 밀려들었다.

억제할 수 없는 추억의 조각들.

이것이 머리를 차지한다. 그러다 돌연 웃음 지었다.

그런데, 이아나.

넌 정말 이들을 버리고 갈 수 있어?

이미 답은 나와 있었다.

나는, 스스로를 이아나라 칭하고 있었다.

그럼에도 눈물이 연신 흘러내렸다. 사랑하는 나의 세계.

나의 가족. 이제는 선택할 시간이었다.

"당신은 누구신가요?"

나는 눈앞의 푸른 형상을 향해 물었다. 나와 비슷한 힘을 풍기 지만 이질적이다. 조금 전까지는 그저 체이서가 남긴 힘이기에 그 렇다 여겼다. 그러나 그것과도 다른 이질적인 느낌이었다. 가까이 로 가자 더욱더 잘 알 수 있었다.

"당신은 신인가요?"

얼굴도 표정도 없는 푸르른 형상은 나를 물끄러미 응시했다. 눈이 없는데도 본다는 것이 느껴졌다. 곧 물과 같은 형상이 울렁 움직이더니 모습이 변화했다. 검고 커다란 망토를 뒤집어쓴 사람의 형태. 그러나 망토 속 얼굴은 여전히 보이지 않았다. 그저 흐릿하게나마 보이는 턱과 입, 입술이 매끄러운 곡선을 그렸다.

나는 이 미소가 내 질문에 대한 답이란 걸 알았다.

"너는 다른 소원이 있구나."

남성도 여성도 아닌 기묘한 느낌의 음성이 흘러나왔다.

"말해보렴."

"그전에 묻고 싶어요."

"무엇이지?"

"이 세상은 정말로 푸른 장미가 없다면 멸망하나요?"

나는 입을 달싹였다. 눈앞의 존재가 모든 질문에 대한 답을 줄 수 있는 이임을 알았다.

"그렇기도 하고, 그렇지 않기도 하지. 이를 설명하기 위해서는 너희의 존재 가치와 이 세상의 특수함을 먼저 알아야겠구나."

"특수함?"

"그래. 넌 이미 네가 죽은 신의 조각이라는 것을 들었지. 네가 머문 이 땅은 죽은 신의 조각을 가둬둔 땅. 대륙에서도 이곳만은 시공간이 특수하게 흘러간단다. 다시 말해 이 땅의 시간만 과거로 돌릴수도, 다른 차원이 열릴 수도 있지."

"어째서…… 그렇게 만든 거죠?"

"죽은 신의 조각을 안전하게 처리하기 위해서."

역대 푸른 장미의 죽음은 그럼 조각이 사라지는 것과 동일하다는 건가.

"호기심은 풀렸니? 그럼 이제 네 세계로 돌아가자꾸나."

"잠시만요. 내가 돌아가면 남겨진 세상은 어떻게 되는데요?"

눈앞의 신은 무심히 옆으로 고개를 돌리는가 싶더니 그대로 갸웃했다.

"저 세상은 사라지겠지. 그리고 네가 나타날 즈음에 다시 생겨날 거야."

"내가 나타날 즈음?"

"아. 오해는 말렴. 네가 원래 세상에서 수명을 끝내고 다시 이 세계로 돌아올 때를 말하는 것이니."

다정한 음색을 내고 있으나 어딘가 무기질적으로 들리는 목소리였다.

"너는 그때 비로소 네 시대의 장미들을 만나 네 운명을 살고 죽을 거야. 지금의 너는 순리를 거스른 채 데려와진 영혼이니."

"무슨 소리예요? 분명 나 말고도 차원을 이동한 푸른 장미가 있을 텐데……."

"적어도 차원을 건너온 이들은 그곳에서 제 수명을 채우고 온 이들이지. 네 세상에선 환생이라 부르겠구나. 이제 가도 되겠니?"

나는 입술을 뻐끔 움직였다가 닫았다. 그러고는 고개를 들었다.

이제 들을 것은 모두 들었다. 선문답은 끝이었다.

"아니요. 나는 가지 않아요."

신에게서 발걸음을 한걸음 뒤로 물렸다. 허리를 꼿꼿하게 세웠다.

"내 세계를 포기할게요."

끝내 그 맹목적인 이들을 버리지 못한 나는 이미 우리를 얽는 보이지 않는 끈에 묶여버린 건지도 모른다.

상관없었다. 내가 묶이길 선택한 것이었으니까.

희미한 턱으로 보이던 웃음이 사라졌다. 입술이 무표정한 채로 열렸다.

"이들은 네 시대의 장미가 아니다. 그 선택을 후회할 거다."

음색마저 달라진 위압적인 목소리였다. 나는 고개를 저었다.

"아니. 내 장미들이에요."

"그 선택을 위해서는 수많은 것을 포기해야 할 텐데도? 앞으로도 견딜 수 없는 거대한 애수와 그리움이 너를 평생 괴롭힐 텐데?"

"상관없어요."

나는 곰곰이 생각했다.

푸른 장미의 힘. 차원을 이동할 수 있는 힘은 회귀를 할 수 있다. 회귀는, 죽은 사람도 살려낸다.

"내 힘으로 체이서 도튤릿을 살려낼 수 있나요?"

신은 답이 없었다. 잠시의 침묵 끝에 의문이 돌아왔다.

"인간의 기준으로 그 영혼은 수많은 타인을 죽이고 삶을 빼앗았다. 죄업이 많은 영혼을 되살리겠다?"

"살아서 죗값을 치르게 할 거예요."

"윤회하면 치르게 되어 있을 것이다."

"아니요. 기억한 채로 갚는 것과 그렇지 않은 건 달라요."

너무나 많은 이들을 괴롭혀왔다. 죽어 마땅할지도 모른다. 그럼에도 나는 그가 살아서 죗값을 치르게 해달라 말했다.

어쩌면 다시 살아나 평생이 걸리더라도.

"그를 살리고 이 세계를 지우지 말고 남겨주세요."

신은 이제 자세를 달리했다. 살짝 굽어 있던 등이 펴진다. 범접할 수 없는 기운이 온몸을 통해 느껴졌다.

"그 소원을 이루기 위해 네 과거의 생, 과거의 기억을 모두 바쳐야 한다면?"

"……."

"너는 네가 겪은 모든 행복을 바쳐야 할 것이다. 그곳에서 차차 잊혀진 채로."

나는 멈칫했다. 머릿속으로 수많은 그리운 얼굴이 스쳤다.

나의 가족. 지금도 가슴을 괴롭히는 행복한 웃음들. 나는 입술을 지그시 깨물었다. 그러다 조금 허탈하고도 후련하게 웃었다.

"네. 내 과거를 포기하겠어요."

조금, 아주 조금만 이기적으로 생각하기로 했다. 사랑하는 내 부모님에겐 나 말고도 언니가 있으니까. 괜찮을 거라고.

유일무이하게 나만을 따르는 이들보다 늘 화목하고 행복했던 그들이 나을 거라고.

눈물이 뺨을 적셨다.

나는 후회하지 않았다. 신은 그런 나를 한참이나 응시했다. 관찰하고 탐색하듯이.

"너는 죽은 신의 조각 중에서도 가장 큰 조각이구나. 그래서 닮은 건가……."

왜인지 조금이지만 애수가 담긴 음성이었다.

"하나 대가는 그것으로 채울 수 없다."

"네?"

"대가가 부족하단 말이다."

신이 단호한 목소리로 대꾸했다.

"너로 인해 한차례 꼬인 세계다. 여기서 이미 죽은 자는 시간을 돌려서 살릴 수 없다."

차차 내 표정이 흐려지는데, 신이 돌연 이어 말했다.

"그러니 이렇게 하지."

발밑에서 빛이 터져 나왔다. 신의 발아래서 흘러나온 빛은 저들끼리 똘똘 뭉치더니 빛으로 만든 공처럼 둥둥 떠 있었다.

"순리에 따라 너는 반드시 네 세계에서 남은 수명을 보내고 돌아와야 한다. 이건 바꿀 수 없다만."

"하지만."

"네 소원대로 세계는 지우지 않으마. 대신 너는 모두가 너를 잊고 기억하지 못하는 세계에서 외로이 수명을 모두 보내고 오도록. 그게 네 대가다."

신이 손짓하자 빛의 구가 그의 손위로 올라와 둥둥 허공을 부유했다.

"또한 너는 이전 세계의 모든 기억을 잃을 것이다. 이게 네가 치러야 할 두 번째 대가이며."

신의 손위에 놓여 있던 빛의 구가 반짝 빛을 드러냈다.

곧 우리 사이에 반달 형태로 공간이 찢어졌다.

그 사이로 푸르른 빛이 일렁거렸다.

신의 손짓에 따라 빛의 구가 찢어진 사이로 들어가더니, 찢어진 틈이 천천히 닫혔다.

"네가 돌아올 때, 이 자도 돌아오는 것으로 하지."

"네? 그럼, 지금 그건……."

"네가 살려달라던 영혼이지. 문제 있나?"

아니, 그것부터 말해줘야. 나는 황당한 낯으로 신을 응시했지만 신쯤 되는 존재에게 인간의 상식을 들이밀면 안 되겠구나 하는 깨달음만 얻었다.

"이쯤 하면 계약은 제대로 이루어지겠군. 또 데려가고 싶은 것이 있나?"

마치 선심 쓰는 듯한 어조였다. 역시나 나는 당황스러움을 숨길 길이 없었으나 곧 차분하게 생각했다.

"그럼 혹시……."

이어진 내 질문에 신은 고개를 끄덕였다. 가능하다는 뜻이었다.

곧 몇 가지 더 이야기 끝에 신은 나를 돌려보냈다. 이전 세계가 아닌 조금 전까지 내가 있던 곳, 리케도르안과 장미들이 있던 공간이었다.

"이아나? 이아나!"

공간으로 내려가기 무섭게 나를 발견한 리케도르안이 달려왔다. 그는 그러다 말고 내 뒤로 펼쳐진 빛을 보고 잠시 멈칫했다. 하나 이도 잠시 더욱 가까이 다가왔다.

"리케도르안, 인사를 하러 왔어요."

이게 어떤 인사가 될진 모르겠지만. 나는 활짝 웃었다. 이에 리케도르안의 얼굴이 흐려지나 싶더니, 이내 다시 눈물이 맺혔다. 금방이라도 눈에서 뚝 떨어질 것만 같은 청초한 낯이었다.

"시······싫어요. 저, 저는 당신이 없으면······ 살수가······."

"리케도르안."

"싫어요. 이아나. 당신이 없으면 사는 의미가 없어요. 싫어요······."

"리케도르안."

그를 단호히 부르며, 나는 그의 양 뺨을 잡았다. 눈물이 그렁그렁한 눈이 나를 향했다.

"나한테도 말을 할 기회를 줄래요? 나 아직 아무런 말도 안 했어. 어떤 인사가 될지도요."

앞으로 그의 대답에 따라 어떤 인사가 될지 정해지겠지만. 나는 설탕을 머금듯 입술에 한껏 미소를 품고는 그대로 떼어냈다.

"있잖아요, 리케도르안."

지금 이 질문은 어쩌면 그의 삶, 삶의 근간을 모두 뒤흔들 질문이 될지도 모른다.

"당신은······ 날 위해 무엇을 포기 할 수 있어요?"

리케도르안이 내게 뺨을 잡힌 채로 눈을 깜빡였다. 그러다 곧 어떤 생각에 미친 건지 활짝 웃었다. 눈부실 정도로 환한 미소였다.

"전부요."

그가 이렇게 말하기까지엔 단 1초의 망설임도 없었다. 이것이 실로 당연하다는 듯이.

아무리 신이 어느 영혼이든 데려가도 좋다고 했다지만 망설이는 기색조차 없다니. 그가 포기해야 할 것은 그가 이 세상에서 이룩한 모든 것이었다. 미지의 세계로 가는 일이었다.

나는 천천히 고개를 돌렸다.

그곳에 프란시아와 르나그가 서 있었다. 나는 두 사람을 번갈아 보다 먼저 프란시아를 향했다.

"프란시아."

신이 내게 준 시간은 그리 길지 않았다. 프란시아가 말이 이어지기 전에 먼저 말을 꺼냈다.

"나는 여기 남을게. 언니."

"······뭐?"

프란시아는 잠시 르나그와 시선을 마주하는 것 같더니 한 걸음 앞으로 다가왔다.

"왜인진 모르겠지만 누군가 머리에 속삭여주더라. 누군가는 이곳에 남아 균형을 맞춰야 한다고. 그래야 언니가 헤매지 않고 이쪽으로 다시 돌아올 수 있다는데?"

그녀는 그리 말하고는 미소를 지었다.

"언니가 하기 어려운 말을 대신해줄 만큼 언니에게 친절한 존재인가 봐."

그녀는 안심했다며 한마디 더 덧붙였다.

"나와 노란 장미가 이곳을 지킬게."

"……저는 제 의견을 단 한마디도 피력한 바 없습니다만, 흰 장미."

"뭐예요. 당신도 같이 들었잖아요? 두 사람이 필요하다는 점에서 나와 당신 말고 더 있나요?"

"……"

르나그는 잠시 침묵한 채로 시선을 돌렸다. 프란시아에게 대답하는 대신 나를 향하기로 한 것 같았다.

프란시아가 쯧, 혀를 차면서 옆으로 비켜섰다. 르나그가 그 자리를 채우기까지는 오래 걸리지 않았다.

르나그는 망설이는가 싶더니, 조심스럽게 손을 뻗었다. 그럼에도 차마 닿지 못한 손이었다. 나는 손을 뻗어 그의 손을 잡았다. 그는 그제야 내 손을 마주 잡고 그대로 고개를 숙였다.

"다녀오십시오. 저는,"

그는 목이 메는지, 잠시 말을 멈췄다.

"아가씨, 저는 이곳에서⋯⋯."

손등에 입술이 오래도록 머물렀다. 나는 그의 뺨으로 흐른 것을 모른 척해주었다.

"당신의 이정표로 남아 있겠습니다."

마지막까지 그 다운 말이라 생각했다. 그의 작별은 이토록 담백하고도 끝까지 나를 배려했다.

"건강하세요. 제가 돌아올 때까지요."

그가 나지막하게 대답하며 미소 지었다. 안경이 없어진 저 눈을 오래도록 잊지 못할 것 같았다.

"언니, 나의 왕."

프란시아가 다가와 나를 품에 꼬옥 안았다. 안기보다는 안기고 싶어 하는 어리광이 느껴지는 포옹이었다.

"언제까지고 곁에 있을게."

나는 그녀의 품에서 눈을 꼭 감았다.

이윽고 정해진 시간이 흘렀다. 신이 약조한 푸르른 빛은 나와 리케도르안의 몸을 감쌌다. 짧을수록 좋다는 것이 이별이라곤 하나, 너무 짧은 이별은 도리어 가슴에 흉터를 남겼다.

언젠가 돌아올 것임을 알면서도.

그렇게 나는 함께한 세계를 떠나 차원을 넘었다.

눈을 떴을 때, 가장 먼저 보인 것은 너무나도 익숙한 거대 빌딩이었다.

고풍스러운 저택도 웅장한 성도 더는 보이지 않았다.

길을 걷는 이들은 칼같이 각이 잡힌 제복도 레이스가 달린 메이드복도 입지 않았다.

조금 텁텁한 공기가 폐부를 채운다. 그제야 나는 다른 세상에 왔음을 자각했다.

모든 사람이 지나가며 흘끗 우리를 쳐다봤다. 홀린 듯이 바라보는 이도 있었다.

아마도…… 나보다는 내 옆의 이에게 시선을 빼앗긴 듯했다.

고개를 돌리면, 마치 시선을 내게로 고정한 듯 시선을 떼어내지 못하는 남자가 있었다.

"저, 리케도르안."

"네."

"그…… 구경 안 해요? 다른 세상인데."

"……해야 하나요?"

"어, 안 신기해요?"

"신기……. 신기한 건 모르겠지만 이아나가 옆에 있는 건 좋아요."

내가 그의 손을 잡자, 그는 기다렸다는 듯이 내 손을 감싸 쥐었다. 그의 커다란 손에 폭 들어가는 크기였다.

"머리가 까매졌어요, 이아나."

"네. 어째서인지 당신은 그대로네요……."

왜 이 사람만 그대로지, 이 세계 사람이 아니라서인가?

"있잖아요, 잘 생각해봐요. 이제 둘뿐이라 온종일 나만 볼 텐데 질리면 어쩌려구요."

리케도르안이 고개를 갸웃했다.

"이아나만 보아도 온종일 심심하진 않을 것 같은데."

그 말에 나는 소리 내어 웃음을 터트렸다.

"으음, 그 말 좋네요. 오랜만에 와서 낯선 동네도 낯설지 않게 느껴지는걸요?"

이곳은 내가 살던 세계였다. 그러나 나는 이곳에서 가족도 친척도 더는 연고가 없는 사람이 되어 있었다. 도려내진 가슴이 아팠다. 신기하게도 정말 아프다.

"신이 그래도 양심은 있네요. 여러 가지 고려할 게 많은데 주민등록이라거나…… 부동산이라거나…… 아, 너무 현실적이야."

"어, 제가 어떻게든 해볼게요."

"아니에요, 이런 건 좀 뻔뻔하지만 신보고 책임지라고 해야죠. 최소한 생활권은 보장했으니 다행이에요."

나는 웃으며 고개를 돌렸다.

"그럼, 갈까요?"

아마도 내 가족은 내가 있단 걸 기억하지 못할 것이다. 이 세계에서 지내던 '나'는 모든 흔적이, 존재가 사라진 뒤였으니까.

내게는 가족이 있었단 희미한 기억만이 남아 있었다. 기억이 빠져나간 자리로 텅 빈 공허감이 없지는 않았다. 그 자리에 박힌 미안함도. 그리고 아릿한 아픔도. 아마 평생 가는 고통일 것이다.

그러나 나는 내 선택을 받아들였다.

이제는 나를 위해 모든 걸 포기한 이 남자와, 함께 살아가는 일만이 남았으니까.

"음, 리케도르안. 앞으로 적응할 것이 많을 거예요."

"네."

"아. 이름부터 지어야 하나? 철식이, 철수 같은 음. 미안해요."

"무엇이 미안한 건지 모르겠지만 다 괜찮아요, 이아나."

마주 잡은 손은 단단했다. 신이 마지막 호의로 건넨 그와 나의 집으로 향하는 걸음은 가벼웠다.

"당신과 함께라면 어디든지. 그리고 무엇이든지. 다 좋아요."

어느 초여름 햇살이 쏟아지는 아래에서.

"아, 여기인가 봐요. 나쁘지 않은 곳이네."

낯선 집, 문을 열었을 때 내 옆에 존재하는 것은 이 싱그러운 하늘만큼이나 반짝거리는 미소.

나를 사랑하는 오직 나만을 위해 활짝 편 장미 한 송이.

아니, 세 송이.

그리고 내가 사랑하는 남자.

"어때요? 으리으리한 성은 아니지만. 대공님 모시고 살기에 나쁘지 않게 만들어볼게요."

"이아나랑 함께라면 맨땅 위에서 자도 괜찮아요. 하지만 이아나를 맨땅에 재울 수는 없으니까. 뭐든 할게요. 그리고 제가 모시게 해주세요."

"뭐예요, 그럼 서로 모시는 걸로 할까요?"

선택의 대가는 가혹했으나 나는 후회하지 않았다. 단단하게 굳어져 가는 내 땅을 지킬 거야.

"사랑해요."

나는 걸음을 멈췄다.

"당신을 정말로 사랑해요, 리케도르안."

잠시 눈을 깜빡이던 그가 이내 상체를 기울였다.

눈을 감으면 입술로 거친 듯 날것에 가까운 입술이 파고들었다. 조급하지만 애정으로 가득한 몸짓.

나는 비로소 나를 옭아매던 모든 감방에서 빠져나왔다.

이 탈출 뒤에는 내가 만들어가는 길이 존재할 것이다.

"하아, 저도 사랑해요. 이아나."

그리고 그 길의 이름은……

"영원히."

행복이리라.

긴 입맞춤 뒤에는 얼굴을 발긋 물들인 청초한 얼굴이 보였다.

"앞으로 낮이 길겠네요. 당신 얼굴 보느라."

갓 피어난 물망초처럼 활짝 편 얼굴은 기쁨으로 가득 차 있었다.

"……낮만 길까요?"

"흐음, 잔뜩 붉어진 채로 할 말은 아닌 것 같은데요, 리케도르안."

나는 얼굴을 붉힌 채 언제나 처음 만난 날처럼 수줍은 고백을 토해내는 남자가 사랑스러워 웃고 말았다.

"리케도르안. 어쩌면 행복해지기 직전의 순간이 행복한 순간보다 값질지도 몰라요."

나는 행복했다.

"앞으로 쭉 행복할 거란 기대로 가득하니까요."

해사하게 웃던 내 장미가 기꺼이 입을 맞췄다.

꽃이 막 지고 푸르른 여름 잎이 팔랑팔랑 흘러내리는 날이었다.

1월.

푸르른 하늘은 여느 때와 다르지 않았다. 높고 파란 하늘.

하늘색 물감을 휙 엎어놓은 것 같은 색이었다.

"끄으응."

나는 들고 있던 것을 내려놓고 허리를 쭈욱 폈다. 눈앞에는 녹색 통이 보였다. 이 동네 쓰레기통이다. 통 안에는 야무지게 묶인 쓰레기봉투가 가득했다.

냄새가 밖으로 퍼지기 전에 나는 얼른 통을 닫았다. 이 동네의 쓰레기통은 내가 기억하는 것보다 깨끗했다. 집 앞길에도 쓰레기가 드문 편이었고.

누군가 말하길 동네 미화는 경제력과 관련 있다 하던데 이런 걸 보면 이 동네는 나쁘지 않은 이들이 모여 사는 것일지도 모른다.

왜 추측형이냐 하면 아직 이 동네를 잘 모르니까가 첫 번째겠다. 그나마 얼굴을 튼 사람이라고는……

"안녕하세요!"

아, 깜짝이야. 나는 어깨를 움찔하다 말고 등을 돌렸다.

내 뒤쪽에는 단정한 교복을 입은 소녀가 서 있었다. 나이는 19살이었나. 낯익은 얼굴이었다.

"놀라라."

고등학생이 웃음을 터트렸다. 까르르 소리를 낸 밝은 웃음이었다.

"항상 전혀 놀란 얼굴이 아닌데, 그렇게 말하는 걸 보면 웃겨요, 언니."

그녀는 옆집에 사는 학생이었다. 우리 옆집도 우리 집과 마찬가지로 멀끔한 담이 있는 주택인데 1층과 2층에 각각 다른 이가 살았다. 이쪽 학생은 옆집의 주인댁 쪽 막내딸이었다.

"학교가? 일찍 가네."

"네!"

옆집 학생이 고개를 얼른 끄덕였다. 그녀는 입을 쭉 내밀었다.

"이제 고3이라고 일찍 나오래요. 3월부터는 쪽지 시험도 친다나. 하기 싫어 죽겠어요."

나는 옆집 학생의 옷차림을 흘끗 보았다. 과연. 학교 가기 싫다는 마음이 꽉꽉 담기듯 잠기다 만 조끼가 긴 패딩 사이로 보였다.

"언니는 항상 일찍 일어나네요?"

"그러게. 원래 일찍 일어나는 편이 아닌데, 매번 이 시간에 눈이 떠지네."

그렇게 말하다 말고 나는 작게 중얼거렸다.

"시차 적응이 덜 됐나."

그러자 옆집 학생이 네? 하고 반문했다. 나는 얼른 고개를 저었다. 그녀가 알아들을 수 없는 농담일 테니.

하지만 옆집 학생은 용케 몇 마디를 알아챈 모양이었다.

"시차 적응이요? 와, 언니 외국에서 온 거였어요?"

그녀가 호기심 가득한 표정을 보였다. 사실 추측하자면 학교 가는 일만 아니라면 아무거라도 하고 싶은 듯한 얼굴이었다.

"항상 어디에서 왔냐 하면 안 알려준 것도 외국이어서였어요?"

"뭐, 대충 비슷하긴 한데."

사실 다른 사정이 있지만 대충 얼버무렸다. 그러자 그녀의 눈이 초롱초롱해졌다.

"와, 와. 언니 그럼 영어 잘해요? 아니면 프랑스어? 독일어? 스페인어?"

나는 옆집 아이를 싫어하지 않았다. 오히려 좋아하는 편이었다. 이렇게 초롱초롱하게 눈을 빛내노라면 다른 세계에 두고 온 장미 하나가 떠오르곤 했다.

나는 픽 웃었다.

아마 어떤 말이든 다 못 할걸.

속으로 이렇게 중얼거리면서. 하지만 딱히 문제는 되지 않을 거

230

다. 어떤 언어든 내게 지식이 있느냐와 상관없이 할 줄 알게 될 테니까.

이를테면 지금 있는 곳에서 이사 가서, 그곳에 살게 된다면 말이다. 내가 대답하지 않자, 옆집 학생은 알아서 알아들은 모양이었다. 홀로 검지와 엄지로 턱을 잡고 끄덕끄덕 고개를 주억였다.

"어쩐지. 어쩐지. 언니는 범상치 않았다니까요. 첫만남부터!"

"부터?"

동그란 눈동자가 나를 마구 훑었다. 머리를 감지 않은 듯 동그랗게 묶인 똥머리가 머리를 따라 달랑달랑 움직였다.

"평범하지 않았다고요. 나 우리 엄마한테 언니한테서 뭔가 막, 아우라가 느껴졌다고 했다니까요?"

"아우라?"

"왜, 연예인들이 가지고 있는 거요!"

나는 웃음을 터트릴 뻔했지만 꾹 참았다.

"잉, 왜 웃어요. 언니. 나 정말 언니가 어디 아이돌 준비하는 사람인 줄 알았다니까요. 아니다. 언니는 배우? 배우!"

옆집 학생은 이제 숫제 허공에 네모를 그려가며 설명했다. 아무래도 영화관 스크린인 것 같았다.

"근데 언니는 어딜 봐도 한국 사람처럼 생겼는데 엄청 이쁘고, 근데 또 한국 사람 느낌은 안 들고……. 외국에서 살아서였구나."

횡설수설하는 듯한 말이었지만 뜻은 알아들었다.

그녀의 말처럼 이곳으로 넘어온 뒤 내 모습은 이곳의 사람과 비숫하게 변형되었다. 정확하게는 다른 이들이 보기에는 위화감이 없게 보인다고 할까.

느낌상 원래 내 모습과 '이아나'의 모습이 뒤섞인 듯했는데, 다행스럽게 이곳에 녹아드는 데는 문제 없는 외모였다. 일단은 머리색이나 눈동자나 새까맸으니까.

나는 줄줄이 이어지는 칭찬을 듣다 말고 뺨을 긁적였다. 이 애는 프란시아와 비슷한 것 같았지만 그보다 더 강아지 같은 면이 있었다. 이를테면 프란시아의 어린 시절에 더 가깝다고 할까. 나는 뺨을 만지다 말고 상체를 슬쩍 기울였다. 이 애는 나보다 작았기에 고개를 기울여야 했다. 나는 눈을 마주한 채로 생긋 웃었다.

"예쁘게 봐줘서 고마워."

옆집 아이는 흠칫했다. 그러다 말고 뺨을 발긋 물들였다.

"뭐야, 뭐야! 언니 나 꼬신 거죠? 그런 거죠?"

옆집 아이가 내 팔뚝을 때리려다 말고 얼른 제 팔뚝을 잡고 파르르 떨었다. 그녀의 호들갑스러운 반응이야 이제 익숙해진 일이었다.

오히려 이젠 심심하지 않달지. 옆집 아이가 눈을 반짝이며 나를 쳐다봤다.

"언니, 예쁜 건 정말 옳은 것 같아요. 저는 예쁜 언니들이 정말 좋아요."

그러더니 진지하게 표정을 굳히며 말하는 것이었다.

"우리 사촌 오빠는 여자애들이 예쁜 여자애들 질투한다고 하는데다 개 뻥 같아요. 나는 언니 보면 기분이 이렇게 좋은데!"

"어, 음. 그러게. 정말 개. 아니. 헛소리네."

나는 얼떨떨하게 맞장구쳤다.

"그치만 우리 오빠는 이런 헛소리 안 해요!"

"그래?"

오빠라면 아마 이 애의 친오빠, 옆집의 큰아들일 거다. 대학교 2학년생인가 그랬지. 키도 아주 크고 꽤나 훤칠하게 생겼던 걸로 기억한다.

옆집 아이는 왜인지 기대감 어린 눈으로 나를 보고 있었다. 영문을 몰라 고개를 갸웃하는데, 그녀가 슬그머니 내 뒤쪽을 향해 고개를 기웃했다.

마치 누군가를 찾고 있는 양.

"그런데 언니, 오늘은, 그, 없어요?"

"없다니?"

옆집 아이의 얼굴이 내게로 휙 돌아왔다. 그러고는 조금 전과 비슷한 정도로 상기된 낯으로 소리를 높였다.

"잘생긴 오빠요!"

아, 바로 정답을 깨닫고는 웃음을 흘렸다.

"그, 그. 어쩜 사람이 어떻게 그렇게 생겼어요? 볼 때마다 놀라요. 잘 밖으로 나오지는 않지만……."

"나가는 걸 별로 좋아하지 않아서 그래."

"맞아요, 항상 언니랑 있을 때만 나와 있던 것 같고, 사람들이 마구 쳐다봐서 그래요? 아니. 쳐다보겠네요."

글쎄. 그보다는 그냥 온종일 나랑 둘이서만 밀폐된 공간에 있고
싶어서일걸…….

진실은 아직 어린 이 애를 위해 남겨두기로 했다.

아마 내 붉은 장미는 지금도 집 안쪽에서 반쯤 벗은 채로 새근새
근 잠들어 있을 테니까. 이름처럼 붉은 자국을 제 몸과 옷을 걸친 내
몸에 만들어놓은 채로.

"아무래도 그렇지."

"하기야, 그럴 수밖에 없겠어요. 엄-청 잘생기고 눈동자까지 막
파라니까. 음, 외국인이니까 역시 어쩔 수 없는 건가 봐요."

그녀의 말에 나는 미소로 침묵했다.

그냥 외국인은 아닐걸.

은발은 너무 눈에 띄는 터라 새까만 색으로 물들이긴 했지만 눈
동자는 어찌할 도리가 없어 여전히 푸른색인 그였다. 사실 리케도
르안은 밖을 나서도 시선에 그다지 신경 쓰는 기색이 없었다.

나와서도 오로지 나만 보고 있으니 말이지.

"그나저나 안 가 봐도 돼?"

내게 시계는 없었지만 시간이 꽤 지났다는 건 알 수 있었다.

쓰레기통 근처에서는 자리를 옮겼지만 우리는 여전히 집 담 앞이
었으니까.

"아! 으, 너무 가기 싫어요. 고3 싫어……. 눈 뜨면 그냥 12월이었
으면……."

이 애도 깨달은 것인지 어깨를 축 늘어뜨린다. 그러고는 시무룩한 음성을 토해낼 때였다.

벌컥!

쾅.

문이 열리는 소리가 들렸다. 우리는 약속이라도 한 듯이 등을 돌려 소리 난 곳을 향했다. 문이 열린 곳은 다름 아닌 우리 집이었다. 그리고 문 안쪽은 텅 비어 있었다.

"어, 언니. 문이 저절로 열린 거예요?"

옆집 아이의 목소리가 흘러나온 순간이었다. 나는 코를 찡그리며 웃었다. 이어 허리를 깊이 감싸는 단단한 팔을 느끼며 말했다.

"아, 우리 집 문이 좀 말썽이야."

내가 잠깐 자리를 비울 때만 말이지.

흘끗 고개를 돌리니 어느새 내 등을 감싸 안고 내 목에 얼굴을 기댄 채 낮게 숨을 내쉬는 남자가 있었다.

"……아나."

막 잠에서 깬 듯 리케도르안의 음성은 오싹하도록 낮고 쉬어 있었다.

"어디 갔었어요……."

나는 손을 들어 그의 정수리를 살짝 쓰다듬어 주었다.

나중에서야 안 사실인데, 장미들은 고유의 향기가 있었고 이는 어떤 상황에서도 그대로였다. 씻지 않아도 자다 깨도 불쾌한 냄새는커녕 향기로 가득하다는 소리다.

신기하게도 말이지.

우릴 번갈아 보던 학생의 얼굴이 살짝 붉어졌다. 아마 상체를 그대로 드러낸 리케도르안 덕에 눈 둘 곳이 없는 모양이었다.

"미안해. 우리 집 애가 음……."

나는 적절한 말을 골랐다.

"분리불안증이라."

어째 말을 하고 보니 사람보다는 반려동물에 걸맞은 표현인가 싶었다.

─하는 짓은 짐승 맞지. 안 그러냐, 냥.

그러자 지금까지 조용히 있던 푸딩이 기다렸다는 듯 내 안에서 한마디했다.

─아무리 장미들이 체력이 좋다지만 말이다, 냥! 잠을 안 재우…….

'조용히 해.'

나는 얼른 푸딩이의 입을 가로막고는 고개를 돌렸다.

옆집 아이는 대체 리케도르안이 언제 나왔느냐는 얼굴이었지만 자신이 못 봤으려니 하는 것 같았다. 그보다는 리케도르안의 얼굴에 시선을 빼앗겨 다른 사고를 하려 하지 않는 것 같았지만.

"일단 우린 들어가 볼게."

"아…… 네? 네! 언니. 그럼 다음에."

옆집 아이가 인사를 채 맺지 못했다. 듣고 있던 내가 들을 상태가 되지 못했으니까.

"으앗, 리…… 리케도르안!"

어느새 내 발이 붕 허공에 떠 있었다. 그는 아직 졸음이 가득한 눈으로 나를 담았다.

"막 움직이면 안 돼요."

이제는 먹빛에 가까운 흑발이 그의 새하얀 이마를 가린 채 살랑살랑 흔들렸다.

"……어제 무리했잖아."

귀로 잔뜩 쉬어 목구멍 안쪽을 긁는 듯한 음성이 파고들었다.

"더 쉬어야 할 텐데."

분명 염려를 속삭이는 말인데 어쩜 이렇게 색정적으로 들리는지. 나는 끙 숨을 흘렸다.

"그렇게 귀로 바로 속삭이지 말아요."

"하지만 ……이이나. 내 목소리를 좋아하잖아요. 특히 자다가 일어났을 때. 야하…….."

"그만."

나는 얼른 그의 입을 막았다. 그러고는 찰싹 그의 맨 어깨를 두드렸다. 분명 '야하다'고 하려 했어. 이 남자.

"애 앞에서 못하는 말이 없어. 그럼 우린 먼저 가볼게. 우리 집 남자가 이 모양이라."

옆집 학생이 멍하니 끄덕이다 말고 얼른 내게 고개를 숙였다. 아, 들어가세요! 하면서.

그 말이 채 끝나기도 전에 리케도르안이 걸음을 옮겼다.

대한민국의 고등학생 윤지아는 눈을 크게 깜빡였다. 조금 전의 일을 망막에 콕콕 아로새겨 넣기라도 하듯이.

　입으로는 연신 자신의 엄마가 하듯 어머나, 세상에를 버릇처럼 사투리로 중얼거렸다.

　놀랐을 때의 그녀의 버릇이기도 했다.

　"언제 봐도 놀랍네."

　오늘도 미친 듯이 잘생겼다. 그녀는 10대들이 사용할 법한 비속 어를 잔뜩 섞어서 마구 중얼거렸다.

　그녀의 모친은 그놈의 욕 좀 덜 하라며 잔소리하지만 옆집에 사는 이들의 미모에는 언제나 이런 감탄이 나오고야 말았다.

　하기야 이는 그들이 어느 날 자신의 옆집에 이사 왔을 때부터 그 러했다.

　어느 날 소리소문없이 나타난 그들은 무엇을 하는지도 알 수 없 게 조용히 살아가고 있었다.

　특히나 '이아나.' 성이 이고 이름이 아나일까? 여성 쪽은 몇 살인 지 짐작이 가지 않았다.

　분명 제 오빠와 비슷한 대학교를 다닐 나이가 아닐까 했지만 이 아나가 그건 아니라고 했다.

　사실 이는 이아나 스스로도 자신이 이곳에서 몇 살이었는지, 혹 은 어떤 사람이었는지 제대로 기억하지 못했기 때문이었으나 윤지아의 입장에선 이마저 신기하게 느껴졌다.

"애들한테 가서 말해야지."

그녀는 남들보다 살짝 호들갑스럽고, 수다스러운 학생으로 평소에도 가십에 관심이 많았다.

특히나 연예인보다도 더 연예인 같은 미모의 이들이라면, 또래 애들에게 멋진 자랑이 되지 않을까.

그러나 그렇게 생각하기 무섭게 그녀의 표정이 곧 몽롱해졌다.

이어서 그녀가 머리를 살래살래 흔들었다. 묶여 있던 머리가 느슨하게 풀렸다. 윤지아는 고개를 갸웃했다.

'어라, 방금까지 내가 무슨 생각을 하고 있었지?'

그녀는 눈을 깜빡이며 제 손을 내려다보다가 한숨을 푹 쉬었다.

"아, 학교 가기 싫다."

조금 전까지 쳐다보던 옆집은 모조리 잊은 채, 보이지도 않는다는 듯 신경 쓰지 않으면서.

그대로 걸음을 옮겼다. 이미 그녀의 머릿속에는 옆집의 신비로운 이들에 대한 것은 모두 잊혀진 뒤였다.

그들을 다시 보기까지는 계속 이럴 터였다.

지난 1여 년간 그래왔듯이.

"내가 있던 세상에서는 18살은 성인이에요, 이아나."

나는 식탁에 앉아 있다 말고 고개를 돌렸다. 그러다 푸흡, 마시던 물을 뱉을 뻔했다.

"그…… 지금 한 말은 둘째치고, 리케도르안. 대체 그건 무슨…… 옷차림이에요?"

리케도르안은 무려 맨살 위 그대로 앞치마를 맨 채였다. 다행히 바지는 걸치고 있었지만…….

그 바지가 내가 얼마 전 사준 핏이 아주 좋은 청바지란 점에서 아주 오예, 아니, 눈이 호강하다 못해 사치에 배가 부른 느낌이었다.

늘씬하고 탄탄한 곡선을 보고 있노라면, 그는 흡사 외국의 유명 청바지 광고판에서 톡 튀어나온 것 같았다.

'얼굴은 이쪽이 훨씬 좋지만.'

리케도르안은 프라이팬을 든 채 고개를 갸웃했다.

"마음에 들지 않아요?"

"아주 마음에 들어, 가 아니라. 대체 그런 건 어디서 배웠어요?"

내 질문에 잠시 고민하던 리케도르안은 곧 산뜻하게 대답했다.

"붉은 장미의 수호신이 그러던걸요."

그가 어깨를 으쓱했다. 퍽 무구한 얼굴로.

"이아나가 날 보며 내가 이런 모습이었으면 그날로 환장했겠……."

"푸딩!"

나는 자리에서 벌떡 일어났다. 어디선가 냐앙! 하는 짐승의 울음소리가 들린 것 같았다. 착각이 아닐 거다.

밖으로 꺼내놓은 수호신님은 위기를 직감하고 빠르게 몸을 빼냈다. 그러나 날고 기어봐야 손바닥 안, 내가 손을 뻗자 손으로 푹신한 감각이 느껴졌다.

"도망가려 했겠다."

－으응? 냥? 도망이라니.

"재빠르게 움직이는 걸 봤는데."

－이 몸은 도, 도망 같은 걸 치지 않는다!

허공에 둥둥 떠서 붙들려온 푸딩이 빠르게 부정했다.

－다, 다만 낮잠을 자려 했을 뿐이다, 냥!

"쇼파 밑에서?"

－…….

삘삘 진땀을 빼며 내 눈을 피하던 조그만 설표가 커다란 젤리를 내 앞에 내밀었다.

－이, 인간! 오해가 있다! 냥! 이 몸이 알려준 것이 아니다, 냥! 붉은 장미가 멋대로 이 몸의 혼잣말을 들은 거다 냥!

리케도르안은 푸딩이 내 안에 있을 때의 말은 듣지 못하지만 이렇게 바깥에 나왔을 때는 알아들을 수 있었다.

이 또한 푸딩이 의식적으로 차단한다면 듣지 못하는 모양이지만 그러지는 않았으니까.

결국 범인은 이 조그만 설표란 소리였다.

－이, 이것 놓아라! 냥!

내 손이 느슨해지기 무섭게 푸딩이 버둥거렸다. 그러나 그보다 내 손이 빨랐다.

"어딜 가려고."

푸딩이 도망가지 못하게 푸르른 힘이 손끝에서 일었다.

"지난번에도 쓸데없는 소릴 했지, 너?"

-아야, 아야! 아프다 냥! 이건 반료 동물 학대랬다 냥! 동물보호법 위반이다, 냥!

"반려동물이겠지. 그리고 미안하지만 댁같은 영체는 동물법에 들어가지 않거든? 요게 하루 종일 티브이만 보더니!"

-억울하다! 아픔은 느낀다. 냥!

내가 그대로 푸딩이의 뺨을 마구 꼬집어 늘리는 순간이었다.

나는 돌연 푸딩이를 놓고 벌떡 일어났다. 나뿐 아니라 요리도구를 들고 있던 리케도르안 또한 한곳을 바라보고 있었다.

우리의 시선이 향한 곳은 거실에 위치한 긴 전신 거울이었다.

쳐다보기 무섭게 거울이 울렁, 마치 파도의 단면처럼 마구 울렁이더니, 돌멩이를 톡 떨어트린 호수처럼 파동을 그렸다.

이윽고 그 파동에서 무언가 톡 튀어나왔다. 마치 거울이 집어삼킨 것을 퉤 내뱉는 듯한 모양새였다.

나는 푸딩이를 내려놓고 황급히 거울 앞으로 향했다.

거울 밑에는 양피지가 떨어져 있었다. 정확히는 정갈하게 접힌 편지 봉투였다.

봉투 겉면에 쓰인 것은 아주 익숙한 필체였다.

「나의 언니에게」

나는 그리운 눈으로 이것을 바라보다 눈을 내리깔았다. 작은 미소와 함께.

"프란시아네요."

프란시아, 그녀가 다른 세계에서 보낸 편지였다.

「안녕, 언니? 잘 지내?」

그녀의 필적은 성격만큼이나 경쾌했다.

「이번엔 내가 편지를 보낼 차례라 얼른 써버렸지, 뭐야. 노란 장미 차례는 잘만 오는 것 같은데, 왜 내 차례는 이렇게 느리게 느껴지는지 모르겠어!」

편지를 보고 있자니, 그리움이 물밀 듯이 밀려왔다.

고작해야 5년 남짓 있었을 뿐이지만, 평생을 함께할 사람을 만난 곳. 나의 다른 장미들이 살아 숨 쉬는 세계.

나는 눈을 감았다 뜨며 그리움 조각을 밀어냈다.

"저쪽 세계는 문제없이 잘 흘러가고 있나 봐요."

프란시아의 편지를 모두 읽은 뒤 작게 중얼거렸더니, 어느새 가까이 다가온 리케도르안이 고개를 끄덕였다.

단단한 팔로 나를 감싸 안으면서.

"다행이네요."

나는 나를 감싸 안은 팔을 물끄러미 보다 작게 웃음을 터트렸다.

"그렇게 말하면 되나요, 대공님. 오늘도 당신의 마법사는 당신의
역할을 대행하느라 바쁠 텐데."

이곳에 온 지 1여 년, 저쪽의 신은 마지막 자비를 베풀어 저쪽의
세계와 편지로 왕래할 수 있게 해주었다. 물론 자주는 아니고 사람
은 두 장마로, 봉투는 하나로 한정되어 있지만.

언제나 그 봉투를 꽉꽉 채워 왔기에, 저쪽의 상황을 어렵지 않게
알 수 있었다.

헤르님 대공가는 현재 그의 보좌관이자 대마법사인 제이르가 이
끌고 있었다.

리케도르안의 최측근이자 프란시아와 르나그의 협력까지 더해
지니 가신들도 나름의 납득을 한 모양이었다.

이것이 언제까지 갈진 알 수 없지만.

그들도 각 자리에서 최선을 다 하는 것이리라.

"제이르 씨가 이르길, 머리가 다 빠질 것 같대요."

"머리칼이 나는 마법도 할 줄 알 거예요."

"……그렇게 말해도 돼요?"

리케도르안은 말없이 미소할 뿐이었다. 그 얼굴에서 미련은 찾을
수 없어서 나는 잠시 난감한 미소를 띄었다가, 그의 팔을 토닥여주
었다.

"우리가 언제 돌아갈지 모르는 상황에서 헤르님을 맡고 있는 건데요."

"네."

"아주 오래 걸릴지도 몰라요."

"네."

"앞으로 저쪽이랑 이쪽 시간이 어떻게 흐를지도 모르니까. 저쪽에서는 음, 제이르는 평생 당신을 보지 못할지도 모르고."

리케도르안의 맑은 웃음은 지워질 줄 몰랐다. 나는 작게 한숨을 쉬었다가 비슷한 웃음을 그렸다.

"그래요."

당신이 만족하고 있다면야.

그는 이 상황에 아주 만족하고 있는 것 같았다.

'정말이지, 중증이라니까.'

이런 그가 싫지 않으니, 어쩌면 나도 같이 중증인 걸지도 모르겠다.

나는 편지로 고개를 돌렸다.

사실 이들이 앞서 주었던 편지엔 도퓰릿의 이야기도 있었다. 저쪽에 남은 이들은 언급하길 꺼려했지만 내가 부탁한 정보였다.

현재 도퓰릿은 헤르님과 마찬가지로 수장 겸 혈족을 모조리 잃고 와해 및 붕괴되기 직전의 상태였다.

그러나 무너지기 직전 누군가 도퓰릿의 핏줄이라 이르며 작은 아이를 데려왔는데, 그 아이를 중심으로 가신들이 똘똘 뭉쳐 간신히

에필로그 **245**

무너지지 않을 수 있었단다.

체이서 곁에서 간간이 발견되곤 했던 조그만 아이, 나는 아이의 외양 묘사를 들으며 알았다.

흑마법사, 마쉬멜이다.

나는 어째서 그가 도튤릿을 지키기로 결심한 건지 알 수 없었다. 나는 체이서 아니기에 두 사람 간의 계약은 그저 짐작만 할 수 있었으니까. 결국엔 헤르님과 도튤릿 양 가문은 충성스러운 수하에 의해 유지되고 있다는 소리였다.

나는 고개를 절레절레 저으며 프란시아의 편지를 갈무리하려 했다. 그러다 그녀의 편지 끝자락에서 아주 작게 쓰인 몇 마디를 발견했다.

너무 작아서 한 번 더 보지 않았다면 발견 못 했을 터였다.

「언니, 난 너무 착한 것 같아. 휴. 내가 편지를 보내려 하니까 너무 불쌍하게 쳐다보길래 한 번쯤 자비를 베풀어주기로 했어.

……뭐. 저쪽에서도 내 편지를 자기 차례에 끼워준 것도 있고.

아무튼! 난 챙겨 넣었어! 저쪽 것도!」

무슨 말인지 알 수 없다가, 곧 알아차렸다. 프란시아의 편지 더미 사이로 자그만 종이가 나왔으니까.

메모에 가까운 작은 크기였다. 아마 뒤적거리지 않았다면 간과했을지도 모를 크기.

카드를 뒤집으니, 사선으로 반듯이 눕혀진 정갈한 글체가 보였다. 카드의 내용을 읽는 순간 나는 어설피 웃음을 흘리고 말았다.

「당신의 이정표는 언제나 그 자리에 있습니다.」

멀리 떨어져 있어도 내 장미들은 그 자리를 지키고 있다. 그 점이 참을 수 없는 미안함과 책임감, 그리고 따뜻한 그리움을 불러일으켰다.

눈을 감으면 흘러나오는 추억의 풍경을 만끽하다 지워내며 눈꺼풀을 들어 올렸다.

나는 손가락으로 리케도르안의 팔을 톡톡 두드렸다.

"우리 잠깐, 나갔다가 올까요?"

이곳에서 모든 수명을 보내야 하는 대가, 그러나 신은 아이러니하게도 리케도르안을 함께 보내주었을뿐더러 저쪽 세계와도 완전히 차단시키지 않았다.

가끔은 의문이었다. 나는 내 세계로 돌아오는 것을 대가, 즉 형벌에 가깝다 여겼는데.

돌아볼수록 그것만이 아닌 것 같아서.

내가 이리 말한 순간 거울이 세차게 한 번 울렁거렸다. 그러고는 프란시아의 편지를 토해낸 것처럼 무언가를 툭 토해냈다.

이번엔 봉투가 아니라 가지런하게 접힌 메모였다.

그것도 저쪽 세계의 양피지가 아니라 지금 이 세계의 현대적인 종이다.

나는 종이를 펼쳐 내용을 확인하고는 그대로 옷을 챙겼다.

"갈까요?"

어느새 옷을 함께 걸친 리케도르안이 나를 따라나섰다. 그의 품에는 고양이로 변한 푸딩이가 함께였다.

항상 투닥투닥 싸우더니, 이럴 때는 참 얌전히 안겨 있단 말이지.

난 속으로 웃음을 짓고는 집을 나섰다. 오랜만의 꽤 먼 외출이었다.

꽤 먼 외출이라곤 했지만 도착한 장소는 집에서 세 정거장 정도 떨어진 공원이었다.

시원한 공기에 기분 좋은 듯 내 안에서 푸른 장미의 수호신이 노래 같은 울음소리를 내뿜었다.

'기분 좋아?'

가만히 말을 걸면 푸르른 기운이 한차례 파도처럼 나를 감쌌다가 쓸려 내려간다. 수호신이 내게 답을 하는 방식이었다.

'다음에, 새벽이나 밤 무렵에 나올 땐 너도 꺼내줄게. 휘슬.'

나는 기분 좋을 때 꼭 경쾌한 휘파람 같은 노래를 부르는 데에서 따, 수호신의 이름을 '휘슬'이라 부르고 있었다.

리케도르안은 나와 잠시 떨어져 푸딩이를 산책시키는 중이었다.

4살 수호신께서는 어울리지 않게 목줄을 차고 고양이 모습으로 산책을 즐기고 계셨다.

우스운 얘기지만 저 수호신님이 고양잇과밖에 될 수 없는 까닭에 가끔은 지나가며, 고양이는 산책시키면 안 돼요, 하는 소리를 듣곤 했다.

그러니 우리 산책이 인적이 드문 새벽이나 밤이 되기도 했지만.

보통은 내게서 절대 떨어지지 않으려 하는 두 존재가 떨어진 데에는 나의 언질이 있었다.

아니, 이제는 익숙해진 일이라고 할까.

나는 벤치에 앉은 채로 새파란 하늘을 보았다. 아침에도 느꼈던 것이지만 높다란 하늘은 그대로 강물을 쏟아내도 좋겠다 싶을 만치 푸르렀다.

"공기 좋네."

이리 중얼거릴 즈음 누군가 내 옆에 앉는 것이 느껴졌다. 흘끗 고개를 돌리면 시선 끝에 작은 할머니의 모습이 걸렸다.

등이 살짝 굽고 녹색에 잔꽃 무늬가 그려진 화려한 바지며, 검은 철사로 만들어진 수레와 등산용 모자까지 영락없이 평범한 할머니였다.

재래시장을 걷다 보면 열에 여덟쯤은 볼 수 있는 모습이랄까.

나는 아연한 표정을 지었다.

"왜 항상 그런 모습으로 나타나요? 놀라게시리."

그러자 할머니가 주름진 얼굴로 인자하게 웃었다. 웃는 모습 그대로 주름이 푹 파인다.

"이쪽이 더 놀랍지 않은 쪽 아닌가. 홀홀."

"알맹이를 생각하면 전혀 그렇지 않지."

나는 고개를 절레절레 저었다.

"안 그래요, 신님?"

조그만 할머니 모습을 한 신을 바라보며 물었다.

정확히는 저쪽 세계에서 날 이쪽으로 보낸 신에게.

할머니는, 아니. 할머니의 모습을 한 신은 그저 웃을 뿐이었다. 이미 몇 차례 만남을 통해 이것이 나름 취미라면 취미라 할 수 있는 취향임을 아는 나로선 어깨를 으쓱였다.

"근데 왜 항상 그런 모습이에요? 지난번엔 임산부, 그 이전엔 3살 여자아이였죠."

주름진 얼굴은 이리 보고 저리 보아도 진짜 같았다. 뭐. 이건 당연하겠지만.

"홀홀. 그런 말도 듣지 못했니? 학생. 신은 가장 약자의 모습을 하고 있다……."

"학생이라 부르지 마세요."

학생이 아닌 거 다 아는 처지에 무슨. 무심히 대꾸했더니 저쪽에서 웃음이 돌아왔다.

"무심하구먼. 서운하이."

"허어, 끝내주게 역할에 성실하시네……."

신과의 만남은 오늘로 세 번째였다. 이곳에 온 뒤로 첫 번째 만남

250

은 우리가 살 곳과 앞으로 살아가는 데 지장 없도록 필요한 것을 만들어주었고.

두 번째 만남에서는 저쪽 세계와 편지가 오가도록 마지막 자비를 베풀었다. 그렇기에 나는 오늘의 만남에 어떤 의미가 있는 건지 잘 모르겠다.

이제 와 수명이 갑자기 확 다해서 돌아갈 수 있는 것도 아닐 테고. 이미 첫 번째 만남에서 신은 내게 이곳에서 살아갈 시간을 대략이나마 알려주었다.

그건 말하자면 과연 한 인간의 평균 수명, 어쩌면 그것보다 조금 더 긴 정도라 할 수 있었다.

아, 원래대로 이곳에 살았다면 나 꽤나 장수했겠구나 싶었지.

그놈의 장수가 걸림돌이 될 줄 누가 알았을까. 특히나 이 수명, 즉 운명은 이쪽 세계를 관리하는 이가 만든 것이기에 규칙에 따라 건드리면 안 된다나.

절대자라는 신치고는 지켜야 할 규칙이 많구나 싶었다. 아니지. 어쩌면 이 대전제를 반드시 지키고 수호하기에 신인지도 모른다.

인간은 항상 창조 속에서 예외를 만드는 존재라 하지 않는가.

어울리지 않는 잔잔한 철학적 고민은 이쯤 해두고, 나는 신을 응시했다.

"그래서 왜 보자고 한 거예요?"

그저 눈을 한 번 깜빡인 것뿐인데, 어느새 눈앞에는 조그만 여자아이가 있었다. 한 8살은 되었을까. 네모난 책가방이 어울릴 것 같은 나이대의 외양이었다.

거, 노인은 반응이 구리다고 바꾼 건가.

"보고 싶어서 온 건데. 그럼 안 되나?"

"……그 말투 지금 외양이랑 정말 안 어울리는 거 알죠?"

"흐음, 그런가? 이런 거에 구애받는 성향은 아닌 걸로 아는데."

"그건 그렇지만 이질감은 느끼죠."

"그래. 아이를 좋아하는 줄 알았는데. 틀렸나. 흐음?"

"네?"

"넌 이만한 아이를 좋아하는 것 아니었어?"

나는 신의 외양을 자세히 보았다. 검은색이긴 하지만 길고 구불구불한 머리칼, 까슬한 뺨, 그리고 톡 치면 굴러 나올 것같이 커다란 눈동자까지.

……어린 프란시아랑 비슷한데?

물론 조금 더 어린 나이였으나 그녀를 동양인 느낌 나도록 만든다면 이런 느낌일 것만 같았다.

허어, 내가 한숨을 뱉자 신은 무구하게 고개를 기울였다. 알 수 없다는 듯이.

이어 신의 모습이 한 번 더 변했다. 이번엔 교복을 입은 고등학생이었다. 이번에도 비슷한 느낌이 드는 사람이 떠올랐다.

"옆집 학생?"

"요즘은 이쪽을 마음에 들어 하는 것 같아서 말이지. 뿌듯하달까."

……스토커인가.

"그렇게 제 일거수일투족을 보고 있다는 티는 안 내주셨으면 하는 바람이 있는데요."

어차피 그만두지 않을 거 하지 말라는 소리는 않을 테니까 티라도 내지 않아 줬으면. 그런 바람으로 말했다.

"왜, 너무 그렇게 느끼지 마. 응? 좋게좋게. 적적한 내 일상에 이런 재미라도 있어야지."

"사실 재미도 아니잖아요?"

웃고 있던 신의 눈이 잠시 멈췄다. 발랄해 보이던 눈동자가 곧 한쪽으로 굴렀다. 신이 곁눈질하는 곳은 다름 아닌 리케도르안이 있는 쪽이다.

"요즘 지내는 건 어때?"

신은 제 무릎에 팔을 얹더니 그 위로 턱을 괴고는 씩 웃음 지었다. 내 물음과는 전혀 상관없는 질문이었다.

답은 하지 않겠단 말을 이런 식으로 표현하네.

"잘 지내?"

"보다시피요."

나는 어깨를 으쓱했다. 신이 했던 대로 나 또한 리케도르안 쪽을 흘끗 응시하면서.

리케도르안은 막 푸딩이가 풀을 뜯지 못하게 막고 있었다. 어차피 풀을 먹어도 보통 고양이처럼 해가 되진 않겠지만. 진짜 고양이를 키우기라도 하듯 훈계하는 모습이 어설퍼서 우습고, 봄에 쏙 고개를 내민 푸릇한 싹인 양 사랑스러워 보였다.

나도 모르게 웃음 지었던 걸까. 빤한 시선이 느껴져 고개를 돌리면 신이 나를 보고 있었다.

아니, 이건 관찰이 아닐까.

"흐응, 행복해 보이는구나."

"그건 질문이 아니죠?"

"그렇다고 해둘게. 그래서 궁금한 것은 없어?"

나는 신의 질문에 대답하는 대신에 그녀의 모습을 쭉 한번 보았다가 낮게 혀를 쯧 찼다.

그러고는 입고 있던 웃옷을 하나 벗었다.

"……그 모습을 할 거라면 모습에 어울리는 행동거지라도 하세요."

나는 신의 무릎에 웃옷을 덮어주며 한숨을 푹 쉬었다. 교복을 구현한 건 좋은데, 지금은 겨울이다. 맨다리는 무엇이며 짧은 치마는 그대로 구현해놓고서 양반다리를 하는 건 뭐냐고.

신은 묘한 표정이었다.

"역시 자비롭단 말이지. 가장 큰 조각이라서 닮은 건가?"

"이게 자비면 저는 이미 열반했게요? 부처인가?"

내 실없는 농담에 한차례 웃음이 오갔다.

"그래서 궁금한 것은?"

신이 이렇게 묻는 건 아마도 모든 걸 짐작하고 묻는 것이리라.

뭐. 그래서 신이겠지.

사실 첫 번째 만남에서 나는 여러 궁금한 것들을 물었지만 그때

신은 대답해주지 않았다.

이제 와 다른 대답이 나올까?

반신반의하면서도 물었다.

"……저쪽과 이곳의 시간은 차이가 어느 정도며, 어떻게 흐르나요?"

이미 물었지만 답을 듣지 못한 질문이 이것이었다.

이는 왕래하는 편지에도 적용되어 그들은 편지에 시간을 표시하지 못했고, 표시해도 절로 지워진 채 도달한다.

나 또한 어느 정도의 시간이 흐른 뒤의 일인지 알지 못했다. 그저 꽤 흘렀다는 것만 알 뿐.

"시간은 당연하겠지만 흐른단다. 네가 저쪽 세계를 그대로 두길 바랐으니까. 선택의 결과가 궁금하니?"

다시 한번 관찰하는 듯한 눈이 내게 꽂혔다. 인간의 흉내를 내지만 저 나이의 학생이 담을 수 없는 깊디깊은 눈을 하고서.

신이란 존재가 주는 의미가 그러하듯 가늠할 수 없는 깊이였다.

"이것이 널 엉망으로 만들지도 모르는데. 그래도 궁금하니?"

"네, 궁금해요."

신은 잠시간을 더 관찰로 시간을 보내다가 입을 열었다.

"시간은 이쪽이 훨씬 빠르단다. 네겐 다행일지도 모르겠구나."

신이 생긋 웃었다.

"하지만 그럼에도 네가 돌아갈 즈음엔 네가 아는 인간은 나이가 아주 많이 들었거나 남아 있지 않겠지?"

"이쪽이 빠른데, 어째서요?"

"지금은 이쪽 시간이 빠르지만, 또 어느 시기엔 이쪽이 느려지거든. 그래도 대체로 이쪽이 빠르단다."

신의 눈동자가 내게서 떨어지지 않았다.

"그러나 저쪽의 남은 장미, 네가 거둔 존재들은 너와 묶여 있으니, 나이를 먹지 않을 거다. 시간이 지날수록 이것을 이상하게 여긴 인간들이 늘어나고 혹은 배척받을지도 모르지."

신은 이것이 내 선택의 결과라 돌려 말하고 있었다.

"네 세대의 장미들이 아니며 네가 거둘 존재들이 아니었지."

"그렇죠."

나는 순순히 수긍했다.

"나는 알면서, 짐작하면서 선택했어요. 그리고 내 장미들도 모든 걸 알고, 택한 거죠?"

"……."

"나를."

왜일까, 신은 거짓은 뱉지 않았다. 지금처럼 침묵을 보일지언정.

그렇기에 신의 침묵은 긍정이었다.

"그러니까 우린 괜찮아요."

나는 웃을 수 있었다. 모든 것이 다 괜찮으니까.

"나는 모든 걸 포기하고 날 택한 이들에게 나 또한 모든 것을 주기로 결심했으니까."

나는 본능적으로 알았다. 앞으로 나는 꽤 오랜 세월, 어쩌면 셀 수 없이 긴 세월을 살아야 할지도 모른다는 것을.

왜인지는 모른다. 신에게도 아직 묻지 않았다. 내가 처음부터 올바른 방식으로 저쪽 세계에 가지 않았기 때문일까? 그래. 규칙에 위배된 존재이기에 그렇게 된 건지 알 수는 없지만.

나와 장미들은 한 운명으로 묶였다. 긴 수명은 나에게 묶인 이들 또한 마찬가지였다. 그러니 우리의 선택은 가혹한 대가가 따르는 것일지도 한편으로 보면 울타리 안의 낙원일지도 모른다.

신은 아무런 표정도 짓지 않았다. 신기하게도 저 얼굴이야말로 신에 가깝단 생각이 들었다. 그러더니 돌연 고개를 돌렸다.

"저길 보렴."

이곳은 공원이었다. 화창한 하늘과 푸르른 잔디와 알록달록한 벽돌, 아직은 앙상한 가로수까지. 주변에서는 평범한 이들이 각자의 방식으로 화창한 날의 공원을 즐기고 있다.

당연하겠지만 이들 중 신의 모습이 획획 변하는 것을 목도한 사람은 없으리라.

"무엇을 보라는 거예요?"

신은 대답이 없었다. 나는 하는 수 없이 사람들을 하나하나 쳐다봤다.

우리가 앉아 있던 벤치 앞으로 사람들이 태연하게 지나갔다. 각각 즐겁고 행복한 미소를 띤 채로. 개중에는 다른 이들보다 유달리 행복하고 화목해 보이는 이들도 있었다.

신이 그 순간 내 손가락을 잡아당겼다.

"지금."

지금? 저 사람들을 보라는 건가? 내 시선이 자연히 막 멈춰 서서 웃는 이들을 보았다.

부부와 성인 여성, 셋으로 보이는 단란한 가족이었다.

왜일까, 그들을 본 순간 아주 잠깐이지만 심장이 욱신거렸다. 아니다. 아프다기보다는…….

"저들이 네 가족이야."

나는 눈을 깜빡였다. 그 말을 들었지만…… 당연하게도 내 기억에는 없었다.

"이젠 서로가 서로에게 기억이 없고 존재조차 지워진 가족이라 해야겠구나."

내가 대가로 내놓은 것은 내 모든 과거, 저들에게는 기억뿐 아니라 존재 자체를 이르는 것. 이 세상에 '내'가 살았던 흔적은 없다. 모조리 사라졌으니까.

그리고 나는 이를 아파하고 씁쓸하게 느낄 감정조차 대가로 보냈다. 그러니, 저들을 본다 한들 무언갈 느낄 리 없었다. 다만 둔중한 고통이 들었다. 이또한 내가 평생 안고 갈 것이었다. 한편으론 어째서 신이 내게 그들을 보여준 것인지, 이유를 알 수 없었다.

"왜 보여주시는 건가요?"

내 목소리는 덤덤히 흘러나왔다.

"이별의 순간마저 주어지지 않은 선택이었지. 작별 인사를 하는 건 어떻겠느냐."

작별? 이제 와 왜? 서로 기억도 없는데? 신은 내 마음을 안다는
듯 고개를 돌렸다.

"기억이 없는 이별은 이별이 아닌 것 같으니?"

잔잔한 한마디였다.

"그렇지 않나요? 의미가…… 없는 것 같은데."

"네가 그리 생각한다면 어쩔 수 없지만."

신은 턱을 괸 채로 웃음을 살짝 지웠다.

"과거의 너는, 가족을 몹시도 사랑했더구나. 그건 네 가족도 마찬
가지였고, 맑은 영혼들만 모인 화목한 가정이었지."

"……."

"기억은 혼에 속한 것, 기억을 가져간다 해도 들어낸 자국이
남지."

그저 아무것도 아닌 한마디였을 뿐인데.

주르륵. 눈에서 눈물이 흘러내렸다. 영문을 알 수 없다. 왜? 가슴
이 저릿하지도 아프지도 않은데.

"생의 끝에 사가 오듯이 연의 끝에도 매듭이 필요한 법. 이별을
하렴."

나지막하게 속삭이는 목소리에 나는 그들을 바라보았다. 행복하
게 웃고 있는 가족.

그렇구나.

"마무리라……. 그래요."

나는 한참이나 그 가족을 쳐다보았다. 그러고는 고개를 숙여 살

짝 웃었다. 모두 지워졌다지만 그것이 있던 흔적이 남아 있다면.

이제는 그 흔적조차 보내줄 때로구나.

"행복해 보여서 다행이네요."

이젠 기억에는 없지만 실로 소중히 여겼던 존재라면 나로 인해 아프지 않았으면 했다. 결과적으로 이건 역설적이게도 가혹하지만 서로에게 행복한 결과였다. 찌꺼기같이 남은 눈물이 한 번 더 흘러 내린다.

속으로 수많은 말과 생각이 지나가고, 얼마나 시간이 흘렀을까.

난 시선을 돌렸다.

어느새 화목하던 가족은 아주 작아진 뒷모습을 보이다가 공원 저 끝으로 사라졌다.

어떤 말을 건넨 것도 하다못해 인사를 나눈 것도 아니다. 그럼에도 가슴에는 민트 잎을 머금은 듯 청량한 바람이 불었다.

씁쓸하면서도 속이 시원한 감각이었다.

"신님."

내 눈동자에 신이 담겼다.

"내가 어느 날 내 세계와 이름을 빼앗긴 건 내 탓이 아니에요. 그런데 이런 처사는 잔인하다고 생각하지 않으세요?"

신은 후후, 소리 내어 웃었다. 고등학생의 모습과는 어울리지 않는 웃음이다.

"힘들었니?"

나는 무심히 고개를 저었다.

"그렇진 않았지만요."

"그럼 강제로 널 저쪽으로 데려간 이를 원망하니?"

"……그것도 아니고요."

나를 저쪽으로 데려간 이를 원망하는 것은 내게 저쪽 세계에서 보낸 시간, 나아가 리케도르안, 프란시아, 르나그와의 연을 후회하는 것과 같았다.

"물론, 솔직히 그랬던 적도 있는 것 같은데. 이젠 아니네요."

나는 담백하게 말하곤 눈을 깜빡였다. 하고픈 말이 있었다.

"저한테 왜 자비를 베푸세요?"

솔직하게 말해서 내가 치렀던 대가는 유달리 후한 편이었다.

"내게 자비롭다고 말씀하지만 사실은 당신이 더 자비로운 것 같단 생각이 들어요."

나는 잠시 머뭇거리다가 말했다.

가혹하다 이르지만 천천히 따져보면 심히 가혹하지는 않았던 대가들.

잃어버린 기억, 존재가 지워져 아파할 자격조차 없어진 자리에 남은 무심함.

끝으로, 이곳으로 돌아가며 특별히 리케도르안이 함께 넘어갈 수 있게 한 것까지.

돌이켜보면 모든 대가는 내가 견딜 수 있는 자극만을 주었다. 오래 추측하고 생각해왔다. 어쩌면 이 세계로 온 뒤로 계속, 아주 오래.

"하지만 사실은 자비를 베푼 게 아니죠?"

그러다 나는 어떤 결론에 이르렀다. 사실, 내가 미쳐선 안 되는 게 아닐까.

"사실 내가 망가지면 안 되는 거죠?"

신이 내게 말했었다. 본래 나는 이 세대의 장미가 아니고 더 오랜 시간 뒤에 넘어와야 했다고.

장미들이 생겨난 것은 죽은 신의 조각을 자연스럽게 파괴하기 위함이라 했다.

그 말대로라면, 나는 원래 훗날 저쪽 세계로 다시 넘어가야 하고, 내 안의 신의 조각이 그곳에서 파괴되어야 했다.

"모든 걸 돌이켜 생각해보니, 내 정신이 온전해야 하는 것은 아닐까 싶었어요. 그저 내가 미치지 않았으면 한 거야."

나는 작게 웃었다.

"그렇죠?"

100퍼센트 확신하는 것은 아니었다. 그러나 추측으로 시작한 추론은 논리를 갖춘 끝에 힘을 얻었다.

"그래서 가족들의 모습도 마지막으로 보여준 거죠? 후환이 없도록."

신은 침묵했다. 그러다가 천천히 입술을 열었다.

"네 말이 맞아. 그 이유가 전부는 아니지만 말이다."

그녀는 턱을 괸 채 검지로 뺨을 살살 문질렀다.

"사실 올바른 대가를 치렀다면, 너는 기억을 가진 채로 평생 괴로

움을 지고 가는 것이 맞긴 하지."

그녀의 깊은 눈동자가 내게로 또르르 올라왔다.

"그러나 말했듯 모든 게 네 정신을 망가지지 않기 위한 보호 장치
는 아니었단다. 그래······. 네가 표현한 대로 자비라 해도 좋겠어."

신의 입술이 곡선을 그렸다.

"왜 이렇게까지 한 거예요?"

여기에 대한 대답은 산뜻하게 흘러나왔다.

"이미 네가 의지와 상관없이 그곳에 넘어간 것이 형벌과 같다고
판단했으니까."

"그건."

나는 잠시 말을 잇지 못했다.

"부정하진 못하겠네요."

결과가 행복했다 한들 모든 과정이 기쁘고 행복했던 것만은 아니
다. 나는 이점은 인정했다. 이렇게 말하고는 고개를 돌려 리케도르
안을 보았다.

"물론 지금은 행복하지만. 선택에 후회도 없고요."

앞으로 기나긴 세월을 함께할 나의 반려.

"앞으로도 하지 않을 거예요."

망설임 없이 모든 걸 버리고 혈혈단신으로 나를 택한 사람, 그 결
과로서 이곳에 있었다. 아마도 리케도르안이 지금처럼 나와 온종일
둘만 보내는 시기는 지금이 유일할 것이다.

"지금 저는 아주 행복해요."

고개를 들어 하늘을 보았다. 새파란 하늘이었다. 그래서 하늘이 좋았다. 이쪽 세계나 저쪽 세계에나 푸른 하늘은 존재할 테니까.

"앞으로는 더 행복해지겠지요."

신을 보지 않았지만, 그녀가 있는 곳에서 자그만 목소리가 흘러나왔다.

"그렇구나."

나는 신 또한 감정을 느끼고 후회와 그리움을 느끼는지는 알 수 없었다.

"죽은 신의 조각이 죽은 자의 모습을 따르는 건 당연할지도 모르겠구나."

영문 모른 말에 회한이 담겨 있는 것 같았지만 눈을 감아 못 들은 척해주었다.

그렇게 한참 뒤 거처로 돌아가기 직전, 신이 내게 물었다.

"그 아이는 어쩔 것이니?"

신이 묻는 '아이'가 누구인지 알고 있던 나는 대답 대신 미소했다.

"보러 가야죠."

"리케도르안."

현재 리케도르안은 잔뜩 뿔이 나 있었다. 뿔이 나 있다라, 이 남자와는 영 어울리지 않는 표현이었지만 이렇게 말고는 표현할 길이 없었다.

흐음, 삐진 거지? 저거.

아니, 토라진 건가.

물론 그가 저쪽 세계에서도 유일하게 이런 반응을 보이는 일이 있었지만…….

"바로 집으로 돌아가지 않아서 그래요?"

"이아나……."

그는 걸음을 멈췄다. 그러고는 그대로 돌아서서 내게 팔을 뻗었다. 단단한 팔이 허리를 휘감기 무섭게 그가 내 목덜미에 푸욱 얼굴을 묻었다.

낮고 깊은 날숨이 목을 간지럽혔다.

"가지 말아요……. 응?"

마치 연인을 어디 외국에라도 보내는 듯 애절한 음성이었다. 나는 어설프게 미소 지으며 그의 머리카락을 살살 문질러주었다.

그는 내 손길을 거절하는 대신 더욱 몸을 파묻었다.

"으음, 이미 도착했는데요."

나는 흘끗 눈앞의 가게를 보며 말했다.

"그리고 한 번은 가야 해요. 응? 리케도르안."

그러자 리케도르안은 낮게 한숨을 푸욱 쉬고는 천천히 내게서 떨어졌다. 그러나 그의 얼굴은 아무리 봐도 절대 떨어지기 싫어하는 사람의 것이었다. 그가 어째서 이렇게 나오는지 잘 아는 나로선 흐린 웃음을 흘렸다.

곧 리케도르안이 내 입술에 입을 맞췄다.

"빠르게요."

"응. 빨리 나올게요."

"8초……."

"알았어요. 그것도 지킬게요."

약속이니까, 나는 작게 속삭이며 이번엔 내 쪽에서 까치발을 들어 입을 맞췄다.

문제는, 리케도르안이 여기서 달아올라 그냥 뽀뽀로 그치지 않았다는 거지만. 결국 나를 놓아준 그를 토닥이고서 나는 눈앞의 가게로 들어섰다.

토요일 오전이었지만 몹시도 한산한 실내가 보였다. 당연한 일일 거다. 오늘은 장사를 하지 않을 테니. 이곳은 자그만 카페였다. 아기자기하면서도 고풍스러운 인테리어는 아마 이곳을 관리하는 이의 취향일 터다.

바 테이블같이 곧바로 점원을 마주할 수 있는 자리 중 하나를 골라 앉았다.

턱을 괴고 앞을 바라보면, 눈앞에 등을 돌린 사람이 보였다. 길고 늘씬한 실루엣, 나는 이 뒷모습을 수어 번 본 적 있었다.

단정한 셔츠 위로 앞치마, 그리고 다리 길이에 맞춘 핏 좋은 까만 바지까지. 정갈한 바리스타 옷을 걸친 이가 등을 돌렸다. 그러더니 나를 보고 눈을 크게 떴다. 그러나 이는 곧 우유처럼 부드러운 웃음이 되었다.

"왔어?"

그가 성큼 이쪽으로 걸어왔다. 이마를 덮는 새까만 머리, 그림자처럼 너울진 머리카락 아래로 상징과도 같은 붉은 눈동자 대신 검은 눈동자가 자리해 있다.

그러나 나를 담는 순간 불꽃이 일 듯 차차 붉게 물들었다. 곧 루비처럼 새빨간 눈동자가 나를 보았다.

체이서였다.

"이아나."

설탕을 문 듯 달콤한 음성, 나는 표정 하나 동요하지 않은 채 눈만 들어 옮겼다.

"이번엔 조금 늦었네."

"기간이 정해진 건 아니니까."

딱 잘라 말하는 내게 체이서는 고개를 숙이며 작은 미소를 지어 보였다.

"맞아. 기간이 정해진 건 아니었지. 그저, 내 영혼이 말라가기 전에 네가 와 힘을 불어넣고 가는 것뿐이니."

그리 말하며 그가 손을 뻗었다. 그러나 이 손은 어떠한 것에 가로막혀 내게 닿지 못했다.

내가 한 것이 아니었다.

그의 손은 마치 반투명한 유리창에 갇힌 듯 꾹 눌러진 살갗만 보일 뿐이었다. 체이서의 얼굴로 이루 말할 수 없는 표정이 스쳤다. 나는 그것을 보지 못한 척 눈을 내렸다.

"언제 봐도 당신이랑 커피는 안 어울리는 것 같아."

본래 육신을 잃은 영혼은 금방 사라지기 마련이었으나, 대가를 치러 그는 이쪽 세계에 머무를 수 있었다. 문제는 내가 거둔 탓에 내가 있어야 한다는 거다. 신에게 청한 끝에 이렇게 신이 만든 공간에 찾아와 잠시 동안 머물다 가는 것으로 만들었다. 버틸 수 있는 힘을 주는 건 내가 짧게 머무는 것만으로 충분했다.

"네가 좋아했으니까."

그의 붉은 눈이 유혹하듯 가늘게 접혔다.

"내가? 난 커피 안 좋아하는데."

"아, 이제는 기억하지 못한다고 했지?"

이 세계에 살았을 때의 기억을 말하는 모양이었다. 내 과거 기억을 가져간 탓에 그는 지구에서의 '나'를 알고 있다.

아니, 이제 세상에서 이 남자만이 알고 있을 거다.

"하긴, 도뮬릿에서도 넌 차 하나를 늘 마시곤 했지. 그게 이곳의 커피와 비슷하단 걸 알았어."

"그랬나."

체이서가 컵 하나를 내밀었다. 컵에서 모락모락 김이 흐른다.

"다른 건 전혀 아쉬운 게 없는데, 네가 다가오는 것조차 알지 못하는 것. 이거 하나만은 아쉽네."

그가 팔을 쭉 뻗었다. 그의 손은 다시 한번 보이지 않는 벽에 가로막혔지만, 그는 고집스럽게 나에게 뻗을 수 있는 최대한으로 손을 뻗었다.

체이서가 말한 것처럼 그는 내가 언제 이곳에 올지 모른다. 감각이 이곳에 갇혀 닫혀 있기 때문이다. 다시 말해 내가 오늘 오는 것도 몰랐을 텐데. 이 커피는 따끈하기만 했다.

"방금 낸 것 같은데?"

"매시간마다 만드는 건 그리 어렵지 않아."

그가 컵을 툭 두드렸다. 그의 앞에는 내 것과 같은 것이 담긴 잔이 있었다.

그는 우아하게 컵을 들이켰다.

"네가 올 거라 기대하는 건, 늘 배신당하면서도 행복하지."

커피가 식을 때마다 다시 만들었단 얘기였다. 내가 언제 올 줄도 모르면서.

나는 작게 한숨을 쉬었다.

어울리지 않았다. 한평생 왕좌에 앉아 사람들을 부리던 이가 모든 이들이 동등한 세계에서 무언가를 만들고 있다니. 리케도르안이 이곳에 넘어온 것과 별개로 이런 별리감이 드는 건 어쩔 수 없다. 안타깝거나 그런 건 아니다. 다만, 참으로 모순적인 남자란 생각이 들 뿐.

"반대로 겪어보는 심정이 어때."

한숨처럼 빠져나간 말에 체이서가 시선을 아래로 내렸다.

철그럭.

그곳에서는 익숙한 소리가 들렸다. 체이서는 발목을 둘둘 맨 쇠사슬과 족쇄를 보면서도 그저 웃을 뿐이었다.

"글쎄, 넌 모르겠지만 사실 이런 건 어린 시절에 많이 차봐서."

"그런데 내게 채웠단 말이야?"

"그런 방법밖에 몰랐으니까."

우리의 시선이 팽팽하게 부딪쳤다. 부드럽게 꼬리를 내린 건 저쪽이었다.

"그땐 이게 너를 가장 안전하게 지키는 방법이라 생각했어."

"그것뿐이 아니잖아."

"맞아, 널 손에 넣고 싶었지."

육신만이 없을 뿐 이 남자는 내가 아는 체이서 루브 도뮬릿, 그대로였다. 붉은 입술을 끌어올리는 방식이나, 죽었다고는 하나 여전히 광기가 깃든 붉은 눈까지.

"이아나, 날 살리기로 한 것을 후회해?"

"아니."

나를 위해 멸망하는 세계에서 빼내려던 남자, 차라리 같이 죽자 외칠 것 같던 남자가 세상이 멸망해도 나만은 살아 돌아가라 외치던 모습이 선했다.

그것이 설사 자신이 아닌 누구도 갖지 못했으면 하는 삐뚤어진 집착이었음에도.

"너는 더는 예전처럼 살 수는 없을 거야."

나는 그를 똑바로 마주했다.

"누구도 죽지 못할 거야."

이 남자가 가진 모순적인 모습만큼이나 내가 이 남자에게 가진 감정 또한 상반되고 모순적이었다. 그러나 누그러질 생각은 없었다.

"갚아."

체이서는 이미 모든 사정을 알고 있었다. 눈을 뜨자마자 이야기 했으니까. 우리는 언젠가 저쪽 세계로 돌아갈 것이다.

"네가 죽인 숫자보다도 더 많이 살려서라도."

무수히 많은 이들을 살해하고, 고통을 준 이 남자는 더는 누구도 죽일 수 없다.

내가 내 힘으로서 죄업의 대가를 치르게끔 만들었으니까.

그래. 나는 그가 죽음으로 도피하게끔 두지 않았다.

체이서가 고개를 느슨하게 기울이며 웃었다. 목 끝까지 단추를 채운 금욕적인 모습은 저쪽 세계와 다를 바가 없었다.

"그런다고 내가 죽인 이들이 살아 돌아오는 건 아닐 텐데."

그의 손이 꾹 벽을 눌렀다. 그는 무언가를 참아 누르는 듯한 표정 이었다. 나는 이런 모습을 무심히 응시했다.

"속죄해."

이렇게 말한다고 하여서 그가 쉽사리 속죄할 거란 생각은 없 었다.

"네가 명한다면."

어찌나 힘을 주었는지, 벽에 꾹 눌린 그의 손가락이 새하얗게 질 려 있었다.

"얼마든지."

내가 이 남자를 살리는 데 바친 것이 이곳의 삶과 기억이었다면, 이 남자가 치러야 할 대가는 바로 이 벽이었다. 체이서는 모든 죄업을 씻어낼 때까지 내게 닿을 수 없을 것이다. 할 말을 마친 나는 미련 없이 자리에서 일어났다.

"이아나."

이미 머무는 시간은 충족했다. 앞으로 꽤 시간이 지날 때까지 나는 이곳을 찾지 않을 것이다.

저 남자도 나도 이 사실을 아주 잘 알고 있었다.

우습게도 장미들은 내게 묶여있다. 아니, 묶여버렸다. 이는 이 남자도 다르지 않았다. 결국엔 이 남자와의 연조차 내가 책임질 것이 되었다. 나는 그럼에도 후회하지 않았다.

나는 문고리를 잡은 채 천천히 등을 돌렸다.

체이서가 주먹을 쥔 채 벽을 누르고 있었다. 마치 사막을 열흘 동안 헤맨 고독한 사냥꾼 인양 지독한 갈증 어린 얼굴로.

"언젠가, 언젠가! 수없이 많은 이들을 살리게 되면. 그때는 이아나, ……네게 닿을 수 있나?"

나는 대답하지 않았다. 그렇게 가게를 나섰다.

"이아나!"

기둥에 기댄 채 하늘을 바라보고 있던 리케도르안이 거짓말처럼 고개를 돌리곤 달려왔다. 한걸음에 달려온 그의 모습 뒤로 긴 꼬리가 흔들리는 것 같았다.

아니지. 정말 있었다면 프로펠러처럼 빠르게 붕붕 흔들고 있지 않을까. 옆에서는 진짜 짐승이 펄쩍펄쩍 뛰며 함께 나를 반기고 있었다.

-인간! 늦었다! 늦었다, 냥!

푸딩이, 얘는 고양잇과가 분명한데, 가끔 강아지처럼 굴 때가 있다. 이걸 개냥이라 하는 건가.

나는 피식 웃으며, 한 팔에 푸딩이를 안았다. 그러고는 리케도르안을 향해 손을 내밀었다.

"우리 손 잡을까요?"

그는 푸르른 눈을 크게 깜빡이더니, 이내 함박웃음을 지었다.

어쩌면 내가 푸른 하늘을 좋아하는 건 내가 가장 좋아하는 이의 눈을 닮아서인지도 모르겠다.

체이서에게 다녀온 날이면 더욱 기분이 저조해지는 리케도르안은 그와 다르게 아무것도 내게 묻지 않았다.

그렇기에 내 쪽에서 먼저 이실직고 이야기하곤 했다.

"음, 리케도르안. 미안해요."

"어떤 것이요?"

"……그, 8초는 지키지 못한 것 같아요."

8초 이상 눈 마주치지 않기를 말했는데, 다는 못 지킨 것 같은 기분이 들었다. 솔직하게 이야기했다. 그러자 리케도르안은 잠시 망설이나 싶더니, 곧 내 손을 꾹 눌러 잡았다.

"괜찮아요."

괜찮지 않은 얼굴로 괜찮다고 말해봐야, 음······. 리케도르안에게 미안한 말이지만 이런 모습도 귀여워 보인다고 하면 화를 내려나.

사실 리케도르안도 함께 저기 들어갔다가 사생결단을 낼 뻔한 뒤로 문 앞에서 기다리게 된 것이었다. 그땐 정말 체이서가 성불하는 줄 알았지. 리케도르안도 반쯤 정신 못 차릴 정도로 다치고.

그사이 우리는 골목길로 접어들었다. 아직은 겨울나무가 앙상하지만 그 사이로 흐드러지게 핀 하얀 동백꽃이 보였다.

흰 동백, 꽤 드물게 느껴지는 꽃이었다.

나는 과거를 반추하는 것을 멈추고 문득 입을 열었다.

"아마도 긴긴 세월이 흐를 거예요."

사실 아직은 내 선택이 옳았는지, 내가 잘한 것인지 잘은 모르겠다.

모든 것에 대해서 말이다.

나는 신과 같이 완전한 존재가 아니었고, 불안정했으며 언젠가는 내가 선택한 것을 후회하게 될지도 모른다. 이처럼 유한한 굴레에 있는 우리지만 이런 채로 아주 오랜 시간을 살아갈 거다.

"무뎌질 날도 있을까요?"

주어도 목적어도 붙이지 않았지만 많은 것이 붙을 수 있는 말이다. 이를테면 지금 활활 타오르는 당신의 사랑 또한. 나라고 불안을 느끼지 않는 건 아닌 까닭에 내 물음은 조심스러웠다.

리케도르안이 걸음을 멈췄다. 그의 등 뒤로 그의 머리칼을 닮은 새하얀 동백꽃이 보였다. 여기서 눈이라도 내린다면 아주 절경이 될 것 같았다.

리케도르안이 포근한 미소를 지었다.

"이아나, 저는 한때 이런 생각을 했어요."

어떤 생각인지 묻지 않았으나 리케도르안은 느릿하게 말을 이었다.

"내가 있던 지하감방으로 오던 당신의 발자국은 늘 조심스러웠어요. 언제라도 떠날 수 있다고 말하는 것처럼."

그의 손이 깍지 사이사이를 파고들었다. 그는 다른 손을 뻗어 내 뺨을 감싸 쥐었다. 연기처럼 새하얀 입김이 부서져 나왔다.

"당신은 곧 지나갈 인연이라고 하였죠."

맞다. 나는 이와 비슷한 말을 했다. 아주 많이.

"하지만 이아나, 저는 늘 그런 생각을 했어요. 당신의 조심스럽던 발자국이 심장에 족적을 남겼다면. 저는 평생 당신을 잃지 못할 텐데."

그가 내 손을 입술로 가져다 댔다.

"당신 앞에 무릎 꿇고 빌어 나를 거둬달라고 간절히 빌어볼까."

"……."

"언젠가 버려도 좋으니. 곁에만 있게 해준다면…… 죽을 때까지 그림자도 밟지 않고 쫓아갈게요."

그가 눈을 내리깔며 미소했다.

"그렇게 빌었어요."

천천히 그의 눈이 뜨였을 때, 새파란 눈동자는 바다 같았고, 다시

하늘 같았으며 영원토록 변치 않을 바위 같았다.

왜일까. 이상하게도 뺨으로 주르륵 눈물이 흘러내렸다.

눈 밑을 발긋 물들인 이 남자가 지나간 봄처럼 바라보고 있는데
도 그립고 애틋하여서. 다시 찾아올 계절처럼 너무나도 사랑스러
워서.

"하지만 이 순간에 당신의 곁에 있으니, 무엇이 두렵고 어렵겠어
요. 이제는 그저 당신을 사랑하기만 하면 되는걸요."

그가 빨갛게 익은 얼굴로 따뜻한 불과 같은 고백을 읊조렸다.

"사랑해요. 아마도 내 목숨이 다하는 날까지. 영원히."

리케도르안은 잠시 망설이다가 주변을 보았다. 평소 시선이라고
는 전혀 신경 쓰지 않는 그치고는 드문 행동이었다. 내가 고개를 갸
웃하는 사이 그가 큼큼 목을 가다듬었다.

"어떤 프로그램을 봤어요."

"티브이에서요."

"네. 거기에서요."

리케도르안이 천천히 한쪽 무릎을 접었다. 나는 눈을 크게 깜빡
였다. 푸른 하늘과 붉은 동백, 하얀 머리칼, 그리고 새하얀 미소. 그
림 같은 풍경이었다.

"나랑 결혼해줄래요?"

"……."

"평생 행복하게 해줄게요."

그의 목소리가 떨려 나왔다. 늘 사랑을 입에 담는 것치고는 투박

한 청혼이었다. 그러나 이것이 그의 전부를 다한 청혼임을 알고 있었다.

"……진심이에요? 물릴 수 없을 텐데."

"네? 당, 당연하죠! 물론 당신의 정원에 꽃은 많겠지만……."

"당신을 사랑할 거고요."

"……하하, 네. 약간은 아주 약간은 그런 자신감을 가져볼까 싶어요."

리케도르안이 내 손으로 뻗어 제 뺨 위에 올렸다. 그러고는 몇 번이고 눈을 깜빡였다. 아주 행복하다는 듯이.

문득 손가락이 간지럽다는 생각이 들었다. 천천히 고개를 내리면 어느새 그를 닮은 새빨간 꽃이 손가락에 피어 있었다. 네 번째 손가락만 차지할 만큼 아주 작고, 작지만 몹시도 탐스럽게.

"……꽃이네요?"

"네. 앞으로 이 손가락도 제게만 주셨으면 해서요."

"……정말이지 당신, 요망하네요."

우리는 앞으로 수없이 긴 세월을 살아갈 것이다.

그럼에도 나는 생각했다.

긴긴 삶 동안에 이 순간이 금빛 테를 두른 액자에 담겨 내 심장에 영원토록 걸려 있으리라고.

"하지만 로맨틱하네요."

나는 그처럼 해사하게 웃었다.

"행복해서 시간이 멈추면 좋겠다 싶을 만큼……."

모든 감방을 벗어난 우리의 이야기 끝에는 으레 나오는 오래오래 행복하게 살았습니다, 뒤로 더 이어 나올 무수한 이야기로 가득하겠지만.

나는 이제 안다.

페이지마다 적힌 것은 '행복'일 것이다.

"나의 장미."

나는 다가가 그를 일으켜 꽉 끌어안았다. 손가락에 피어난, 세상에서 하나뿐인 반지를 소중하게 양손으로 잡으면서.

"돌아가면 그럴까요? 행복한 부부가 되었으면 좋겠어요."

당신의 말대로, 내 정원에 장미는 많겠지만, 당신이 가장 가까이 있길 바라면서. 나는 처음으로 수줍게 모든 마음을 고백했다.

바람이 불며 동백 꽃잎이 팔랑 떨어진다. 그의 어깨로, 머리로 그리고 우리가 마주 잡은 손 위로.

"이 순간만큼은 내가 더 사랑할 거예요."

나는 이 순간에 붉은 장미가 정원 가득 활짝 피어 있었다면 좋겠다고 생각했다.

하지만 그럴 필요는 없었다.

"사랑해요."

내 앞에는, 영원히 내게만 피어 있을 장미가 있었으니까.

흰 장미의 왈츠

제국은 아주 부강한 나라였다. 침략하지 않으나 침략을 허락하지도 아니한 곳. 주변 국가의 시야에서는 그야말로 무소불위의 국가였다.

그도 그럴 것이 긴 세월 동안 이곳을 노렸던 곳은 어찌 되었던가. 오르지 못할 나무를 기었던 개미인 양 무참한 패배의 늪에 빠졌다. 하지만 수많은 역사가들의 기록을 돌이켜보았을 때, 수상히 여겼던 것은 의아할 정도로 많은 승리의 기록이었다.

정확히는 천재지변에 의한 승전기록.

이상하게도 제국이 받은 침략 중 수세에 몰린 위기가 없지는 않았다. 매 시대 훌륭한 성군이 현명한 판단을 내리는 것도 있었으나 신기하게도 그들의 승전에는 자연이 포함된 승리가 많았던 것이다.

이를테면 홍수와 적진에 일어난 가뭄, 때아닌 지진과 강의 범람까지. 자연, 하늘이 제국을 도운 것과 같은 승리.

이를 두고 사람들은 제국을 향해 신이 돕는 나라라 불렀다. 그 이름의 신격이 드높아지자 자연히 제국 내로 각종 종교가 들어왔지만 크게 성행하지는 못하였다.

이미 고대 제국민이 믿고 따르는 신적인 존재가 있었기 때문이었다.

그러나 시간이 흐를수록 이 존재는 역사의 뒤안길, 어느 곳에 숨어 사라지고 타국에서 넘어온 태양교, 빛의 재단이 이 자리를 차지했다.

지금에 와선 대부분의 제국민이 고대, 저들의 조상이 따른 한 존재를 기억하지 못했다.

신은 믿는 자의 신앙에 따라 격이 정해진다 하였던가? 한없이 추락한 격은 현재에 이르러 그저 오래전 망한 어느 가문의 존재로까지 추락하고 말았다.

"웃기고 앉았네."

옥좌에 앉아 있던 이가 책을 탁 덮었다. 이도 모자라 다리를 꼬고는 머리를 나른하게 쓸어넘겼다. 길게 늘어진 여인의 머리칼은 태양과도 같이 밝고 찬란한 색이었다. 그러나 쯧 혀를 차는 얼굴은 못마땅함이 가득 어려 있었다. 그럼에도 누구라도 시선을 떼지 못할 만큼 아름다운 낯이었다.

흘끗 그녀를 쳐다보는 이들은 감히 눈조차 마주하지 못했지만 말이다.

여인의 색이 다른 눈동자가 차분하게 깜빡였다.

"이런 엉터리 책은 태워버려야겠어."

프란시아가 두꺼운 책을 가볍게 들어 바닥으로 던졌다. 쿵. 육중한 소리가 울려 퍼졌으나 상의를 탈의한 성기사 중 누구도 눈길을 주지 않았다.

프란시아는 다리를 바꿔 꼬았다.

"태워버려."

누군가 얼른 고개를 조아려 고개를 숙였다. 그녀의 말인즉, 이 단 한 권의 책만을 말하지 않을 터. 오늘부로 교육기관에서 교과서로 쓰일 만큼 정밀한 이 역사서는 역사에서 사라질 것이다.

눈앞의 옥좌를 차지한 이는 그런 권력을 손에 쥔 사람이었다.

황좌.

황제의 자리를 가리키는 이것은 기실 제국에서 쓸 수 있는 사람이 오직 황제뿐일 터였다.

그러나 지금 여기 있는 이 존재에게만은 달랐다. 황실과는 또 다른 권위를 차지한 세력, 그녀야말로 이 거대한 빛의 재단의 유일무이한 왕, 신전의 태양. '교황'이었으니.

그러나 권좌를 차지한 프란시아의 표정은 무료하기 그지없었다. 아니, 지독한 권태로 물들어 있었다.

그녀의 측근이라면 모두 알고 있었다. 지난 7여 년간 명실상부 빛의 재단이 과거의 광영을 되찾도록 한 것으로 모자라, 그 이상의 권력을 누리게 이끈 젊은 교황, 한때는 성녀이자 전쟁의 주역.

껍데기를 벗고 지배자의 자리를 차지한 그들의 황제가 웃는 일은 거의 없다는 것을.

실제로 나이 든 주교 하나가 전국의 광대를 끌어모아 그녀의 자비로운 웃음을 갈구한 사례도 있었다.

그 대가로 지금쯤 어느 시골의 신전을 쓸쓸히 이끌고 있겠지만.

"궁금한데."

모두가 프란시아의 서두에 바짝 긴장하고 귀를 기울였다.

"내가 지시한 건 어찌 되었을까나."

고저 없는 목소리에 그녀의 가장 가까이에 있던 이가 앞으로 나섰다.

이이는 한때 허울뿐인 교황 노릇을 하였으며 현재는 성녀, 아니. 신전의 2인자 자리로 내려온 고위 신관이었다.

그는 빛의 자제답게 유약하지만 반짝이는 외모를 지니고 있었으며, 프란시아의 말이라면 벼랑밑이라도 망설임 없이 뛰어들 수 있는 이였다.

"3년 전부터 지시하신 것은…… 이제 중간 단계에 이르렀습니다."

"그 말은?"

"네. 수도를 비롯하여 수도 인근 지역. 나아가 각지 대도시에 무사히 안착했을뿐더러 파급 효과가 나날이 증가하고 있습니다."

고위 신관이 커다란 안경을 추어올렸다. 프란시아는 안경을 보며 저도 모르게 떠오른 얼굴에 쯧 혀를 찼다. 썩 반갑지 않은 얼굴인데, 반사적으로 떠올리는 건 어쩔 수 없는 일이었다.

"이는 제국 곳곳에 위치한 빛의 재단 지부에서 책임지고, 아니 사활을 걸고 대중에게 전파 중입니다. 곧 마지막 단계. 즉 제국의 끝단까지 퍼져나가는 것은 시작보다 훨씬 적은 시간이 걸리지 않을까…… 예상 중입니다."

신관은 보고하고서 한참 바닥을 내려다봤다. 프란시아의 얼굴을 볼 수 없으니 반응 또한 알 수 없었다.

그는 속으로 조마조마한 마음이었다.

"그렇단 말이지."

프란시아는 턱을 쿡쿡 찔렀다. 그러다 말고 손을 멈췄다.

〈자꾸 손가락으로 찌르지 마. 상처 나면 어떡해.〉

그녀의 귓가로 무심하지만 다정한 음성이 스쳐 지나간다. 그리움의 잔재였다.

〈모처럼 이렇게 희고 예쁜 뺨인데.〉

아니, 그렇지 않아, 언니. 이아나가 이렇게 말을 하던 시절에 프란시아의 몸은 상처로 가득했고, 그녀의 힘이 약해 상처가 아무는 속도가 더뎠다.

〈깨끗하지 않아도 괜찮아. 설사 네 얼굴에 상처가 더 늘어도. 나한텐 귀여워 보일 거야.〉

징그러웠을 것이다. 그럼에도 언제나 태연하게 보일 듯 말 듯 짓는 그 미소가.

〈프란시아.〉

작은 온기가 구원이었을 줄은, '그녀'는 끝내 몰랐을 터다.

프란시아의 정신은 어느새 아주 오래전 시절로 돌아갔다.

〈오빠가 내게 춤을 배워보라네. 왈츠라나. 쓸데없게.〉

신기하게도 꿈에는 한 번 나오지 않던 모습은 눈감으면 이렇게 그녀의 눈과 귀를 지배하곤 했다.

〈프란시아, 춤출 줄 알아?〉

때는 프란시아가 도튤릿 저택에 잠시 잡혀 있던 적이었다. 그곳에서 제 편이라곤 이아나밖에 없던 시절. 그녀가 제 왕인 줄 몰랐던 시절이었다.

〈흐음, 내가 아는 노래 중에 '강아지 왈츠'란 게 있거든? 그게 꼭 너 같네.〉

그날은 유달리 웃음이 없던 이아나가 미소를 많이 짓던 날이었다. 그래서 프란시아는 난생처음 배워본 서툰 발놀림에 최선을 다했다. 언니가 한 번이라도 더 웃어줄까 봐.

왈츠, 별것 아닌 단어가 폐부 깊이 새겨지던 날이기도 했다.

"살아났다고?"

프란시아가 떨리는 목소리로 물었다. 그러나 이 떨림은 너무나도 작아서 이곳에 있는 누구도 알지 못했다.

아아, 그녀는 이제 너무나도 두꺼운 가면을 쓴 채로 살고 있었다. 이 가면을 벗겨줄 손을 하염없이 기다리면서.

"예. 적어도 사람이 모인 대도시, 중소도시에는 누구도 모르는 이가 없을 것입니다."

눈앞의 고위 신관, 프란시아의 오른팔이자 최측근이 또랑또랑한 음성으로 말했다.

"고대로부터 모셔져 온 유일신. '푸른 장미'. 고귀한 존재를 더는 하찮은 가문으로 생각하는 이는 없습니다, 성하."

"……푸른 장미의 마을은?"

"재건이 순조롭습니다. 거주민들도 전력을 다해서 돕고 있습니다. 이미 숲을 깎아 길을 내었습니다. 계획대로 3년만 더 거친다면 훌륭한 도시가 될 것입니다."

프란시아는 왜일까, 자신이 무려 7년 동안 해온, 그리고 해낸 일을 들으며 눈물이 날 것 같다고 생각했다.

그러나 그녀는 울지 않았다. 눈물을 받아줄 수 있는 단 한 존재가 없는 한 울지 못했다.

'언니…….'

모두 물러가.

프란시아의 단호한 명에 모두가 제단에서 사라졌다. 남은 것은 옥좌에 홀로 앉은 그녀뿐이었다.

"……언니, 보고 있어?"

그녀는 들리지 않을 부름을 나직하게 중얼거렸다. 이렇게 불러도. 아무리 애타게 불러도 들리지 않은 부름임을 안다.

고작, 7년이 흘렀을 뿐이다.

그녀가 기다려야 할 긴긴 기다림 중에 고작 7년만이.

아이가 엉엉 울었다. 프란시아 가슴 속 자라지 못한 아이는 떼를 쓰고 언니를 데려오라 엉엉 울었다.

그러나 권좌 위에서 권위를 알고 권력의 단맛을 휘두르는 젊은 교황의 표정에는 미동도 없었다.

7년 전, 모든 일이 끝나고 정신을 차린 황제는 이아나를 찾았다. 황제는 끝내 제 소원을 들어준 푸른 장미를 만나지 못했다.

그야 당연했다. 이 세상에 없었으니까.

황제는 이를 보상하기라도 하듯이 장미들에게 관대한 처사를 보였다. 그래. 보상이었다. 평생 숙원을 들어준 존재에 대한 감사.

이 덕에 프란시아가 이끄는 빛의 재단은 번번이 황제들의 통제를 받았던 과거와 다르게 마음껏 교세를 확장할 수 있었고, 황제는 새로운 신을 제창하는 프란시아의 계획 또한 눈을 감아주었다.

황제는 오히려 권력의 증진을 부추기는 짓도 서슴지 않았다.

여기에 더해 각기 수장을 잃은 헤르님과 도퓰릿이 실로 무너지지 않은 것 또한 황제의 자비가 있었을 터였다.

프란시아 또한 도퓰릿을 건드리지 않았다. 이아나에게 저 가문을 어찌할지 듣지 못했다.

처단은 그녀가 따르는 왕의 몫이다.

프란시아는 눈을 꾹 감았다가 떴다.

"……보고 싶어."

7년간 얼마나 많이 이 말을 중얼거렸을까. 프란시아는 알지 못했다. 세지 못할 만큼 긴긴 하루들이 지나갔으니까.

본디 장미들 중 생명력이 가장 넘치는 장미는 붉은 장미였다.

"언니, 내 선물이 어때?"

그러나 장미 중 가장 오래, 길게 피어 있는 장미는 흰 장미였다.

"언니는…… 내 신이야."

누구보다 오래 살아남아, 단 하나의 존재를 치유하며 살아야 하니까.

"그 누구도 언니를 잊지 못하게 할 거야."

프란시아의 목소리가 안으로 삼켜지듯 사그라들었다.

"……제국민은 모두 언니를 기억해. 그러니까 언니는 딱 한 사람 분만큼만."

프란시아가 손을 꾹 쥐었다가 폈다.

"나를 생각해주면 좋겠어."

심장에 사는 작은 아이가 엉엉 울었다. 어느새 그녀의 몸에서 빠져나온 아기곰이 프란시아의 다리를 꼬옥 붙잡았다. 칼리스토가 걱정스럽게 말을 걸었다.

"괜찮아."

프란시아는 고개 숙여 웃었다.

"앞으로도 난, 괜찮을 거야."

이것은 그녀 스스로에게 외는 주문과도 같았다.

그리 말하다 말고 프란시아는 고개를 들었다. 그녀는 빛이 어리지 않은 곳, 기둥 사이에 까만 공간을 가만히 응시했다.

"거기서 뭐 해?"

조금 전 성기사들 앞에서 위엄어린 음성과는 다르게 편안하지만 삐딱한 목소리가 새어 나왔다.

곧 아무도 없을 것만 같던 어둠 속에서 누군가 고요하게 걸어 나왔다. 차분한 모습과 잘 어우러지는 걸음걸이였다. 그림자같이 조용한 모습이 차라리 암살자의 기도와 같았으나 실상 드러난 모습은 눈에 띄는 미형의 청년이었다.

다만, 안경 속에 갇힌 시선이 실로 날카로워 벼려진 칼과 같았다.

이아나가 떠남과 동시에 저 남자는 다시 안경을 쓰기 시작했다. 그러나 이유는 이전과 달라 보였다. 자신을 걸어 잠근 것처럼 보였으니까.

프란시아는 7년 전과 비교해도 전혀 변함없는 외형을 심드렁하게 볼 뿐이었다.

"침입이 취미야?"

"침입이든 잠입이든. 어느 쪽이든 내겐 어렵지 않다는 걸 잘 알고 있지 않습니까?"

프란시아는 자신과 같은 처지의 장미를 물끄러미 담았다.

"왜 늙지도 않아? 기분 나쁘게."

"누가 할 소릴 하는 겁니까? 같은 처지에."

이미 그들은 알고 있었다. 그들의 왕이 떠나며 자신들의 시간이 멈춰버렸음을.

"나는 늙은 티를 내지 않아도 알아서 신성시하는 위치란 말이야. 그러는 당신은 계속 그 얼굴로 살아선 불편하겠어?"

"그렇지 않아도 누가 교도소에서 죄인들의 피를 내서 목욕이라도 하는 거 아니냐는 내 소문을 아느냐고 묻던데. 당신 짓입니까?"

"아니? 내가 쓸데없는 짓을 왜 해."

그는 오늘도 깔끔한 얼굴이었다. 저 날카롭게 생긴 게 뭐가 좋다고, 인기가 좋기도 좋았지. 아마?

몇 개월 전 황실 연회에서 내로라하는 영애들로 둘러싸인 르나그의 모습을 똑똑히 기억하는 그녀였다. 물론 시선조차 주지 않고 떠난 모습도 함께 말이다.

사교계에서 르나그는 사라진 약혼자를 그리워하며 오래도록 홀로 남은, 우수에 찬 후작이었다.

과연, 그 말이 사실이었지만 프란시아는 우습지도 않았다.

"당신이 엉뚱한 소문을 퍼트린 것이 한두 번이었습니까."

"에이, 같은 처지에 인사치레지. 인사치레. 당신이 고자라거나. 지독한 냄새가 난다거나. 덕분에 구애하는 아리따운 영애들도 쳐냈잖아?"

프란시아가 어깨를 으쓱였다.

"근데 방금 말한 소문은 나 아냐."

르나그가 눈썹을 미미하게 들어 올렸다.

"아닌 척하는 건 아닌지?"

"어머나. 당신, 이 얼굴을 봐. 거짓말하는 얼굴이니? 응?"

르나그는 미동조차 없었다. 프란시아는 혀를 찼다.

프란시아는 가끔 저는 아무렇지 않다는 듯 세월을 견디는 저 장미가 부러우면서도 밉기도 했다.

이 남자가 저 껍데기 속에 무엇을 숨겼는지는 그녀는 모른다. 하지만 알 게 뭐란 말인가? 사람은 언제나 자신의 거스러미가 타인의 팔이 잘린 부상보다 아프다. 프란시아는 제가 잘하는 자세를 취했다. 그래서 뭐 어쩌라고? 그녀의 뜻이 고스란히 드러난 자세다.

이미 르나그 또한 익숙한 태세이기도 했다.

"시비 걸러 온 거야? 싸움을 원한다면야. 우리 칼리스토가 상대해 줄 거야."

그러자 아기곰이 당황스러운 얼굴을 했다. 그러나 칼리스토는 이내 결연한 표정으로 작은 주먹을 주먹끼리 콩콩 마주했다.

르나그는 조금 한심하단 표정으로 응수할 뿐이었다.

"도발이 우습지도 않군요. 당신의 수호신 따위 상대도 되지 않을 겁니다."

"어머나. 지금 날 무시한 거야? 내 수호신이 얼마나 강한데."

"수호신은 그대만 있습니까?"

"왜 이래."

프란시아가 옥좌 손잡이에 턱을 괸 채 씩 웃었다.

"곰은 뱀을 찢어."

"……가끔 당신은 알아들을 수 없는 소릴 농처럼 하는데, 위엄은 커녕 격마저 떨어져 보이는 건 아는지."

르나그가 차가운 눈으로 시선을 올렸다.

"사람만 우스워 보입니다."

"당신이야말로 그 혓바닥으로 행정 관리들 좀 때리고 다닌다며? 아주 당신을 캄브라캄에 처박아야 한다고 그냥 이를 갈던데."

프란시아는 손바닥을 들었다. 르나그는 적당히 가까워진 거리에서 멈춰 섰다. 남겨진 두 장미의 거리는 7년간 언제나 이 자리를 유지했다. 그들은 친구가 아니었으나 적 또한 아니었다. 고행자며 동지였다. 언제가 될지 모를 시간을 견디는 길동무.

"그래서 왜 온 건데?"

르나그가 실로 이상하다는 표정을 했다.

"정말 몰라서 묻는 겁니까?"

단 한 사람 앞을 제외하면 표정 없는 남자가 보이는 최대한의 변화였다.

"오늘이 '편지'를 보내는 날이잖습니까."

"아, 정말?"

프란시아가 자리에서 벌떡 일어났다. 신기하게도 권태로 시들어 있던 표정이 막 피어나는 풀잎처럼 싱그럽게 피어났다.

르나그는 이를 별 놀람 없이 받아들였다.

"왜 놀란 척입니까?"

"이렇게 해야 더 극적이잖아?"

물론 프란시아가 이 날을 잊을 리 없었다. 잊은 척은 했을지언정 결코 잊을 수 없는 날이었다.

편지, 이아나가 있는 세계로 보낼 수 있는 유일한 수단.

가끔 프란시아는 매시기마다 열리는 구멍으로 머리를 집어넣고 싶었던 적이 한두 번이 아니었다. 그건 눈앞의 남자 또한 마찬가지이리라.

만약 구멍이 고양이 머리나 겨우 들어갈 만큼 작지 않았다면, 그녀는 기를 쓰고 시도했을 것이다. 이아나를 볼 수 있다면야 목숨 정도 한 10번쯤 걸어볼 만하지 않겠는가?

사실 처음에야 누가 먼저 보낼지, 차례와 순서를 정했으나 7년이란 시간이 지나는 동안 차례는 무색해진 지 오래였다. 곧 있으면 공간의 틈이 찢어질 것이다. 그리고 우편함이나 될법한 작은 구멍만이 보이겠지.

얌전히 시간을 기다리던 프란시아의 표정이 차차 흐려졌다. 이는 7년이란 짧지 않은 시간 동안 처음으로 있는 일이었다.

"있잖아, 노란 장미."

르나그는 차분하게 냉정한 시선을 옮겼다.

"당신은…… 정말로 괜찮아?"

왜일까. 오늘도 견디면 그만인데. 이상하게도 프란시아는 참을 수 없이 힘들어졌다.

그저 다른 날과 다르지 않은 하루일 뿐인데.

"수없이 긴 날을 다시 이렇게 기약 없는 편지로만 기다리는 나날이……."

당신은 정말 괜찮은 거냐고, 같은 길을 걷는 동지에게 묻고 싶었다.

르나그의 표정은 프란시아처럼 무너지지 않았다.

그를 오래 봐온 프란시아는 겉모습에 속지 않았다. 이미 짧지 않은 시간으로 알고 있다.

저 남자는 속에서부터 무너지는 사람이었다.

제 속은 썩어 문드러질지언정 끝내 자신의 정인 앞에서는 상처 하나 티 내지 않았던 마지막 날처럼.

"……되짚어봐야 소용없는 일이니. 곱씹을 필요가 없습니다."

"이 감정이 이성으로 잡아지나? 잡아져?"

"……."

"그렇지 않잖아."

"그럼에도 잡아야 하는 것이지요."

안 그렇습니까?

그리 말하는 남자의 음성은 프란시아를 향해 왜 어리석은 생각을 하냐 말하는 듯했다.

"아니, 노란 장미. 나는……."

권좌를 차지한 젊은 교황은 그리움에 무너졌다.

"……오늘만큼은…… 견디지 못하겠어."

꾹꾹 참아온 눈물이었다. 여기서 흘리기에는 너무나 아깝고, 자존심이 상했다.

하지만 끝내 차오르고 만 그리움이 소나기처럼 뺨을 타고 뚝뚝 떨어졌다.

"내가 어리석다고 생각해?"

"……."

"내 그리움이 어리석어?"

르나그가 깊은 숨을 내쉬었다.

"밖에서 무너지든 안에서 무너지든 같은 붕괴입니다. 왜 알면서 쓸데없는 것을 묻습니까?"

르나그의 음성이 짐짓 사나워졌다. 아무리 조용하게 그림자처럼 제 존재를 가려도 뱀의 성질은 맹수이며 짐승이었다.

"프란시아 올르 로제니아. 전부 알면서, 묻지 마."

르나그의 금빛 눈동자가 그 어느 때보다 날카로운 예기를 띠었다.

"너나 나나 자칫 이성을 잃고 권력이라도 휘두르면, 이 제국은 금세 혼란의 도가니가 되겠지."

그들이 7년간 쌓은 것은 거대한 권력의 탑이었다.

"그래서? 언젠가 우리의 왕이 돌아올 땅을 엉망으로 만들고 싶은 건가?"

프란시아는 눈물을 머금은 채 생긋 웃었다.

"아아, 좋다."

보기 좋네. 그녀가 우아한 목소리로 속삭였다.

"나만 망가지는 것은 싫었거든."

그녀는 성격이 나빴다. 못되고 이기적이었다. 하지만 그런 그녀라도 속으로 썩어 문드러져가는 동지에게 건넬 동정과 연민은 존재했다.

프란시아가 보기에 자신보다 더 위험한 것은 저쪽이었다.

"범죄자들을 잡아들이는 손속이 점차 잔혹해진다고 하던데. 이제 그만 인정해. 망가지는 건 나뿐이 아니잖아."

"……그걸 인정하는 게. 무엇이 중요하지?"

르나그가 안경알 속으로 차분한 분노를 보였다. 분노마저도 고요한 빛을 띤 남자였다.

"표출이라도 하란 거지."

미련한 노란 장미. 프란시아는 고아한 미소를 품었다.

"활화산은 모조리 토하고 쉬기라도 하지. 입구를 꽉 틀어막은 산은, 그저 자멸할 뿐이야."

색이 다른 눈동자가 팽팽하게 맞섰다. 그들은 동지였지만 그렇다고 해서 살가운 친우 따위는 평생 될 수 없는 관계였다.

굳이 표현하자면 사이가 평생 좋지 못할 악우라고 할까.

그와 동시에 공간이 흔들렸다. 이는 프란시아에게도 르나그에게도 익숙한 진동이었다.

곧 공간이 찢어지고 조그만 구멍이 뚫릴 것이다. 그리고 이곳에 미리 준비한 편지를 넣는다면 작은 소통은 그것으로 끝이겠지.

저 남자와도 헤어져, 또 한동안은 마주칠 일이 없으리라.

사실, 수년 전 두 사람은 의도치 않게 세기의 스캔들로 휘말린 적이 있었지만, 그 소문을 떠드는 일을 쥐도 새도 모르게 처리한 것으로 모든 사람들에게 사이를 똑똑하게 드러냈다.

그러니 다시 틈이 열릴 때까지 볼 일은 없을 터였다.

'다음엔 또 얼마나 걸릴까.'

프란시아는 얼굴을 부여잡았다. 한 번만, 단 한 번만 그 사람의 얼굴을 볼 수 있다면.

"……이렇게 살다간 목이 말라 죽을지도 모르겠군."

프란시아는 그 말이 자신의 마음과 같다 생각했다. 이리 말한 르나그의 얼굴 또한 섧은 애수로 가득했다.

아주 머나먼 여정, 그들이 앞으로 걸을 여정을 보듯이.

저 남자는 단 한 사람을 떠올릴 때만 저런 얼굴을 하곤 했다.

프란시아는 작게 한숨을 쉬었다. 말이 나오지 않는 침묵 사이에서 르나그만이 작게 중얼거렸다.

"이아나."

르나그는 허공을 향해 중얼거렸다. 이따금 그는 자신만의 세계에 빠져 이런 모습을 보이곤 했다.

"……유달리 당신이 보고 싶은 날이군요."

이아나 양, 그리운 목소리는 그의 심장에 도리어 낙인을 찍은 듯했다. 그가 피를 토한 사람처럼 가슴을 부여잡았으니.

프란시아는 앞으로 열릴 구멍을 더는 보고 싶지 않았다.

그렇게 그녀가 눈을 내리깔고 아마도 구멍이 열릴 곳을 향해 편지를 든 손만 내밀었을 때였다.

'……왜 삼켜지지 않지?'

툭. 이질적인 소리가 들렸다. 프란시아의 손을 떠난 편지가 바닥으로 떨어지는 소리였다. 이럴 리가 없었다. 구멍이 열리면 당연히 편지를 삼키니, 이런 소리가 들릴 리 없는데.

"음, 뭐야. 보지도 않고 주는 거야?"

그리운 목소리였다. 프란시아는 고개를 돌린 채 그대로 굳었다.

그저 착각이려니 했다. 아니다. 착각일 거라 생각했다.

그러나 고개를 들면 한곳을 뚫어져라 쳐다보는 르나그의 얼굴이 보였다.

"이번엔 직접 편지를 받으러 왔는데."

실로 그립고 그리운 목소리, 꿈에서조차 그렸지만 끝내 등장하지 않았던 모습.

프란시아의 얼굴이 천천히 돌아갔다.

"사실 편지보다는 내 장미들을 보고 싶었지만."

헤어질 때와 전혀 달라지지 않은 얼굴이 그곳에 있었다. 처음 보는 복식을 몸에 걸친 채로. 무심한 듯 다정한 미소는 프란시아를 처음 만났을 적의 아이로 만들었다.

"……언니?"

"이아나 양……."

이아나는 울음을 머금은 자신의 장미 두 사람을 다정하게 담았다.

"응. 미안해."

이내 칼을 가는 듯 길고 날카롭던 그리움의 종점을 찍듯 활짝 미소를 띠면서.

"너무 오래 걸렸지?"

어제 만난 것처럼 인사를 건넸다.

프란시아보다 르나그가 한발 빨랐다. 달려가 이아나를 한 품에 감싼 팔이 덜덜 떨리는 것이 보였다.

차갑고 냉혹하던 얼굴로 가로지르는 눈물 줄기를 보았다.

프란시아는 그 심정을 익히 이해했다. 수년을 자식을 찾아 헤멘 부모라 한들 지금 그들의 심정에 비할 바가 되지 않으리라 생각했다. 눈을 뻔히 뜨고 있는 이 순간에도 믿기지 않았으니까.

아니, 몸이 움직이지 않았다.

"프란시아."

하지만 부름 한 번에 프란시아는 거짓말처럼 움직였다.

그녀는 달려갔다. 이 순간만큼은 자신이 평생을 쌓아온 권력도 권좌도 자리도 모두 필요 없었다. 버려도 좋다 여겼다.

"언니? 언니…… 언니! 진짜, 진짜. 언니야?"

"……응."

프란시아는 마침내 되찾은 왕의 품에 안겨 어린아이처럼 울었다. 한참, 아주 한참을.

"미안해. 정말 미안하게도 아직 완전히 돌아온 것도…… 너희를 데려갈 수도 없지만."

이아나의 목소리가 아픔과 안타까움에 물든 채 작아졌다.

"얼굴을 보고 싶었어. ……신과 거래하는 시간이 이렇게 오래 걸릴 줄은 몰랐네."

제자리를 찾은 듯 온 마음이 단 하나를 향했다.

이것이 운명이라면, 프란시아 스스로가 택한 운명이었다.

"프란시아, 르나그."

다정한 목소리.

"우리 집에 갈래요?"

그리고 이윽고 그녀는 내밀어진 손을 망설임 없이 잡았다.

넘어간 계절은 봄이었다.

아아, 기쁨과 행복을 담아 꽃잎들이 왈츠라도 추는 듯 분홍 잎이 한들한들 흘러내리는 봄. 프란시아는 왜일까. 아주 오래전 서툰 발놀림을, 언니와 함께 추고 싶다는 생각을 했다.

지금 봄이 분홍 꽃으로 연주하는 이 풍경 속에서 있노라면, 자신의 세상이 온통 이아나의 색으로 물들지 않을까 하고.

"프란시아, 이쪽이야!"

"응!"

그녀는 달려가며 생각했다.

언니는 아마, 내가 얼마나 언니를 좋아하는지 모를 거야.

나의 유일신.

새하얀 장미가 품은 단어는 존경. 제가 따르는 하늘만을 우러르는 경애.

새하얀 기둥처럼 단단하게 맺힌 이 맹목적인 애정은 죽을 때까지 한 사람을 위해 필 터였다.

외전

불협화음 두 장미가 앙상블이 되기까지

―프란시아와 르나그가 지구로 넘어오기 1년 전.

"이건 좀 아닌 것 같아요."

현재, 나는 식탁 앞에 서서 턱을 부여잡은 채로 잔뜩 인상을 찡그리고 있었다. 밖으로 꺼내놓은 내 수호신 휘슬과 푸딩이가 슬그머니 내 눈치를 보는 것이 느껴졌다. 나는 조그만 동물들에게 눈길을 주지 않고 테이블을 지속해서 쳐다봤다.

그러나 내가 바라보는 테이블 위에는 아무것도 없었다. 내가 고민하는 것은 테이블 위가 아니라 사실 내 몸에 걸친 것이었으니까.

"이건 좀 아닌 것 같은데……."

현재 내 몸에는 치수에 맞게 떨어지는 긴 원피스가 걸쳐져 있었다.

나는 한 바퀴 빙 돌았다. 발목까지 내려온 하늘하늘한 치맛자락이 종아리를 사락사락 스치며 흔들렸다.

"어째서요, 이아나?"

리케도르안은 식탁 반대편 의자에 거꾸로 앉아 있다 말고 고개를 갸웃했다. 의문이 가득 어린 눈이었다.

"잘 어울리는걸요."

그랬다. 흰색과 보라색이 적당히 섞인 원피스는 외출용으로 적절했을 뿐 아니라 내게 잘 어우러졌다.

"나는 어울리지 않는 게 없어요, 리케도르안."

"그건 그래요."

……농을 건넨 것인데 냉큼 대답하는 그를 보며 잠시 멈칫했다.

"르안, 이럴 땐 그건 지나친 자신감이 아니냐, 타박을 줘야죠."

"하지만 사실인걸요?"

"당신이 자꾸 그렇게 치켜세워주니까 내 자신감이 하늘을 찌르는 거라고요."

내가 무심하게 고개를 살래살래 젓자. 리케도르안이 빙긋 미소했다. 그러더니 돌연 의자 기둥에 머리를 나른하게 기대며 입술을 달싹였다.

"거짓말은 하고 싶지 않아요, 이아나. 그리고…… 이렇게 말해야, 당신이 내 애칭을 불러주잖아요."

나는 옷자락을 세심하게 바라보다 말고 고개를 들었다.

"아직도 그게 그렇게 좋아요?"

그의 눈이 감길 것처럼 깊게 접혔다.

"네."

나는 속으로 혀를 쯧 찼다. 이렇게 좋아할 줄 알았으면 몇 년 전에, 아니, 저쪽 세계에 있을 적부터 만들어줄 것을 그랬다.

이곳에서 머무른 지도 벌써 6년째. 내가 내 반려의 애칭 아닌 애칭을 부르게 된 것은 3년 전, 우연한 계기에서였다.

사실 '리케도르안'이란 이름은 외국에서도 잘 쓰이지 않는 이름이었다.

그러다 보니 이름을 부를 때면 좀 더 시선이 몰리는 듯했다. 그렇지 않아도 눈에 띄는 외모인지라 궁여지책으로 이름의 끝을 떼어 불렀을 뿐인데…….

'이렇게 좋아할 줄은 몰랐지.'

생각해보면 저쪽 세상에서도 긴 이름은 나름대로 짧게 줄여 부르는 것 같았다.

'주로 친구나 가족, 친인척 사이에서 그렇댔지?'

제이르가 옛날 제 부모님에게는 제르로 불렸다는 말을 무심코 떠올린 거였는데, 생각해내길 참 잘한 것 같다.

리케도르안은 이름 자체가 마음에 들었다기보다는 내가 짓고, 나만이 부를 수 있는 이름이 생겼단 것에 기뻐하는 것 같았지만.

"로즈."

신이 정성 들여 빚은 듯 청초하고 아름다운 낯에 내 이름이 담겼다. 자신도 자신만이 부를 수 있는 이름이 갖고 싶다며, 부르기 시작한 것이 저 이름이었다.

거기다 부를수록 닳을까 봐 하루에 횟수를 제한하고 부르기까지 했다.

'어디서 이런 요망함이 툭툭 튀어나오는 걸까.'

나는 리케도르안이 했듯 그에게 방긋 웃어주고는 다시 옷 쪽으로 눈을 돌렸다.

"네. 내 르안."

나는 옷을 손으로 가리켰다.

"이제 그만 내 고민을 들어주지 않을래요? 이거, 어떡하면 좋을까요."

내 말에 리케도르안이 내 손가락을 쪼로록 따라 왔지만, 역시나 조금 전처럼 잘 모르겠단 표정이었다.

"……잘은 모르겠지만, 이아나. 선물 받은 것이잖아요? 그냥 받으면 안 되는 걸까요?"

"끙……. 보통 선물이면 그렇겠지만."

나는 옷자락을 잡은 채 한숨을 푹 쉬었다.

"받기엔 너무 비싸요, 이거. 옆집 아주머니가 주신 거잖아요."

아무 생각 없이 옷 안쪽에 달려 있던 로고를 보고서 얼마나 놀랐던지. 이 동네가 그렇게 평범한 동네는 아닌 걸 알았지만…….

옆집 가족, 특히나 아주머니와 딸은 나를 무척이나 좋아했다.

딸같이, 언니같이 여겨주는 건 고맙지만 가끔은 이걸 어떡하면 좋을까, 싶은 선물을 건네줘서 고민이었다. 지금처럼.

"어……. 그냥 받으면 안 되는 건가요?"

리케도르안이 내게 금액을 듣고 눈을 크게 깜빡였다.

전직 대공이셨던 이분께서는 어떤 금액이 나오든, 그게 어째서요? 하는 무구한 눈을 보이곤 했다. 머리가 좋은 사람이니 저쪽의 돈으로 치환하지 못한 것은 아닐 테고. 그냥 통이 커도 아주 큰 것 같았다. 이쪽의 자본만능주의에 물들지 않아서 다행인 건가 싶기도 한데…….

'이 남자, 여기서 태어났으면 나한테 건물이라도 주려고 했지 않을까.'

나는 실없는 생각을 하며 한숨을 폭 쉬었다.

처음 만날 적 고등학생이었던 옆집 막내딸은 어느새 대학교를 졸업한 성인이었다. 휴학이니, 졸업유예니 하다가 졸업은 꽤 늦게 한 것 같지만. 대학교도 같은 도시로 진학해서 오래도록 보아온 사이라서 나도 정이 안 쌓이진 않았다.

오히려 볼수록 프란시아 같으면서도 그녀와 다르게 나름 제멋대로에 활발한 면이 귀엽다고 할지.

나는 발랄한 얼굴을 지워내며 의자에 앉았다. 하소연하듯 말했으나 어차피 나도 돌려주지 못할 거라고 생각했다.

의도치 않게 가족과 헤어진 탓인지 나는 유달리 자식을 둔 엄마 뻘 어른에게 약했다.

"이아나에게 정말 잘 어울려요."

내가 앉기 무섭게 리케도르안이 다가와 내 앞에 한쪽 무릎을 접고 앉았다. 그러고는 나를 올려다보는 낯이 영락없이 충성스러운 짐승이었다. 나는 푸흡, 미소를 흘려냈다.

"나는 뭐든 잘 어울린다면서?"

"그렇죠."

"그럼 이건 어느 부분이 그렇게 잘 어울리는데요? 당신 마음에 든 점이 있어요?"

괜스레 놀리는 말투로 물었더니, 그는 왜인지 진지한 낯으로 고민에 빠졌다.

이렇게 성실하게 고민하라고 던진 질문은 아닌데.

"아, 알겠어요."

리케도르안이 눈을 반으로 접어 웃었다. 그러더니 그의 조심스러운 손이 내 발목을 잡았다.

"실례해도 되나요, 이아나?"

"네? 어, 음. 네."

어어, 하는 사이에 그가 내 한쪽 발목을 자신의 어깨에 걸쳤다. 자연스럽게 올라간 다리 사이로 그의 얼굴이 파고들었다.

"르안?"

허벅지로 축축한 날숨이 느껴진다. 그는 손가락으로 내 살갗을 더듬다가 한 지점을 꾹 눌렀다.

"흐읏……."

그곳은 다름 아닌, 붉은 장미 문양이 새겨진 곳이었다. 한참이나 그곳에 입술을 얹고 물고 핥던 그가 천천히 얼굴을 드러냈다. 머리의 반절을 내 긴 치맛자락을 둘러쓴 채로 해사하게 미소했다.

"이런 점이 제일 좋은 것 같아요, 이아나."

리케도르안이 번들번들한 입술을 엄지로 닦으며 고개를 느슨하게 기울였다.

나도 모르게 그의 뺨을 잡았다.

"……인격이 변한 건 아닌 것 같은데."

"네?"

그의 뺨을 잡은 채 이리저리 돌렸다. 잠시 눈을 끔뻑이던 그는 이내 유혹하듯 웃어 보였다. 내 마음을 다 안다는 듯이. 리케도르안이 그대로 상체를 일으켰다. 단단한 팔이 의자 등받이를 잡으며, 어느새 나는 커다란 몸에 갇혀 있었다.

"그런 모습도 좋아해요, 이아나?"

"아니……. 난 당신이면 어떤 모습이라도…… 좋죠?"

"좀 더 거칠고 사나워져도요?"

"그렇긴 한데. 안 그럴 거잖아요?"

"당신이 원한다면요."

입술이 닿을 듯이 가까워졌다. 눈이 이미 갔네, 갔어. 나는 사랑에 푹 빠진 눈을 보며 실소를 흘렸다.

6년이란 긴 시간 동안 어찌 단 하루도 변함이 없는지.

나도 천천히 눈을 감을 때였다.

찌리리링!

불쾌한 벨소리가 집을 마구 울렸다. 거실 쪽에서 나는 소리에 나는 얼른 무시하고 리케도르안의 옷자락을 잡으려 했다.

"이아나."

"……무시해요."

찌리리링!

그러나 제 존재감을 알리듯 우렁차게 울려 퍼지는 소리에 난 결국 이마를 부여잡았다.

"아, 정말!"

리케도르안을 슬쩍 밀어내고 벌떡 자리에서 일어났다. 그는 그런 나를 진정시키듯 어깨를 주무르고는 자신이 직접 거실로 다녀왔다.

다시 돌아온 리케도르안 손에는 조그만 쪽지가 들려 있었다.

"르안, 그거 가져오지 말아요. 버려버려요."

"하지만 이아나, 필요하잖아요?"

나는 손으로 얼굴을 감싼 채 끙 숨을 흘렸다.

"우리가 저걸로 얼마나 고생을 했는지 떠올려 봐요. 그 신은 사실 신이 아니라 악신이라니까요?"

"그건……."

리케도르안은 부정할 수 없는지 말끝을 흐렸다.

"하지만 이아나의 소원이 달린 일이니까요."

"맞아요. 그건 그런데……. 아니, 내 장미들을 직접 보게 해달란 소원치고는 너무한 것들을 바라잖아요!"

그랬다.

저 쪽지의 기원을 향해 올라가자면, 5년 차 되는 날 프란시아와 르나그가 너무 보고 싶었던 내가 참지 못하고 신에게 방법이 없느냐 물은 날로부터였다.

완강히 안 된다고 말할 것 같았던 신은 왜인지 턱을 문지르더니, 제 '부탁'을 들어준다면 고려해보겠다는 애매한 말을 흘렸다. 말이 부탁이었지 명령이나 다름없다는 걸 나도 리케도르안도 알고 있었다.

그리고 이어진 1여 년간 받은 부탁은 솔직히 맨정신으로 할 수 있는 일은 아니었다.

아무튼 간에 자세한 설명은 생략하고 나는 질색하는 표정을 지었다.

"차원 간의 균열이 일어난 걸 대체 왜 우리가 메꿔야 하는 건지."

"으음. 신이 건들 수 없는 영역이라고 설명했죠……. 저도 이해는 가지 않아요, 이아나."

"지난번엔 웬 다른 곳으로 넘어가서 고생했잖아요? 그때 도와준 사람만 아니었다면 위험했을 거예요. 신도 그렇게 말했잖아요."

신의 첫 번째 부탁을 수행하다 말고 나나 리케도르안이나 큰일을 겪을 뻔했다.

우연히 만난 저쪽 차원, 무슨 제국의 황제라나? 자기도 나처럼 차원을 넘은 적 있다며.

그 사람을 만나지 않았다면 영원히 돌아오지 못할 뻔했다.

지금 생각하면 오싹한 일이다.

몰랐던 사실이지만 지금 내가 있는 이 세계는 여러 차원과의 연결을 겸하는 광장 같은 곳이라나. 어쩐지 다른 차원으로 넘어가는 소설이 그렇게 많더라니, 알고 보면 이런 영향이 아닐까. 엉뚱한 생각마저 들었다.

"으으, 모두가 보고 싶은 건 사실이지만…… 정말 힘드네요."

신은 약조했다.

첫 번째와 두 번째 부탁을 들어준다면 프란시아와 르나그를 직접 만나게 해줄 것이고. 세 번째 부탁을 들어준다면…… 이곳에 머무는 시간을 줄일 수 있게 해주겠다고.

어떤 사정이든 간에 나에겐 선택의 여지가 없었다.

리케도르안을 사랑하는 만큼 남겨두고 온 이들에 대한 미안함과 그리움이 함께 성장했으니까.

"펼쳐볼까요?"

한숨을 푹 쉬며 쪽지를 펼쳤을 때, 나와 리케도르안의 표정은 약속이라도 한 듯 굳었다.

아니, 뭐 씹은 표정이었다.

"로즈, 이, 신은 변태 아닐까요?"

리케도르안 말이 일리 있다고 생각했다. 그도 그럴 것이 신이 전한 쪽지에는 내가 생각해도 참 터무니없는 소리가 적혀 있었으니까.

'변태라…… 으음, 과연.'

그렇게도 이야기할 수 있을 것 같은데.

리케도르안이 사용한 표현은 흔히들 사용하는 '성도착적 이상

증을 가진' 의미로서 사용된 건 아니었다. 이렇게 표현할 수밖에 없을 만큼 이상하다고 할까. 속된 말로 또라이네, 이거? 할 만한 소리였다.

"리케도르안, 우리가 첫 번째로 했던 일이 뭐였죠?"

이미 조금 전에 이야기를 나눴음에도 한 번 더 물었다. 물론 몰라서 물은 것은 아니고 이 어처구니없음을 더욱 효과적으로 드러내기 위함이었다.

"……차원의 균열을 메꾸는 거였죠?"

"맞아요. 우리가 그거 때문에 얼마나 고생을 했어요? 사실 신이 제대로 알려주지 않아서! 하지 않아도 될 고생이었단 건 나중에 알았죠?"

나와 리케도르안은 특수한 경우에 속했다. 일단 리케도르안은 이쪽 세계의 영혼이 아니었으며.

나의 경우 이 세계에서 태어났지만 르나그와 프란시아가 있는 세계에 머물며 본의 아니게 장미들과 저쪽 운명에 깊이 연관이 된 탓에, 결과적으로 이쪽도 저쪽도 아닌 영혼이 된 상태였다.

이런 상태를 무어라 하는지 몰라도 신이 당장 어느 쪽에도 속하지 못할 영혼이라 했으니. '표류자'란 말이 맞을 것이다.

아무튼 간에 우리 둘 다 이쪽 세계에 속한 영혼은 아닌 탓에 세계의 영향력을 덜 받는다고 했다.

이쪽 세상의 관리자 입장에서는 우리가 불법 체류자나 다름없지만, 저쪽 신과의 협상 덕에 머무르는 것이라 해나.

일단은 내게 수명이 다할 때까지는 여기 머물러야 하는 의무가 있었으니까.

이쪽 세상의 관리자는 리케도르안에다 체이서까지 여기 머무르는 대신에 몇 가지를 요했던 모양이고 그것이 신이 우리에게 주는 부탁과 맞물린 듯했다. 신끼리의 이해관계가 일치한 것이겠지? 결과적으로 우리가 속된 말로 삥삥이, 삥이 치는 결과를 낳았지만.

첫 번째 부탁이 그러했다. 신들이 손댈 수 없는 차원과 차원 간의 결계를 신에게 건네받은 물건과 우리의 힘으로 납땜 비스무리하게 했으니까.

"그래요. 제가 먼저 신에게 청한 것도 있지만 말이에요……."

프란시아와 르나그가 보고 싶다. 이 마음은 실로 진심이었다. 하지만 이 신이 우리를 공짜 노동 인력으로 보고 있다는 느낌을 지울 수가 없단 말이지. 분한 일이었다.

"이게 뭐예요, 영혼? 영혼을 돌려보내? 우리가 무슨 불법 체류자 추심원이에요?"

화를 참지 못하고 식탁을 두드렸더니, 쪽지가 나풀나풀하게 흩날리다 말고 바닥으로 떨어졌다. 바닥에 대기하고 있던 푸딩이가 득달같이 달려들어 앞발로 툭툭 건드렸다.

"푸딩, 건드리지 마. 지지야. 그거."

ㅡ냥! 이상한 힘이 느껴진다, 인간!

"그렇겠지."

신이 보낸 것이니 어련하겠어. 나는 차게 식은 표정으로 필기체

가득 새겨진 내용을 보았다.

볼수록 어처구니가 없는 내용이 눈에 가득 들어왔다.

「다른 세계에서 온 영혼들 돌려보내기 (0/10)」

열? 열? 내용도 내용이지만, 저기 써 있는 숫자가 더욱더 어이를 가출하게 했다.

뭘 집에 돌려보내? 정말 날로 먹는 공짜인력으로 생각하는 것이 틀림없었다.

"이야나……."

어느새 끝내주는 미남부터 시작해 바닥에 얌전히 앉은 조그만 설표와 허공에 둥둥 뜬 조그만 고래의 얌전한 눈까지.

세 쌍의 눈동자가 나만을 향했다. 정말이지 긴 시간 동안 변함없는 순수하고도 맹목적인 눈들이다.

정확히는 내 결정을 기다리는 거겠지. 나는 고심 끝에 한숨을 쉬었다.

어차피 거절은 불가했다.

나는 쪽지를 주워서 손에 꾸깃 구겼다. 어느새 분노를 가라앉히고 차분하게, 심드렁한 표정으로 손을 응시했다.

……하긴 하더라고, 결코 잊지 않을 테다.

"해요. 해."

리케도르안과 이곳에 온 지도 6년째. 이쪽 세계와 프란시아, 르나 그가 있는 세상의 차이점을 꼽으라면 아주 많은 것들이 있겠지만 개중 특별히 손꼽히는 것이 있다면 신분제 사회일 것이고. 두 번째 로는 이쪽 세계의 사람들에게 나와 리케도르안이 아주 특별한 사람 이라는 점이다.

이건 비단 외모에서 그치는 것이 아니었다.

나야 동네 사람들처럼 검은 머리에 검은 눈이라 쳐도 리케도르안 은 상당히 눈에 띄었다. 보통 사람은 따라오지도 못할 만큼 예쁘고 청초하며, 아름다운 미남이었으니까.

이건 팔불출이 아니라 어디까지나 누구도 부정하지 못할 진실이 다. 하나 말했듯 외모에서 그치지 않고 특별한 점이 하나 더 있었단 점이다.

"언니? 외출하시나 봐요!"

리케도르안과 대문을 나섰을 때 반가운 목소리가 우릴 반겼다.

고개를 돌리면 편안한 옷차림을 한 옆집 학생, 아니. 이제 학생이 아니지? 옆집 막내딸이 손을 붕붕 흔들고 있었다.

"오랜만인 것 같아요!"

이제 막 파릇한 신입 사원이 되었다는 옆집 막내딸은 마치 대학 교 신입생이던 날처럼 여전히 푸릇한 인상을 주었다.

언제 봐도 참 밝단 말이지. 고민도 구김살도 없는 모습이 보는 것만으로도 웃음 짓게 하곤 했다.

"응, 지아야. 주말인데 넌 어디 놀러 안 가?"

"놀러는요. 주중 내내 굴려졌으니까 주말은 쉬어줘야죠. 언니…… 으으. 먹고 살기 힘들어요."

돈 벌기가 쉬운 일이 아니라며 그녀가 고개를 절레절레 저었다.

"그러고 보니, 우리 오빠가 언니 잘 지내냐고 묻던데."

"아, 그래?"

옆집으로 산 지도 6년이나 되다 보니 저 집 식구랑은 거의 친인척처럼 가까워진 것이 사실이었다.

물론 애석하게도 그런 사람은 나뿐이었던 것 같지만.

"네! 얼굴 본 지 꽤 됐다고……."

"됐다고?"

내 허리로 단단한 팔이 감기는가 싶더니 어깨너머로 불쑥 얼굴이 내밀어졌다. 흘끗 리케도르안을 보면 그는 이전의 대공 모습일 때처럼 새파란 한기를 얼굴에 둘둘 감고 있었다.

……애 체하겠다.

그러나 옆집 막내딸은 눈치가 없는 편이었다.

"앗, 안녕하세요, 오빠! 무슨 얘기냐면요, 우리 오빠가 언니를 보고……."

"보고 싶어?"

하지만 리케도르안의 표정이 서늘해지자, 이것까지 못 알아보진 않았다. 얼른 나와 리케도르안의 눈치를 보더니 리케도르안의 반대

314

편으로 걸어와 슬그머니 내 소맷자락을 잡았다.

"으앙, 언니!"

"아하하하…… 미안. 우리 집 애가 낯을 많이 가려서."

그놈의 낯, 벌써 6년째 가리고 있었지만 그 점은 굳이 지적하지 않았다.

왜인지, 리케도르안은 옆집 아들을 매우 싫어했는데 이 이유를 짐작 못 할 바는 아니라 지적하는 대신 이렇게 슬그머니 넘어가곤 했다.

다행히 옆집 막내 아가씨도 얼른 이야기를 넘어가 주었다.

"그래서 언니, 오늘은 어디 가세요? 데이트?"

"데이트…… 음, 그렇긴 하지?"

따지고 보면 데이트긴 한데. 목적이 달콤하지만은 않을 것이다.

"언니랑 오빠는 연애도 같이 사는 것도 오래오래 하는 것 같아요. 보기 좋아요!"

옆집 아주머니는 넌지시 나와 리케도르안이 결혼은 하지 않았느냐 묻곤 하던데. 이곳에서 결혼을 할 순 없으니, 그저 조금 더 있다 하겠노라 말하고 말았지.

"……보기 좋아?"

리케도르안이 넌지시 표정을 풀고 물었다. 지아가 얼른 고개를 끄덕였다.

"네. 엄청요. 우리 엄마는 이렇게 사이가 좋으면서 결혼은 왜 안 하냐고 하는데, 저는 생각이 달라요."

그녀는 주먹까지 꾸욱 쥐고 말했다.

"옆에 있는 것만으로도 좋을 때가 있잖아요. 설레고, 가슴 아릴 만큼 두근거리고요. 그런 사이라면 혼약은 언제 맺든 무슨 상관이겠어요?"

"혼약?"

잘 안 쓰이는 단어에 나는 고개를 갸웃했다. 보통은 결혼이라 하지 않나?

저쪽 세상에서는 약혼, 혼약을 많이 쓰는 것 같았는데. 이건 새삼 내가 저쪽 세계가 그리워서 연관 짓는 걸지도 모른다.

"혼약…… 결혼……."

리케도르안은 왜인지 생각에 잠긴 표정으로 중얼거리는 것 같았다.

"넌 꼭 사랑을 해 본 듯한 말이네?"

"제가요? 아니요? 한 번도 안 해봤어요. 언니."

언니랑 오빠 덕에 눈만 높아진 까닭이라며 지아가 울상을 지었다.

나는 그런 그녀를 가만히 바라보다 말고 생긋 미소 지었다.

그러면서 손을 뻗어 탁탁 털어주었다.

"왜 그럴까. 인기 많을 것 같은데"

"그렇지도 않아요. 인기도 없을뿐더러 아닌 사람한테 인기는 인기가 아닌 거 아시죠?"

"응. 확실히 다른 인기는 있는 것 같다."

"네?"

나는 아무것도 아니라 하며 고개를 살래살래 저었다.

동시에 그녀의 어깨를 터는 손은 멈추지 않았는데, 아마 이 아가씨는 보지 못했을 거다.

내 손에 희미하게 새어 나온 푸르른 빛을.

"언니 그럼 잘 다녀오세요!"

그렇게 옆집 아가씨와 헤어져 한참을 걸어가, 골목을 빠져나왔을 때쯤 리케도르안이 입술을 열었다.

"이아나, 치워준 거죠? 이번에도."

"음, 네. 뭐. 그렇죠."

내 손끝에는 여전히 푸른빛이 달라붙어 있었다.

"힘 너무 쓰지 말아요. 그렇지 않아도 저쪽 세계와는 환경이 다른데…… 고갈되면 어떤 부작용이 올지 몰라요."

걱정스러운 리케도르안의 말에 나는 동의하듯 고개를 주억였다.

"네, 그럴게요. 너무 걱정하지 말아요. 얼마 쓰지 않았으니까. 그리고……."

나는 조금 전 윤지아의 어깨 주변을 떠올리며 한숨을 푹 쉬었다.

"우리 옆집 아가씨는 '다른 존재'들에게 인기가 너무 많던걸요."

이것만은 리케도르안도 동의하는지 떨떠름하게 고개를 끄덕였다.

"영혼들에게 그렇게 인기가 좋아서 좋을 게 없을 텐데 말이에요. 특히나 이 세계에서는."

여기서 말하는 '영혼'이란 이 세계 말로 쉽게 풀이해서 '귀신'이었다. 죽었으나 떠나지 못한 영혼들, 혹은 반 토막 난 조각들.

나와 리케도르안이 이곳의 평범한 사람들과 가장 다른 점이 바로 이것이었다.

다른 세계의 힘을 가진 우리는 아이러니하게도 이 세계의 영적 힘, 즉 영혼과 귀신을 볼 수 있었다.

……이런 걸 대체 어디 써먹으려는지.

지금까지는 참 성가신 옵션이다 생각했지만 누가 알았겠는가.

이런 힘 덕에 신의 어처구니없는 부탁을 들어주게 되리란 걸.

마침내 신이 정해준 첫 번째 이정표를 따라 도착했을 때, 나와 리케도르안은 신음을 흘렸다.

"……로즈, 이 일 꼭 해야 하는 거죠?"

"으음. 그런 것 같은데요. 르안."

어두운 골목길, 신이 건넨 쪽지 위 검은 나침반이 뱅글뱅글 돌고 있었다.

여기가 정확한 목적지란 말인데. 이 골목길에는 단 한 사람만이 존재했다.

아니, 정확히는 한 소년만이 서 있었고 중학생인지 체구가 아담하고, 교복을 걸치고 있었다. 그 소년 앞에는 같은 교복을 입은 무수히 많은 아이들이 그대로 바닥에 엎어져 있었다.

'패싸움이라도 했나?'

싶기에는 양상이 1대 다수였다는 느낌이 강했다. 유일하게 서 있는 소년은 교복 넥타이가 흐트러졌을지언정 몸에는 상처가 전혀 없었고, 쓰러진 아이들은 하나같이 상처를 매단 채 신음하고 있었으니까.

그리고 서 있던 소년이 천천히 고개를 들었다.

새하얀 얼굴에 단정한 느낌이 드는 소년이었다. 그러나 그 얼굴은 순식간에 찡그려지고, 곧 손을 들어오더니, 입술을 비틀어 올렸다.

"크큭, 이 몸은 로시팔 제국의 흑마법사이시다, 큭, 크큭. 감히 누굴!"

나는 흠칫 놀라며 신이 건넸던 말을 떠올렸다.

신은 내게 지령을 준 뒤로 친히 편지를 한 장 더 보내, 주의사항 따위를 알려주었다.

이런, 신에게 이 세계로 넘어온 영혼들이 제정신이 아닐 거라고 미리 듣긴 했지만…….

"크큭, 하하하, 이곳의 인간들은! 약하기 그지없구나! 하하하하!"

나는 한 번 더 소년과 쓰러진 아이들을 보았다.

왼쪽 팔로 이마를 짚는 소년을 보며 나는 더욱 아연해졌다. …… 미쳤군.

이걸 아홉이나 더 봐야 한단 말이야?

나는 비틀거리는 시늉을 하다 말고 발밑에 차이는 무언가를 보지 못했다.

땡그랑. 발에 차인 캔이 데구루루 굴러간다.

"누구냐!"

미친 듯이 웃던 소년이 거짓말처럼 웃음을 멈추고 고개를 홱 들었다. 골목의 그림자 속에서 번뜩이는 눈동자는 놀랍게도 금을 녹인 듯 진한 황금색이었다.

이 세계에서는 거의 볼 수 없는 색에다…… 소년의 몸 근처에서 기묘한 마력이 철철 느껴졌다.

이거야, 원. 재차 확인할 필요도 없겠네.

"아니, 대체 언제부터 그곳에 있었던 거지?! 감히……."

소년이 한 발을 뒤로 물렸다. 금방이라도 싸울 자세였다.

"이 몸의 눈을 피하다니. 후, 너희는 이 세계의 기사들인가? 가디언?"

나는 어처구니가 없었다.

뭐라는 거야? 나와 리케도르안은 멀쩡히 걸어서 들어왔는데. 심지어 우린 따로 기척을 숨기지도 않았다.

한마디로 저쪽이 미친 듯이 웃느라 우리를 눈치채지 못한 거다.

"우린 걸어서 들어왔는데."

심드렁한 내 말에 소년의 눈썹이 꿈틀했다.

"하, 이 몸의 감각을 피할 만큼 대단한 실력자들이란 건가……. 쿡. 이 세계도 재미나군."

"웃느라 놓친 거겠지."

"재밌구나. 아직 이 몸이 이 육체에 적응하지 못했지만, 곧!"

소년의 왼쪽 손은 하얀 셔츠가 단추가 풀린 채 팔꿈치까지 걷혀 있었다. 새하얀 팔에 검은 문신이 보였다. 모양이 흡사 날개 달린 검은 용 같았다.

이것이 살아 있는 듯이 꿈틀꿈틀 움직이더니 검은 연기가 흘러나온다.

눈을 깜빡이는 사이, 어느새 소년의 손에는 나무로 된 지팡이가 들려 있었다.

저거, 이 세계에서 유행했던 판타지 영화에 나온 지팡이와 비슷하게 생겼네. 거기서 하얀 수염을 배까지 기른, 나이 든 노인 마법사가 가진 마법 지팡이랑 비슷하게 생겼다.

구불구불한 나무 지팡이 끝으로 불길한 느낌이 드는 기운이 휘이이, 소리를 내며 맺혔다.

"이 세계는 바로 로시팔의 자랑스러운 흑마법사가! 지배!"

"……는 무슨."

그러나 그보다 먼저 내가 한쪽 발을 들어 올렸다.

쾅!

발이 바닥을 찍는 순간 푸르른 기운이 파도처럼 몰아쳤다. 넘실넘실 흐르다 못해 골목을 가득 메운 내 기운이 소년을 에워쌌다.

"무슨 헛소리야. 대체."

나는 한 손은 커다란 점퍼 주머니에 꽂은 채 미간 사이를 꾹꾹 눌렀다.

"날도 추워지는데 등골 한번 더 썰렁하게 만드는 인간이네."

미간 사이를 꾹꾹 누르는 손을 휙 휘저었다.

촤르르륵.

곧 내게 익숙한 소리가 들리는가 싶더니 고함이 들려왔다. 소년이 내지른 비명이었다.

"이, 이게 뭐야! 놓지 못해? 놓아라! 감히 누굴!"

"뭐긴 뭐야. 사슬이지."

나는 그대로 주먹을 꾹 쥐었다. 촤륵! 푸른색의 쇠사슬이 그대로 움직였다. 소년을 에워싸다 못해 느슨하게 묶었던 사슬이 그대로 힘주어 묶였다.

소년이 놀란 눈으로 날 보며 버둥버둥 움직였다. 나는 잠시 입을 막은 사슬은 풀어줄까 생각했지만 생각을 고쳐먹었다.

"이봐요, 사정은 알겠는데."

조금 전에 보니까 지팡이에 기운이 맺히는 순간 무어라 외치려는 것 같았다.

만약 제이르처럼 뭔갈 외쳐서 마법을 쓸 수 있는 거라면 입을 동여매야 했다.

나는 한숨을 푹 쉬며 다른 손도 점퍼 주머니 안으로 넣었다.

"여기가 생각처럼 그리 녹록한 곳이 아니거든요."

내가 본 신은 저쪽 세계의 날 여기로 보낸 신뿐이지만. 그 신에게서 이 세계의 관리자에 대해서 들은 바가 있었다. 이곳은 아주 많은 차원의 터미널 같은 역할을 해서 많은 영향을 받지만 그럼에도 멀쩡한 건 여기 관리자가 그만큼 존재감이 강해서라고.

그 관리자와 저쪽 세계의 신이 협의했기에 내가 저쪽으로 빠르게 넘어가는 대가를 두고 이렇게 움직이는 거였다.

결과적으로 졸지에 힘없는 내가 외주에 하청까지 받아서 움직이지 않는 게 아니겠나.

"봐요. 내가 그쪽 제압할 만큼 센데, 부탁받아서 그쪽 잡으러 움직이잖아요."

소년, 다른 세계의 흑마법사가 눈을 깜빡깜빡 움직였다.

"얌전히 이야길 들을 준비 됐어요?"

이야기는 무슨. 사실 집행과정만 설명해주고, 바로 원래 세계로 돌려보낼 생각이었지만.

그러기 위해서는 저쪽이 말로 뱉는 동의가 필요했다.

상황 파악은 빠른지 눈치를 보던 소년이 천천히 고개를 끄덕였다.

"그래요. 허튼짓하면 아주 그냥 쇠사슬로 미이라를 만들 테니 그렇게 알아요."

아마 이 사람이 미이라를 알겠나 싶었지만 대충 짐작했겠거니 하고 쇠사슬을 풀어냈다. 물론 얼굴에 있는 것만.

그리고 그 순간이었다.

"파하! 감히 이 몸을!"

소년이 뜻을 전혀 알 수 없는 소리를 외친 순간 질척한 기운이 폭발적으로 쏟아졌다.

챙강!

푸른 쇠사슬이 조각조각 나더니 가루가 되듯 흩어졌다. 크게 힘을 쓴 것도 아니라 그다지 타격을 받지 않았지만 문제는 쇠사슬이 날아가며 소년의 몸이 자유로워졌다는 점이었다.

"하, 방심했어. 큭, 네 얼굴이 반반해서 방심한 거라고! 사실 이 몸의 끝은 여기가 아니지!"

무엇보다 저 말투를 더 듣고 싶지 않은데. 나만 그런가?

한숨을 쉬며 다시 힘을 일으키려 하는데, 그보다 빠르게 쿵! 바닥을 찧는 소리가 들렸다.

고개를 들면 소년이 바닥에 엎어져 있었다.

"으음, 이아나."

그리고 리케도르안이 소년의 등을 밟은 채로 고개를 갸웃 기울였다.

"죽이는 건 안 되겠죠? 아, 안 되겠구나."

리케도르안의 손에는 거대한 검이 들려 있었다. 붉은 장미가 새겨진 저 검은 그의 수호신 푸딩으로 형상화한 고유 무기였다.

"이 자가 당신을 욕되게 했어요."

쟤가 욕을 했었나? 아, 나보고 반반한 얼굴이라 그랬지.

딱히 기분이 나쁘진 않았지만 나는 난감한 얼굴로 리케도르안과 소년의 목에 겨눠진 검을 번갈아 봤다.

무기가 된 푸딩도 머릿속으로 가만히 두지 말라 아우성이었다.

"……딱히 욕까지는 아닌 것 같은데."

"욕이에요. 그리고 당신을 마구 훔쳐봤어요."

"노려본 거 아닌가요?"

"쳐다본 거예요."

나는 눈을 슬쩍 굴리다가 뺨을 긁적였다.

"일단은 죽이는 건 안 돼요."

"그럼 영혼만 빠져나오지 않을까요?"

"안 돼요. 몸은 저 학생 거예요."

앞날이 창창한 청소년의 몸에 상처를 남기고 싶진 않았다. 거기다가 리케도르안 말처럼 죽인다고 영혼이 나오는 것도 아니었다.

"일단 르안, 그대로 검을 들고 있어 봐요. 자세 딱 좋네."

리케도르안이 생각 이상으로 제압을 잘해주었다.

소년이 들고 있던 지팡이가 어느새 저 멀리 떨어진 걸 보아선 그가 나선 것과 동시에 발로 뻥 차버린 모양이었다.

나는 소년의 앞에 쪼그리고 앉아 시선을 마주했다. 저쪽이 누워 있는 탓에 자연히 내려다보는 모양새가 되었다.

"이봐요, 사실 우리는 아주 평화적으로 해결하러 왔거든요."

사실 이 영혼들이 넘어오게 된 건 이 사람들 탓이 아니라고 들었다. 어쩌다 우연히 넘어오게 된 탓이라고.

나처럼 인공적으로 불려오는 건 아주아주 드문 케이스라나.

그러니 이 사람들 탓도 없겠다 나는 아주 평화적으로 해결하려고 마음을 먹었단 말이다.

신이 충돌도 있을 거라고 조언을 해줬긴 해도. 설마 심하겠나 싶었지.

나를 빤히 보던 소년이 이내 빨개진 얼굴로 마구 소리쳤다.

"넌, 세이렌이로구나! 세이렌이지! 이 세계에 괴물이 있었나? 외모로 홀리려 해도 소용없다!"

왜 묶인 채로 악을 쓰는 건지. 나는 눈살을 찌푸리다 말고 말했다.

"저기요, 나한테 반했어요?"

그냥 아무 생각 없이 툭 내놓은 가정에 왜인지 소년의 얼굴은 걷잡을 수 없이 빨개졌다.

저 몸이 워낙 볕을 보지 못한 듯 새하얀 피부를 가진 탓에 고스란히 보였다.

"그, 그럴 리가! 이 몸은 위대한 제국 로시팔의 흑마법……."

"빨개진 거나 치우고 말해 봐요."

"이아나, 역시 죽이는 것이 좋지 않을까요?"

"르안, 과격해지지 말아요."

그러나 이미 리케도르안의 얼굴은 딱딱하게 굳어진 지 오래였다.

하지만 나와 눈이 딱 마주치자마자 언제 그랬냐는 듯 순진하고도 해사하게 미소했다.

"아니에요. 이아나. 죽이려는 건 아니에요. 생각해보니까. 이 영혼이 꼭 돌아갈 필요는 없는 것 같아요."

"……네?"

"붉은 장미의 수호신이 말하길 영혼마저 손상을 주는 방법이 있다네요."

리케도르안이 순한 얼굴로 다정하게 말을 이었다.

"저, 이거 써도 될까요, 이아나?"

"안 돼요."

지금 무슨 소릴 하는 거야. 리케도르안은 청순한 얼굴과 전혀 어울리지 않는 소릴 하고서, 거절당하자 눈에 띄게 시무룩해졌다.

동시에 오랜만에 등에 식은땀이 흐르는 기분이 들었다.

생각해보면 이 남자는 세상에서 오직 내 말만을 스스로 고삐처럼 받아들인 짐승이었다.

오죽하면 힘 자체가 '짐승화'이지 않았던가.

나는 얼른 고개를 내렸다.

"들었죠? 영혼이 쥐도 새도 없이 사라질래요. 그냥 얌전히 돌아갈래요."

아마 우리의 대화를 들었을 터였다. 소년은 심상치 않은 분위기를 느낀 것인지 끝내 얼어붙은 얼굴로 귀환에 동의했다.

그보다는 리케도르안에게서 흘러나온 날카롭다 못해 무시무시한 기운에 굴복한 것 같았지만.

"도, 돌아가겠다. 돌아가겠다!"

그와 동시에 이 골목에 거대한 푸르른 주술진이 펼쳐졌다. 졸지에 신의 심부름으로 제령까지 하게 된 나의 힘이었다.

"돌아가서는 다신 이곳으로 오지 마세요. 다음엔 평화적으로 돌아가지 못할지도 몰라요."

돌아가기 직전 내 경고와 같은 말에 영혼으로 돌아간 반투명한 사람이 고개를 끄덕였다.

그러고는 리케도르안의 눈치를 보는가 싶더니 흘끗 나를 보았다.

-그…… 혹시 내가 있는 차원으로 오게 된다면……. 그땐 이름이라도…….

"로즈, 문이 닫히겠어요."

"네? 아. 네. 얼른 가요. 당신."

영혼이 건넨 말이 너무 작아서 들리지 않았지만 리케도르안 말처럼 오래 문을 열 수는 없었기에 얼른 영혼을 쫓아 보냈다.

그렇게 우리의 첫 번째 송환이 마무리되었다.

일이 끝나기 무섭게 리케도르안이 내게 폭 끌어안겼다. 물론 몸집이 몹시 큰 탓에 내가 안긴 느낌이 들었지만.

"이아나, 협박이 잘 통해서 다행이에요……."

"협박이요? 아. 설마, 당신 일부러 그렇게 말한 거예요?"

고개를 든 리케도르안이 눈을 굴리다 말고 작게 미소했다.

"당신이 모든 사람에게 매력적이란 건 알고 있었지만."

리케도르안이 들릴 듯 말 듯 작게 속삭였다.

"그래도 마지막엔 정말로 질투했어요."

응? 르안이 질투할 게 무엇 있었지?

내가 되짚어보는 동안 입술이 내려앉았다. 나는 곧 웃음을 흘리며 입술을 맞이했다.

그렇게 우리 첫 번째 송환이 끝났다.

이로부터 다섯 달 뒤.

달빛이 독야청청 뜬 밤, 불이 꺼지지 않는 도시로 인공적인 불이 땅을 가득 메웠다.

네온사인이 불꽃처럼 도시 곳곳을 수놓는 거리. 때마침 주말이 다가오는 날인지라 사람이 꽤나 많은 편이었다.

아니. 술집이 즐비한 거리니 없을 수가 없었다.

"으아아악!"

여러 사람이 웃고 또 심심치 않은 숫자가 걸어 다니는 거리로 괴상한 비명을 지르며 달려가는 남자가 있었다.

사람들을 잽싸게 피하는 것은 물론 가끔은 사람을 치거나 넘어지게 하는 경우도 있었다.

"꺄악, 언니!"

"윽. 이게 뭐야. 이봐! 거기 안 서?"

넘어진 사람은 참지 않고 욕설을 뱉었지만 그 소리는 범인에게 닿지 못했다.

이미 듣지 못하는 곳으로 한참 멀리 뛰어갔으니까.

나는 뛰다 말고 멈춰 서서 얼른 넘어진 사람을 일으켰다.

장미의 힘을 깨우치며 내 신체 또한 차차 보통 이상의 신체 능력을 갖췄기에 일으키는 건 어렵지 않았다.

"괜찮으세요?"

평일이라지만 거리에 사람이 많았다. 이대로 두면 깔리거나 더 큰 불상사가 있을지 몰랐다.

"웬 이상한 사람 때문에 봉변당하셨네요."

"아…… 감사합니다."

일으켜진 사람이 얼떨떨한 얼굴로 인사했다. 나는 싱긋 웃고는 손을 흔들었다.

"별말씀을요."

여유로운 척 쓰러진 사람을 일으켰지만 사실 마음은 이미 다시 달려가고 있었다.

나는 얼른 몸을 돌려 다리로 자리를 박찼다. 이렇게 뛰어본 적이 언제인 건지.

아니다. 한 세 달간 몸 쓰고 뛰어다닐 일은 많았으니. 비교하려면 신이 두 번째 부탁을 한 날 이전을 기준으로 삼아야 할 거다.

이가 부득 갈렸다.

'곱게 잡혀서 제령이나 당할 것이지. 도망치기는 왜 치는 거냐고!'

넘어진 사람을 일으키느라 뒤늦게 출발했지만 걱정은 없었다.

이미 날 대신해 먼저 달려간 리케도르안이 영혼이 빙의한 몸을 쫓고 있을 테니까. 그러나 손이 부들부들 떨리고 분기가 샘솟는 건 어쩔 수 없었다.

이미 일주일째 추격 중이었으니까.

이번 영혼은 어쩌나 도망에 능한지. 우리의 정체를 깨닫자마자 도망가서는 요리조리 잘도 피해 다녔다.

이쯤 되니 만사 무심한 나로서도 화가 치밀지 않을 수가 없었다. 달리면서 입술을 꾹 깨물고 속으로 욕을 마구 중얼거리는데, 머릿속으로 웅장하고도 차분한 울음소리가 들려왔다.

"응. 휘슬 고마워. 난 괜찮아."

내 수호신, 휘슬의 위로에 나는 얼른 마음을 추슬렀다.

"후, 진정하자. 진정."

앞을 바라보면 사람들이 가득했다. 나는 요령 좋게 사람을 피하며 리케도르안이 있는 곳으로 달려갔다.

르안이 있는 방향은 쉽게 알 수 있었다. 첫 번째로 나는 본능적으로 리케도르안이 있는 곳을 알 수 있었다. 논리로서 설명할 수 없는 감과 능력에 가까운 것이었다.

그리고 두 번째로.

"이쪽이네."

리케도르안이 머무른 곳에는 향기가 났다. 정확하게는 그가 힘을 쓴 곳에는 진한 장미 향기가 남아 있었다.

보통 사람 이상의 감각을 갖추게 된 내게는 아주 잘 느껴지는 향기.

이런 요소들로 그를 찾는 건 어렵지 않았다.

그리고 리케도르안의 흔적을 보며 그 또한 심상치 않게 분노를 느꼈음을 알 수 있었다.

능력을 꽤 강하게 썼으니 말이다.

하긴 리케도르안의 분노는 이번 영혼이 요리조리 잘 피해서라기보다는, 이 미꾸라지 같은 놈이 나를 화나게 했다는 사실에 있는 것 같았지만.

-인간, 언제 오냐 냥!

"간다, 가."

곧 인적이 드문 길로 돌입했다. 오르막길이 쭉 이어지니 자연히 사람이 줄어든 꼴이었다.

리케도르안이 적절하게 이런 길로 잘 유인한 듯했다.

나는 마침내 도착한 어둑한 공터에 우뚝 서 있는 남자를 보았다. 르안이었다.

"하아, 잘 잡았어요?"

나는 멈춰 서서 숨을 골랐다. 사실 숨은 그리 차지 않았지만 마음을 다스리자는 공산이었다.

그도 그럴 것이 며칠 전 나흘씩이나 이끈 추적에 분을 이기지 못해 빠르게 송환시키려다 말고 이 영혼을 놓쳤으니.

머리를 가라앉히자. 신중해서 나쁠 것은 없었다.

벌써 8번째 영혼이었다.

지난 다섯 달여간의 과정을 생각하면 정말이지 눈물 없이는 들을 수 없는 여정이었다.

'그래. 이제 와서 망칠 수는 없지.'

나는 마지막으로 이를 갈고는 표정을 정돈했다. 저벅저벅 걸어갈수록 르안의 힘이 가득 느껴졌다.

"아니. 유인을 잘했다고 해야겠네요."

"이아나."

검을 들고 있던 리케도르안이 고개를 돌렸다. 아마 보통 사람에겐 저 무기가 보이지 않았을 터다.

한없이 차갑고 진지하던 얼굴 위로 봄볕같이 무구한 미소가 떠올랐다.

"왔어요?"

"이미 내가 온 걸 알았으면서."

내가 리케도르안을 느끼듯이 그도 나를 알아차렸을 것이다.

르안에게 나와 같이 장미를 찾는 능력이 있다기보다는…….

물론, 장미로서 푸른 장미를 찾게 되는 것도 있지만. 그보다는 그와 나의 힘이 일부지만 섞인 탓이 클 것이다.

푸딩이가 내 소유나 마찬가지니, 섞이지 않았다고 말할 수도 없었다.

가장 큰 건 역시 몸을 섞은 거겠지만. 밤을 돌이켜보면 음, 좀 과장해서 안 한 날이 없는 것 같은데. 괜히 힘이 '짐승'에 해당하는 것이 아니었던 것이다.

이렇게 말하니 새삼 남사스럽네.

"이아나?"

리케도르안이 고개를 갸웃했다.

이 급박한 순간에 나도 모르게 잘나빠진 내 반려 미모를 감상했다고는 할 수 없어, 얼른 정신 차렸다.

"미안해요. 새삼 너무 잘생겨서요."

리케도르안이 해사하게 웃었다.

"로즈의 마음에 든다니 행복하네요. 앞으로 가꿔야 할까 봐요."

"이미 타고났는데. 뭘 가꿔요."

엄지를 치켜 세워주었더니, 리케도르안이 귀를 발긋 물들였다.

이곳에 온 지 몇 년씩이나 지난 지금 리케도르안은 여전히 이 세상에, 또 사회에 관심이 없었다.

지배자로 살아온 세월 때문일까. 가끔 마주치는 사람들도 리케도르안을 어려워했다. 짐승화란 힘이 보통 사람에게 위압감, 압박감 등 긴장을 일으키게 하는 모양이었다.

그래서 순수하게 외모에 감탄하는 사람은 의외로 옆집 막내딸밖에 없었다.

나는 어찌 보면 태평하게 보일 대화를 나누면서도 한곳에 흘끗 시선을 던졌다.

천천히 고개를 돌리면 그곳엔 꼼짝없이 서 있는 한 노인이 있었다.

파지직.

그러나 노인의 주변으로 번개와 같은 스파크가 튀며, 노인의 얼굴 위로 어떤 형상이 나타났다가 사라진다.

다시 나타났다 사라지기를 반복하는 이것은 고장 난 홀로그램 같은 느낌이었다.

저렇게 나타났다 사라지는 모습, 저 젊은 남성의 모습이 저 몸에 깃든 영혼의 진짜 모습이었다.

그는 우리 얼굴을 번갈아 보더니 언짢다는 듯 미간을 찌푸렸다.

"이 한 쌍의 바퀴벌레 같으니."

주름진 입술이 떨어지며 흘러나온 말에 난 어처구니없는 표정을 지었다.

뭐라는 거야.

"허, 못 본 사이에 이곳 언어가 늘었네요?"

"배웠느니라."

무려 여덟 영혼이나 제령, 송환을 거치며 느낀 거지만 영혼들은 빙의 후 비슷한 적응 과정을 거쳤다.

여기서 훌륭하게 적응하는 영혼이 있는가 하면 시간이 지나도 이곳의 말을 제대로 발음하지도 못하는 영혼도 있었다.

저 영혼은 단연 후자에 속했다.

그런데 며칠 못 본 사이에 언어가 수준급이 되어 나타났다.

"조그만 네모 상자에서 보았지. 당신들 같은 남녀를 바퀴벌레라 하였노라!"

영혼은 보란 듯이 턱밑을 쓰다듬으며 말했다. 꽤나 고풍스러운 말투였으나 내겐 탐탁지 않게 들렸다.

하기야 그가 뭘 하든 일주일씩이나 고생시킨 영혼이 곱게 보일 리 없었다.

지금까지 영혼은 가지각색의 차원에서 넘어왔는데, 내가 알기로 저 영혼이 넘어온 차원은 이쪽 세계에서 무협지에 나오는 곳과 비슷한 곳이었다.

실제로 경공이니 뭐니 운운하면서 잘도 움직였었고.

나는 고개를 돌려 리케도르안을 보았다.

"야. 푸딩아, 저거 네 말투인데? 네 처음 말투랑 엄청 비슷하다."

정확히는 그의 검을 보며 말했더니, 곧 머릿속으로 캬아옹 하는 하악질 소리가 들려왔다.

-비, 비교하지 마라! 이 몸은 저러지 않았다, 냥!

"허, 개구리가 올챙이 적 생각 못 한다더니. 그새 까먹은 거야?"

-안 그랬다! 안 그랬다, 냥!

"내가 열심히 교정시켜줬잖아. 섭섭한데."

푸딩이랑 이야기하는 사이 노인이 잽싸게 몸을 움직였다.

퍼억!

"어딜."

그러나 노인의 움직임은 곧 새파란 벽에 가로막혔다. 노인과 우리를 둘러싼 반투명한 푸른 벽.

노인이 이곳에 도착하기 전부터 깔아둔 것이기도 했다.

"내가 이걸 깔아두느라 얼마나 개고생을 했던지."

"크. 크흠."

"사용 못 했으면 울 뻔했어."

노인이 머쓱한 표정으로 시선을 피하는 동안 나는 눈을 가늘게 좁혔다.

"아저씨, 정의로운 정파니 뭐니 운운하면서. 하는 짓은 참 얍삽합니다?"

"필요에 따라서, 또 생존을 위해서는 결단을 내려야 할 때도 있는⋯⋯."

"개똥철학이네요. 신념이 필요에 따라 움직이면 그게 어디 신념이던가."

심드렁하게 던진 말에 노인의 어깨가 움찔 떨렸다. 그 사이 리케도르안의 손이 내 어깨를 붙잡았다.

"……울면 안 돼요, 이아나."

르안이 몹시 진지한 표정으로 말하기에 나는 한차례 당황했다가 곧이어 얼떨떨하게 끄덕였다.

"안 울어요."

울 뻔했다는 거지. 르안은 영 신경 쓰였는지 내 얼굴 곳곳을 담았다. 나는 씩 웃으며 손을 뻗어, 그의 뺨을 쓰다듬었다.

"착하네. 지나가는 말 한마디도 신경 써주고."

"착하진 않아요."

리케도르안이 살짝 고개를 숙이며 내가 쓰다듬기 좋게 내려주었다. 그러고는 작게 미소했다.

"로즈, 고삐를 쥔 당신 손에만 길들여진 거죠."

이에 나는 비슷하게 작은 웃음을 터트리며 동의했다.

"그런 것 같네요."

세상에서 오직 내게만 길들여진 짐승이라, 함께 지낼수록 느꼈다. 이건 참 행복한 일인 것 같다고.

내게도 스스로 몰랐던 독점욕과 집착이라도 있듯이 갈수록 마음이 커져가니까.

"자, 그럼 한담은 여기까지 하고, 할 일을 해볼까요?"

"네."

나는 고개를 돌려 몰래 이곳을 나가려 힘을 움직이던 노인을 응시했다.

"자, 영감님. 아니. 안쪽에 든 건 아저씨인가? 아무튼 이제 집에 돌아가자고요."

노인은 마지막의 마지막까지 발버둥 치는 쪽에 속했다. 그러나 지난 일곱 영혼 중 이런 영혼이 없진 않았기에 수월하게 제압했다.

애초에 다시 도망만 치지 않으면 상대하기 어려운 상대는 아니었다.

리케도르안이 지난 과정들처럼 노인을 꼼짝없이 제압하고, 노인의 몸 밑으로 거대한 '문'이 열렸다.

푸른 기운이 세찬 바람을 만들었다. 짐승의 아가리와 같은 문이 오직 영혼만을 데려가고, 마침내 공터에 침묵이 내려앉았다.

나는 바람으로 마구 헝클어진 머리를 쓸어내리며 숨을 내쉬었다.

"드디어 여덟 번째가 끝났네요."

문과 거대한 주술진이 사라진 곳엔 쓰러진 노인의 몸과…… 진하게 남은 장미 향기뿐이었다.

어느새 검을 푸딩으로 다시 되돌린 리케도르안이 성큼 걸어왔다. 그가 상반신을 숙여 내 뺨에 가볍게 입을 맞췄다.

문득 든 생각인데, 지금 수행 중인 이 일련의 과정은 리케도르안이 없었다면 상당히, 아니. 정말 힘들어졌을 듯싶었다.

보다시피 영혼들이 하나같이 얌전한 작자들이 없었던지라 내가 문을 여는 동안에 제압해줄 누군가가 필요했던 것이다.

나도 제압하는 건 어렵지 않았으나, 문을 여는 것과 동시에 할 수 없었으니. '나 잘했어요?' 묻듯이 내게 몸을 묻는 남자를 마주 안아 등을 토닥여 주었다.

"잘했어요."

"그럼 잘해줄 건가요?"

"어디서요?"

귓가로 낮은 웃음소리가 넘어왔다.

"침대에서요."

리케도르안의 당돌한 말에 푸흡, 웃음을 터트렸다.

"나쁘지 않네요."

오늘도 새벽 별을 볼 즈음에 잠이 들려나. 여러모로 나쁘지 않았다. 특히나 하나의 영혼을 돌려보내고 며칠쯤 맘 편히 쉴 수 있는 날에는 더욱더.

이제 남은 것은 둘.

나는 이 과정이 성가시긴 하여도 쉬울 거라 예상했다.

앞선 과정이 그랬듯이 말이다.

그러나 이건 큰 오판이었다. 아니. 아주아주 큰 오산이었음을 알게 되기까지는 오래 걸리지 않았다.

쾅!

지축을 흔드는 굉음과 함께 땅이 마구 진동했다. 떼어낸 발아래
로 후드득 흙과 돌이 떨어진다.

마치 거미줄 형태처럼 균열이 간 대지는 금방이라도 꺼질 것처럼
위태로워 보였다.

"하아, 하아."

나는 좀처럼 내쉰 적 없던 거친 숨을 토해내며 고개를 들어 올
렸다.

조금 전 내가 있던 자리로 거대한 검이 꽂혀 있었다.

아마 움직이는 것이 조금만 더 늦었어도 저 날카로운 대검에 베
였을 것이다.

-이, 인간. 어떻게 좀 해보라, 냥! 이러면…….

푸딩이의 안타까운 울음소리가 마구 머릿속을 울렸다. 대답해주
고 싶은데 그럴 겨를이 없었다.

검이 다시 내게로 날아왔으니까.

저 검이라도 떨어트려 놓으면 좋을 텐데. 장미 줄기로 손과 꽁꽁
묶어둔 검을 떨어트리기란 요원해 보였다.

마침내 검을 다시 들어 올린 남자가 고개를 느슨하게 기울이며
나를 바라봤다. 달빛이 선명한 아래 내게 검을 겨눈 이는 아름답게
미소 지었다.

저 눈은 완전히 맛이 가 있었지만.

"르안."

내 부름에 리케도르안의 미소가 더욱 깊어졌다. 검을 휘두르는 것과 함께.

나는 검을 피하며 생각했다.

'……어떻게 제정신으로 되돌리지?'

머릿속으론 어디서부터 잘못되었나 되짚어보면서.

시간은 리케도르안이 이상해졌던 한 시간 전으로 돌아간다.

신이 내린 임무 완수, 고지가 코앞이었던 그때로.

리케도르안이 내게 검을 휘두르게 된 이유를 되짚기 위해서는 좀 더 거슬러 올라가 그전의 상황을 알아야 한다.

때는 화창한 낮이었다.

여덟 번째 영혼을 송환시킨 뒤 일주일이 흐른 날이기도 했다.

"신에게서 신호가 왔네요."

최근 몇 달간 수행 중인 업무를 제외하면 우리는 집에만 콕 박혀 있는 편이었다.

그도 나도 약속은 하지 않았지만 자연스럽게 둘만 있는 공간을 선호했다.

아무래도 밖으로 나가면 워낙 눈에 띄니 말이다.

"일주일 만에요? 이번엔 좀 빠르네요. 아니다. 보통인 건가."

"들쑥날쑥했으니까요."

우리가 영혼을 돌려보내는 방식은 이러했다. 신이 처음에 10명이라 통보한 뒤로 한 사람씩 위치를 알려준다. 그리고 우리가 찾아가돌려보낸다. 이어 반복.

그러니까 한 사람을 처리하고 나면 다음 사람의 위치를 알려주는식이었다.

"무슨 신의 일처리가 이렇게 주먹구구식이래요?"

다음 영혼의 위치를 알려주는 시기는 제각각이었다. 하루 만에알려주는 경우도 있었고 길면 한 달 뒤에 위치를 알려주는 경우도있었다.

일주일 만에 준 건 평균이라 할 수 있는데⋯⋯.

"아니, 우리를 이 세계로 보낼 때는 세계의 규칙이니 원리니 엄청운운해 놓고서."

외주는 이런 식으로 주니까 불만인 거다.

"언제 줄 거면 줄 거라고 미리 말을 해주든가. 규칙적으로 주기라도 하든가."

내가 턱을 괸 채 투덜거리는 동안 허리 뒤로 둥글게 감싸는 팔이느껴졌다.

탄탄한 팔이 내 허리를 감싸 안는 것과 동시에 등 뒤에서 탄탄한벽과 같은 몸이 느껴졌다. 아마도 지금 등으로 느껴지는 살은 맨살일 거다.

리케도르안은 일어날 땐 늘 상체에 아무것도 걸치지 않고 있으니. 목덜미로 낮은 숨이 느껴졌다.

촉.

리케도르안은 내 뒷목에 부드러이 입술을 맞췄다. 그만이 할 수 있는 귀여운 위로에 웃음을 살짝 터트렸다.

"화난 건 아니에요."

"네. 로즈."

"그냥 좀 불만인 거지."

나는 웃다 말고 곧 뚱한 표정을 지었다. 그의 손등을 톡톡 두드렸다.

내 입술이 열리며 나지막한 한숨이 흘러나왔다.

"솔직히 이번 일 말이에요. 아니, 전의 일도 그렇고."

"네."

사실 모든 임무의 시작은 내가 다른 세계의 장미들을 보고 싶어서 벌인 일이었다.

"내 소원을 이루기 위한 일인데, 괜히 당신이 고생을 많이 하는 것 같아서, 기분이 조금 별로예요."

리케도르안의 손이 멈칫했다.

신이 준 두 번째 임무는 아무리 봐도 나 혼자 했다면 상당히 힘들었던 일이었다.

말했듯 내가 문을 여는 동안 상대를 제압하고 움직이지 못하게 할 사람이 필요했는데, 리케도르안이 이 역할을 너무나도 잘 수행해준 터라 일이 더 쉽게 느껴지기도 했다.

물론 여덟 번의 시도 동안 항상 쉬웠던 건 아니다.

다른 세계에서 차원을 넘어온 건 대체로 이 이동을 견딜 만큼 강인한 육체와 정신을 가지고 있단 소리였다.

차원간 벽이 잠시 허물어지는 것을 '균열'이라 하는데. 균열이야 우연히 생겼다고 해도, 이 균열이 끌어당기는 건 강인한 영혼이라 한다.

그래서 상대한 이들이 하나같이 뭔가 뛰어난 능력을 가지고 있던 것이다.

평범한 사람은 단 한 사람뿐이었지?

그 덕에 리케도르안이 무기를 꺼내지 않고 넘어가는 일이 거의 없을 정도였다.

어쩌 다들 약속이라도 한 듯 돌아가기 싫어했으니 말이야.

어디 소설 주인공 같은 능력자들이 후두둑 떨어지는데, 아무리 리케도르안이라도 성가셨을 거다.

다행인 점은 제압 자체는 어렵지 않았던 거다.

그 덕에 난 새삼 리케도르안의 힘이나 내 힘이 만만치 않다는 정도란 걸 알았지만.

리케도르안의 손을 두드리는 속도가 느려졌다.

'그러고 보니 나는 죽은 신의 '파편'이라고 했지.'

아직도 이 개념을 완전히 이해하진 못하겠지만 쉽게 생각했을 때 신의 일부라고는 하나 신은 신이니까. 그래서 센 건이 아닐까 짐작할 뿐이었다.

우리의 기원으로 올라가면 신과 신을 가장 따르던 어떤 존재.

죽은 신을 따라 기꺼이 함께 장미가 된 거라 했지. 가만히 지난 이야기를 되새기는 동안 툭 뒷목으로 살짝 묵직한 무게가 느껴졌다.

"한 번도…… 그렇게 생각해본 적 없어요. 이아나."

리케도르안에게서 낮은 목소리가 흘러나왔다. 잠에서 덜 깬 탓에 동굴에서 흘러나오는 것처럼 깊고 웅웅 울렸다.

그는 몽롱함이 느껴지는 음성과 함께 부빗, 머리를 비볐다.

"이아나가 하고 싶은 일이 제가 하고 싶은 일이에요."

"르안."

"순종이 아니에요. 제가 스스로 하고 싶은 걸 선택한 거죠."

촉. 목 뒤로 다시 한번 입술이 내려앉았다.

"소원이 이뤄졌을 때 당신의 환한 미소를 볼 수 있다 생각하면, 전혀 힘들지 않은 것 같아요."

작은 바람 소리가 느껴졌다.

"물론 지금도 전혀 힘들지 않지만요."

소리만 들었을 뿐인데 나를 껴안고 얼굴을 비비며 웃는 남자의 얼굴을 고스란히 그려졌다.

"당신 옆에 있는 것만으로 좋아요."

리케도르안은 내 손을 잡아 그대로 들어 올렸다. 그러고는 어깨 너머로 머리를 내밀어 내 손목이 쪽, 입을 맞췄다.

"당신이 날 영원히 구속해줬으면 좋겠어요."

"또또 나쁜 말."

"진심인걸요."

"······어디 붉은 끈으로 내 손이랑 당신 손목이라도 묶어줘요?"

한숨을 푹 쉬며 농담처럼 말했을 뿐인데 리케도르안이 번쩍 고개를 들어 올렸다.

시야가 획 흔들리나 싶더니, 나는 어느새 리케도르안의 허벅지에 반대로 앉혀져 있었다.

그를 마주 보는 자세였다.

엉덩이 밑으로 단단한 허벅지가 느껴졌다. 문제는······ 느껴지는 게 허벅지만은 아니었단 점이지만.

아니, 오늘은 어디에 수납했는지 이렇게 알고 싶은 건 아닌데. 나는 티를 내지 않는 척 속으로 숨을 삼켰다.

"정말? 정말 묶어줄 거예요?"

"······농담이니까. 진심으로 좋아하지 말아요."

그러자 리케도르안이 눈에 띄게 시무룩한 얼굴을 했다. 그에게 귀가 달려 있었다면 축 늘어졌을 것 같다.

"대체 왜 묶는 걸 좋아하는 거예요? 당신 감옥에서 좋지 못한 기억이 있잖아요."

"감옥에서 지냈기 때문에 상상에 한계가 있는 거예요. 로즈······."

"윽."

이런 식으로 받아칠 줄은 몰랐던지라 나는 말문이 막혔다. 이렇게 불쌍한 척하기야?

"묶어 줄 거예요?"

"······침대 위에서 이런 자세로 말하지 말아 줄래요? 의미가 달라지거든요?"

리케도르안이 낮게 웃더니 곧 발긋 물들인 얼굴로 고개를 숙였다. 그대로 내게 이마를 툭 부딪쳤다.

"로즈, 저는 어떤 의미라도 좋은데……."

커다란 손이 내 손을 살살 문지르며 깍지를 껴왔다.

나보다 한참 큰 남자가 눈높이를 맞추기 위해 불편한 자세로 잔뜩 구부린 모습은 거대한 짐승이 애교를 부리는 것이나 마찬가지였다.

리케도르안이 잔뜩 붉어진 눈 밑을 숨기지 않으며 속삭였다.

숨소리와 함께.

"저를 가져주실 거죠?"

결국 나는 늦은 오후가 될 때까지 움직이지 못했다.

"이번엔 비교적 거리가 가깝네요."

다음날 곧바로 아홉 번째 영혼을 찾으러 가는 길, 생각보다 거리가 멀지 않다는 걸 알았다. 굳이 따지자면 버스로 두 정거장 정도? 걷기에 그리 나쁘지 않은 거리였다.

"첫 번째 영혼을 제외하면 가장 가까운 것 같네요."

나는 손안에서 휙휙 도는 검은 나침만을 보며 말했다.

가장 멀리 있던 영혼은 무려 기차를 타고 다녀오기도 했었지. 그

동안 각 영혼별로 시간이 오래 걸린 것엔 거리 문제도 있었다.

그렇게 나침반을 쭉 따라 걸어간 우리는 마침내 아홉 번째 영혼을 마주할 수 있었다.

"안녕하세요?"

아홉 번째 영혼은 젊은 여성의 몸에 빙의한 영혼이었다.

몸 주인은 카페 알바인 듯 반듯한 유니폼과 갈색 모자를 쓰고 있었으며, 우리의 등장에도 전혀 당황하지 않은 기색이었다.

"나를 돌려보내러 온 분들인가요?"

놀랍게도 이 영혼은 나와 리케도르안의 정체를 먼저 알아보고 인사를 건넸다.

그녀의 표정은 마치 우리가 올 줄 알았다는 듯이 여유롭고 나긋했다.

당연하겠지만 우리는 입도 벙긋하지 않은 상태였다.

나는 미간을 찡그리며 손을 움직였다.

"아, 혹시 반항할까 염려한 거라면 그런 걱정은 하지 않아도 되어요."

여성은 싱긋 웃으며 손을 뒤로 숨겼다.

"아무것도 하지 않을 테니까요. 돌아가는 과정에도 얌전히 협조할게요."

뭔가 이상했다. 물론 이 여성이 말도 영 석연치 않았지만 이 여성의 말투가 조금 미묘했달까. 전혀 사용하지 않던 말투를 억지로 흉내 내는 느낌이라 해야 하나. 마치 자신에게 맞지 않는 옷을 입은 느낌이었다.

"다만, 부탁이 있어요. 들어주실 수 없을까요?"

역시나 꿍꿍이가 있었던 걸까? 나는 눈을 가늘게 좁혔다.

"뭔데요?"

"이 세계를 구경하고 싶어요. 당신들에겐 협조할게요. 구경하면 안 될까요?"

나는 리케도르안과 마주 봤다. 리케도르안은 줄곧 나만을 보고 있었기에 내가 눈을 마주친 것에 가까웠지만.

여성은 부드럽게 말했지만 나는 느꼈다. 협조를 말하는 순간에 드러났던 거대한 힘을.

절로 주먹이 쥐어졌다.

'……이 사람에게서 지난 영혼들과는 격이 다른 힘이 느껴져.'

어쩌면 리케도르안과 비등비등할지도 몰랐다.

협조하지 않을 시 무력이라도 쓴다면 이번에야말로 쉽지 않을 듯 싶었다.

나는 잠시 망설이다가 말했다.

"얌전히 협조할 거란 건 어떻게 믿죠?"

"아. 그건 그렇네."

여성은 손뼉을 치고는 턱을 톡 두드렸다.

곧 여성의 손끝에서 녹색 기운이 치솟았다. 지금까지 한 번도 본적 없는 종류였지만, 날카롭고 거대한 느낌만은 똑똑히 느낄 수 있었다.

나와 여성 사이에 뜻을 알 수 없는 문자가 새겨졌다.

"이건, 우리 세계에서 '맹약'이라 불리는 거예요. 내 영혼을 걸고 맹세컨대 방금 말한 것을 지킬게요."

가만히 기운을 좇았다. 그녀의 말처럼 그녀 스스로의 것인데도 자신의 목을 옥죄고 있었다.

나는 대가가 영혼에 걸린 것을 확인하고서야 찝찝하지만 이 약속을 받아들였다.

거짓말을 한 것 같지는 않았고, 구경 정도라면야 어려운 일이 아니었다. 무엇보다 싸우더라도 이쪽이 지지 않을 거라는 자신이 있었다.

"그럼 가나요?"

몸 주인이 카페 알바생이라는 점이 마음에 걸렸지만 내가 어찌할 수 있는 바가 없었다.

부디 일이 끝난 뒤이기를 바랐다.

"아, 그건 걱정 말아요."

내가 걱정을 입으로 뱉자, 여성은 문제없다는 듯 말했다. 그녀는 이 몸에 들어온 지 며칠 되었고, 그동안에 일에도 적응했단다.

"눈을 뜨니, 일을 하던 중이어서요. 대충 눈대중으로 익혔으니까요."

눈을 뜨자마자 알바를 했단 소린데, 구경하고 싶다며. 왜 구경하지 않고서?

"아, 휴가는 며칠 뒤부터 줄 수 있다고 해서요."

이 영혼도 뭔가 좀 특이한 영혼이었다.

"당신들이 오는 느낌에 얼른 퇴근했죠."

여성은 거기까지 말하고는 나를 흘끗 보았다. 그러고는 고개를 갸웃했다.

"당신, 정말로 강하네요? 괜히 이런 일을 하는 게 아니구나."

순수하고 솔직한 감탄이었다. 전투 능력이라면 리케도르안이 더 뛰어날 텐데. 나는 심드렁하게 끄덕였다.

"나보다 강한 사람은 처음 봐요. 우리 세계에는 없었거든요."

나야말로 조금 전의 힘을 보고 깜짝 놀랐다.

"근데…… 당신에겐 여러 힘이 엮여 있네요?"

이어진 엉뚱한 소리에 나는 잠시 걸음을 멈췄다. 정확하게는 그녀가 걸음을 멈춘 것에 따라 멈춘 것이었다.

"아니다. 정확히는 고삐? 고삐를 쥔 거군요."

내 상황을 꿰뚫어 보는 말에 나는 미소를 지웠다. 무슨 말을 하고 싶은 거지?

"으음, 두 개는 너무 멀고…… 하나는 붉은색. 이쪽이고."

여성의 눈이 데굴데굴 굴러 리케도르안을 담았다. 그러고는 의문 가득한 얼굴로 깜빡였다.

"왜 검은 쪽은 데리고 다니지 않아요?"

나는 아무런 말도 하지 않았다. 굳이 대답할 필요성을 느끼지 못했으니까.

여성의 눈동자는 20대라고는 믿기지 않을 만큼 깊었다. 부드럽게 생긋생긋 웃고 있지만 미소가 습관일 뿐 숨기지 못한 기도가 조금씩 느껴졌다.

본인은 잘 숨기고 있는데, 내게 느껴지는 걸 수도 있고.

아무튼 무시하려 했으나 나보다 먼저 반응한 이가 있었다.

어깨를 감싸는 팔과 함께 술렁 움직이는 기운을 느꼈다.

어느새 내 등 뒤에서 나를 반쯤 껴안은 리케도르안이 저쪽을 노려보고 있음을 알 수 있었다.

이렇게 날카로움을 드러내서야, 보지 않고도 상상이 가능했다.

"르안."

나는 작게 한숨을 쉬고는 그를 불렀다. 괜찮다는 듯이 팔을 토닥여주자 거짓말처럼 기운이 사그라들었다.

한 번 더 숨을 내쉬고는 입을 열었다.

느낌상 반응을 하지 않는 편이 좋을 것 같은데, 이미 우리 쪽에서 드러낸 뒤였다.

"당신이 말한 쪽은 집에 두고 왔어요."

"그렇군요?"

여성은 나와 리케도르안을 한 번씩 보고는 끄덕였다.

"사이가 좋지 않나 보네요."

그녀 나름대로 이해한 듯한 얼굴이었다.

"검은 쪽은 애타게 당신을 갈구하는 것 같은데. 그 기운이 계속 당신 주변을 머물고 있어요."

"……."

"차마 건들지 못하고."

당연하겠지만 이 여성이 말한 사람은 단연 체이서였다.

검은 장미. 그는 여전히 카페처럼 만든 그 공간에 있었다. 생명을 유지할 힘이 사라질 즈음 방문함으로써 보는 것이 전부였지만.

괜히 복잡한 생각이 드는 것을 피하려 고개를 내저었다. 어차피 대답하지 않아도 상관없는 말이었다.

그사이 여성은 이미 이쪽에 관심을 잃은 뒤였다.

여성과 함께 도착한 곳은 의외라고 할지. 놀랍게도 도시의 시내 한복판이었다.

"여기가 도시의 중심인가요?"

"네. 맞아요."

여성은 신기하다는 듯이 고개를 좌로, 우로 돌렸다.

주말 한낮, 사람이 꽤 많을 시기였다. 나로서는 여성이 군집된 아주 많은 사람들에 놀란 것인지, 수없이 올라간 고층 건물과 화려한 간판들에 놀란 것인지.

어느 쪽인지 알 수 없었지만. 문득 생각난 것이 있어 물었다.

"저기, 이제야 생각난 건데. 이름이 뭔가요? 무어라 부르면 되나요?"

생각해보면 앞서 만났던 영혼들 중 대다수는 이러했다. 약속이라도 한 듯이 '이 몸은 누구누구다' 하고 이름을 알려주기 바빴던 것이다.

물론 아닌 영혼도 있었지만, 그들은 우리를 보자마자 도망가기 바빴다.

여성은 눈을 크게 깜빡이더니 잠시 고민하는 기색이었다.

"알려주기 난감하면 적당한 호칭을 정해주세요. 마땅히 부를 말이 없어서."

"아, 아니요. 난감한 건 아니고, 뭐랄까……. 내 이름은 이곳에서 아주 길다고 할지."

"그래요?"

"그러니, 우르슬이라 불러줘요. 내 어릴 적 이름이에요."

그렇게 말하는 여성의 얼굴이 처음으로 누그러졌다. 잠시지만 진짜 미소를 엿본 느낌이었다.

"좋아요, 우르슬."

그녀가 말한 세상 유람이 무엇인지 모르겠지만 나는 그녀가 바라는 곳 어디든 갈 수 있도록 도왔다.

발길 닿는 곳으로 그녀가 걸음을 옮기면 내가 함께 이동하면서 이곳에 대해 설명을 해주는 식이었다.

리케도르안은 별로 말을 섞고 싶지 않은 듯 침묵을 유지했다. 평소에도 나 아닌 사람과는 이야기를 거의 나누지 않을뿐더러 유일한 예외가 옆집 막내딸이었을 정도니.

우르슬 쪽에서도 별 신경 쓰지 않는 듯했다. 소 닭 보듯 닭 소 보듯 서로를 본다고나 할까.

"저쪽은 당신의 반려인가요?"

그러다 딱 한 번 묻긴 했다.

"네. 맞아요."

"그렇구나. 여기도……."

반려라니, 이곳에서 잘 쓰이지 않는 말에 잠시 움찔했긴 했지만. 그녀는 나름대로 납득한 듯했다.

그렇게 한참 돌아다녔을 즘, 그녀가 한곳을 가리키며 말했다.

"다음엔 저기에 가고 싶은데, 어떻게 가나요?"

"저긴 안 돼요."

"왜요?"

"스위스란 곳인데, 너무 멀어요."

난 단호하게 고개를 저었다.

비행기로 한참을 가야 하는 나라였다. 다음 영혼도 남아 있으니 여길 오래 벗어나서도 안 되고, 너무 오랜 시간을 할애할 수도 없었다.

그녀에게 거리를 이야기해주자 쉽사리 물러났다.

"그렇군요. 이해했지만 궁금하긴 하네요."

"어떤 것이요?"

그녀가 콜라를 쪽 빨아 마시며 고개를 갸웃했다.

그렇지 않아도 30분 전, 그녀가 눈을 반짝이며 먹은 것이 바로 저 콜라와 햄버거였다. 생각지도 못한 음식이라나.

그녀의 세계가 어떤 세계인지 몰라도 이곳과는 다른 식문화를 가진 곳인 모양이었다.

"당신은 길 잃은 영혼을 인도하는 수행자죠?"

"뭐. 쉽게 말하면 그렇죠."

신이 정한 명칭은 따로 없지만 설명하면 그렇지 않을까.

"지금까지 영혼들은 모두 이 땅에서만 나타난 건가요?"

"이 땅에서만 나타났다기보다는…… 음, 설명하면 이래요. 차원과 차원 간에는 가끔 관리자들이 생각지 못한 구멍이 뚫리는데, 그걸 '균열'이라고 해요. 이 균열은 관리자가 손대기 어렵고, 기다리면 시간이 좀 걸리긴 해도 보수가 된다고 하더라구요?"

물론 신의 첫 번째 부탁이 이 균열을 메꾸라는 내용이었지만. 이는 당시 소멸을 기다리는 대신 빠르게 메꿔야 할 필요가 있었댔지.

이는 언급하지 않고 말했다.

"영혼이 넘어올 만큼 큰 균열은 흔치 않은데, 커질 것을 예상하고 관리자가 이 땅으로 균열을 옮겨 놓은 거예요."

"아하, 길 잃은 영혼들이 이곳에서만 발생하도록?"

"네. 정답이에요."

나는 빨대를 문채로 컵을 톡톡 두드렸다.

나도 햄버거 먹은 지는 꽤 오래됐는데, 오랜만이라 그런지 맛나게 느껴졌다.

흘끗 옆을 보면, 나는 시선을 돌리다 말고 푸흡, 웃음을 터트렸다.

"르안, 뭐해요?"

리케도르안이 햄버거를 먹다 말고 빤히 바라보고 있었다.

"아, 재료를 보고 있었어요."

"재료를 왜요?"

"당신이 맛있게 먹는 것 같아서요."

르안이 방긋, 해사하게 웃었다.

"집에서도 만들어볼까 하고요."

"어, 음……"

"이아나가 맛있게 먹어주면 행복할 것 같아요."

나는 햄버거와 르안을 번갈아 보다가 슬그머니 상체를 들어 그의 어깨를 꾹 눌렀다. 그는 내 손에 순순히 내려와 주었다.

그런 그의 귀에 대고 작게 속삭였다.

"르안, 밖이 아니었더라면 지금 당장 당신의 얼굴을 붙잡고 입 맞췄을지도 몰라요."

짧지만 단호한 말에 입술을 떼어냈을 즘엔 그의 귀가 발긋 달아올라 있었다.

"당장 해줘도 좋은데……"

"돌아가서요."

"침대에서요?"

"요, 입. 입."

나는 그의 입술을 꾹 누르며 웃음을 터트렸다.

말했듯 우린 밖으로 오래 나오지 않았고, 음식은 직접 해 먹는 편이었다.

그저 오랜만에 먹는 햄버거가 반가웠을 뿐인데, 내 시선과 행동 하나하나에 신경을 써주는 그가 고마운 한편 애틋하게 느껴졌다.

"사이가 좋네요."

어느새 턱을 괸 우르슬이 말했다. 나는 부끄러워하는 대신 무심히 씩 입술을 끌어올렸다.

"한창 뜨거울 때라서요."

6년이 지났지만 말이지. 이 말은 덧붙이지 않으며 말했다.

"조금만 이해하세요."

그녀 또한 웃음을 터트렸다.

온종일을 돌아다니고, 밤이 찾아왔다. 우리나 우르슬이나 체력으로 지칠 일은 없는 몸인 덕에 적어도 도시에 가볼 만한 곳은 전부 가본 것 같았다.

덕분에 나도 6년씩이나 살면서도 가보지 않았던 곳을 가게 되었다고 할지.

"알차게 돌아다닌 것 같아요."

우르슬 또한 우리 일정을 인정했다.

"마지막으로 가보지 못한 곳은 아쉽지만요."

그녀가 가보고 싶어 했던 곳은 '놀이동산'이었다. 하나 그녀가 브라운관에서 이를 발견했을 때, 시간이 한참 늦은 뒤였다.

나는 조금 고민하다가 대답했다.

"거긴 내일 가볼래요? 주말이라 사람은 많겠지만."

많은 정도가 아니라 미어터지지 않을까 싶었지만 기구를 타는 건 내 쪽이 아닐 테니 상관없겠다 싶었다.

우르슬은 잠시 눈을 크게 뜨더니 곧이어 목을 쓸어내렸다.

"당신은……."

그녀는 무어라 표현할 수 없이 애매한 표정이었다. 기쁘기도 하고 서글프기도 하고, 씁쓸하기도 한. 여러 가지가 섞여 있었다.

"선한 사람이군요."

우르슬이 천천히 허리를 바로 했다. 그녀의 손이 절도 있게 가슴 위로 올라왔다.

"당신의 친절에 경의를 표합니다."

조금 달라진 목소리와 말투로. 그러나 이걸 지적할 새도 없이 그녀가 손을 풀어냈다.

"덕분에 꽤 오랜 시간 동안 잊고 있던 즐거움을 느낄 수 있었소."

갈색 눈동자가 한 번 바닥으로 내렸다가 다시 올라왔을 때, 더는 온종일 띠고 있던 온화함이 보이지 않았다.

"그리고 오늘 이 땅을 둘러본 결과, 나는 결론을 내렸습니다."

결론?

"이제부터 여기에서 살아야겠다고."

그녀는 여유로운 듯 결연한 표정이었다. 나는 당황하지 않은 채 태연히 응수했다.

"약속이 다른데요."

"당신을 배신하게 된 꼴이라 유감입니다. 고작 하루지만 당신이 선한 사람인 것은 알겠습니다."

그녀가 자신의 눈을 톡톡 두드렸다.

"힘을 얻고, 군림하며 얻은 것은 사람 보는 눈밖에 없었으니까요."

"뭐. 좋게 봐줘서 고마운데."

나는 한쪽 발을 뒤로 빼냈다.

주변은 약속이라도 한 듯 조용한 공원이었다. 의도한 바는 아니지만 이곳은 근처에 새 공원이 생기며 거의 버려지다시피 한 곳이었다.

여기서 그녀의 하루 거처를 정하려 했던 거지만.

"그런 아부는 통하지 않는 거 알고 있죠?"

공기로 긴장감이 흘렀다. 보진 않았지만 리케도르안 또한 전투태세를 하고 있으리라.

이미 굳이 말이 하지 않아도 서로의 생각쯤은 짐작할 수 있으니까.

"그 맹약이란 거, 깨기 참 쉬운 모양이네?"

"그렇지는 않아요. 아직 심장에 새겨져 있을걸요?"

나긋한 말씨로 돌아온 그녀가 말했다.

"다만 우리가 맹약할 때에 기간을 말하지 않았을 뿐이죠."

"처음부터 사기를 칠 공산이었다. 이거네?"

"당황하지 않으시네요?"

"뭐. 나도 철석같이 믿고 있던 건 아니라."

나는 어깨를 으쓱했다.

"나도 곱게 살아온 건 아니라. 적당히 의심하고 거리 두는 법은 알거든."

손끝마다 푸르른 기운이 치솟았다.

"싸움을 각오한 거라면야."

처음부터 그녀가 약속을 지키든 지키지 않든 저 영혼이 돌아가는 건 정해진 일이었다.

"부딪치면 그만이지."

어차피 있을 것 같던 싸움 지금 일어난 거나 마찬가지인 거지.

"……저를 믿지 않는 것과 별개로 잘해주던걸요?"

"그건. 댁들 영혼이 어떤 상태든 내게 일을 시킨 신은 신경 쓰지 않지만 내가 나름대로 복지를 챙겨준 거라 하자고."

나는 손에 푸른 기운을 둥둥 띄운 채로 씩 웃었다.

"내가 딱 댁 몸 같은 나이대 여성에게 참 약하거든."

어쩔 수 없는 일이다. 이건 그리움이 만들어낸 상처고 흔적이었으니까.

동생 같던 하얀 장미의 잔상을 흩트리며 나는 고개를 좌우로 한 번씩 움직였다.

"유감스럽지만, 나도 돌아갈 수 없는 사정이 있어요."

"흐응, 그놈의 유감. 그만 찾아도 되지 않나?"

"이미 내 세상에서 죽었거든요."

나는 멈칫했다.

그녀가 내 얼굴을 보며 씁쓸하게 웃었다.

"반응을 보아선 역시, 여태 돌려보낸 영혼은 육체가 남은 영혼들이었나 보네요."

우르슬은 그리 말하며 상체를 살짝 숙였다. 그녀의 손이 자신의 허벅지를 더듬나 싶더니, 이내 녹색 기운이 마구 뭉쳤다.

그 사이로 손을 꺼냈을 때 그녀의 손에는 가늘고 긴 검이 들려 있었다.

"그러니 난 전력을 다할 생각이에요. 남아서 더 살고 싶거든요."

나는 리케도르안을 흘긋 보고는 자세를 낮췄다. 이대로 문을 열어 바로 돌려보낼 생각이었다.

그녀가 여기 남으면 저 몸의 주인은 어쩌라고?

죽은 자라면, 더욱이 산자의 육체를 앗아가선 안 될 일이다.

"미리 경고했어요. 나는 전력을 다하겠다고."

"리케도르안!"

동시에 리케도르안이 검을 들어 올렸다.

땡그랑!

그러나 우르슬은 놀랍게도 자신의 검을 바닥에 떨어트렸다.

무기를 버려? 어째서?

잠시 당황하는 사이에 그녀의 몸이 바닥으로 쓰러졌다. 영문을 알 수 없었다.

왜 쓰러진 거지?

"리케도르안, 일단 저 사람 몸을 확인해봐야……."

"아뇨. 영혼이 사라졌어요. 그대로 도망간 것 같아요, 이아나."

영혼만 빠져나와 도망갔다고? 그럴 수가 있나? 내 표정이 절로 심각해졌다. 지금까지 송환 중에 전혀 없던 사례였다.

"영혼 홀로 도망갈 수 있었어요?"

362

"그건 잘 모르겠지만 저 몸에서 더는 힘이 느껴지지 않아요."

그랬다. 나 또한 쓰러진 몸에서 더는 강대한 힘을 느끼지 못했으니까.

하지만 한순간에 어디로 갔단 말인가?

심지어 나는 영혼의 모습조차 보지 못했다. 분명 영체가 빠져나올 때는 흐릿하게나마 모습을 보였었는데…….

기운조차 느껴지지 않는다. 내가 그녀의 힘 정도와 크기를 잘못 판단한 걸까 싶었다.

지난 영혼들처럼 도망가지 못하게 장벽부터 쳤어야 했나. 입술을 꾹 깨무는데 문득 위화감이 느껴졌다.

"리케도르안?"

"네. 이아나."

어느새 리케도르안이 검을 땅에 꽂고 내 앞으로 다가와 있었다. 그는 잔뜩 시무룩한 표정이었다. 그가 입술을 꾹 깨물었다.

"죄송해요. 이아나. 제가 좀 더 자세히 관찰했다면 놓치지 않았을 텐데…….."

"아니에요."

나는 살래살래 고개를 저었다.

"나도 이렇게 될 줄 몰랐는걸요. 이건 둘 중 누구의 탓도 아니에요."

나는 손을 들어 그의 턱을 톡 두드렸다. 힘을 풀라는 듯.

"굳이 찾자면…… 이런 사례를 알려주지 않는 망할 신의 탓이죠."

나는 리케도르안을 달래는 한편 조금 전 느낀 위화감을 놓치지
않으려 했다.

그러다 말고 흠칫했다.

"르안?"

어느새 리케도르안이 내 손바닥에 얼굴을 비비고 있었다.

"네. 이아나."

이는 드문 일이 아니었다. 그는 실수할 때면 축 처진 짐승마냥 눈
치를 보며 매달리곤 했다.

오늘만 해도 햄버거집에서 그가 실수로 케첩을 엎고 정리하는 동
안 눈치를 보며 울상을 지었으니까.

잘 실수하는 사람은 아니었지만 이럴 때마다 최선을 다해서 귀여
움을 보이는 남자였다.

나는 리케도르안의 뺨을 만져주며 생각에 잠겼다.

그사이 리케도르안은 큰 몸을 내게 안기다시피 매달렸다. 나는
그의 머리를 가만히 쓰다듬어 주었다.

그의 얼굴이 차차 아래로 내려가며 목줄기에 입을 맞출 듯 가까
워졌다가…… 떨어진다. 곧 그는 내 어깨에 이마를 기댔다.

"음, 르안?"

나는 웃음을 흘리며 그의 어깨를 톡 두드렸다.

"아직 밖인데 집에 들어가서 나머지를 하면 어때요?"

허리에 감긴 리케도르안의 팔에 아프지 않게 힘이 들어가며 나를
잡아당겼다. 나는 순순히 이끌려가 주었다.

리케도르안이 이마를 비볐다. 그러고는 슬그머니 고개를 들어 귀로 속삭였다.

"일이 잠시지만 끝났잖아요. 예뻐해 주세요, 응?"

분명 내 르안은, 일이 끝나기 무섭게 내게 달라붙는 남자이긴 했다…….

그때마다 이렇게 순진하고도 야살스러운 얼굴로 웃기도 했고.

나는 천천히 그의 어깨에서 손을 떼어냈다. 그러고는 살살 그의 머리칼을 매만졌다.

이윽고 고개를 숙이다 말고 헛웃음을 들이켰다.

미안해요. 르안.

콱.

그의 머리칼을 콱 잡아당겨 들어 올렸다.

"이, 이아나?"

허공에서 시선이 교차했다. 나는 입술을 삐뚜름하게 끌어올렸다.

"어디서 내 르안 행세야?"

미안하지만 난 하늘에 맹세코. 내게 매달리는 동안 이 얼굴이 붉어지지 않는 경우를 본 적 없다.

"왜 그래요. 이아나?"

리케도르안이 내게 머리를 잡힌 채로 울상을 지었다. 금방이라도 울 것 같은 얼굴이었다.

"무서워요…….""

"미안한데, 내 르안은 그런 소리 안 해."

"어떤 말을요? 무섭단 거요?"

"마음 아프게도 어린 시절에 너무 험한 진창을 굴러서 말이야."

리케도르안은 성인이 되어서도 아픔은 물론 공포와 두려움을 잘 느끼지 못했다. 유년 시절이 남긴 흉터였다.

오직 나를 잃는 것에 두려움을 느낄지 모르나…… 내게 부담이 될까 그런 말조차 입에 담지 못하는 남자였다.

"이아나. 왜 알 수 없는 소릴 하는 거예요?"

리케도르안이 울상인 얼굴을 차차 지워내며 입술로 나른한 미소를 그렸다.

청순한 얼굴 위로 띄워진 유혹적인 낯은 이미 오래전부터 보아온 미소이기도 했다.

늘 이 남자가 작정하고 유혹하고자 마음먹는다면, 누구든 당해낼 재간이 없으리라 생각했었다.

그는 고개를 기울인 채로 나를 물끄러미 담았다. 그는 그대로 내 손을 들어 이로 살짝 깨물었다.

달빛은 기가 막힌 조명이었다.

"어디가 달라 보인다는 거예요?"

내 손을 빼내며 붉은 혀로 입술을 축인다. 누구라도 숨을 삼킬만한 광경이었다.

"난 그대로인데."

그는 내 얼굴을 바라보며 나직한 미소를 터트렸다. 손가락을 움직여 내 손바닥을 살살 문지르는 것마저 녹진한 유혹을 드러냈다.

"이상하네. 이아나. 내 얼굴에…… 약한 것 아니었어요?"

"에이. 이미 졸업했죠."

난 씩 웃었다.

미안하지만 이런 유혹은.

"고작 얼굴에 칠렐레 팔렐레 하기엔."

이미 그의 짐승 버전이 판을 칠 즈음에 졸업했다 이 말이다.

"당신이 너무 많은 유혹을 해왔잖아요. 내 르안."

그의 손을 거칠게 쳐냈다. 그러고는 그대로 르안의 먹살을 잡아당겼다.

우리의 얼굴이 닿을 듯 말 듯 아슬아슬하게 가까워졌다.

달빛에 선연한 이 푸른 눈동자는 더는 내가 알고 있던 시선이 아니었다.

고작 이 정도도 눈치 못 챌까 봐?

나는 생긋 웃으며 한 글자, 한 글자 뚝뚝 끊어 똑똑히 말했다.

"그래서 내 남자의 몸을 차지한 막돼먹은 영혼 새끼야. 좋은 말 할 때 나오죠?"

울먹이던 리케도르안이 천천히 표정을 지워냈다. 곧이어 손가락으로 입술을 닦아내며 피식 웃었다.

"안 통하네?"

그 순간 펑! 근접거리에서 작은 폭발이 일었다. 이는 나를 상처 입히지는 않았지만 한순간 시선을 빼앗기엔 충분했다.

픽!

거친 손아귀에 리케도르안의 멱살을 놓쳤다. 눈을 뜨면, 어느새 한참 멀어져 있는 르안이 보였다.

도망가려는 건가?

그것만은 안됐다. 나는 급히 발을 굴러 결계를 펼쳤다.

"도망 못 가."

누가 그렇게 둘 줄 알고. 새파란 반원의 구가 커다란 공간 곳곳에 펼쳐졌다.

"으음, 그래, 이걸론 어렵겠네요."

이제 그녀는 말투조차 숨기지 않았다. 리케도르안의 얼굴로 빙긋 미소했다.

"하지만 어쩌죠? 처음부터 도망갈 생각은 없었는데."

동시에 리케도르안의 신형이 눈앞에서 사라졌다.

쾅!

그의 검이 눈앞에서 나타났다. 다행스럽게도 빠르게 펼쳐진 푸른 기운과 맞붙어 떨어졌지만.

나는 그녀의 손에 쥐어진 붉은 검을 보며 미간을 찡그렸다.

'검까지 쓸 수 있는 건가?'

아니나 다를까 머릿속으로 푸딩의 목소리가 웅웅 울렸다.

─어, 어찌된 거냐 냥! 붉은 장미가 이상하다!

'푸딩, 계속 르안에게 말 걸어 봐. 티는 내지 말고. 그리고 저 여자의 몸도 좀 제압해보고.'

─많다!

'그래도 해.'

푸딩은 투덜거렸지만 이것이 투정에 불과하다는 것을 서로 알고 있었다.

그사이에 우르슬은 리케도르안의 팔로 검을 붕붕 흔들었다.

"오호, 살아 있는 검인가요? 대단한 무기네요."

그녀는 나를 보며 눈을 휙 접었다.

"그리고 당신의 무기도 대단해 보이고요."

어느새 내 손엔 긴 왕홀이 들려 있었다. 참으로 오랜만에 꺼내는 무기였다.

왕홀에 깃든 휘슬이 긴 울음소리를 토했다. 그 어느 때보다 사납고 거대하며 웅장한 울음소리였다.

'그래, 그래. 휘슬아. 너도 빡치지? 나도 그래.'

평소 르안을 무척이나 좋아하는 휘슬도 상당히 분노한 듯했다.

곧 우르슬의 손에서 녹색의 넝쿨 같은 마력이 쏟아졌다. 색을 보아서는 그녀의 본래 힘인 것 같았다.

그것이 리케도르안의 손과 검을 꽁꽁 묶었다. 저 넝쿨 같은 것을 자르지 않고는 풀지 못하게끔.

"무기가 아무래도 절로 도망을 가려 하는 것 같아서."

그녀는 짧게 설명하고는 움직였다.

그녀의 검과 내가 펼친 보호막이 부딪쳤다. 몸 주변으로 펼친 힘은 굳건했으나 한편으로는 느낄 수 있었다.

이거 완전 르안의 힘이랑 저쪽의 힘이랑 합쳐진 꼴이잖아?

무기를 쓰는 모습을 보아서는 저쪽도 전방위 전투형 같은데.

이래서야 포지션 상 내게 불리했다.

곧 푸르른 기운이 그녀를 튕겨냈다. 리케도르안의 몸을 한 영혼
은 아무렇지 않게 자리를 잡았지. 소강은 잠시뿐이었다.

곧 거센 공방이 이어졌다.

리케도르안을 막는 한편 문을 열어보려 시도했지만 모두 허사
였다.

저쪽이 너무 빠른 데다 내가 다른 행동을 취할라 치면 거짓말처
럼 나를 공격했다.

혹은 밖으로 나가려 결계를 두드리거나.

쾅!

지축을 흔드는 굉음과 함께 땅이 마구 진동했다. 떼어낸 발아래
로 후드득 흙과 돌이 떨어진다.

마치 거미줄 형태처럼 균열이 간 대지는 금방이라도 꺼질 것처럼
위태로워 보였다.

"하아, 하아."

나는 좀처럼 내쉰 적 없던 거친 숨을 토해내며 고개를 들어 올
렸다.

조금 전 내가 있던 자리로 거대한 검이 꽂혀 있었다.

아마 움직이는 것이 조금만 더 늦었어도 저 날카로운 대검에 베
였을 것이다.

-이, 인간. 어떻게 좀 해보라, 냥! 이러면…….

푸딩이의 안타까운 울음소리가 마구 머릿속을 울렸다. 대답해주고 싶은데 그럴 겨를이 없었다.

검이 다시 내게로 날아왔으니까.

'장난 아니네. 정말.'

저 검이라도 떨어트려 놓으면 좋을 텐데. 장미 줄기로 손과 꽁꽁 묶어둔 검을 떨어트리기란 요원해 보였다.

마침내 검을 다시 들어 올린 르안이 고개를 느슨하게 기울이며 나를 바라봤다.

달빛이 선명한 아래 내게 검을 겨눈 이는 아름답게 미소 지었다.

그의 눈은 완전히 맛이 가 있었다.

"르안."

내 부름에 리케도르안의 몸을 가진 영혼의 미소가 더욱 깊어졌다. 검을 휘두르는 것과 함께.

나는 검을 피하며 생각했다.

'……이걸 어떻게 제정신으로 되돌리지?'

머릿속으론 어디서부터 잘못되었나 되짚어보면서.

하지만 곧 결론을 내렸다.

'이렇게 해서는 답이 없다.'

리케도르안 하나만을 벅찬데, 그와 비견될 만한 강자의 힘까지 합쳐졌다.

물론 아직까지 힘의 총량은 내 쪽이 우세하다는 걸 느낀다.

중요한 건 이 힘을 어떻게 사용하느냐다.

평생 검을 잡아 온 우르술이나 르안과 다르게 10년이 채 안 되는 나는 전투에 한에서는 미숙했다. 말도 안 되는 힘 덕에 이렇게 버티고는 있지만. 이대로는 지지부진한 소모전일 뿐이다.

우르슬이 지칠 때까지 기다릴까 생각했지만, 저쪽도 바보는 아니었다.

리케도르안의 몸으로 자해라도 벌이면 곤란했다.

'제압할 누군가가 필요해.'

거기다 나는 리케도르안이 다칠까 봐 마음껏 힘을 쓰지 못하는 상태.

입술을 꾹 깨물었다가 푹, 날숨을 내쉬었다.

'……방법이 없잖아.'

나는 고개를 획 들어 올렸다.

"이봐요, 하나만 묻자. 당신, 목적이 뭐야?"

이곳에서 살아가고 싶다고 했다. 남의 몸으로.

"나를 죽이고 싶은 거야?"

"……그럴 생각도 했지만. 그랬다간 이 몸이 망가질 것 같네요? 그래서 제압하려 했죠."

"어떻게?"

"글쎄요. 일단 제압해보고 머리 쪽을 건드려보려 했는데."

리케도르안이 악당처럼 웃었다.

보아하니 몸에서 몸을 옮겨 다니는 것도 그렇고 뭔가 비장의 방법이 있는 듯했다.

그렇단 말이지.

"……그럼 나도 거리낄 것이 없겠네."

"네?"

"봐줄 생각 없다고."

나는 비릿한 미소를 지었다.

"잘 알아둬. 당신."

나는 손에서 휘리릭, 왕홀을 돌렸다. 이 방법만큼은 절대, 쓰고 싶지 않았는데.

"당신은 내가 세상에서 가장 쓰기 싫은 수를 쓰게 한 거야. 지금."

나는 입술을 삐뚜름하게 비틀면서 양손으로 무기를 잡았다.

"곱게 돌아갈 생각은 접어."

내 결정에 화답하듯 휘슬이 길게 울음을 토했다.

쾅!

그 순간 왕홀이 바닥에 푹 꽂혔다. 동시에 푸르른 기운이 폭발적으로 샘솟았다.

이건, 이 세계에 도착한 뒤로 단 한 번도 건드린 적 없는 힘이었다.

왜?

누군가를 구속하는 힘이었으니까.

촤르르륵.

푸르른 쇠사슬이 이 공간에 가득 펼쳐진다. 그리고 자욱한 푸른 안개 사이로 곧 누군가가 모습을 드러냈다.

새카만 신발. 검은 정장 하의. 언제나처럼 빈틈없이 채워진 새하얀 단추들까지.

달빛 아래, 검은 머리칼이 푸르게 물들었다.

한 마리의 재규어를 연상시키게 하는 크고 긴 실루엣이 느릿하게 고개를 들어 올린다.

"흐음? 이게 무슨 일이람."

남자가 쇠사슬 사이에서 저벅저벅 걸어왔다.

그는 풍경을 쭉 돌아보는 것만으로 붉은 눈동자에 이채를 띠더니, 내게로 다가왔다.

그가 천천히 무릎을 꿇었다.

"나의 왕. 제가 무엇을 하면 될까요?"

언젠가 도뮬릿의 수장으로서 그러했듯이. 여유롭지만 갈증이 섞인 음성으로.

촤르르륵.

그러나 전과 다르게 그의 목에는 검은 초커와 사슬이 이어져 있었다. 그리고 그 사슬의 끝은 내 손과 이어졌다.

체이서.

그가 반듯한 순종을 드러냈다.

"시키는 것은 무엇이든지."

할게요. 어둠 속에서 그의 눈동자가 어둑하게 빛났다.

"이 목숨이라도."

나는 입술을 꾹 깨물었다.

당연하겠지만 체이서가 이곳에 나타나는 건 결코 바라던 바가 아니었다.

이 남자는 나를 잘 알고 있다.

그리고 이 순간 내가 그를 데려온 것을 탐탁지 않아 하는 것도 알고 있을 것이다.

그렇기에 평소보다, 아니. 평소 이상으로 얌전히 고개를 내린 것이다.

지금처럼.

나는 한 손을 꾹 쥐었다가 폈다. 손에 쥔 쇠사슬이 살짝 흔들렸다.

"무엇을 하면 될까요?"

체이서가 이 진동을 눈치채지 못할 리 없었다. 그는 무엇이든 안다는 낯으로 나를 응시했다.

나는 이를 꽉 깨물었다. 시간이 없었다. 이쪽을 이상하게 보는 우르슬의 기색이 심상치 않았다.

"상황은 대충 파악했겠지?"

나는 체이서의 손을 잡아당겨 일으켜 세웠다.

"어느 정도는. 하지만 명확히 명을 내리지 않으면 모르겠는데?"

"리케도르안의 몸에 다른 차원의 영혼이 들어갔어."

"아아."

체이서가 그제야 알겠다는 듯 시선을 흘끗 던졌다.

"어쩐지. 평생 가도 못 볼 풍경을 보았다 싶더니만. 미쳐버린 게 아니라니 아쉽네."

"체이서."

그는 어깨를 으쓱하더니 사슬을 잡았다가 놓았다.

"그래서 내가 할 일은 무엇인가요? 나의 왕."

"존대든 반말이든 한쪽만 해."

"네 이름을 부르게 허락하는 건가요?"

체이서가 잠시 망설이더니, 말했다.

"이아나."

이 이름을 담는 데 아주 한참의 순간이 지나간 것만 같았다. 그러
나 실질적으로는 겨우 몇 초가 흘렀을 뿐이었다.

"……리케도르안의 몸을 제압해. 저 영혼을 원래 있던 곳으로 되
돌릴 거야."

나는 그대로 눈을 돌렸다. 거기다 일부러 체이서가 말할 틈을 주
지 않고서 말했다. 그의 얼굴로 아쉬움이 스쳤지만 무어라 하는 대
신 몸을 돌렸다.

"분부대로."

체이서의 몸 주변으로 검은 아지랑이 같은 기운이 피어올랐다.
체이서가 한쪽 발을 내미는 것과 동시에 폭발적으로 치솟았다.

스물스물. 안개 같은 기운 사이로 어느새 수없이 많은 검들이 둥
둥 떠 있었다.

언젠가 몇 번 목도한 체이서의 수호신이 무기화된 모습이었다.

무기는 거의가 검이었지만 단검의 종류가 가장 많았다.

거기다 체이서의 팔 위로 아퀼라가 앉은 채 길게 울었다.

실로 오랜만에 보는 새의 모습이었다.

"그래서 짝퉁은 어느 정도나 되는지. 한번 볼까?"

아퀼라가 날개를 활짝 펼치더니 거대한 불꽃으로 산화했다.

화르르륵!

불꽃이 우르슬이 있던 자리에 퍽 떨어진다. 이 순간 귀에 익은 목소리가 들려왔다.

"이야, 이쪽이 당신 지원군인가 봐요?"

검으로 불꽃을 쳐낸 우르슬이 표정을 잔뜩 굳히고 있었다.

"큰일이네. 영혼 이동은 이번 한 번만 가능했는데."

여유로운 웃음은 온데간데없었다.

"그 멀리 있다던 검은 쪽?"

우르슬도 가만히 있지만은 않았다. 그녀는 몇 번이고 바깥쪽 결계를 두드렸지만 별다른 소득을 얻지 못하고 이쪽과 싸우기로 결심한 듯했다.

아마 깨달은 거겠지. 나를 쓰러트리지 않고서는 이 결계를 없앨 수 없다는 걸.

쾅!

불이 또 한 번 우르슬이 있는 자리로 떨어졌다. 체이서는 불덩어리를 손에 둥둥 띄운 채로 내게 물었다.

"이야, 상처 입혀도 되는 거야?"

나는 여유롭지만 장난스러운 음성 속에서 묘한 기색을 눈치챘다.

"……일부러 치명상 입히는 건 용납 안 해."

"일부러 한다니. 제압에는 어쩔 수 없이 상처가 동반되니까 한 말이지. 그리고 나도 다칠 것 같은데."

체이서가 불쌍한 척 한 손을 꽃받침 하듯 제 턱밑을 바쳤다.

"다치면 걱정해줄 거야?"

"제압이나 해."

어째 영혼 상태가 되어서도 저 능글능글함은 변함이 없는지. 나는 고개를 내저으며 뒤로 물러났다.

체이서가 제압을 하는 사이에 빠르게 문을 열 요량이었다.

물론 결계를 유지한 채로 문을 여는 건 내게도 꽤 버거운 일이었지만 전투를 하는 것보다는 나았다.

"이아나, 정말로 날 상처 입힐 거예요?"

슬슬 장난이 아니라 느낀 건지, 우르슬이 재빠르게 나를 쳐다봤다.

리케도르안의 얼굴로 울먹이는 모습이 퍽 애처롭게 보이긴 했다. 물론 '진짜'였다면 마음이 약해지고도 남았겠지만.

오히려 저 모습은 분노만 더욱 일으켰다.

"뭐해?"

체이서가 눈을 휘었다.

"우리 왕께서 빨리 해치우시라네. 짝퉁 빨간 장미."

그와 함께 체이서의 주변으로 떠 있던 검이 세차게 쇄도했다.

쉬이익!

비상한 검들이 제각각 움직이며 리케도르안을 노렸다. 내가 알기로 체이서는 장미들 사이에서도 결코 만만찮지 않은 실력자였다.

거기다 생전의 그는 푸른 장미의 힘마저 가지고 있던 상태였다.

그리고 이 힘들은 영혼에 새겨지는 바, 이 순간에도 변함없는 사실이었다.

"이거야, 원. 진짜보다 더 약한데? 재미없게."

체이서가 팔짱을 낀 채 느긋하게 미소했다. 당해본 사람으로 저 여유로운 미소가 이 순간에 얼마나 열받게 하는지 아주 잘 알았다.

"이익!"

이는 침착해 보이던 우르슬에게도 마찬가지였는지. 그녀는 전과 다르게 더욱 초조한 얼굴을 숨기지 못하며 검을 고쳐잡았다.

그녀의 검에서 암울하고도 짙은 녹색 빛이 치솟았다. 리케도르안의 붉은 검과 어우러지며 마치 붉은 꽃과 잎사귀 같은 느낌을 자아냈다.

느낌상 우르슬은 지금까지 숨기고 있던 힘을 모조리 토해낸 것 같았다.

'아마도 결계를 부수거나 나를 쓰러트리고 도망가는 데 쓰려 한 힘이었겠지.'

어쩐지 이 순간 그녀가 낮에 내게 다른 나라에 대해 물어본 이유를 알 것 같았다.

'아주 먼 곳으로 도망가려 한 거야.'

더는 찾기 어렵도록.

생각할수록 치밀한 사람이었다. 그러니 더더욱 지금 이 순간에 돌려보내야 했다.

물론 최후의 수단까지 사용하게 만든 영혼을 곱게 보내줄 생각은 추호도 없었다. 당연히 놓칠 생각도 없다.

쾅!

하지만 저쪽도 최후의 발악이었는지 제압은 쉽지 않아 보였다.

"오, 검 좀 쓰던 영혼이었네?"

체이서의 음색은 변화가 없었지만 조금 전과 다르게 그는 팔짱을 푼 채로 긴장된 상태였다.

리케도르안의 검으로 거대한 기운이 솟아올랐다.

"이런."

쳉!

아퀼라가 불의 검으로 산화하더니 리케도르안의 검을 막아섰다.

왜인지 체이서의 낯으로 낭패한 기색이 어렸다.

"이아나."

꽤나 떨어져 있음에도 체이서의 음성이 바로 귀 옆에서 들려왔다. 어찌한 것인지 몰라도 곧바로 대답했다.

"무슨 일이야?"

"좀 곤란한 사안이 생겼는데."

체이서가 검을 막아내며 작게 속삭였다.

"……저 쪽에게 치명상은 안 된다는 명. 아직 유효한 거지?"

"당연한 소릴."

"그럼 안쪽에서 깨우는 건?"

"뭐?"

그렇게 말했을 때, 리케도르안. 아니 우르슬에게서 느껴지는 기운이 더욱 강해졌다.

"안쪽에서라도 깨워야 할 것 같은데. 죽기 싫으면."

이와 함께 잠시 끊어졌던 푸딩이의 목소리가 들려왔다.

-이, 인간! 인간! 큰일 났다! 들리냐, 냥?

무척이나 다급한 목소리였다.

'왜 그래?'

-이쪽 영혼이! 붉은 장미의 생명력을 끌어쓰는 것 같다! 잠깐이라면 몰라도 오래 버티지 못할 거다! 이건 치명적이다, 냥!

생명력, 그 단어가 주는 무게에 덜컥 심장이 가라앉는 것 같았다.

'르안은? 아직 답이 없어?'

-답이 없다 냥, 저 영혼의 힘인지 깊게 잠든 것 같다……. 아주 잠깐 반응이 있었지만.

푸딩은 맨 처음에 자신이 강하게 불렀을 때 르안이 답을 했었다고는 하였으나 그 후로는 아예 연결이 되지 않는다 말했다.

아무래도 우르슬이 이 연결을 방해하는 데 온 힘을 다하고 있다고 하면서.

때마침 타이밍 좋게 체이서의 음성이 들려왔다.

"저쪽 수호신이 뭐래?"

"……깨우지 않으면 위험할 거라고."

"맞아. 내가 보기에도 저 힘이 기생에 가까운 것 같거든. 이아나.

짝퉁이 진짜의 힘을 갉아먹고 있어."

골치 아픈 유형이다. 여유로운 척 말했으나, 그의 음성도 이전보다 심각해진 상태였다.

"충격을 주는 게 좋을 것 같은데. 사지 절단은 흰 장미가 없으니 수복이 어려울 테고."

"말도 안 되는 소리 하지 마."

전직 도뮬릿 수장, 악당답게 체이서는 지극히 자신의 기준에 맞춰 대안을 냈지만 나는 고개를 저었다.

신체 일부를 자르다니 말도 되지 않았다. 리케도르안의 회복력이 아무리 좋아도 그의 세계가 아닌 곳에서 어떻게 될지 알 수 없었다.

그동안에도 체이서는 리케도르안의 공격을 잘도 쳐냈다.

그러나 싸움을 깊이 알지 못하는 내 눈에도 보였다. 이는 소모전이라는 걸.

시간을 끌어봐야 이쪽, 리케도르안에게 불리했다. 머릿속으로는 푸딩이 애타게 나를 부르고 있었다.

휘슬 또한 초조해하는 것이 그대로 느껴졌다.

"흐음. 저쪽은 자멸을 각오한 것 같고. 이렇게 해서는 끝이 나지 않겠는데."

체이서가 나지막하게 속삭였다.

"이아나, 내게 쓸 만한 방법이 있는데. 들어줄 거니?"

이 음성이 귀를 푹 파고든다. 나는 문을 만들다 말고 고개를 들었다. 이젠 당장 송환이 중요한 게 아니었다.

"뭔데?"

"들어준다면 시도해볼게. 확실한 방법이야."

"설마 아까처럼 신체 일부를……."

"아니. 그건 아니야. 알잖아, 난 네게 거짓말을 하지 않는다는 걸. 그리고 이젠 네가 싫어하는 일은 하지 않아."

챙!

체이서가 리케도르안의 검을 튕겨냈다.

"그래서 지금도 널 위해 저 붉은 장미를 살릴 방안을 모색 중이 잖아?"

"……."

"저자가 죽으면 넌 울 테니까."

이곳에 온 지 6년이 흘렀다. 체이서는 변한 것인가, 변한 척하는 것인가. 달콤하게 속삭이는 모든 말을 믿을 수는 없었다. 하나 듣지 않을 수도 없었다.

그의 말처럼 다른 방법이 없었으니까.

"……쓸데없는 소리면 앞으로 평생 다신 네 가게에 발걸음하지 않겠어."

"이런 세상에서 제일 무서운 말이네."

체이서가 낮게 웃었다. 격렬한 전투 중인 까닭에 그의 숨소리가 마구 흔들렸다.

"……뭐. 애정의 차이가 있는 건 어쩔 수 없는 거겠지만."

이이나. 그가 나를 불렀다.

"나를 네 울타리 안에 넣어준 것만으로 난 됐어."

그 순간 리케도르안과 맞댄 그의 검이 기이하게 변형되더니 그대로 리케도르안의 몸을 묶고 밀어냈다.

"앞으로 몇 년이, 몇십 년이. 어쩌면 수백 년 가까이 걸리더라도. 네게 다가갈 기회가 생겼으니까."

화르르륵!

리케도르안의 주변을 감싸고 거대한 불이 붙었다. 우르슬은 마구 발버둥 쳤지만 강하게 묶은 체이서의 무기 덕에 옴짝달싹못하는 모습이었다.

"어쨌든 내가 하려는 방법은 확실한 방법이야."

꽤 거리가 있던 체이서의 신형이 그대로 스르륵 사라지더니, 눈 깜짝할 사이에 눈앞에 나타났다.

눈앞에 드리운 그의 얼굴이 그대로 가까워졌다.

"흐음, 이 각도가 좋을까나."

그는 내 어깨를 잡고 살짝 각도를 틀더니, 그림같이 미소했다.

"화, 내지 않을 거지?"

도튤릿에서 둘만 생활했던 때처럼 그는 장난스러운 낯이었다.

여기서 그가 '내 동생'하고 말한다면 마치 그때로 돌아갈 것만 같았다.

영문을 알 수 없었기에 내 목소리엔 삐죽 날이 섰다.

"네가 하는 걸 봐서."

그때였다.

으아아아! 우르슬이 거센 비명을 토해냈다. 그녀는 마지막 힘을 짜낸 듯 심상치 않은 기운이 치솟았다.

뚜두둑.

체이서의 무기의 일부가 떨어져 나간다.

"네가 화내지 않아야 진행돼."

우르슬의 모습을 본 나는 빠르게 고개를 끄덕였다.

"알았으니까, 뭐가 됐든 얼른…… . 뭐든 해!"

"분부대로. 나의 왕."

내게 화답하는 목소리는 불만일 정도로 느리고 여유로웠다. 아니, 착각이었을까? 뒤로 갈수록 그의 숨소리가 긴장한 것처럼 느려진 것도 같았다.

얼굴로 그림자가 드리웠다. 무어라 할 새도 없이.

마지막으로 보았던 것은 언제나처럼 능글맞던 얼굴과 휙 휘어진 붉은색 눈이었다.

"……네가 허락한 거야."

낮게 가라앉은 목소리와 함께 그의 얼굴이 순식간에 가까워졌다.

툭.

입술이 맞닿았다. 푹신한 감촉에 눈을 크게 뜨기도 잠시, 나는 눈을 천천히 가늘게 좁혔다.

체이서는 뜻을 안다는 듯 눈을 가늘게 휘었다.

마침내 그가 잠시 입술을 떼어내는가 싶더니, 흘끗 눈짓했다.

"효과, 언제 보여?"

체이서의 말에 나도 모르게 눈을 굴렸다. 버둥거리던 우르슬이 거짓말처럼 몸을 멈춘 것이 보였다.

"지금이 기회야."

체이서가 유혹하듯이 속살거렸다. 정말이지 막 지옥에서 튀어나온 악마라 해도 믿을 정도로 녹진하고 은밀하게.

"아직 이 정도로는 모자랄걸."

그가 말하지 않아도 알 수 있었다. 분명 우르슬은 멈칫했지만 그뿐이었다.

표정 또한 살짝 찡그렸을 뿐. 더는 징조가 보이지 않았다.

나는 입술을 깨물었다.

-이, 인간! 지금! 잠깐이지만 붉은 장미가 반응했다! 냥! 지금!

'……인정하기 싫지만 이게 효과는 있단 말이지.'

푸딩이의 말까지 얹어지자 더는 무시할 수 없었다.

나는 손을 들어 체이서의 멱살을 쥐었다.

"너, 어디까지 계산한 거야?"

"흐음, 억울한데, 이아나. 너도 알다시피 나는 조금 전 막 소환되었을 뿐이야."

너도 잘 알잖아?

그의 말은 곧 내가 괜한 트집을 잡았단 소리였다. 틀린 말은 아니었다.

키잉!

이 순간에도 체이서의 무기는 실시간으로 잘려가고 있었다. 시간

386

이 없었다. 나는 체이서의 멱살을 꽉 쥐었다. 그는 거짓말같이 내 신호를 눈치챘다. 내게로 그림 같은 얼굴이 내려온다.

"이번엔 주사기가 없네."

"……칼 맞고 싶어?"

"네가 주는 것이라면, 그것도 좋지."

입술로 낮은 숨소리가 내려앉았다. 그가 웃음을 터트린 것 같았다.

다시 한번 입술이 닿는 순간. 이번엔 체이서가 입술을 살짝 벌렸다. 인정하기 싫지만 완급 조절을 할 줄 아는 남자였다.

나는 입술이 닿기 무섭게 그의 멱살을 확 잡아당겼다.

휙.

순식간에 그의 몸이 움직였다. 아마도 우르슬이 보는 시야에선 체이서의 등밖에 보이지 않을 터였다.

잠시 깜빡거리던 체이서의 눈이 이내 뜻을 알겠다는 듯 가늘게 접혔다. 전직 악당 아니랄까 봐 위험하고도 야살스럽기 짝이 없는 눈이었다. 입술 또한 휙 끌어올려 웃는 것이 고스란히 느껴졌다.

그는 아랑곳하지 않고 그대로 입술을 열었다. 부드러운 것이 그대로 나를 건드렸다. 살살 달래듯 나온 그의 것으로도 모자라 뜨거운 숨이 함께 넘어온다.

잠시간의 시간이 이어질수록 내 몸이 점점 뒤로 밀렸다. 이를 막아 주듯 버들가지처럼 휙 휘어진 팔이 나를 지탱했다.

"윽……."

나도 모르게 그의 가슴에 손을 올리고는 찡그렸다.

체이서가 만만치 않게 크다는 건 알고 있었지만……. 몸도 마찬가지로 좋은 것 같았다. 항상 금욕적으로 사는 탓에 볼 일은 거의 없었던 거지.

체이서는 내 허리에 팔을 감은 채, 한 손으로 제 가슴에 올라온 내 손을 살짝 거머쥐었다.

내 손목을 잡은 채로 살살 손가락을 문지른다. 마치 잘 봐달라는 듯이.

할짝. 느슨한 혀 놀림이 살갗을 스치고 지나간다. 마치 놀리는 듯한 움직임 같다. 내 눈이 더욱 찌푸려졌다.

이제 그만 리케도르안의 얼굴을 보고 싶었지만 체이서가 가린 탓에 볼 수 없었다. 그저 시간이 꽤나 지났지 않나 싶었을 뿐.

어쩔 수 없는 일이라지만 리케도르안에게 굳이 보여주고 싶지 않았다.

그 탓에 앞이 보이지 않는 것이 아쉬웠다.

'……그나저나. 너무 고요하지 않나?'

그렇게 생각했을 때였다.

등줄기로 솜털이 삐죽 서는 기분이 들었다. 나는 황급히 손을 떼어냈다. 체이서 또한 느꼈는지 그가 몸을 뒤로 물리기 무섭게 '쾅!' 거대한 소리가 이 공간을 울렸다.

체이서가 있던 자리로 거대한 검이 꽂혀 있었다. 얼마나 세게 내려친 것인지 검의 반 이상이 파묻혀 있다.

나와 체이서가 붙어 있었기에 나 또한 위험할 수 있던 일이었다. 그러나 그럴 걱정은 없었다.

내 앞으로 붉은 아지랑이가 내가 있는 곳만 감싸고 있었으니까.

마치 오직 나만을 보호하듯이.

—이, 인간? 괜찮냐, 냥?!

"어어……."

나는 이 힘이 리케도르안의 것이란 걸 알았다. 아니, 모를 수가 없었다.

체이서가 몸을 뒤로 물린 채로 고개를 탈탈 털었다. 그가 머리를 들었을 때, 주르륵. 그의 뺨으로 붉은 핏줄기가 흘렀다.

"이런."

그가 낭패한 낯으로 잠시 제 몸을 내려다보았다. 이내 혀를 쯧 찼다.

"이 세계의 의복은 영 강도가 약한 것 같네."

체이서는 픽 웃으며 나를 바라봤다.

"그렇지 않아, 이아나?"

그렇게 말하는 그의 가슴 부분은 부욱 찢어져 있었다. 그곳만 검에 베인 것처럼.

하얀 셔츠가 찢어진 사이로 새카만 검은 장미 문신이 보였다.

그리고 그 옆으로 베인 자욱이 선명했다. 깊은 상처는 아니었지만 상처 주변으로 셔츠가 붉게 물들어 있었다.

"저쪽 세계에서처럼 전쟁이나 암살이 평범한 사람에겐 일어나지 않는 세계니까."

당연히 체이서가 저쪽 세계에서 걸치던 옷옷같이 한 번쯤 검을
피하게 해줄 질긴 옷감을 덧댈 이유도 없다. 나는 성의 없이 말하고
는 얼른 고개를 들었다. 검을 쥔 리케도르안이 숨을 거칠게 내쉬고
있었다.

아직 호흡이 진정되지 않는 듯 상당히 혼란스러워 보이는 모습이
었다.

"르안?"

이미 나를 보호하려 힘을 두른 것과 푸딩이의 외침으로 르안이란
것은 알 수 있었지만, 그럼에도 나는 나도 모르게 입을 벌려 그를 불
렀다.

"르안, 당신이에요?"

얼른 걸어가 그의 팔을 붙잡는 순간이었다.

탁!

그가 거칠게 내 손을 뿌리쳤다. 심장이 쿵 내려앉았다. 그와 함께
한 이후로 처음 있는 일이었다.

나는 차마 그를 부르지도 못하고 얼떨떨하게 내 손을 내려다보
았다.

동시에 리케도르안이 고개를 확 들어 올렸다.

"로, 로즈?"

그 또한 당혹스러운 표정이었다. 마치 제가 이런 짓을 할 줄 몰랐
다는 듯이.

혹시나 우르슬이 빠져나가지 못한 걸까 싶었지만 더는 불길하고도 음습한 기운이 느껴지지 않았다. 그녀가 그의 몸에서 완전히 사라졌단 소리였다.

리케도르안은 여전히 숨이 고르지 못했다. 체이서를 공격한 그대로 한쪽 무릎을 꿇고 검날을 부여잡고 있었다.

천천히 시선을 올린 리케도르안의 표정이 그대로 흐려졌다.

왈칵. 아주 서럽고 섧게.

"죄, 죄송해요……."

내 손을 쳐낸 손이 어찌할 바를 모르고 허공을 맴돌았다. 그러나 리케도르안의 손은 채 내게 닿지 못하고, 그대로 손가락이 안으로 움츠러들었다.

"이제…… 내, 내가 싫어요. 이아나?"

그의 얼굴은 엉망으로 붉어져 있었다. 곧이어 주룩주룩 흘러내리는 눈물에 더욱더 엉망이 될 것만 같았다.

나는 리케도르안의 얼굴을 보다 말고 흠칫 놀랐다.

"당신, 손, 손! 피가 나잖아요!"

검날을 그대로 잡은 손에서 피가 줄줄 흘러내리고 있었다. 어찌나 세게 잡은 것인지 상처가 깊어 웅덩이가 패일 지경이었다.

어쩌면 이 순간에 우르슬의 영혼이 잽싸게 도망갈지도 모른다. 하지만 더는 그런 것은 떠오르지 않았다.

얼른 리케도르안의 손을 검에서 떼어냈다.

리케도르안의 손이 파들파들 떨렸다. 눈을 마주치면 그는 한 손으로 제 얼굴을 가리려 했지만.

이미 후두두둑. 떨어지는 눈물을 본 뒤였다.

그는 내가 보았던 그 어느 때보다 서럽게 울었다. 보는 이가 가슴 저릴 만큼 섧게.

"이제, 흡. 다른, 다른 장미가 좋은 거예요?"

"네?"

눈을 가린 리케도르안의 손 밑으로 눈물이 뚝뚝 떨어진다.

"내가, 잘못, 잘못했어요……."

턱 끝에 매달린 눈물이 아슬아슬하다 못해 애처로웠다.

"……시, 싫어하지만 말아요."

내가 체이서와 닿았다는 것이 싫었던 것인지, 나를 공격했다는 사실이 미안하다는 것인지는 명확히 알 수 없었다.

그러나 어느 쪽이든. 그는 세상이 무너진 것처럼 울었다. 마치 제 전부였던 부모를 잃은 아이같이.

"제발……."

어찌 됐든 그의 잘못은 아니었다. 그의 잘못은 아닌데…….

나는 뺨을 긁고 싶은 심정이 됐다. 이 순간 그에게 정말, 정말로 미안하지만.

……나 때문에 붉어져 서럽게 울고 있는 모습이 설렌다고 하면.

나 너무 쓰레기 같겠지?

나는 끙 숨을 내쉬며 필사적으로 하늘을 바라봤다.

아니면 피식피식 웃음이 새어 나올 것만 같았다. 정말 행복한 웃음이.

하. 나는 전생에 대체 무슨 복을 받았기에 이런 미남이 평생 나만 바라보게 생겼나.

속으로 어울리지도 않는 주접을 떨며 얼른 마음을 가라앉혔다.

"흠흠, 리케도르안?"

"……흡, 이제, 애…… 애칭도……."

"아, 르안! 르안!"

어쩌, 이젠 우르슬이 정말로 도망갔어도 상관없을 것 같다. 까짓 거 한 번 더 추적해서 잡지 뭐.

눈물범벅이 된 청순한 미남을 보고 있으려니, 이젠 그 말고는 아무것도 신경 쓰고 싶지 않은 기분이 들지 뭔가.

"크흠, 그러니까 우리 정리를 하자구요."

나는 그 앞에 쪼그려 앉은 채로 눈을 똑똑히 마주했다. 그가 다시 검날을 잡지 못하게 손을 잡으면서.

"일단 당신이 날 공격한 건 르안 탓이 아니에요. 우르슬이 잘못한 거지. 왜 당신이 자책을 해요? 나쁜 새끼는 따로 있는데."

"하지만 제가, 정신력이 조금만 더."

"'하지만, 그렇지만, 그런데' 모두 금지예요."

"그, 그래도!"

"그것도 금지!"

리케도르안이 울다 말고 시무룩한 표정을 지었다.

"그, 그럼……. 저, 안 싫어요?"

조심스럽게 올려다본 눈에 눈물이 그렁그렁했다.

사람 괜히 나쁜 맘먹게 만드는 무구한 눈이었다.

"……만약에 싫어한다면요?"

그의 손가락이 움직였다. 꾸물꾸물 움직여 내 손끝을 잡으면서.

"다시. 조, 좋아해 줄 때까지. 기다릴게요."

그의 한마디에 필사적으로 웃음을 참고 있던 포커페이스가 흐려졌다. 결국 그를 달래다 말고 피식 웃고 말았다.

"뭐야. 내가 다시 좋아해 줄 거란 자신감은 있는 거예요?"

어쩜 이렇게 요망하담. 어여쁜 소리나 하고 말이야. 나는 그의 손을 잡지 않은 손으로 눈물을 닦아 주었다. 그가 망설이다 말고 나를 천천히 마주했다.

"……어떻게든 유혹해서라도?"

닦아주었음에도 다시 흐른 눈물이 톡 맺혔다. 턱 끝에 대롱대롱 매달린 눈물이다. 거기다 여전히 그렁그렁한 눈망울까지.

……이 남자는 정말 오늘 나를 심장마비로 죽일 작정인가?

나는 조금 심각해졌다. 이제까지 그가 이성을 잃을 때 고삐를 잡는 것은 내 쪽이었는데. 처음으로 이것이 깨어질지도 모른단 생각을 했다.

야외에서 안겨 오는 남자를 꽉 안아주는 정도야, 그럴 수 있는 거 아닐까. 굴러서 더러워지고 눈물로 적신 옷도 좀 펴줄 수 있는 거고……. 여기에 입술 정도는 부대낄 수 있는 거 아니냐고.

요는 벗기지만 않으면 되는 거 아닐까. 이 생각까지 갔을 때였다.

"흐음, 이아나."

그 순간 잠시 잊고 있던 나직한 목소리가 끼어들었다. 체이서. 얼른 그가 쓰러져 있던 곳을 응시했다. 아무도 없었다.

"그쪽이 아니야. 여기."

반대쪽을 돌아보면 생각보다 조금 떨어져 있는 곳에 체이서가 있었다.

"너……."

입술이 절로 벌어졌다. 눈앞에 보이는 광경에 잠시지만 리케도르안을 잡은 채 놀랐으니까.

체이서는 어딘가에 앉은 채로 손을 팔랑 흔들었다.

"이제 그만 나도 예뻐해주면 안 돼?"

나비 날갯짓처럼 흔들린 긴 손가락이 차차 아래로 향했다.

그리고 체이서의 밑에는 놀랍게도…… 우르슬의 반투명한 영혼이 체이서의 무기에 꽁꽁 묶여 있었다.

"나도 착한 짓 했는데."

그가 한 손에 턱을 받치며 나른하게 웃었다. 이제는 거의 굳어버린 피를 닦아내면서.

"나의 왕."

그가 제 목에 달린 쇠사슬을 잡고 가볍게 한번 흔들었다.

"칭찬해줘."

일부러 멍, 하고 한번 짖어주면서.

단둘이 살았을 때, 수없이 보았던 장난이었다. 유쾌하지 못한 기억이다. 그때 종류별로 가져오던 개목걸이가 아직도 기억에 선연했다.

'미친 인간.'

내 표정이 삽시간에 찡그려진 것은 물론이었다.

한편으로 우습지만 인정할 수밖에 없었다. 6년간 내가 그에게 보인 것은 일관된 무관심이었다.

하지만 현재 그가 보인 모습에 어처구니없음과 함께 미미한 분노, 당황이 뒤섞여 있었으니까.

내 손목으로 연결된 사슬이 촤르륵 움직였다.

과거와 현재가 교차하는 기분이었다. 우리는 똑같이 쇠사슬을 사이에 두고 마주하고 있었다.

사슬 끝을 잡은 이만 뒤바뀐 채로.

체이서의 낯엔 한 점 부끄러움도 불만도 보이지 않았다. 대신 만족스럽게 쇠사슬을 바라볼 뿐.

"……어떻게 잡은 거야?"

"열심히."

우르슬은 리케도르안의 몸을 사용하면서 많은 힘을 사용했다.

'마지막까지 만만찮은 힘을 뿜었지.'

힘 대부분을 소진한 게 아닐까 했다. 체이서 또한 쉽사리 잡은 것은 아닌 듯 조금 전보다 상처가 늘어 있었다.

무엇보다 그의 몸을 감싼 흰 셔츠는 너덜너덜하다 못해 옷의 역할을 하지 못하고 있었다.

마치 검은 재규어를 연상시키는 듯 날렵한 실루엣이었다. 분명 그는 검사는 아니었던 걸로 아는데…….

리케도르안만큼이나 아니, 다른 타입으로 몸이 좋았다.

툭 불거진 가슴 근육으로 새까만 장미 문신이 보였다. 조금 전이 찢어진 옷자락 사이로 보였다면 이번엔 달빛 아래 윤곽이 선명하게 드러난 채였다.

까만 밤하늘 때문인지, 아니면 저 새까만 머리카락 때문인지. 이 밤과 저 남자의 흐트러진 모습은 묘하게 야릇하고 관음적인 조화를 자아냈다.

체이서가 싱긋 웃었다.

"구경은 끝났어?"

"구경은 무슨."

심드렁하게 대꾸하자 체이서의 머리가 사르르 기울어졌다.

"더 해도 괜찮은데."

그가 한 손으로 툭툭 제 목을 두드리다 말고 손가락이 스르륵 미끄러진다.

"어디에 관심 있는 거야?"

"뭐?"

"여기?"

그리고 가슴 쪽으로……. 잠깐. 잠깐.

'지금 저게 뭐 하는 짓이야?'

무어라 하려는 순간 눈앞이 깜깜해졌다. 나는 내 손을 덮은 것을 얼른 붙잡았다. 리케도르안의 손이었다.

"로즈······."

다 죽어가는 음성에 놀라 나는 얼른 고개를 돌리고, 리케도르안의 손을 떼어냈다.

"르안? 왜 그래요? 몸이 이상해요? 아파? 어디 가요?"

르안은 대답 없이 스르륵 내게로 쓰러지듯 상체를 숙였다. 툭 그의 머리가 내 어깨 위로 떨어졌다. 그의 몸이 다소 뜨거웠다.

"나 아파요······."

열기에 가득 찬 음성에 나는 그를 붙잡아주다 흠칫 놀랐다. 이 열이 우르슬이 빙의한 여파인지, 전투로 잔뜩 몸을 쓴 탓인지. 알 수 없었지만.

이것만은 알았다.

르안은 결코 쉽게 아프단 소릴 하지 않는 사람이었다. 나는 그의 머리칼을 살살 쓸어내리며 황급히 그의 안색을 살폈다.

"어디가 아파요? 많이 아파?"

아. 어디가 아픈지 알아도 해줄 수 있는 게 없겠구나. 입술을 꾹 다물었다. 이 순간 그립던 프란시아의 모습이 더욱더 그리워지는 기분이었다.

"······나요?"

"네? 르안, 안 들려요."

"나, 나랑······."

르안이 내 어깨에 기댄 채로 웅얼웅얼 속삭였다. 르안의 목소리도 낮은 탓에 상황도 잊고 등골이 오싹해지는 기분이었다.

"입. 맞춰주세요…… 로즈."

새빨개진 옆얼굴. 손끝마저 발긋 붉어진 손가락이 더듬더듬 내 입술 부근을 더듬었다.

자신의 상징처럼 새빨갛게 붉어진 남자를 보며 이상하게도 그와 처음 만난 날로 돌아간 기분이 들었다. 권태기는 아니었지만 가끔 이런 자극도 나쁘지 않구나 싶었다.

다음엔 일부러 발긋 달아오르게 만들어볼까?

"내가 잘할게요."

"네."

"더……. 네?"

내 요망한 장미가 해달라면 해줘야지. 톡. 입술과 입술이 맞닿았다 떨어졌다.

"이아나, 이쪽은 어떡할까?"

낮은 목소리가 들려오지 않았다면 리케도르안이 그대로 내게 달려들었을지도 몰랐다.

"슬슬 깨어나려 하는 것 같은데."

시선을 돌린 곳에 체이서가 여전히 우르슬을 붙잡고 있었다. 그는 어깨를 축 떨어트렸다.

"나, 힘이 없어."

힘이 없는 건지. 아니면 일부러 놓아주려 하는 것인지. 어느 쪽인지 몰라도 저 과장된 행동의 뜻은 훤했다.

그리고 그 말이 과장은 아닌 듯 우르슬이 영혼이 꿈틀꿈틀 움직이고 있었다.

나는 꽉 묶인 영혼을 바라보며 잠시 확, 다른 세계로 송환시켜 버릴까, 하는 생각을 했지만 고개를 절레절레 내저었다.

지금까지 송환시킨 영혼들의 차원 좌표를 알고 있기에 문을 열수는 있지만, 신의 부탁을 수행하는 중에 그런 짓을 했다간 대가가 어떻게 될지 알 수 없었다.

그 부탁인지 뭔지가 얼마나 거지 같았던 간에 말이다.

반드시 이 대가는 크게, 후하게 받아내리라 결심하며 르안에게서 살짝 떨어졌다.

"르안, 저거. 빠르게 돌려보내고 올게요."

이제 존칭이나 이름조차 내게서 흘러나오지 않았다. 하마터면 르안을 잃을 뻔했는데. 곱게 나갈 리가.

이를 부득 갈며 바닥에 손을 짚었다.

곧이어 붙잡힌 우르슬의 밑으로 거대한 마법 문양이 떠오르며, '문'이 활짝 열었다.

막 정신이 깨어난 듯 우르슬이 거칠게 움직이며 무어라 소리치는 것 같았지만, 체이서의 무기의 가로막혀 잘 들리지 않았다.

힘이 빠진 영혼을 보내는 건 무척이나 쉬웠다. 조금 전까지 치열했던 싸움을 생각하면 어처구니없을 정도로.

송환은 손쉽게 끝이 났다. 나는 문을 닫고, 그대로 바닥을 짚은 채 긴 숨을 내쉬었다.

이 세계의 관리자가 내려준 권한이라고 하나 문을 만드는 건 내게도 꽤 부담이 되었다.

'평소엔 이렇게까지 힘겹지 않지만.'

우르슬이 도망가지 못하게 결계를 친 데다 힘을 써서 체이서까지 불러내고, 르안의 제압에 힘을 보태기까지 했다.

여러모로 진이 빠졌다.

하아……. 세찬 숨이 허공으로 빠져나온다.

'이제 하나 남았나. 어휴, 속 시끄러워.'

신의 부탁이 이렇게까지 성가시고 귀찮으며, 당혹스러운 일이 가득할 줄 누가 알았을까.

무엇보다 절대 쓰지 않으리라 생각한 방법까지 쓰게 될 줄은.

나는 흘끗 시선을 돌리다 말고 더는 체이서를 담지 못했다.

커다란 몸이 내게 폭 안겼기 때문이었다.

"……끝났어요?"

내 시야를 가린 이는 당연하겠지만 리케도르안이었다.

"네. 이제 드디어 하나 남았네요."

이리 대답하는 동안 목으로 간지러운 날숨이 느껴졌다. 그가 입술을 문질렀다. 나는 리케도르안의 등을 가만히 토닥여 주었다.

"한동안은 평화롭겠어요."

힘을 크게 쓴 탓인지 리케도르안의 몸에 기대다시피 무게를 실었다. 단단한 몸은 아무렇지 않게 나를 받아냈다.

나는 그의 어깨에 기대며 눈을 느릿하게 깜빡였다.

'체이서······.'

그 남자에게도 할 말이 있는데. 갑작스레 몰려오는 잠 탓에 생각이 느려진다. 눈을 애써 크게 떠보지만 체이서의 모습은 보이지 않았다.

리케도르안이 나를 안으며 휙 몸을 돌린 탓에 내가 보는 건 텅 빈 공터뿐인 듯했다.

눈을 다시 깜빡인다. 그러나 이런 노력도 잠시뿐 눈이 슬며시 감겼다. 조금 있다가 기회를 봐서, 저 남자에게 고맙다는 인사 정도는 해야겠다 생각하며.

'부상이 깊던데.'

······사람으로서 도리는······. 가물가물한 시야 너머로 감정이 미미하게 파도쳤다.

색색.

쥐 죽은 듯이 고요한 공터에 작은 숨소리만이 울려 퍼졌다.

보통 사람에게는 귀 기울여도 들리지 않을 작은 소리였지만 지금 이곳에 존재하는 두 존재에게는 귀 바로 옆에서 들리듯 선명하게 들린다. 세상 그 어떤 소리보다 거대한 존재감을 가진 소리였다.

"······잠든 건가."

체이서가 낮게 중얼거렸다. 그는 조금 전까지 언제 비틀거렸냐는 듯 자세를 바로 했다.

쉬지 않고 이어지는 암투, 암살 시도. 수없이 많은 부상을 겪어온 그로서는 이 정도 부상은 심각한 축에도 들지 않았다.

체이서는 천천히 고개를 들어 올렸다. 달빛이 선연하게 내리쬐는 아래 둥근 곡선을 그린 등이 보였다.

그와 마찬가지로 너덜너덜한 옷을 걸친 리케도르안이었다.

체이서는 부둥켜안은 두 사람의 모습을 보았다.

안았다라. 표현은 그리했으나 저 모습은 숫제 한쪽이 잡아먹힌 것처럼 보였다. 저 커다란 몸에 갇혀 제 왕의 모습이 보이지 않았으니까.

체이서가 고개를 들었듯 저쪽에서도 고개를 들어 올렸다.

짐승같이 사나운 두 시선이 허공에 교차했다.

두 남자는 약속이라도 한 듯이 누구도 입술을 떼지 않았다.

우습게도 두 남자의 의지는 일치했다. 자그만 소리에, 곤히 잠든 이아나가 깨서는 안 될 일이니.

체이서의 낯이 막 식사를 끝낸 맹수의 것처럼 나른했다면, 반면 리케도르안은 며칠 굶주린 아귀같이 맹렬하고도 사나웠다.

두 남자의 관계는 언제나 이와 같았다. 증오하지 않고서는 결코 지나갈 수 없는, 뿌리박힌 원한이 서로에게 자리한 사이.

하나 이제 리케도르안에게는 더는 아버지로 인한 원한 따위는 상관없었다.

이아나가 곁에 있었다. 그 외에 무엇이 필요한가?

삶이 가득 채워져 완전해진 지금에야 그런 원한 따위야 아무래도 좋았다.

리케도르안의 입술이 천천히 떨어졌다. 잡아먹을 듯 사납게 노려보는 시선은 여전했으나 푸른 눈으로 침착하고 서리 같은 서늘함이 내려앉아 있었다.

그는 어린 나이에 수장 자리에 올라 오직 본신의 힘으로 군림한 자. 진창을 제 발로 정리한 이답게 세상 누구보다 냉정해질 수 있었다. 이윽고 이아나에게만은 드러내지 않는 모습. 대공으로서의 리케도르안의 모습이 고스란히 드러났다.

'꺼져.'

리케도르안의 입 모양에 체이서는 픽 웃으며 고개를 숙였다. 우습지도 않았다.

'싫은데?'

하지만 인사를 받았으니, 정중한 답변을 돌려주었다.

이제 그들은 더는 대공도 공작도 아니었다. 아니. 더욱더 고귀한 자리가 주어진다 한들 시선조차 주지 않겠지.

그들은 이제 하나의 왕을 두고 오랜 싸움을 치를 꽃일 뿐.

체이서는 이 가련한 신세가 몹시도 마음에 들었다.

이제 그의 세상에 남은 건 꽃과 왕뿐이란 소리 아닌가. 기나긴 삶을 살 이아나의 삶 속엔 이 꽃이 뿌리 깊게 박혀 결코 뽑아낼 수 없었다.

이 울타리 속의 꽃, 그 꽃 중 하나의 이름이 검은 장미임에야 어찌 황홀하지 않을 수 있을까.

비록 그의 자리가 울타리 가장자리며, 언제 쫓겨날지 모를 가장 볼품없는 자리더라도 그는 상관없었다.

발을 들인 이상 들어갈 일만 남았으니. 안쪽으로, 더 안쪽으로.

저쪽의 붉은 짐승은 이를 경계하는 것일 터였다. 가장 빛나는 자리를 차지한 채로 말이다.

체이서의 눈이 어둡게 빛났다.

그는 천천히 머리를 들며, 고개를 느슨하게 기울였다. 이어서 엄지로 덜 마른 피를 쭉 닦아 내렸다.

"나도 피 나는데, 닦아주지."

그랬어, 나의 왕?

대답 없이 곤히 잠든 왕을 바라보며 체이서가 만족스럽게 미소했다.

깨어있다 한들 들어주지 않을 청임을 잘 알고 있었다. 질린다는 표정을 지을 모습도.

하지만 그럼 어떠한가?

사랑의 반의어가 무관심이었다는, 잔인한 문장을 되새기는 지난 6년보다야 나았다. 무표정하게 나가는 것보다 무엇이든 지어주는 쪽이 좋았다.

앞으로 평생 이 끔찍한 갈증에 시달리겠지만 그는 그럼에도 좋았다. 숨죽여 사는 것이라 해도 왕의 곁이라면 얼마든지 감내하리라.

"아아. 측실은 성향에 맞지 않는데."

체이서의 권태롭게 중얼거렸다. 누군가에게 속삭이듯이.

"그래도 뭐. 한번 해볼까?"

목표가 선명하다면, 그는 무엇이든 할 수 있을 것이다. 누군가를 위해 온몸으로 멸망도 버텨보지 않았던가?

"정실을 목표로?"

이 순간 왕은 잠들었으니. 이 말을 들을 이는 단 한 사람뿐이었다.

체이서는 사납게 내리꽂히는 시선을 무시하며 그윽하게 웃었다.

"덕분에 예쁨 좀 받아보겠어?"

곧이어 곤히 잠든 이아나, 왕을 바라보는 붉은 눈이 차차 가라앉다가, 이내 시간에 잠식되었다.

눈을 다시 떴을 때 익숙한 천장 아래였다. 하늘을 보니 새파란 아침이었다.

밤 동안 푹 잠들었다가 일어난 건가?

몸을 일으키니 무척이나 가벼웠다. 물론 허기가 지긴 했지만. 막 우르슬을 송환하고 나서 거짓말같이 피로하고 졸렸는데, 자는 동안 몸이 회복된 모양이었다.

그대로 이불을 걷고 일어나, 거실로 향했다. 나의 대가는 이쪽 세상에서 수명을 다할 때까지 살아 있는 건, 존재 그 자체였기에 생활 전반적인 건 모두 준비된 상태로 받았다.

둘이 살기에 좁지도 넓지도 않은 집. 리케도르안은 아주 거대한 성에 살았던 사람이었으나 손쉽게 적응했다. 오히려 감방보다는 넓은 곳이라 맑게 말을 하기도 하면서.

어쨌거나 두 사람이서 사는 데다가 푸딩이 같은 애완동물(?)을 키우기에도 부족함 없는 집이었다.

'……하지만 셋이나 되면 조금 비좁게 느껴지는구나.'

나는 거실로 나가자마자 보이는 광경에 눈을 크게 깜빡였다. 거기엔 말도 안 되는 풍경이 펼쳐져 있었다. 두 장미가 나란히 소파에 앉은 채 잠들어 있었으니까.

아니, 정확히 말해 나란히는 아니다. 각기 길쭉한 소파 끝단을 차지한 채 잠들어 있었으니까.

하지만 워낙 체구가 있는 탓에 소파를 거의 다 차지한 것이나 다름없었다. 거기다 길쭉한 두 쌍의 다리는 아무렇지 않게 쭉 뻗어 길이와 태를 자랑했다.

나는 침착하게 생각해보려 했다. 일단 내가 잠에 빠졌으니 집으로 옮겨왔을 거고, 체이서는 돌아가지 못했을 거다.

체이서를 돌려보내고 그곳에 묶어두는 건 내 힘이 필요하니까. 그래서 우리 집에 같이 왔고……. 우리 집 소파에 나란히 잠이 들었다? 내 표정이 묘해졌다.

'아무리 봐도, 중간 과정이 많이 생략된 것 같은데.'

그보다 체이서는 왜 이러고 있는 걸까. 나는 어처구니없는 표정으로 체이서를 담았다. 그도 그럴 것이 체이서의 몸은 붉은 힘으로 꽁꽁 묶여 있었다. 저 힘이 누구의 힘이냐는 안 봐도 자명했다. 리케도르안의 힘일 테니까.

"구경, 다 했어?"

어젯밤에 들었던 것과 똑같은 말이 들려왔다. 시선을 들면 체이서가 어느새 눈을 뜬 채 싱긋 웃어 보였다.

리케도르안 쪽을 보면 곤히 잠들어 있었다. 이상하게 새하얀 얼굴이 묘하게 피곤해 보이는 낯이었다.

"저쪽은 잠깐은 못 일어날 거야. 힘을 필요 이상으로 썼거든."

"그게 무슨 말이야?"

나는 설명이 필요하단 말을 한마디로 압축해서 물었다. 그러나 체이서는 내 질문에 대답하는 대신 나를 물끄러미 응시했다.

그리고 이어서 엉뚱한 말이 튀어나왔다.

"이아나, 너 나흘 동안 깨어나지 못했어."

"쓸데없는 말 말고, 내가 나흘…… 뭐?"

"이제 막 처음으로 눈을 뜬 거야."

질문에 대답이란 하란 말을 꺼내지 못했다. 놀라웠으니까. 반나절 만에 깨어난 기분이었는데 나흘이나 잠들어 있었다고?

"역시 몰랐구나."

체이서는 불편한 몸을 움직여 팔걸이에 팔을 올려뒀다. 깊고 깊은 붉은색 눈동자가 하염없이 나를 푹 담았다.

그가 이어 깊은 한숨을 쉬었다.

"걱정했어."

나지막하게 흘러나온 진심에 나도 모르게 미간을 찡그렸다.

내게 거짓말을 하지 않는 남자인 걸 알지만 진실인 줄 알면서도 굳이 믿고 싶지 않은 말도 있는 법이다. 체이서도 내 표정을 모르지 않을 터, 날숨을 뱉듯 한마디를 더 붙였다.

"저쪽도."

널 걱정했겠지. 그 말에 내 표정이 묘하게 누그러진다. 반면에 날 바라보는 체이서의 표정은 살짝 굳었다. 그러나 언제 그랬냐는 듯 재빠르게 그 표정을 지웠다.

"네 말은, 르안이 피로한 얼굴로 잠든 것과 관련 있는 거야?"

"르안? 아……. 저쪽."

체이서는 잠시 쓴 차를 마신 듯한 얼굴을 했다가, 끄덕였다.

"결과적으로 말하자면 그렇지."

체이서는 소파 턱걸이에 얹은 팔에 턱을 괴려다가 미간을 찌푸렸다. 팔걸이가 그의 키에 너무 낮았던 모양이다.

가끔 르안도 저러다가 아차 싶은 얼굴을 했기에 잘 알았다. 체이서는 턱을 괴길 말끔히 포기하고, 입을 열었다.

이어서 폭탄을 던졌다.

"네 식대로 표현하자면 10번째 영혼? 나와 저쪽이 그 영혼을 봉인했어."

"뭐?"

"정확히는 제압."

"아니!"

큰 목소리를 내려다 말고 곤히 잠든 르안을 보고는 황급히 목소리를 낮췄다.

"잠든 남자 앞에서 목소리를 낮춘다라, 우리 흡사, 밀회 중인 연인 같은데?"

"……쓸데없는 소리 집어치우고 얼른 설명해."

잇새로 소리를 냈더니, 체이서가 낮게 웃었다.

이어진 그의 설명이란 이러했다. 내가 잠들고 다음 날 집으로 신의 쪽지가 도착했다고 한다.

신의 쪽지는 여느 때와 다른 다급함을 이야기했고, 내용대로라면 빠르게 움직여야 했다.

르안은 그대로 나를 기다리려 했지만 이틀이 지나도 내가 깨어나지 못하자 그 영혼을 직접 잡으러 갔다.

체이서와 함께.

미리 제압해두고 내가 깨어나면 바로 문을 열어 송환만 시킬 수 있게 말이다.

체이서의 설명 속에는 무수한 생략이 함께 존재했다. 리케도르안과 '함께' 잡으러 갔다는 것만 봐도 어떻게 신의 부탁까지 알게 되고 함께 갔다는 것인지 말하지 않았으니까.

나는 거기까지 캐묻는 대신에 머리를 쓸어 올렸다.

"어쨌거나 결과가 지금 이 모습이란 거지?"

체이서가 정답이라는 듯 여유롭게 웃었다. 물론 묶인 꼴로 저렇게 웃어봐야 우스워 보이기만 했지만.

"근데 왜 넌 그렇게 묶여 있는 건데?"

"아, 밤에 잘 곳이 없으니까. 잠든 왕 옆에서 자겠다고 했더니. 묶어버리던데?"

"묶일 만했네. 르안이 갔다 버리지 않길 잘한 일이야."

"너무해."

체이서가 뺨에 손을 얹고는 일부러 다정하게 말하듯 한마디를 붙였지만 나는 무시했다.

"푸른 장미의 수호신까지 기겁을 한 바람에 실현을 못했을 뿐이지만. 무척 바라는 일이었어."

나는 팔짱을 끼고 혀를 차다 말고 다시 그를 응시했다.

"네가 편히 잠드는 모습은 보는 것만으로 내게 평화를 주곤 했으니까."

붉은 눈은 과거를 더듬는 듯한 시선이었다. 저렇게 말하는 시기란 아마도 그와 둘이서 도뮬릿에 살던 시기일 거다.

나는 못 들은 척 귀를 한번 후비고는 다른 이야기를 꺼냈다.

"그나저나 제압, 이라고 해야 하나 영혼을 묶어두는 게 가능했어?"

"네가 깨어날 때까지 매일같이 결계를 유지하고, 저쪽이 영혼이 힘을 되찾는 족족 소모시켰지."

체이서가 결계와 묶어두고 유지하는 일을, 리케도르안이 전투로 힘을 빼놓았다는 것 같은데. 여기서 깨달을 수 있는 사실은……. 나는 설마 하는 생각으로 미간을 설핏 찌푸렸다.

"사실 두 사람, 힘의 상성이……."

"아주 잘 맞아."

오래전 푸딩이와 휘슬을 봉인한 것만 봐도 그는 결계에도 능했다.

"우리의 기원은 너를 보조하던 존재였으니, 장미끼리 맞지 않을수가 있겠어?"

체이서가 장난치듯 한마디를 붙였다.

"한때는 그저 수족이었던 존재가 감정을 얻으면서 욕심마저 갖게된 거니까. 너를 곁에 두고 싶어서."

나는 그대로 돌아섰다.

그러고는 리케도르안의 앞에 쪼그려 앉았다. 곤히 잠든 내 반려는 불편한 자세로 푹 잠들어있었다. 감각이 예민한 남자였다. 그런데도 일어나지 못하다니, 이렇게 깊게 잠들기까지 얼마나 피곤한일을 겪은 것인지.

영혼들은 뒷 순번이 될수록 조금씩 더 강해졌다. 우르슬이 아홉번째였으니……. 열 번째 영혼은 그녀보다 더 성가신 영혼이었을게 분명했다. 신이 다급하게 호출한 이유도 있었을 거고.

'분명 쉽지 않았겠지. 르안에게.'

그리고 함께한 저 남자에게도.

리케도르안의 머리를 가만히 쓸어주자, 그의 미간이 설핏 찡그려지더니 곧 내 빰을 찾아 마구 비볐다.

잠든 와중에도 내 손을 따라 움직이는 모습이 참 애틋하고 사랑스러웠다.

"……체이서, 넌 사람이 변할 수 있다 생각해?"

르안이 잠들어 있으니, 르안에게 하는 질문은 아니었다.

아니나 다를까 보지도 않고 던진 질문에, 뒤에서 대답이 돌아왔다. 글쎄, 하고.

"변할 수 있지 않을까?"

천천히 고개를 돌렸다. 깊고 붉은 눈이 나를 집요하게 응시하고 있었다.

"변하지 않을 수도 있고."

그의 눈동자 속에는 나른함과 초조함. 공존할 수 없는 두 감정이 교차하듯 흘러갔다.

어쩌면 평생 시선조차 마주치지 않을 것 같던 두 사람이 함께 행한 업적이라. 이 결과는 내게 참 묘한 감정을 가져다주었다.

"고마워."

나는 여전히 뒤를 돌아보지 않았지만, 남자가 멈칫했음을 알 수 있었다.

한순간이지만 숨소리가 뚝 끊어졌으니까.

"……이런. 칭찬은 그게 다야?"

이윽고 흘러나온 체이서의 목소리에는 많은 것이 담겨 있었다.

"기왕이면 손도 잡아주고, 머리도 쓰다듬어주면 좋겠는데."

나 아파.

일부러 어리광을 부리는 듯한 낮은 목소리에 나는 고개를 숙이며 피식 웃었다.

내게서 매끄럽지만 건조한 목소리가 흘러나갔다.

"그건 십 년은 일러."

시간이란 알 수 없는 마법과 같았다. 길다면 긴, 혹은 짧다면 짧은
이곳에서 보낸 시간 동안 체이서와 마주한 시간은 너무나도 적었
다. 당연하겠지만 용서한 것은 아니다. 쉽게 용서할 수 없고 쉬이 잊
어서도 안 될 일이었다.

적어도 저 남자의 손에서 손쉽게 사라졌던 사람의 목숨들을 생각
한다면.

나는 눈을 깔았다가 천천히 들어 올렸다.

살아서 죗값을 치러야 한다. 이 생각은 변함없다.

하지만 6년이란 시간이 지나면서 어느 정도는 이해하게 되었다.
앞으로 기나긴 세월을 살아가는 동안에 이 남자도 함께할 것이란
걸 말이다.

본래라면 르안에게 저 남자와 협력은 죽어도 아니 될 말이었다.
그러나 다른 세계여서일까. 새 세계. 새로운 생활. 이것이 불가능한
것을 가능하게 만들었다. 어쩔 수 없이 위급하였다고는 해도, 한번
경험한 것은 절대로 어디 가지 않을 것이다.

나는 리케도르안의 허벅지 옆에 팔을 기댔다. 그러고는 고개만
슬쩍 옆으로 돌렸다. 시선 끝에 체이서가 대롱 매달렸다.

"노력해봐."

내게서 느릿하고도 심드렁하게 말이 빠져나갔다.

나는 아마 저 남자가 치를 죗값의 시간 동안에 함께하겠지.

"나는 당신이 어떻게 하면 되는지. 어떻게 해야 하는지. 이미 알려 줬어."

저쪽 세계로 돌아간 남자는 무수히 많은 사람을 살려야 할 것이 다. 오랫동안 타인을 도구 삼아 쉽사리 희생시켜온 남자였으니, 값 을 치르는 일은 결코 쉽지 않을 것이고, 쉬워서도 안 된다.

"난 사실 불가능할 거라고도 생각해."

이미 굳혀진 삶의 방식을 뒤집는 것.

그것이 좁혀질 때까지 이 거리는 평생 가까워지지 않을 것이란 걸.

이 남자는 내가 하는 말의 의미를 뼈저리게 새기고 있을 것이다.

"수십 년을 노력하면 가능할지 어떻게 알겠어?"

장난인 듯 아닌 듯 흘러가는 목소리는 언젠가 도뮬릿에서 그가 하던 식과 흡사했다.

체이서는 한 방 맞았다는 얼굴로 고개를 푹 숙였다. 그러고는 제 얼굴을 붙잡고 한참을 어깨를 떨며 웃었다.

그것이 웃음이었는지, 흐느낌이었는지. 나는 알고자 하지 않 았다.

그의 떨림은 계속되었다. 이윽고 리케도르안이 눈을 뜰 때까지.

"로즈?"

나는 아침을 맞이한 나의 장미의 이마에 입을 맞춰주었다.

"네. 좋은 아침이에요."

세상이 끝나도 오지 않을 것 같은 앙상블을 본 것 같은 아침.

나는 르안을 향해서 여느 때와 다르지 않게, 다정하게 웃었다.

나의 웃음에 내 꽃이 청초하게 피어난다.

"아프진 않아요?"

"네, 아프지 않아요."

이곳에 있는 두 사람과 저쪽 세계에 핀, 두 장미까지. 나를 위해 불구덩이로 뛰어들 사람들. 나의 꽃들.

모두 나를 위해서 무엇이라도 할 각오가 되어 있는 존재들. 그렇기에 나는 이 무게를 죽기 전까지 짊어지겠지.

난 르안을 바라보며 행복한 듯이 웃었다.

내 가장 예쁜 장미.

이대로 평생 꽃을 가꾸는 정원사로 살겠으나 그럼에도 마음 가장 깊은 곳에 자리한 장미는 당신일 테죠.

속으로 나지막한 고백을 건네면서.

그로부터 1여 년이 지난 뒤.

초봄이 빠르게 찾아온 어느 날. 시간은 새파란 하늘로 뭉게구름이 퐁퐁 띄워진 한낮이었다.

길을 걸으면, 나무로 꽃이 슬금슬금 피어나는 것이 느껴졌다. 지금은 아니더라도 일주일이나 이주쯤 지나면 만개할 것 같다.

"그러니까, 나는 꽃을 피우는 것도 가능하다고?"

휘슬이 내 안에서 진한 울림을 토해냈다.

"허어, 별게 다 가능하네."

나는 내 손과 나무를 번갈아 보며 눈을 깜빡였다.

내가 서 있는 곳은 버려진 공원이었다. 평소에는 사람들의 발길이 거의 닿지 않는 곳이었다.

하지만 단 한 시기만은 달랐는데, 바로 벚꽃이 피는 봄이었다.

이곳엔 벚나무도 꽤 많아서 이것이 피어날 즈음에는 사람이 와르르 몰리곤 했던 것이다. 하지만 아직은 개화 시기가 아니었기에 공원은 한산하기 그지없었다.

거기다 근처에 공사를 하다 만 건물들 덕에 을씨년스럽기까지 했다. 나는 풍경에 아랑곳하지 않고 손을 들었다.

"좋아, 그럼 제대로 해볼까."

사람들이 올 걱정은 하지 않아도 됐다. 아마 체이서가 입구에서 결계를 펼치고 있을 테니까.

리케도르안 또한 내가 힘을 쓰는 데 방해가 되지 않도록 멀리 떨어진 상태였다. 나는 그대로 손을 들어 올렸다. 손을 오므렸을 때 내 손엔 긴 왕홀이 들려 있었다. 나는 이것을 망설임 없이 바닥에 꽂았다.

픽!

이윽고 바닥에서 거대한 푸르른 기운이 아낌없이 치솟았다.

막, 신이 내린 세 번째 부탁을 한창 실행 중이었다. 그러던 중 차원 간의 결합이 맞아떨어져, 프란시아와 르나그의 얼굴을 볼 수 있도록 허락이 떨어진 참이었다.

물론 나는 하던 일 모두 제쳐놓고 달려갔다.

내 장미들을 맞이하려면 내가 할 수 있는 최고의 공간에서 맞이하고 싶었다. 무로 7년 만의 재회였으니까.

예쁘고 화사한 봄 아래서 맞이하고 싶어.

내 기대처럼 주변으로 몽실몽실한 분홍빛 꽃이 피었다. 현재는 새까만 색이지만, 저쪽 세계에서의 내 머리색처럼 연한 분홍빛 꽃들이 만개하였을 때, 문이 활짝 열렸다.

그리고 문 너머로 반가운 손이 보였다.

"음, 뭐야. 보지도 않고 주는 거야?"

나는 나를 향해 굳은 반가운 얼굴을 하염없이 응시했다.

"이번엔 직접 편지를 받으러 왔는데."

시간이 꽤나 흐른 듯 두 사람에게는 전에는 보이지 않던 시간의 성숙함이 보였다. 그럼에도 내가 알던 두 사람이었다.

미안해.

나는 양손을 펼쳤다.

"너무 오래 걸렸지?"

이윽고 내게 달려온 프란시아가 와락 안긴 채로 엉엉 울었다. 그녀는 처음 만난 날에도 토하지 못했던 울음을 아이처럼 마구 흘렸다.

"흐어엉! 언니. 언니이!"

좀처럼 울음을 그치지 못하는 프란시아를 한참 달래다가, 겨우 고요한 남자에게로 고개를 돌렸다.

나는 다정하게 미소한다.

그리고 눈앞, 차마 다가오지 못한 채 눈시울을 붉힌 르나그와도 재회의 인사를 나눴다.

"르나그."

이 이름을 다시 부르기까지 얼마나 걸렸던가. 그와는 긴 인사가 필요하지 않았다.

그가 먼저 참지 못하고 나를 품 안에 가뒀으니까. 쉽사리 지칠 몸이 아닐 텐데도 그는 오랫동안 달린 사람처럼 숨이 거칠고 말을 잇지 못한 채 헐떡였다.

나는 언제고 부드럽고 차분했던 남자의 혼란을 이해했다. 나를 가둔 채로 어찌할 줄 모르는 손이 조심스럽게 닿는다.

"······나의 왕."

나는 점차 뜨거워지는 몸을 가만히 토닥여 주었다.

"이정표는 여전히 제 자리에 있었네요."

내 한마디에 르나그가 끝끝내 참던 눈물을 흘렸다.

"······예."

그가 내 어깨 기댄 채로 내 옷자락을 적셨다. 가지런히 묶인 긴 머리카락이 떨어져 흔들린다.

"당연한 일이니까요."

모두가 모인 봄의 풍경 아래, 이제야 완성된 퍼즐을 보는 것 같이 비어 있던 가슴이 가득 채워진 기분이 들었다.

"프란시아, 르나그."

나는 오랜 시간 기다렸던 말을 토해냈다.

"우리 집에 갈래요?"

흑장미와 주인공, 후회의 살타렐로

입구를 지키던 체이서는 이질적인 힘을 느끼고는 고개를 들어 올렸다. 그리고 저 멀리서 새로 나타난 두 사람을 알아차렸다.

새로운 힘은 아니었다. 그의 왕에게 위험한 힘은 더더욱 아니다. 그저 익숙하게 느끼던 힘을 7년 만에 본 것이었으니.

'다른 세계에서 두 장미를 불러온 건가.'

세계를 잇다니, 이아나에게 대충 이야기를 듣긴 하였으나 실제로 보는 것은 또 다른 기분이었다.

그는 해사하게 웃는 제 왕의 얼굴을 보며 생각에 잠겼다. 이제 경쟁자가 하나가 아니란 걸 인정해야 할 처지였다.

속이 그리 좋지는 않았지만 한편으로는 재미나기도 했다.

저 중간에 선 붉은 장미가 어떤 생각을 하고 있으려나. 짐작해보기도 하면서.

이윽고 다른 두 장미를 대동한 이아나가 체이서 쪽으로 걸어왔다. 이곳이 공원의 입구였으니 당연한 일이었다.

"체이서."

프란시아와 르나그는 체이서를 보며 잠시 얼굴을 굳혔지만 아무런 말도 하지 않았다.

어디까지나 이아나의 결정을 존중한다는 듯한 맹목적인 얼굴이었다. 이아나가 그에게 손을 뻗었다. 체이서는 무슨 의미인지 몰라 잠시 눈을 끔뻑였다.

머리가 좋고 눈치가 빠른 남자였지만 이아나의 행동은 종잡을 수 없었다.

저 손은, 목줄을 달라는 이야기인가?

그의 목에는 구속구가 달려 있었다. 체이서의 영혼이 흩어지지 않게 하는 역할을 하면서, 그를 감시하는 도구였다.

그에게는 무척이나 기꺼운 일이었다. 그래. 지금 저 손에 이 줄을 주면 될 터인데.

그러나 생각과는 반대로 체이서는 저도 모르게 손을 뻗었다.

이아나와 그의 손은 닿지 못하고 떨어졌다.

"……봄이니까. 예외를 둘까?"

툭, 옷깃 위로 손이 닿았다가 떨어진다. 잠시간의 온기였지만 체이서에게는 이것으로도 충분했다. 십 년이 걸릴 거라더니. 즐거워 보이는 그녀의 낯에는 그런 기억이 말끔히 사라진 듯했다.

아마도 나타난 저 두 장미 덕에 말이다.

이아나는 해사한 미소로 하늘을 올려다봤다. 체이서는 그 모습에서 눈을 뗄 수 없었다.

새하얀 얼굴과 오묘하게 말려 올라간 눈꼬리, 잘 웃는 편이 아닌 낯이라 미소가 더욱 귀했던 존재.

이제는 흑단같이 까만 머리마저도 잘 어우러지는 그녀는 한참이나 하늘에 눈을 두었다. 그러고는 반쯤 남은 미소를 그에게 나눠주기도 했다.

"당신도 참여해."

체이서는 이것이 그녀가 베푼 호의임을 알았다. 평소라면 절대 그러지 않았을 거란 것도.

"뭐. 오지 않아도 상관없어."

이아나는 그 한마디를 남기고는 돌아서서 다시 공원으로 향했다.

"뭘 하는 건데?"

체이서의 물음에 이아나는 고개만 돌려 작은 대답을 남겼다.

"피크닉."

봄으로 돌아가는 이아나의 뒷모습은 그 어떤 별보다 반짝이며 황홀하게 느껴졌다.

"그곳엔 없던, 봄이니까."

그런 그녀의 뒤로 팔랑팔랑. 약속이라도 하듯 꽃잎이 흩날렸다.

그의 생에 봄이란 계절은 존재하지 않았다. 모든 것이 그저 죽지 못해 사는 지나가는 시간뿐이었다.

그녀가 살짝 뒤를 돌았다.

"누리지 못한 계절을 오늘만큼은 당신도 즐겨봐."

마치 그녀의 향기를 쫓듯이 어지럽게 흩날리는 저 꽃들 속에서 체이서는 어떤 얼굴도 하지 못한 채 가만히 응시했다.

그는 웃음을 흘렸다. 어떤 감정이든 웃음으로 귀결되고 마는 건, 오래전 이런 방법밖에 배우지 못한 탓이다.

체이서는 풍경을 바라보며 잠시 망설였다. 조금 멀리서 시선이 느껴져 바라보면 리케도르안이 서늘한 얼굴로 노려보고는 고개를 돌렸다. 그러고는 이아나의 뒤를 쫓아 걸었다. 체이서를 못마땅하게 여기더라도 이아나의 결정을 절대적으로 따르겠다는 듯이.

봄과 꽃.

그리고 이아나.

그의 눈이 떨어질 줄 몰랐다.

체이서는 문득 생각했다.

제 인생에 이토록 평화로운 날이 있을 줄 알았던가.

아니었다.

그는 천천히 발걸음을 옮기며, 흩날리는 꽃잎 사이에서 생각에 잠겼다. 걸음마다 기억이 되살아나고, 그 조각을 밟으며 천천히 과거를 회상했다.

오래전, 시간을 회귀했던 이전 진짜 '이아나'가 살아 있었던 때로.

과거를 탐험하기 위해서는 꽤나 시간을 거슬러 올라가야 했다. 그도 그럴 것이 그는 여러 번의 삶을 되살았으니 말이다.

눈을 뜨면 체이서에게는 더는 이아나가 보이지 않았다.

자기 세뇌. 매혹안을 통해 사람을 세뇌할 수 있는 그는 스스로 또한 통제할 수 있었다. 깊은 꿈을 꾸듯 과거를 응시하는 것도 가능한 것이다. 이 덕에 그는 웬만해서는 과거의 일을 지울 수도 잊을 수도 없었다.

그는 천천히 과거에 빠져들었다.

과거를 탐험하기 위해서는 꽤나 시간을 거슬러 올라가야 했다. 그도 그럴 것이 그는 여러 번의 삶을 되살았으니 말이다.

캄캄한 실내.

눈앞에는 새카만 그림자가 내려앉았다. 한때, 그의 평생을 덮었던 거대한 괴물의 그림자다. 올려다보면 그의 아버지라 불리던 남자였다.

"오늘은 네게 소개해줄 이가 있다."

어린 체이서는 무심하게 아래를 응시했다. 부친은 눈을 똑바로 마주하는 것을 극도로 싫어했다. 이러한 까닭에 그가 폭력에 죽지 않을 힘을 갖출 때까지는 조용히 굴복함이 옳았다.

아래로 내린 덕에 체이서의 눈에 딱지가 덕지덕지 붙은 손등이 보였다.

보이는 부분이라 이 정도로 그쳤을 뿐 소매를 들어 올리면 죽지 않을 만큼 맞은 새파란 멍으로 가득할 터였다.

"고개를 들어라."

권위적이고 위압적인 음성에 어린 체이서가 천천히 고개를 들었다. 차가운 얼굴로 입을 쭉 찢어 웃는 남자는 체이서와 닮았으면서도 다른 낯을 하고 있었다.

부친은 여느 때와 다르게 매우 기분이 좋아 보였다. 드문 일이었다.

부친의 손이 거칠게 움직였다. 작은 비명이 들렸다.

"새 식구다."

체이서는 우악스러운 손을 건조하게 응시했다. 그리고 커다란 손에 불편하게 잡힌 작은 아이의 모습도.

소녀라 부르기에도 어린, 아주 작은 여자아이였다.

금방이라도 울 듯이 눈물이 가득한 얼굴은 이미 새빨갰다. 이미 눈이 붓도록 울고 난 뒤인 듯했다.

'저렇게 울어봐야 소용없는데.'

어린 체이서는 무심하게 생각했다. 부친은 가학적인 성향이 있어 오히려 괴로워하는 자에게 폭력을 휘두르길 좋아했다.

이는 음습한 흑장미의 본능과도 맞닿아 있지만 그보다는 본연의 성격이 잔인하고 포악한 편이었다.

그렇기에 부친의 앞에서 눈물을 보였다가는 생존하기가 힘들었을 터인데, 이상하게도 여자아이의 몸에는 어떠한 폭력의 흔적도 없었다.

그저 극도로 겁을 먹었을 뿐.

"체이서, 앞으로 네가 지켜봐라."

어린 체이서는 미간을 찌푸리다가 재빨리 지워냈다. 부친에게 부정적인 감정을 비춰서 좋을 것이 없었다.

더없이 만족스러워 보이는 부친의 얼굴, 아주 오래전부터 최근까지 부친이 찾던 것.

그리고 상처 하나 없는 여자아이.

체이서는 이 상황을 이해할 수 있었다. 그는 이미 어린 시절부터 나이에 답지 않은 머리와 판단력을 갖추고 있었으니.

"네 여동생이다."

푸른 장미. 저건, 푸른 장미인 것이다.

오랫동안 흑장미가 푸른 장미를 갈취해 감금하듯이 휘하에 두고 있었지만, 몇 대 전 흑장미 가주의 동생이 푸른 장미를 도망치게 한 뒤로 행방이 묘연했다.

그런데 부친이 기어이 사라진 행방을 찾아 다시 데려온 것이다.

극도로 폭력적인 부친이 어째서 어린아이에게 손도 대지 않았는지 남김없이 이해되는 순간이었다.

"앞으로 이것의 이름은 이아나 로즈 도뮬릿."

그의 부친은 특별한 힘이 거의 없다시피 한 아주 약한 자였다.

장미 가문에 태어났다 하여 모두가 특별한 힘을 가지는 것이 아니기에 미약하지만 힘을 가지고 있는 것만으로도 대단한 것이었으나, 부친은 이 힘이 약하다는 데에 대단한 열등감을 품고 있었다.

부친의 부친, 체이서의 조부가 대단한 힘과 영향력을 가지고 있던 탓이다.

그런 조부는 푸른 장미를 손에 넣지 못해 말년에는 거의 광기에 사로잡혀 시들어가듯 죽었다.

이를 보며 부친은 어떤 희열을 느낀 듯했다.

힘이 약한 만큼 푸른 장미에 대한 집착 또한 약할 터인데도 부친은 힘이 강한 이들만큼이나 푸른 장미에 집착했다.

왜냐, 부친은 푸른 장미의 거대한 힘을 빼앗아 제 손에 두고 세상을 지배하고 싶어 했으니 말이다.

어린 체이서가 듣기에도 터무니없는 소리였으나 부친은 무려 황실과 손을 잡고 이 말도 안 되는 계획을 구체화하고 있었다.

이 계획에 푸른 장미는 더없이 중요한 '재료'였다.

"앞으로 네가 아낌없이 돌보도록."

체이서는 무심히 여자아이의 이름을 흘리며 눈을 깜빡였다.

어린 여자아이를 보는 순간 몸속에서 기묘한 느낌이 들었지만 그뿐이었다.

이이 막 설 수 있을 때부터 그에게 쏟아진 폭력과 실험 때문이었다. 날 때부터 강대한 흑장미의 힘을 품고 태어난 아이.

체이서는 폭력으로 인해 감정을 거의 느끼지 못했다.

배우지 못했다 보아도 좋았다.

그렇기에 세상이 떠나갈 정도로 우는 여자아이를 보며, 연민도 동정도 느끼지 못했다.

흑장미의 힘은 매혹안.

이는 단순히 사람을 통제하고 세뇌하는 힘뿐만 아니라, 통제하는 데 필요한 뛰어난 두뇌 능력이 함께 주어졌다.

나이보다 영리하고 영특한 아니, 그 이상으로 천재적인 체이서에게 있어 흑장미의 세력 구도를 파악하는 것은 어렵지 않았다.

그리고 부친 몰래 조금씩 그의 성장 속도에 맞춰, 세력과 장악력을 앗아오는 것도 어렵지 않았다.

"……소가주님, 그래서 이건……."

막 그에게 충성한 이가 부친 몰래 상회 회계와 계획을 흘리고 돌아갔을 때였다.

체이서는 보좌를 자처하는 이와 함께 걷고 있었다.

"너는 갈수록 어려지는데."

"아마 더욱 어려질 겁니다."

흑마법사 마쉬멜은 실험을 위해 무수하게 붙잡혀 온 대상자 중 하나였다.

이 제국에서 흑마법사는 흑마법을 배운 것만으로 범죄자로 치부했기에 제국에서는 어떻게 다뤄도 좋을 죄수였다.

여기서 마쉬멜은 제 몸에 새겨진 끔찍한 저주를 들키지 않기 위해 도망치다 붙잡혀 죽을 처지에 처했고, 그 순간에 성벽을 산책하던 체이서와 만나 목숨을 구제했다.

놀랍게도 마쉬멜은 체이서의 곁에 있는 것만으로도 저주가 어느 정도 눌러진다는 것을 깨닫고 그에게 충성을 맹세했다. 살기 위한 선택이기도 했다.

"언젠가 걷는 것도 어려울 만큼 어려지다가 그때 가서야 멈출 겁니다."

"그 후로는?"

"평생 어린 채로 살아야겠지요."

이미 마쉬멜의 몸은 올해로 갓 18살이 된 체이서보다 작았다. 얼굴은 17살이나 되었을까 싶도록 어려 보였다.

마쉬멜은 흑장미의 힘이 이 저주의 속도를 늦추고 있다는 점을 주시해, 체이서의 허락에 따라 이를 연구하고 있었다.

물론 체이서가 원할 때는 언제고 그의 능력을 사용하면서.

"실험 도중에 받게 된 저주라 했나."

"예. 그렇지요. 정확히는 스승이 제게 맞도록 만든 겁니다."

마쉬멜이 머물렀던 흑마법사의 탑은 불에 탔고, 뛰어났던 스승은 죽었다. 모두 폭주한 마쉬멜의 손에서였다.

마쉬멜은 이를 두고 그렇게 빨리 죽여서는 안 됐다고 중얼거리곤 했다.

체이서의 입술로 옅은 미소가 스쳤다. 누가 보아도 황홀함을 선

사할 아름다운 낮이었다.

"악당이네."

"……예. 필요에 따라서는 그렇게 되어야겠지만."

마쉬멜이 작게 한숨을 내쉬었다.

"그렇다고 즐기거나 내키는 건 아닙니다."

"그거 알아?"

폭력에 말없이 굴복하던 소년은 아름다운 청년으로 자라났다.

눈짓 한 번에 남녀를 불문하고 유혹할 금욕적인 외양으로도 모자라 능력조차도 사람의 생을 아무렇지 않게 주무를 수 있는 대단하고도 위험한 것을 품은 채로.

"양심을 가진 악당이야말로 가장 기만적이고, 악한 악당이란 걸."

"어설픈 연민과 동정이 더 잔인하단 겁니까?"

"글쎄."

체이서는 걸음을 멈췄다.

"적어도 내게 물어봐야 소용없는 일일 거야. 나는 처음부터 그런 걸 갖추지 못한 사람이니까."

주어진 것은 폭력과 굴복, 자라나며 보아온 것은 학살과 정쟁, 그리고 고문.

이미 훌륭한 악당이었던 가문 아래서 체이서는 가문의 모든 것을 학습하고 사람을 손에 넣었다.

"하지만 이건 알지. 사람이 무너지는 건 마지막 희망이 사라질 때라는걸."

모든 것은 은밀하고 계략적이었다. 정작 당사자인 부친이 무엇을 빼앗긴 것인지 모를 정도로.

"만약 이 희망만 손에 넣고 있다면, 특별한 능력 없이도 얼마든지 사람을 통제할 수 있단 거지."

"……누구보다 나쁜 인간처럼 들립니다만."

"부정은 안 할 건데."

체이서가 미소 지었다.

그 순간 체이서와 마쉬멜은 약속이라도 한 듯이 고개를 돌렸다.

그들이 서 있는 곳은 한 면이 뻥 뚫린 1층 복도였다. 거대한 기둥 사이로 아름다운 정원이 보였다.

그곳에는 화사한 분홍빛 머리칼을 가진 소녀와 그 앞에서 쩔쩔매는 중년이 하나 있었다.

"흐음? 죄송하지만 후룻트 경. 저는 당신이 마음에 들지 않는걸요."

체이서의 귀에 소녀의 음성이 고스란히 들려왔다. 꽤 거리가 있었지만 인간 이상의 신체 능력은 두 남녀의 목소리 모두를 잡아냈다.

"아이참. 후룻트 경. 경과 내 나이 차가 24살이고, 저는 늙고 못나고 배까지 튀어나온 남자는 싫어요."

마쉬멜이 콜록, 헛기침했다. 이쪽은 마법으로 소리를 들은 듯했다.

"저는 미남이 좋은걸요?"

소녀는 그렇게 툭 던지는 것으로 모자라 한걸음 뒤로 물렸다.

"내가 이것밖에 안 되나 싶어서, 이런 고백은 기쁘지도 않아요."

"……!"

"분수를 알라는 말을 모르는 건 경의 탓이 아니지만. 아, 침이 튀어서요."

소녀의 화사한 목소리로 독설이 획획 튀어 나가자, 결국엔 당연한 수순처럼 중년이 참지 못하고 손을 들어 올렸다.

"마쉬멜."

체이서의 말에 마쉬멜이 빠르게 손을 들어 올렸다.

그와 동시에 소녀가 들고 있던 지팡이를 양손으로 잡아 휘둘렀다.

퍼억!

시원스러운 소리였다. 그리고 정확히 목을 후려쳤고 말이다. 중년인이 형편없는 몰골로 바닥에 쓰러졌다.

소녀가 후려친 지팡이는 놀랍게도 중년인의 것이었고, 소녀는 방심한 틈을 타 이것을 빼앗은 것이었다.

소녀가 우아하게 지팡이로 바닥을 짚은 채로 생긋 막 피어난 풀잎처럼 웃었다.

"이런. 말을 예쁘게 해준다고, 이 말을 향기로운 장미처럼 느끼면 곤란해요."

얼떨떨해하던 중년이 일어서는 순간, 새카만 마법이 중년을 가뒀다.

소녀는 그것을 아무렇지 않게 보다가 이내 고개를 휙 돌렸다. 정확히 체이서가 있는 방향이었다.

그녀는 원피스 자락을 잡고 빠른 걸음으로 이쪽으로 걸어왔다. 지팡이는 내다버린 지 오래였다.

물론 걸음 하나하나가 마치 잘 교육받은 귀족처럼 고아하기 짝이 없었다. 한 걸음도 예법에 벗어나는 법이 없었다.

"안녕하세요, 오라버니."

마침내 두 사람이 계단을 사이에 두고 마주했다.

"좋은 오후네요."

먼저 건넨 미소에 체이서도 보일 듯 말듯한 미소로 화답했다.

"그러게, 이아나."

놀랍게도 얼굴 생김새는 전혀 달랐지만 두 사람의 미소는 거울을 마주한 것처럼 흡사했다.

특히나 입술을 살짝 가리면서 웃는 모습이야말로 체이서와 너무나도 유사한 방식이었다.

"하나밖에 없는 동생이 불한당에게 위기를 겪고 있다면 달려와 주심이 마땅하다 생각하는데, 안 그런가요? 너무 무서웠어요."

"마쉬멜 경이 멋지게 마법을 써주던데. 이쪽이 슬퍼하겠는 걸."

"오라버니의 검이 더 기뻤을 거란 걸. 이미 아시면서."

분홍빛 머리칼, 저 멀리서도 눈에 띨 화사한 색을 품은 머리카락이 흩날렸다.

그녀는 손가락으로 머리칼을 가라앉히며 눈을 휘었다.

"지켜주셔야죠."

"그랬나?"

체이서는 건조하게 미소 지었다.

"딱히 내가 나설 만큼, 위험해 보이진 않아서."

고요하기 짝이 없는 자색 눈동자는 이미 체이서의 눈동자가 아무런 감흥을 느끼지 못하는 것을 알고 있는 듯한 눈동자였다. 실제로 체이서는 아무래도 상관없다는 여유로운 낯이었다.

두 사람의 모습을 보던 마쉬멜은 일찌감치 한걸음 뒤로 물러난 뒤였다. 그런 마쉬멜을 보며 이아나가 웃음을 터트렸다.

"이런 상황을 유도한 보람이 없잖아요. 하마터면 검으로 찌를 뻔한걸."

이아나 로즈 도뮬릿. 흑장미의 성 안에 감금된 푸른 장미.

"오늘도"

10여 년이 지나 푸른 장미는 검은 꽃잎의 성에서 아주 훌륭한 악당으로서 성장했다.

"좋아해요, 오라버니."

체이서를 열렬하게 사랑한 채로.

체이서는 어린 시절 그대로 성인이 되었다.

이 말인즉 그는 어린 시절과 다를 것 없이 감정을 몰랐고, 이제는 알 생각조차 하지 않는다는 것을 말했다.

이미 변덕스러운 부친의 행동을 보며, 쓸모없는 것이라 판단했기 때문이었다.

그러니 다시 2년이 지나 그가 스물을 넘겼을 즈음. 성인을 넘긴 여동생이 또 한 번 사랑을 고백했을 때도 그는 그저 건조한 눈으로 바라보기만 했었다.

"사랑해."

체이서는 도무지 알 수 없었다. 어째서 이 실체 없는 감정에 사로잡혀 비상식적인 행동을 보이는지.

무엇보다 비이성적인 말과 행동을 하는 사람이 그가 모셔야 할 왕, 푸른 장미라는 것도.

그는 성에 차지 않았다. 아니, 신경 쓰고 싶지 않았다.

어린 시절부터 단 한 번도 채워진 적 없던 그의 가슴은 언제나 텅 비어 있었고, 본능적인 허무감을 불러왔다.

그는 사는 것이 아니라 살아지는 것에 가까웠다. 이미 외양과 두뇌, 빈틈없이 갖춘 교양은 사람을 사로잡고도 남는다.

그런데 그의 능력은 더욱 손쉽게 사람을 사로잡고 통제했다. 이는 충족감은커녕 허무감을 더욱 부추길 뿐이었다.

그를 움직이는 원동력은 자신을 학대하고 멋대로 실험체로 사용했던 부친에 대한 복수와 권력의 전복이었지만, 사실 이렇게라도 하지 않으면 그저 아무것도 하지 않을 자신을 알기에 움직이는 것에 가까웠다.

그런 체이서에게 여동생 '이아나'는 성가신 기물에 가까웠다. 그가 그리는 판에 사용할 수는 없는데, 이용 가치가 없는 것은 아니고. 그렇다고 마음대로 움직여지지도 움직일 수도 없다.

부친이 가장 집중하는 존재였기에 때가 될 때까지 섣불리 움직일 수 없었다.

그리고 영리한 여동생은 이를 너무나 잘 알고 이용했다. 하기야 보고 자란 것이 체이서와 부친이었으니, 닮아버린 건 어쩔 수 없을 터다.

"왜 내 사랑을 받아주지 않는 거야?"

'이아나'는 언제부터인가 교양 섞인 존대를 하지 않게 되었다. 그리해봐야 체이서의 시선을 끌 수 없으리라 생각했기 때문이었다.

"우린 남이잖아."

그러나 이미 배운 것은 어디 가지 않아서, 치마를 꽈악 붙잡고 고개를 숙이는 모습은 몹시도 청초하고 우아했다. 이내 진주 같은 눈물을 뚝뚝 떨어트리는 모습마저도.

누가 이렇게 울면, 교양이 넘쳐 보일 것이라 가르친 것처럼 반듯하기만 했다.

그렇기에 체이서는 이아나가 한 여성으로서 보이기보다는 어설피 자신을 흉내 낸 존재를 보는듯한 감상에 사로잡혔다.

만약 그녀가 학생이었다면 체이서는 박수를 아끼지 않았을 것이다. 체이서는 눈을 굴려 아무도 없는 복도를 확인했다.

"이아나."

"그렇게 부르지 마."

이아나가 옷자락을 꽉 잡은 채로 한 번 더 눈물을 후두둑 떨어트렸다.

"그 정도는 다 알아. 일부러 다정한 체, 그런 목소리를 낸다는 것쯤은."

이아나가 눈물을 닦지도 않은 얼굴을 홱 들어 올렸다.

"사실 네가 아무것도 생각하지 않고, 그 어떤 것에도 관심이 없다는 것도 전부 알아."

체이서는 조금 놀랐다. 늘 아무 생각 없이 인형처럼 생글거리는 듯하던 이아나가 자신을 꿰뚫어 보고 있으리라 생각지 못했으니까.

"그러니까 내게 일부러 그런 가식적인 표정은 보이지 말아. 그게 더 비참하니까."

흑장미 성에서 자라난 공주님은 자존심이 강했고, 오만했으며 고고하고 도도했다. 모든 마음을 바쳐 체이서를 사랑했지만 동시에 휘어지지도 부러지지도 않는 기개를 보이곤 했다.

사실 손에 가진 것은 아무것도 없으면서.

체이서가 곧 작은 미소를 틔웠다. 곤란하다는 듯한 '오빠'의 얼굴을 만들어내면서.

"알잖아, 이아나. 나는 너를 여동생처럼 생각해. 아니. 아버지가 정해주신 여동생이지."

"체이서."

"그러니까 네 마음은 받아줄 수 없어. 미안해."

"오빠!"

이아나는 성인이 되고서 좀처럼 체이서를 오빠로 부르는 일이 없었다.

조그맣던 시절엔 퍽 순진한 눈을 하고서 '오빠' '오빠!' 하고 쪼르르 쫓아다녔던 게 전혀 없던 일이 되었단 듯이 말이다.

아이러니하게도 결국 감정을 추스르지 못할 때가 되고서야 체이서를 이렇게 부르곤 했다.

"내가 푸른 장미잖아……. 그래도, 그대로 안 돼?"

모든 장미는 본능적으로 푸른 장미에게 이끌린다. 이는 절대적인 사실이었다.

체이서 또한 이아나가 미약한 힘을 드러낼 때면 금방이라고 무릎 꿇어 경배하고픈 기분이 들곤 했다.

"나를 따라. 체이서 루브 도튤릿."

그러지 않은 것은 순전히 체이서의 능력이 매우 뛰어났을 뿐 아니라 자신을 통제하는 것에 익숙했기 때문이었다. 어차피 저쪽에게 줄 감정이란 것도 그는 느끼지 못했으니까.

"네가 바라는 것이 거짓으로 점철된 것이라면야."

체이서가 살짝 고개를 숙여 거리를 띄운 채로 작게 속삭였다.

"연기하는 것은 어렵지 않아. 알잖아?"

한 가지 첨언하자면 체이서는 나름의 이유로 이 불쌍하고 가여운 왕을 동정했다. 물론 동정하는 체하는 것에 가까웠으나, 이성적으로 이쪽도 피해자라는 데에 동의했다.

그녀 또한 자신의 의지로 이곳에 오지 않았을뿐더러 신체적인 폭력이 없었을 뿐 이 성은 어린아이가 살기엔 무척이나 가혹하고 잔인한 환경이었다.

푸른 장미가 튼튼한 정신력을 가지고 있지 않았다면 망가지기 딱 좋은 그런 환경.

매일매일 사람이 죽어가고, 고문에 견디지 못한 비명이 흘러나오는 곳이었으니.

체이서는 채 가려지지 않은 이아나의 어깨를 응시했다. 가녀린 피부 위로는 주사기를 마구잡이로 꽂은 듯 붉은 자욱이 역력했다.

실험의 흔적이다.

푸른 장미의 힘을 억지로 빼앗으려는 멍청하고도 비정상적인 실험.

두 사람은 참 많이도 실험실에 끌려갔더랬다. 어두컴컴한 방 안에 단둘이서 갇힌 적도 여럿 있었다.

〈흡……. 오빠……. 오빠……. 무서워…….〉

그렇기에 이아나는 시간이 지날수록 체이서를 맹목적으로 따랐다. 마치 말라가던 싹이 마침내 빛을 보기라도 한 듯이. 이것이 사실 빛을 흉내 낸 깊고 깊은 그림자라는 것도 모른 채로 말이다.

어쨌거나 힘조차 제대로 각성하지 못한 왕은 아이러니하게도 왕답게 고고했다. 그 누구도 이런 고귀함을 가르친 적 없는데도, 은은하게 빛을 드러내곤 했다.

"……거짓은 싫어."

아이러니하게도 모든 인간이 체이서의 가식을 알아차리지 못한 채로 받아들이는 중에 이아나만이 그를 꿰뚫어 보았다.

그리고 상처받을 줄 알면서도 이렇게 그의 본연의 모습을 끌어내곤 했다.

체이서는 어느 쪽이든 상관없다 여겼다. 어느 날 이아나가 자신을 대신해 검을 맞기까지는.

이건 실수였다. 당시, 체이서는 부친이 숨긴 마지막 장부를 찾기 위해 연극을 꾸며낼 작정이었고, 이를 위해 곧 찾아올 암살자에게 일부러 맞아줄 작정이었다. 상처는 부친을 방심시키기 아주 좋은 수단이었다.

그러나 체이서는 곁에 있던, 아니 갑자기 찾아온 이아나가 눈먼 검에 뛰어들 줄은 알지 못했다. 그것도 무의식중에 푸른 장미의 힘으로 저를 밀쳐내면서까지.

"콜록, 콜록!"

암살자는 이미 처리했다. 저기 쓰러진 시체는 곧 찾아올 마쉬멜과 수하들이 치울 것이다.

"오빠……."

문제는 체이서에겐 상처를 치유할 능력도 딱히 치유할 약도 가지고 있지 않다는 점이었다.

이아나가 세찬 기침을 토해냈다. 피가 기도를 막기라도 한 듯했다. 아울러 보아하니 꽤나 깊이 찔린 듯했다.

새하얀 대리석타일 틈으로 붉은 액체가 스며들었다.

체이서가 자신을 치료할 약을 들고 다니지 않는 건 어디까지나 그가 검 정도로는 쉽게 죽지 않는 몸인 탓이었다. 붉은 장미만큼은 아니어도 장미들의 몸은 튼튼했다.

그러나 여기 각성하지 못한 푸른 장미의 몸은 달랐다. 이미 실험 결과, 평범한 사람의 몸과 같다고 알려진 뒤였다.

"······바보 같지 않아?"

체이서는 이아나의 머리맡에 앉은 채로 턱을 괴었다. 방은 그가 죽인 암살자들과 이아나의 피 내음으로 가득했다.

"어차피 그 검에 찔렸어도 나는 죽지 않는단 걸 알 텐데. 너는."

"······하아, 독이 있으면. 어떡해?"

"있어도 마찬가지지. 너나 나나 지독한 독을 맞으며 컸으니까."

이아나는 숨을 헐떡이면서도 곧 우아하게 웃었다.

"그건 그러네. 근데 말이야. 이렇게 하면······ 오빠가 오늘을, 나를 기억할 거잖아?"

체이서는 이 미소가 자신과 닮았다는 것을 인정했다.

"이게 사랑이야. 체이서. 어떻게든 상대의 눈에 들고 싶은 거."

그와 그녀는 오랜 시간을 함께 보냈다. 시간이 흔적을 남겼다는 점도 체이서는 인정했다. 부친이 억지로 내맡긴 여동생. 그리고 푸른 장미.

어둡고 축축한 실험실에서 의지할 것은 서로의 미약한 체온밖에 없었다. 어린 푸른 장미는 끝끝내 체이서의 옷자락을 쥐고 놓지 않았다.

"……아무리 봐도 멍청한 짓을 한 걸로밖에 보이지 않는데."

"콜록, 흐……. 체이서 넌, 아직 어리네……."

"내 여동생, 너는 제정신이 아닌 것 같고 곧 죽을지도 모르겠어."

"죽게 두게?"

"마쉬멜이 한 발 늦으면 그럴지도 모르지. 이렇게 쉽게 죽으면 네 목숨이 아깝지 않아?"

그리고 지금도 이아나는 함께 실험실에 갇혔던 그날처럼 체이서의 바짓자락을 붙들고 있었다. 어디에도 가지 말아달란 눈을 한 채로.

"하지만……. 오빠는, 내가 피를 흘려야 인정할 것 같더라고."

물론 이 시선은 체이서에게 어떤 감흥도 일으키지 못했다. 그에게 그녀는 단 한 번도 여성이 된 적 없었다.

"너, 이 막돼먹은 모습, 나한테만 보이잖아."

"그게 특별한 거라고 믿고 싶은 거야? 그런 거라면 이 모습을 본 건 마쉬멜도 있는데."

"……못됐네. 정말."

그러나 그럼에도 체이서는 인정하고 말았다.

"맞아. 이렇게, 비참하게라도 네 곁에 있고 싶은 거야. 오빠."

"……."

"사랑하니까."

이아나가 붙든 저 손이 허무함을 헤치고 마음 터럭 하나 정도는 잡은 것 같다고.

그러나 이는 이아나가 말하는 것같이 말랑하고 부드러운 것 따위
는 아니었다.

오히려 보통 사람이 버려진 강아지를 보는 듯한 연민에 가까
웠다.

"그게 사랑이라면 평생 안 하는 게 낫겠네."

체이서는 느슨하게 고개를 기댄 채 피식 웃었다. 딱히 아무것도
가지고 싶지 않은 남자의 미소였다.

"비효율적이야. 이아나."

체이서는 인정하기로 했다. 10여 년이 넘도록 저를 쫓아다닌 소
녀가 결국은 자신과 똑 닮아버렸다는 것을.

"뭐, 그래. 그대로 내 여동생 해. 이아나."

"······오빠?"

"대신 거기까지야."

사랑하고 사랑하다 결국은 그림자처럼 흉내 내고 만 비참함을 그
가 이해할 날이 오진 않겠지만. 인정은 하기로 했다.

"내가 널 사랑하는 날은 평생 오지 않을 거야."

그가 누군가를 제 선으로 받아들인 날이자, 가족이란 이름으로
받아들인 날이었다. 물론 당시의 체이서는 이것이 어떤 이름인지
알지 못했지만.

어쨌거나, 그는 여동생 이후로는 누구든 진심을 내보일 일이 없
으리라 믿었고, 그렇기에 이별의 순간은 몹시도 크게 다가왔다.

쏴아아아.

비가 거세게 쏟아지는 날이었다.

회색 구름이 멋대로 뭉친 하늘, 어쩌면 폭풍이 몰려올지 모를 거센 바람마저 몰아치고 있었다.

체이서는 눈앞의 풍경을 멍하니 바라보았다. 그치고는 믿기지 않을 정도로 아무런 생각이 들지 않았다. 차차 체이서의 미간이 좁혀졌다. 이윽고 흘러나온 목소리는 잔뜩 쉬어 탁하기 그지없었다.

"……이게 무슨 짓이야."

대답을 해줄 이는 그저 웃음만을 보였다. 끔찍하리만치 저를 닮은 미소였다.

"보다시피."

체이서의 눈앞에는 이아나가 부서진 돌벽에 기대어 있었다. 그리고 가녀린 어깨너머로는 아무것도 보이지 않았다.

본디 거대한 저택, 철옹성 같은 도풀릿 저택이 있어야 했다. 체이서, 그가 잠시 외부로 나간 사이 저택은 이 세상에서 처참하게 사라졌다. 바로 눈앞의 푸른 장미가 힘을 개화하면서.

그러나 체이서는 본능적으로 알아차렸다. 눈앞의 이아나는 죽어가고 있다는 걸.

그 사이 비틀비틀 걸어온 이아나가 마침내 체이서 앞에 도달해 그대로 쓰러졌다. 체이서는 한쪽 무릎을 접어 그녀를 안듯이 편히 눕혀주었다.

"……하아, 아버지가 널 죽이려 했어."

이아나가 힘겹게 말을 털어놓았다. 부친은 체이서가 잠시 외출한 틈을 타 그를 죽이려 하는 준비를 끝냈다.

"아버지가 푸른 장미의 티아라를 손에 넣고…… . 그 힘으로 널……."

부친은 약하긴 하나 흑장미였고, 힘에 대한 집착으로 인해 누구보다 흑장미에 대해 잘 알았다. 그러니 흑장미를 죽이는 방법 또한 알고 있었다. 부친은 그렇게 조부를 죽였을 테니까.

"알고 있어."

이렇게 말하는 체이서의 몸은 피투성이였다. 외출을 나간 체이서에게도 대대적인 기습이 있었던 탓이다. 아마 부친은 그의 힘을 빼놓으려 했을 것이다.

그리고 명령을 내린 부친은 이제 어디에도 없었다. 죽었을 테니까.

"곧, 쿨럭. 황제의…… 군대가…… 몰려올 거야."

"……그래?"

"미안. 내가 모두 죽여버렸어……."

이아나는 그저 부친을 죽이고 싶었을 터다. 그러나 폭주한 힘은 이곳에 있는 모든 것을 무로 돌렸다.

도뮬릿 저택이 사라졌다는 건, 곧 체이서 또한 근거지를 잃었단 소리였다. 체이서는 도리어 마음이 편해졌다. 이제는 더는 무엇을 해야 한다는 감각에 사로잡히지 않아도 되니까.

"앞이, 안 보여……. 오빠, 거기 있지?"

"보다시피."

"……쿨럭, 안 보인데도……."

이아나가 기침을 하며 살짝 웃었다.

"……피 냄새가 너무 독하네."

이 순간 체이서는 이아나에게 말하지 않은 사실이 있었다. 그의 부친은 최후의 수를 염두에 두었고, 마지막 습격 속에 유효한 타격을 먹었다.

체이서는 흘끗 피가 줄줄 새어 나오는 제 옆구리를 보다가 시선을 돌렸다.

부친은 실험 끝에 잠시지만 장미의 몸을 일반인의 것과 같이 만드는 약을 만들어냈다. 체이서의 현재 몸은 일반인과 다를 바 없었다. 그리고 그를 치료해줄 수하들은 습격 속에 죽고 말았다.

멀리 나간 이들이 돌아오기까지는 한참이 걸린다. 그러니 그의 몸이 원래대로 돌아오기 전에 과다출혈로 먼저 죽을 것이다.

물론 지금 찾아올 황제의 군대를 상대할 힘도 없었다.

그러나 그 순간 이아나가 그의 손을 잡았다.

"넌 죽지 마……."

"……."

"하아, 오빠 목숨은…… 내가 살렸으니까, 넌 이제 내 거야."

제 여동생은 그를 닮다 못해 흑장미라면 본능적으로 갖게 되는 '집착'마저도 닮아버렸다.

물론 체이서는 이런 본능을 제대로 느껴본 적이 없었다. 그럼에도 닮은 것을 보며 어쩌면 핏줄보다 연이 더 강한가 하는, 저답지 않은 감상적인 생각을 했다.

"대답해."

체이서는 또 한 번 제 상처를 흘끗 보았다가 천천히 끄덕였다. 그러다 그녀가 앞이 보이지 않는단 사실을 떠올렸다.

"······그래."

이아나는 참지 못하고 소리 내어 웃음을 터트렸다.

"하, 하하······. 죽어서 가지면 뭐해?"

쏴아아아. 비가 세차게 내리고 있었다. 창백해진 여동생의 뺨으로 눈물이 흘러내리고 있었다.

"난 죽을 건데!"

피와 섞인 붉은 물이 아래로 흘러내렸다.

"체이서, 이 순간에야 알 것 같아. 이렇게······ 각성하면 안 됐어. 콜록. 이대론 돌아가도······."

이아나는 들리지 않을 말을 몇 번이고 중얼거렸다. 이대로는 돌아가봐야 자신의 몸이 성치 않을 거라는 말을 몇 번이고 반복했다.

"체이서."

힘을 잃어가던 눈동자가 체이서를 응시했다. 앞이 보이지 않았으니, 정면을 본 것에 가까웠다.

"······다음 생에 날 만나면 오빠는 내 거야."

지독한 집착이 어린 음성이었다. 오만하고도 표독스러운 그 음성을 듣던 체이서가 천천히 고개를 세로로 움직였다.

"그래."

끝내 체이서는 '이아나'를 사랑하지 않았지만 죽어가는 그녀를 위해 거짓을 말했다.

"널 다시 만나면 사랑할게."

"······거짓말!"

"약속할게."

체이서는 살면서 단 한 번도 하지 못했던 사과를 처음으로 건네 보았다. 끝까지 너를 사랑하지 못해서 미안하다고.

"너, 쿨럭. 날 기만하지 마."

"······."

"꼴도 보기 싫어. 미워. 밉다고······."

"그래."

"너 따위 다신 보지 않을 거야! 용서 안 해!"

그가 생애 처음으로 느낀 감정은 기쁨도 슬픔도 아니었다. '연민' 이었다.

"······이아나······."

악을 쓰던 여동생의 눈이 천천히 감겼다. 체이서는 그 모습을 하염없이 바라봤다.

"내 동생."

그는 자신이 평생 감정 따위 모르리라 생각했다. 처음부터 이걸 배우지 못하게 태어난 것은 아닐까 싶기도 하였다. 그러나 죽어가는 유일한 가족을 보니, 그것도 아니었구나. 깨달음을 얻었다.

너무나도 늦은, 깨달음이었다.

"······사랑할게."

체이서는 의미 없는 거짓을 중얼거렸다.

"널 다시 만나면 거짓말하지 않을 테니까."

그가 지그시 눈을 감았다. 가식적일지언정 그녀가 가장 좋아했던 다정한 목소리를 흉내내며.

"······아프지 마."

이때까지만 해도 그는 다음 생 따위 없다고 생각했다. 그는 빗속에서 웃었다. 참담한 웃음이었다.

살아.

여동생은 끝끝내 이기적인 소원을 빈 채로 그대로 눈을 감았다. 체이서는 이대로 끝이라 생각했다.

마지막 순간 눈부신 푸른 빛이 쏟아지며, 그는 원하지도 않던 또 한 번의 기회가 주어지기 전까지는.

"하, 하하······."

눈을 떴을 때, 시간이 돌아가 있었다.

그리고······. 그의 여동생 이아나는 세상 어디에도 없었다.

"하하하하. 하······."

체이서는 깨달았다. 자신이 이 세상을 떠받치는 존재가 되었다는 것을.

"······이게 네 선물이니? 내 동생."

그리고 앞으로 천천히 죽어가리란 것을.

"이아나 아가씨? 캄브라캄에 가셨잖아. 오래됐어."

체이서는 발걸음을 멈췄다. 꽤 거리가 있는 곳에서 들려온 목소리 때문이었다.

"그 소문이 사실이었어? 아가씨가 정말 가주님의 죄를 대신해서? 세상에. 하늘도 무심하시지."

"허, 입조심 해. 신입이라지만 그런 말 함부로 해선 좋지 않을 거야."

점차 작아지는 목소리를 듣다, 체이서는 감흥 없이 다시 걸음을 옮겼다. 마침내 그가 집무실에 도착했을 때, 대기하던 마쉬멜이 허리를 깊이 숙였다.

"오쪘쭙니까?"

체이서는 문을 닫다 말고 피식 웃음을 토해냈다.

"그 발음은 어떻게 안 되는 건가?"

"……안댑니댜."

마쉬멜이 금방 불퉁한 표정을 지었다. 그마저도 아기와 같은 모습이었기에 마쉬멜이 바란 표정은 지어지지 않았다.

"그래. 경과는?"

본래라면 이렇게까지 어려지는 건 좀 더 뒤의 일이지만, 최근 힘을 강하게 쓴 탓에 마쉬멜의 저주가 강화되었다.

바로, 캄브라캄에서 새로운 '푸른 장미'를 소환한 탓이었다.

"눈을 떴답니다."

"그래? 처리는."

"심장마비에서 다쉬 살아난 것으로요."

"그래?"

뒤처리는 그와 협조 중인 노란 장미, 르나그 튜즈 발테이즈가 알아서 할 터였다.

체이서가 시간이 돌아간 세상에서 눈을 떴을 때 우습게도 그는 이아나와 처음 마주한 순간으로 돌아와 있었다. 곧바로 마주한 것은 '껍데기'만 남겨진 여동생이었다. 그는 본능적으로 알 수 있었다.

저 몸엔 영혼이 없다.

생존 본능에 따라 먹고 마시고 잠을 자는 것은 가능했지만 그뿐이었다. 부친은 푸른 장미 자체에 집중한 탓에 어떻게든 상관없는 모양이었지만, 흑장미의 힘이 약한 탓에 알아보지 못한 듯했다.

저 육체엔 거의 찌꺼기 같은 힘이 남아 있을 뿐이고, 진정한 푸른 장미의 힘은 체이서에게 있었다.

그 후로 체이서는 차곡차곡 준비하기 시작했다. 여동생이 없는 이 세상을 되도록 오래 유지하는 방법을 찾아서.

당장은 버틸 수 있으니, 만약에 힘을 잃을 때를 대비해 붉은 장미의 수호신과 푸른 장미의 수호신을 각기 빼돌렸다.

어차피 이 세상은 예정된 수순으로 멸망할 것이었다. 그러나 체이서는 이아나와의 마지막 약속을 지키기로 했다. 사는 것. 직접 죽지 않는 것. 이는 그가 살아 숨 쉬는 유일한 이유기도 했다.

그렇게 어느 정도 시간이 흘렀을 때, 체이서는 이대로라면 예정 이상으로 빠르게 멸망하리라 생각하고 직접 '푸른 장미'를 데려오기로 했다.

적어도 그는 이아나가 회귀 전 시간에서보다는 오래 살아야 한다고 생각했을 따름이었다. 그러기 위해 과거와는 다르게 부친의 실험도 그대로 두지 않았고 빠르게 도플릿을 손에 넣었다.

그리고 마쉬멜에게 모든 사정을 알린 뒤 푸른 장미를 다른 세상에서 데려왔다. 모든 사실을 알게 된 마쉬멜은 떨떠름한 반응을 보이긴 했으나 그뿐이었다.

이 흑마법사는 자신의 저주를 푸는 것 외에는 무엇도 중요하게 여기지 않는 성격이었다. 체이서의 예상대로였다.

저주를 완전히 풀어내는 방법을 제시하자 그는 목숨을 바쳐 충성할 것을 맹세했다.

"그럼 실행은 언제 하쉬눈 겁니까?"

"조금 더 두고 본 뒤에?"

새로운 푸른 장미를 데려오기는 하였지만 이쪽의 힘을 사용하기까지 좀 더 두고 볼 예정이었다. 물론 푸른 장미가 이 세계에 적응하도록 다른 세상의 기억을 봉인해 가져온 뒤였다.

한편으로는 그가 기억을 가져온 푸른 장미가 정말 이전의 '이아나'와 다른 인물일까. 혹은 가능성은 낮겠지만 같은 사람처럼 보일까. 미약한 의문이 일었지만 그뿐이었다.

그는 푸른 장미를 데려오고 나서 곧바로 돌아간 터라 아직 눈을 뜬 이아나와 마주하지 못했다. 무엇보다 아직 도뮬릿을 안정화시키지 못한 터라 이쪽부터 먼저 정리할 예정이었다.

그래, 본래라면 그럴 생각이었고.

시간이 꽤 지난 어느 날, 체이서는 난데없는 편지를 한 장 받았다.

"편지?"

부친과의 일을 해결하기 위해 이아나를 캄브라캄에 두었지만 그렇다고 해서 연결을 완전히 차단한 것은 아니었다.

「안녕 오빠?

이런 얘기 좀 그런데 말이야…….」

그는 편의상 편지를 두고 이아나에게 편지를 쓰면 저에게 오게 했다.

그러긴 하였는데…….

「술 좀 보내봐.」

체이서는 실로 간만에 어처구니없다는 기분을 느꼈다. 잘못 보았나 싶었지만, 그의 시력엔 이상이 없었다. 아니, 있을 리가 없었다. 그는 웬만해선 병들지 않고, 독도 견디는 장미의 몸이었으니까.

체이서는 편지와 편지를 가져온 수하를 번갈아 보았다. 체이서의 시선이 스칠 때마다 심부름꾼을 한 수하의 표정이 딱딱하게 굳어갔다.

"술이라······."

수하의 턱 끝에 어느새 식은땀의 땀방울이 맺혀 있었다. 그러나 수하는 '무슨 문제가 있습니까?' 하는 평범한 말조차 꺼내지 못했다.

이곳의 주인, 그의 주인과는 감히 평범한 물음조차 할 수 없을 정도로 체이서의 권위는 절대적이었다.

이미 이곳에서 여전히 살아 있는 체이서의 부친, 현 공작을 따르는 이는 없다고 보아도 좋았다.

체이서가 철저하게 고립시키는 중이었으니. 공작은 저를 따르는 소수의 수하와 마지막 발악을 하고 있었다.

이 탓에 도뮬릿 저택은 피가 마를 날이 없었다.

이러한 상황에서 도뮬릿 가솔 사이에서는 묘한 소문이 돌았다.

바로 현재 도뮬릿의 소가주, 그의 하나뿐인 여동생을 두고 흘러나온 소문이었다.

부자 사이에 이토록 격렬하고 잔인한 정쟁이 진행되는바, 일찌감치 이를 예상하고 미리 캄브라캄으로 보낸 것이 아니냐는 이야기였다.

가솔 사이에서 이아나 로즈 도뮬릿에 대한 평가는 좋지도 나쁘지도 않았다.

언제나 먹고, 자고, 거의가 숨만 쉬는 것에 가까운 이 아가씨는 마주 본 사람들에게 인형 같다는 이야기를 듣곤 했다.

하지만 지체 없이 두들겨 패 죽이거나 고문을 즐기는 가주나, 속을 알 수 없는 소가주에 비하면 이아나의 존재는 무척이나 평화롭게 느껴졌기에 그녀는 아무것도 하지 않았음에도 평이 좋은 축에 속했다.

물론 이아나 로즈 도툘릿에 대한 식솔의 평가가 어떻게 나오든 관심 없었다. 어차피 껍데기만 남아 있던 것이었으니.

하나 체이서는 이 엉뚱한 편지를 좌시하지 않고, 곧바로 누군가를 불러냈다. 이 상황을 가장 잘 알고 있을 인물이었다.

"멀쩡히 걸어 다닌다고?"

"그렇습니다만……."

천년 그 이상의 시간을 품은 캄브라캄. 캄브라캄의 진정한 역할을 알고 있는 이는 현시점에서 황제를 제외하면 체이서밖에 없었다.

"잘 먹고, 잘 잔다……."

그리고 눈앞에 있는 남자는 체이서의 수하와 다르게 아무렇지 않게 문제를 제기할 수 있는 인물이었다.

"무슨 문제라도 있습니까?"

르나그가 미간을 설핏 찌푸렸다. 살벌하기 짝이 없는 얼굴이었지만 체이서의 여유로운 낯엔 변함이 없었다.

르나그 튜즈 발테이즈. 캄브라캄의 총책임자이자, 그와 같은 장미의 일원. 노란 장미.

그리고 체이서에게 캄브라캄의 지하로 갈 수 있는 권한을 준 이

이기도 했다.

르나그는 캄브라캄의 진정한 역할에 대해서는 잘 몰랐으나, 무언가 특별한 힘이 있다는 것 정도는 알고 있었다. 이것이 장미와 관련된 것이라는 것도.

사실 야성이 가장 강한 붉은 장미의 힘을 억누를 수 있단 점에서 평범한 감옥은 아니었다.

거기다 이미 발테이즈와 도뮬릿이 남몰래 손을 잡았다는 사실은 이들에게 새롭지도 않은 이야기였다.

체이서 또한 과거로 돌아간 뒤로 이 남자의 필요성을 알아차리고 기꺼이 자신과 손을 잡도록 만들었으니까.

그리고 체이서는 르나그와 오랜 시간 마주하면서 한 가지를 알아차렸다.

그리고 이건 체이서에게는 조금 곤란한 사실이었다.

"……제가 신경 써야 할 점이 있다면 알려주십시오."

정중한 태도와 진중한 목소리, 날카로운 검과 같은 사나운 눈매와 다르게 각이 잡힌 우아한 태도까지.

발테이즈 후작가는 전통적으로 폐쇄적인 가문이었다. 대대로 감옥인 캄브라캄을 관리하며 상주하다시피 하니, 어쩔 수 없는 일이었다.

이는 노란 장미의 능력 '요새화'와 관련 있었다. 노란 장미는 본능적으로 자신이 '요새'라 지정 혹은 생각한 곳에서 떠나지 않으려 하니까.

그런 까닭에 이들은 사교계에 얼굴을 내미는 일이 드물었지만 르나그의 경우, 결코 평범치 않은 외양 덕에 드문 등장에도 존재감을 드러낸 케이스였다.

여러모로 체이서가 이용하기 좋았지만……. 가장 유용했던 점은 바로.

"약혼자로서…… 신경을 쓰고 싶습니다만."

이 남자가 제 여동생 이아나를 사랑했다는 점이었다.

체이서는 흥미로웠고 동시에 우습고 곤란한 심경을 느꼈다.

현재는 시간이 되돌아간 시점이다. 그러니, 자연히 이전의 '이아나'를 기억하는 사람은 없어야했다.

여동생의 힘을 이어받은 체이서를 제외한다면 말이다.

그러나 놀랍게도 르나그는 일부지만 회귀 전 과거를 기억했다.

설마하니…… 과거에 이아나와 르나그가 만난 적이 있을 줄이야. 이는 체이서로도 생각지 못한 점이었다.

무슨 영문인지 몰라도 회귀 전에 여동생은 저도 모르게 저 후작에게 푸른 장미의 힘을 썼던 듯했다. 그 덕에 영향이 남아, 르나그는 불안정하게나마 과거를 기억하게 되었다.

체이서는 르나그를 관찰하며 알아차렸다. 저 남자가 가진 기억이 불안정하다는 걸.

"……내 여동생을 언제 봤다고 했지?"

"그야, 연회에서입니다만. 당신도 있었지 않습니까."

그도 그럴 것이 그는 이 시간에는 없던 일과 현재를 혼동하고 있었다.

르나그가 말한 연회는 이번 시간대에 있지 않았다. 당연했다. 이 시간의 이아나는 껍데기만 남은 몸이었다. 살아 있기는 하여도 연회 참석이 가능할 리 없었다.

르나그가 자신의 착각을 깨닫지 못했던 까닭은 그의 가문이 몹시도 폐쇄적이어서 알려줄 이와 교류하지 않는 까닭도 있었고.

그 스스로도 진실을 알길 거부하고 있었다. 알아차리지 못한 본능인 듯했다.

이번에 르나그를 부른 것도 혹시나 달라진 이아나를 보고 무언가 알아차리지 않았을까 해서였지만 하지 않아도 될 염려인 듯했다.

그리고 체이서는 굳이 르나그의 착각을 바로잡아주지 않았다.

"그랬지. 나도 있었어."

과거에서처럼 여동생을 사랑한다면, 이를 이용하면 그만이었으니. 그러기 위해서 두 사람을 과거에서처럼 약혼으로 짝지어준 참이기도 했다.

과거 부친은 노란 장미마저 실험에 이용하기 위해 짝지어준 것이었지만 이번 생엔 체이서가 이를 이용하기로 했다.

체이서는 피식 웃으며, 팔걸이로 팔을 걸치고는 나른하게 고개를 기댔다.

"후작."

체이서의 손가락이 허공에서 까딱까딱 움직였다. 그의 어깨 부근에 앉아 있던 아퀼라가 길게 날갯짓했다. 그와 동시에 불과 연기가 피어올랐다.

"내 동생이 건강해졌다니, 참 다행인 일이야. 그렇지?"

연기 사이에서 체이서는 눈을 가늘게 휘었다. 누구라도 혹할 매혹적인 웃음이었다.

체이서는 담배를 피우지 않았다. 부친이 하던 것을 좇고 싶지 않았으니.

다만, 그가 유희삼아 하는 짓은 담배를 태우는 모습에 가까웠다. 체이서의 손에서 타오른 불이 그을림을 남겼다. 이런 행동은 폭력적이고 방탕하던 부친에 대한 조롱이기도 하였다.

거기다 그는 흐트러짐 없는 금욕적인 모습이었다. 그는 상당히 모순을 유발하는 모습으로 눈을 굴렸다.

"그대가 앞으로도 잘 봐주리라 생각해. 지금처럼."

르나그는 눈을 찌푸렸지만 이내 고개를 끄덕였다.

"말하지 않아도 그럴 겁니다. 당연한 일이니."

"그래."

아마, 저 영리한 남자는 시간이 지나며 이상함을 알아차릴 것이다. 체이서는 언젠가 르나그가 자신의 착각을 알아차리고 진실을 알게 되리라 예상했다.

그때 가서, 과연 이 남자는 어떤 선택을 할 것인가?

"앞으로 열렬히 사랑하도록 해. 내 동생을."

어떤 선택을 하든 이 세상의 끝은 정해져 있으니 꽤나 즐거운 유희겠구나 싶을 뿐. 어차피 현재의 푸른 장미는 언젠가 이 세상을 지탱하기 위한 희생양이 될 것이다.

그러니 체이서와는 상관없는 일이었다.

그래. 상관없었다.

그때까지는.

현재의 푸른 장미가 언젠가 세상 멸망을 미룰 도구가 될 것은 이미 오래전부터 정해진 사실이었다.

그녀를 데려올 때부터 말이다. 그러니 체이서는 최소한의 소통 창구를 열어두었을 뿐 그 외에는 거의 신경을 쓰지 않았다.

아니, 한동안은 쓸 겨를이 없었다고 봐도 좋았다. 생각보다 부친의 발악이 거셌던 탓이었다.

회귀한 체이서에게는 간지럽지도 않은 수준이었으나, 소파 밑으로 들어간 벌레를 잡기 번거롭듯 숨어버린 부친의 세력을 잡아 지워내는 것은 꽤나 성가신 작업이었다.

"억, 소, 소가주님, 악, 사, 살려주세요……."

발밑을 뒹굴던 남자가 덜덜 떨며 체이서의 발을 잡았다. 체이서는 매끈한 검은 구두 위로 올라온 피투성이의 손을 한참 응시했다.

그의 한 손에서 긴 연기가 흘러나왔다. 이윽고 손끝에서 피어오른 불을 보는 순간 남자가 화들짝 놀라 발작하듯 몸을 일으켰다.

"제, 제발. 체이서님! 제, 제가 잘못…… 했습니다요. 제발……."

눈앞의 남자는 오랜 시간 도뮬릿 저택의 집사로 지내온 사람이었다. 하얗게 샌 머리가 그가 살아온 시간을 보여주는 듯했다.

그리고 부친의 충성스러운 개로서 회귀 전 과거 그에게 고문을 서슴지 않던 이이기도 했다.

물론 이제 와 하잘것없는 복수를 할 생각은 없었다. 그저 이 남자를 이용해 부친의 꼬리를 잡을 생각이었다.

"그대도 가족이 있네?"

체이서가 툭, 들고 있던 종이를 던지며 발로 짓이겼다. 그러고는 여상하게 말했다.

"그러면서 참 많이도 죽였어."

체이서가 던진 종이는 이 남자와 관련한 보고서였다. 혹은 이 남자 손에 죽어간 이들의 명단.

부친이 수없이 죽인 시종인 중에는 여기 있는 집사가 죽인 이도 있었다. 충분히 살 수 있었음에도 죽은 자들.

그 주인의 그 개라고. 이 남자는 부친처럼 가학적인 성향을 가지고 있었다. 그러면서도 자신의 집에서는 평범하고 다정한 가장이었다.

체이서는 그 모순이 참으로 우스웠다. 그렇게 능력을 사용해 정보를 알아내려 할 때였다.

"가주님."

나지막한 수하의 목소리에 그가 손을 멈췄다. 곧 체이서의 손 위로 새하얀 봉투가 올라왔다.

체이서는 낯익은 봉투에 미간을 살짝 찌푸리며, 열어보았다.

「술, 맛이 좋대.

오빠는 뭐해?」

종이 크기에 비해 내용은 너무나도 짧았다. 거기다 허술했다.

만약 뒤에 붙인 것이 안부 인사라면 교양을 귀히 여기는 이들이 끔찍해 할 수준이었다.

「좀 더 주라.」

거기다 주어에 목적어까지 상실된 마무리까지.

"······하?"

체이서는 헛웃음을 지었다.

서걱!

곧 나풀나풀 흩날리던 종이가 네 등분으로 잘렸다. 체이서는 단검을 획획 돌려 수하에 던졌다.

바닥에는 잘린 편지 조각들이 그대로 피에 젖었다.

"캄브라캄으로 술 더 보내."

"예!"

이아나로부터 답장이 온 건 그로부터 나흘 뒤였다.

「음, 생각해보니 지난 편지는 너무 짧았지? 미안.

술 잘 받았어. 이번 것이 더 좋더라.」

이번에 온 편지에서는 짤막한 감상이 더해져 있었다. 확실히 성의란 게 생겼지만…… 여전히 터무니없이 짧았다. 거기다가.

「이번엔 술이랑 담배도 줄 수 있어? 가능하다면 말이야.」

이번엔 품목이 늘었다. 체이서는 편지를 보며 팔걸이를 툭 두드렸다.

'……술을 하나?'

꾸준히 요청했으니 그럴 것이다.

그렇다면, 담배도?

체이서는 잠시지만 고민에 잠겼다. 그동안에도 그의 발치에서 쓰러진 이가 저를 알아달라는 듯 신음했으나 그는 시선조차 주지 않았다.

그는 다시 한번 편지를 보았다. 길어졌다고는 하나 원체 조촐했기에 순식간에 모두 읽었다.

짧다.

그는 곧 헛웃음을 지었다. 어처구니없음에서 흘러나온 웃음이었다.

'건강에 좋지 않을 텐데.'

줄곧 체이서는 이 푸른 장미에서 날아온 편지에 가상의 '오빠'로서 장단을 맞춰주었다.

여동생과 한 약속은 두 가지.

이 긴 생을 자의로 죽지 않고 살아내는 것.

그리고 다시 만난 그녀를 사랑하는 것.

체이서는 이 모든 약속을 지킬 생각이었다.

하나, 여기서 그가 사랑할 여동생이 진짜 여동생인가? 그는 이 부분은 생각하지 않기로 했다. 이것이 껍데기만 남은 몸을 귀히 보호한 이유기도 했으니까.

이미 세상에서 사라진 영혼과의 약속을 지킬 의미가 있겠느냐마는 이것이 그가 처음이자 마지막으로 존재하던 가족에게 보이는 마지막 예의며 경의였다.

의무적으로 사랑하는 것.

바람에 편지 끝이 거칠게 팔랑거리며 흔들렸다.

본디 이아나의 몸은 허약했다. 푸른 장미의 몸이 다른 장미와 다르게 각성 전엔 보통 사람의 몸에 가까웠지만.

이아나는 그 보통 사람보다도 못한 허약한 몸을 가지고 있었다. 워낙 타고난 자존심과 오만함, 그리고 오기 탓에 이를 드러내는 일은 거의 없었지만.

회귀 전의 과거에서는 실험으로 몸이 극도로 나빠지기도 하였다. 물론 이번 시간에서는 '실험'이 없었으나 오랜 시간 영혼이 없던 탓인지 극도로 허약하고 병치레가 잦았다.

그러니 지금 영혼이 들어갔다고 하여 새삼 보통 사람과 같은 몸이 되지는 않았을 터였다.

술과 담배.

'아마 그 병약한 몸이라면, 오래 못 살지도.'

체이서는 피로 얼룩진 바닥을 보며, 냉정하게 판단을 내렸다.

이런 식이라면 푸른 장미를 희생시킬 의식을 당겨야 할 듯했다. 술과 담배에 찌들어 죽어버리면 곤란했으니까.

체이서는 손등으로 뺨을 닦아냈다. 장갑에 묻어난 검은 얼룩을 보다, 이내 장갑을 이로 물었다.

입술을 쭉 잡아당겨 장갑을 벗는 모습이 몹시도 퇴폐적이었으나, 감탄할 이는 여기에 아무도 없었다. 툭. 피로 얼룩진 장갑이 아래로 떨어졌다.

체이서는 무심히 시선을 흘렸다.

"알아봐."

이와 함께 편지를 툭 던지자, 대기하고 있던 수하가 빠르게 잡아 고개를 숙였다.

"옛."

이때까지만 해도 체이서는 이아나의 몸 상태가 엉망이라는 그런 보고서가 날아오리라 생각했다.

그러나 며칠 뒤 돌아온 보고는 상이한 내용이 적혀 있었다.

"그…… 가주님."

좀처럼 당황하는 법 없던 철혈 같은 수하의 얼굴이 약간이지만 난감한 빛이 스쳤다.

"음…… 아가씨가 하시는 게 아닙니다."

"그럼."

"간수를 매수하고 있습니다."

"……뭐?"

체이서는 다른 보고서를 보다 말고 그대로 고개를 돌렸다. 무릎 꿇은 수하는 곤란한 빛을 띠면서도 모두 보고했다.

이미 꽤나 많은 간수를 매수한 걸로 모자라, 죄수 사이에 추종자도 있단다.

체이서는 기민하게 판단했다. 만약 여동생이었다면 저렇게 할 수 있었을까. 그 애는 오만하고 당당해 보여도 사실 제 울타리 안의 사람이 아니면 관심조차 없던 사람이었다.

"추종자?"

"예. 아가씨 옆에서 이것저것 편의를 봐주는 동료가 있는데……. 그게, 한쪽은 유스테라에서 일어난 살인사건의 용의자고. 다른 한쪽은 위조 화폐를 만들었던 사기꾼입니다."

당연하겠지만 상류층으로 갈수록 상당히 보수적이다. 각 땅의 위치에 따라 조금씩 다르지만, 여전히 가부장적인 전통 세습제를 고집하는 가문 또한 있었고, 어느 날 이 고리타분한 전통에 돌을 던진 사건이, 바로 유스테라에서 일어난 살인사건이었다.

유스테라 자작가로 할 것 같으면 유서 깊은 대가문인 동시에 주요 동력원인 석탄 광산과 마력석 광산을 가장 많이 보유한 곳이었다.

부친과 장자를 죽인 이는 다름 아닌 장녀, 샐리 유스테라.

그녀는 자신을 학대하다 못해 사창가로 팔려 했던 이들에 대한 당당한 정당방위였다 주장하며, 작위를 막냇동생에게 양위하고는 스스로 캄브라캄에 수감되었다.

형질대로라면 그녀는 중죄수가 가는 수감실로 인도되어야 했으나 작위를 이어받은 막냇동생이 황제를 비롯한 발테이즈 후작과 거래한 뒤 그녀는 온건한 귀족 죄수동으로 들어갈 수 있었다.

이뿐 아니라 서류적으로는 막냇동생의 사기죄로 수감한 죄수로 꾸며놓기까지 하였다.

물론 눈 가리고 아웅하는 수준의 가림막이었으나, 유스테라의 광산이 황실의 손으로 넘어간 것을 보면 과연 그 정도는 가능하겠다 싶은 처사였다.

그리고 위조 화폐를 만들어낸 사기꾼 쪽은 또 어떤가. 전문가도 혀를 내두를 기술에다 당시 수없이 많은 고위 가문을 털어먹던 솜씨로 유명했던 이였다.

어마어마하게 벌어들인 돈으로 제 죄질을 낮췄으니, 수완 또한 만만하게 볼 자가 아니었다.

"절친한 동료인 것 같습니다."

그런 이들이 대체 여동생에게 왜 관심을 갖는단 말인가.

"편의를 봐주는 정도가 추종자라 봐도 무방할 정도입니다."

이 시간의 이아나는 사교계에 나가지 않아, 존재조차 잘 알려지지 않은 상태였다.

"술과 담배는 그쪽도 가져갔나?"

"예? 아, 예. 아가씨께서 호의로 주는 듯합니다."

이아나가 어떤 수단을 사용했든 그녀는 귀족 죄수동에 적잖은 존재감을 알렸다. 우스운 건, 보고에 따르면 본인은 이를 잘 모르는 듯했다는 점이다.

그러던 중 다시 한번 편지가 도착했다.

「술.」

체이서는 감탄했다. 어찌 매번 어처구니없음을 안겨주는 것인지.

'이젠 한마디로군.'

체이서는 입술을 툭툭 두드렸다. 곧 그의 손끝에서 느릿하게 연기가 피어올랐다.

그는 이내 손끝에서 피어난 불꽃으로 편지를 태웠다.

그을림과 함께 올라온 연기에 그를 앞에서 본 사람이라면 담배를 피우나 착각할 만한 모습이었다.

체이서는 타오르는 편지를 보며 생각에 잠겼다.

사실 그가 회귀 전 과거, 여동생과 편지를 나눠본 적이 없지는 않았다. 나이가 들수록 그는 바빠졌고 여동생은 홀로 저택에 남겨지는 일이 많았다.

그럴 때면 여동생은 귀찮을 정도로 편지를 보냈다. 거의가 제 안부로 빽빽하게 차올라 끝은 보고 싶다는, 절절한 한마디로 끝을 맺는 연서였다. 가끔은 띄어쓰기를 하지 않아 체이서가 한마디 하기도 했다.

그때의 체이서는 이 모든 편지를 무시하다시피 했다. 회귀 후 편지란 수단을 사용하게 된 건 미약한 죄책감 때문이기도 하였다. 참 우습게도.

이 편지를 받을 이는 같은 사람이 아닐 텐데도 말이다.

「오빠, 담배.」

그는 약속했다. 그녀를 사랑하기로. 하지만 돌아온 것은 껍데기만 남은 육체였고.

그는 자연히 이 몸만이라도 귀히 여기며 사랑해야 했다. 그가, 그러기로 했다.

이제 그 육체에 다른 영혼이 들어갔다 한들 다르지 않았다.

체이서에게 저것이 이아나였고, 그가 사랑해야 할 이아나였다.

그가 원했든 원하지 않았든. 생명으로 받게 된 의무였으니.

그는 사람을 통제하는 능력을 가진 만큼 강박적인 사람이었다.

부친처럼 방탕해지지 않기 위해 고수하던 금욕은 어느새 한 치도 흐트러짐 없는 의복처럼 제 몸에 달라붙고 말았다.

그러니 머지않아 이 전제도 제 머릿속에 달라붙으리라 생각했다.

「아참. 마지막으로 보내 준 게 좋더라. 향긋하대.

많이 줘.」

그래, 그럴진대. 체이서는 이 짤막한 편지에서 솟아오르는 의문을 느꼈다.

수없이 편지가 이어졌다. 언제나 짧디짧은 내용뿐이었다. 분명 기억이 없을 텐데. 가문은커녕 저에 대해서, 스스로에 대해서조차 묻지 않는다.

체이서의 눈이 오래도록 편지에 머물렀다.

이건 제 여동생과 너무 다른 필체, 너무 다른 내용, 그리고 몇 글자로 흘러나오는 무심함 때문일까.

'담배라.'

「담배 피우는 사람이 좋니?」

이쪽이 언젠가 희생당할 영혼이라 해도, 어쨌거나 이아나였다.

답장은 빠르게 날아왔다.

「담배는 편리해.」

이번에도 예상하지 못한 답변을 품은 채로.

「근데 담배 피우는 사람은 별로.」

냄새가 싫다며 드물게도 길게 불평을 덧붙인 편지였다.

체이서는 연기가 피어오르는 제 손을 보았다.

어차피 그는 담배를 손에 대지도 댈 생각도 없었다. 그럼에도 옆에 둔 건 이아나에게 보내는 것을 제가 한번 확인하기 위함이었다.

체이서는 담배 하나를 쥐었다가 툭툭 털었다.

바스락.

곧 그의 손에서 가루가 된 담배가 바닥으로 후두둑 떨어졌다. 체이서는 무심하게 이것을 보다가 곧 이로 장갑을 물어 벗겨냈다.

앞으로도 담배를 손에 댈 일은 없을 것이다.

이번 생에는 이아나의 기호에 맞추기로 했으니.

거기까지 생각하던 체이서는 멈칫했다.

그는 잠시지만 간과했다. 본래 자신은 누군가에게 맞추는 사람이 아니라 사람을 홀려서 저에게 맞추게 하는 사람이었다.

이는 새로운 푸른 장미도 마찬가지였다. 직접 만나 담배를 좋아하게 하면 되지 않나? 그런데 왜, 굳이.

체이서는 미간을 살짝 찌푸렸다.

그 순간, 그가 읽지 못했던 한 줄이 눈에 들어왔다.

「오빠는 어떤 사람이야?」

472

체이서는 자리에서 일어났다.

"가주님?"

늘 그림자처럼 붙어 다니던 수하들이 그를 쫓아 나왔다. 체이서는 고개를 돌리지 않은 채로 고아하게 툭 한마디를 뱉었다.

"캄브라캄에 알려. 그곳에 가겠다고."

그래, 직접 봐야겠다. 보고서 판단해야겠다.

체이서는 이때까지도 가슴을 툭 두드린 이 호기심이 더는 자리지 않게 둘 생각이었다.

결국 눈을 마주한 순간에 와장창 부서져버릴 줄은 생각도 못하고서.

"……당신이 여기까지 어쩐 일입니까?"

마침내 르나그를 마주한 순간에 체이서는 여유롭게 미소했다.

"그냥."

그는 다리를 꼰 채로 턱을 까딱했다.

"내 동생이 보고 싶어서 말이야."

르나그는 미간을 찌푸리면서도 이상한 점을 찾지 못했는지 고개를 끄덕였다.

"아, 잠깐. 기다리겠어? 내가 평범한 면회를 하려는 건 아니고."

르나그는 다음에 이어진 체이서의 요청에 더욱 찡그렸다.

"……실례지만, 각하. 혹시 미치셨습니까?"

"많이 듣는 얘기군. 애석하게도 그건 아니니 안심해."

몇 차례 반대하긴 했으나 그는 결국엔 허락했다. 그의 입장에선 이아나에게 해가 될 일이 아니라 판단한 듯했다.

"마쉬멜."

"⋯⋯예."

이 모든 것을 옆에서 지켜보던 마쉬멜은 오늘따라 제 주인이 이상하다 싶었지만 얌전히 명을 따랐다.

체이서가 긴 복도 끝을 걸어 한 곳에 도착했을 때, 그는 미려한 얼굴은 온데간데없이 평범한 얼굴에 죄수복을 입은 남자가 되어 있었다.

"안녕하세요?"

마침내 그는 마주했다. 제 여동생의 탈을 쓴 새로운 푸른 장미와.

정원에서 꽃을 바라보고 있던 얼굴이 천천히 고개를 들어 올렸다.

그를 마주한 자색 눈동자는 보석처럼 오묘한 빛을 띠었으나 평범한 이들이 으레 가질 법한 호의마저도 없는, 심드렁한 눈이었다.

체이서는 잠깐이지만 멈칫했다. 언제나 저를 향한 열망이 가득했던 눈이 텅 비어 있다.

아니, 지독하리만치 무심했다.

단 한 번이라도, 이런 시선을 마주한 적 있던가?

그는 형언할 수 없는 기분을 느끼며 입술을 끌어올렸다.

위험한 호기심이 심장을 다시 한번 찔렀다.

"좋은 날씨네요."

체이서가 미소 띤 낯으로 안부를 건네는 순간 답변이 들려왔다.

"뭐야."

이번에도 전혀 생각지 못한 답변이 말이다.

"말 걸지 마세요."

이아나가 손을 휙휙 휘저었다.

"훠이."

체이서는 기묘한 전율을 느꼈다. 이는 떨림이기도 했다.

그는 확고한 길을 택해 걷는 사람이었다. 뛰어난 두뇌와 사람을 세뇌, 통제하는 능력은 그가 군림하도록 만들어주었다.

비록 지난 과거에서는 부친의 마지막 수 하나를 막지 못해 망쳐 버렸으나, 한차례 회귀한 그는 결코 실패할 수 없었다.

이미 모든 것을 알고 있었으니까.

오직 하나, 자신을 이곳으로 데려다준 여동생을 제외하면 모든 것이 같은 세상이었다.

오래전부터 갇혀 있던 붉은 장미에게서 수호신을 빼앗고, 노란 장미의 감정과 그가 가진 이질감을 알아차리고 배신할 수 없는 나이트로 삼았다.

쓸모가 많은 흰 장미는 이미 추적 중이었으며, 곧 붙잡힐 터였다.

가장 성가신 부친은 이미 쥐구멍에 몰린 쥐와 같았다.

이 세상이 자연히 멸망할 때까지, 멸망이 코앞까지 다가올 때까지 그는 모든 수를 쓸 생각이었고, 수단은 모두 준비되어 있었다.

그러나 체이서는 이아나를 보는 순간 어긋남을 느꼈다. 너무나도 작은, 손으로 더듬지 않으면 느끼지 못할 어긋난 홈.

체이서는 손을 쥐었다가 폈다. 붉은 혀가 입술을 적셨다.

고개를 돌렸던 이아나가 어느새 그를 올려다보고 있었다.

"저기요. 어디 아파요?"

무심하던 자색 눈동자에 다시금 그가 담겼다. 그러나 말의 내용과 말투에는 선명한 온도 차이가 있었다.

차갑지는 않았지만 따뜻하지도 않았다. 미묘한 미지근함, 이것이야말로 관심이 없음을 고스란히 드러내는 듯했다. 이내 이아나가 엄지를 들어 올리더니 어깨너머를 툭툭 가리켰다.

"병동은 저쪽이에요."

그러고는 그녀는 자리에서 일어나 바지를 털더니, 그대로 미련 없이 돌아섰다.

"끙, 분명 사람 하나 없었는데. 어디서 나타난 거야."

생각도 못 하게. 아주 작은 중얼거림이었지만 체이서에게는 똑똑히 들렸다.

"아, 밥 먹을 시간이다."

체이서는 잠시 이 상황을 생각했다. 이곳에서 눈을 뜬 지 얼마 되지 않은 새로운 푸른 장미, 체이서로 인해 스스로에 대한 건 전혀 기억하지 못하며, 기억하지 못하는 것조차 알 수 없을 것이다. 다만, 새 세상에서 깨어난 얼떨떨함 정도는 있겠지. 혼란도.

혼란스러워하는 낯은 전혀 아니지만.

제가 아닌 이아나 입장에서 고려하는 동안 이아나가 한참 멀어졌다. 체이서는 그 뒷모습을 한참이나 보았다.

이상하지. 영문 모를 향기가 공기 중에 남아 있는 듯한 기분이었다.

체이서는 미간을 설핏 찌푸렸다.

"……푸른 장미마다 향기가 다른 건가?"

텅 빈 정원, 그의 작은 중얼거림을 들을 이는 없었다. 체이서는 주먹을 가볍게 쥐었다가 놓았다.

문득, 나쁘지 않은 유희거리가 생각났다. 왜 이렇게 결심한 건지는 스스로도 알 수 없었다.

"안녕하세요?"

이아나가 고개를 돌렸다. 그녀의 눈이 미미하게 찌푸려졌다가 되돌아왔다. 방금 막 얼굴로 스쳐 간 표정은 분명 '또 너냐?' 싶은 얼굴이었다.

금방 사라진 걸 보면 감정의 기복이 큰 편은 아닌 듯했다.

본디 기록상으로 전해지는 푸른 장미의 특징은 '무심함'이었다. 좀처럼 세상을 향해 또 그를 사랑하는 장미들에게 베풀지 않는 관심과 시선. 오랜 시간 동안 장미들을 미치게 하기엔 충분한 것들이었다.

"새 죄수예요?"

이번엔 무시로 일관하는 대신 그녀가 반응을 보였다.

캄브라캄은 매우 거대했고, 귀족 죄수들을 넣어두는 수감동 또한 상당히 컸다. 물론 일반 죄수만큼의 숫자는 아니었으니, 얼굴이 익을 시간이 있었을까.

눈을 뜬 지 오래되지 않은 그녀가 모든 죄수를 알고 있을 리 없었다. 대충 뱉은 듯했다.

"여기 온 지 좀 되었는데."

"아, 그래요?"

시험 삼아 말해보니, 역시나 고저 없는 목소리가 돌아왔다. 어떤 대답이듯 상관없다는 듯이.

생각해보면 그는 살면서 푸른 장미다운 모습은 전혀 보지 못했다. 여동생의 눈동자엔 언제나 갈망과 열망이 교차하듯 흐르고 있었으니까.

그의 여동생은 불붙은 마차같이 누구보다 열정과 열을 다해 살아갔고, 그렇게 자신마저 태운 채로 사라졌다.

체이서는 눈앞의 사람이야말로 지극히 푸른 장미답다고 생각했다. 한편으로 이리 생각하는 제가 우습기도 하였다. 그답지 않은 감상적인 생각이었으니.

저에게 전혀 관심 없는 듯한 옆얼굴을 보며 체이서는 알 수 없는 의문이 들었다.

"아뇨, 거짓말이에요. 사실 막 들어왔어요."

"아. 그래요."

나를 한 번을 제대로 보질 않네. 만약 이 얼굴이 관심을 띠고서 나를 보면 어떤 기분이려나.

기이한 열망이었다. 그 스스로도 해석하지 못한, 이해하지도 못한 그런 열망.

"사실 적응하기 힘들어요."

어차피 할 일이 정해진 삶, 체이서는 지루한 생에 찾아온 유희 거리를 놓치고 싶지 않아졌다.

"우리 집은 무척이나 화목한 가족이었는데, 나만 동떨어져 이곳에 오게 되었거든요."

처음으로 이아나의 고개라 완전히 돌아갔다.

사람을 꾀는 법은 참 쉽다. 공감과 이해. 체이서는 공감도 이해도 할 생각이 없었고, 한 바도 없었으나. 방법은 누구보다 잘 알았다.

"남은 가족들은요?"

그녀가 관심을 보였다. 이 시선을 관심이라 표현해도 좋을지 모르겠으나 기억에서는 지워졌어도 본능적으로는 이끌리는 듯했다. 체이서의 이야기는 곧 이 새로운 푸른 장미의 이야기였으니까.

그는 턱을 괸 채로 쓸쓸하게 웃었다. 적어도 이아나에게 이렇게 보이도록.

"모르겠어요. 살아 있는지, 죽었는지. 나를 찾고 있는지도요."

사랑받고 자라난 이, 그러나 그런 사람이 어찌 이런 무심함을 타고난 것인가?

흥미가 일었다.

"나는 잊힐까요?"

이는 어린아이가 잠자리를 잡아 날개를 뜯어내는 잔악한 순수와도 같았다. 그는 이리 말하며 양심의 가책조차 없었다.

눈앞의 여자는 언젠가 이 세상을 유지하기 위해 사라질 영혼이었으니까.

체이서를 빤히 바라보던 이아나의 입술이 엷은 곡선을 그었다.

"그걸 왜 나한테 물어요?"

이아나는 체이서가 하는 양을 따라 하듯 턱을 괴었다.

두 사람의 자세는 거울을 보듯 대칭적이었다. 하지만 얼굴에 걸린 표정은 상이했다.

"보자마자 신상을 풀어내는 사람은 둘 중 하나예요."

"……어떤 사람인데요?"

이아나는 턱을 괴지 않은 손에서 두 손가락을 펼쳤다.

"정말로 기구해서 누구에게도 말하지 않고는 견딜 수 없는, 자기연민에 빠진 사람."

생각하지 못한 냉정한 평가였다. 그녀의 손가락 하나가 접혔다.

"그리고."

남은 검지가 까딱 움직였다.

"사기꾼."

두 사람의 시선이 교차했다.

"내 친구 사기꾼 아저씨가 첫 만남에 이야기하는 데 능숙한 사람은 피하는 게 상책이라던데."

"그래요?"

480

"그렇게 웃는 사람도."

그녀의 검지가 그를 가리킬 듯 휘어지다가 그대로 접혔다.

체이서가 눈을 휘어 웃었다.

"첫 만남은 아니잖아요?"

"앞으로도 첫 만남으로 끝이었으면 좋겠는데."

이아나는 체이서의 질문에 답하는 대신 혼잣말하듯 툭 던질 뿐이었다. 그러고는 자리에서 미련 없이 일어났다.

"내 말이 사실이면 어쩌려고 그래요?"

"어쩌긴요. 듣고 싶지 않은 사람한테 억지로 토하는 것도 폭력이지. 실례예요, 그거."

이아나는 심드렁하게 이야기하고는 고개를 돌렸다. 그러나 그녀는 걸음을 옮기지는 않았다. 잠시 체이서를 보는 듯했다.

"딱히 사실도 아닌 것 같아 보이는데."

체이서가 씩 웃었다.

"맞아요. 그래도 하나는 사실이에요."

체이서는 양손을 들어 항복하는 듯한 자세를 취했다.

"하나밖에 없는 가족이 죽었는지 살았는지 몰라요. 나를 찾고 있는지도."

사실이었다. 몸에서 사라진 영혼은 어디로 가는 걸까. 그대로 사라진 걸까. 아니면 그를 이 시간에 보낸 대가로 어떤 시간을, 혹은 머나먼 차원을 헤매는 걸까.

"나를 잊었을까요? 잊었으면 좋겠는데."

체이서는 여동생이 자신을 잊었으면 좋겠다고 생각했다.

여동생이 마지막으로 남긴 선물은 사실, 두 사람 모두에게 잔인한 형벌이나 다름없었다.

체이서는 어째서 자신이 이아나에게 모든 것을 털어놓게 된 것인지 알 수 없었지만 그는 때때로 사실을 그대로 말하는 것이 거짓보다 도움이 된다는 것을 알았다.

바람이 불었다.

여동생의 모습을 한, 이아나의 긴 분홍빛 머리칼이 흔들렸다. 여동생은 땋은 머리를 무척이나 좋아했다. 백조같이 우아한 제 모습에 자부심이 넘치던 아이였다.

눈앞의 모습처럼 길게 풀어헤친 머리는 교양이 없어 보인다며 몹시도 싫어했다.

부친에게 폭언을 듣고 싶지 않았을 테니 생존본능에 가까운 취향이었을 것이다.

"여긴 감옥이에요."

바람이 부는 사이에서 엉뚱한 말이 흘러나왔다.

"이상한 사람도 있고, 미친 사람도 있고, 나쁜 사람도 있고."

이아나는 손을 뻗어 하나하나 접으며 말했다.

"어쩔 수 없이 죄를 지은 사람과 고의로 죄를 지어 들어온 사람도 있겠고."

귀족 죄수동은 귀족이기만 하면 연쇄 살인이나 반역죄같이 무거운 중죄가 아닌 이상 죄질에 관련 없이 모두가 같은 건물을 사용했다.

귀족이란 이름값을 팔아 차지한 자리였다. 그러니 그녀의 곁에는 도둑도 사기꾼도 살인자도 있을 것이다.

"그런데 이 모든 사람이 살아가요. 숨 쉬는 데에 필요한 공기 앞에서는 모두가 공평해지니까."

새로운 푸른 장미는 염세적인 사람은 아니었다. 그저 그녀는 정말 모든 것에 관심이 없어 보였다.

"굳이 자기를 괴롭혀봐야 얻을 건 없을걸요."

이아나는 손을 등 뒤로 겹쳐 잡은 채로 고개를 기울였다.

"여기서는 모두가 죄인이니까."

"내가 괴로워한다고 했나요?"

"탓해달라고 말한 거잖아요."

이아나는 그렇게 말하고는 시선을 내렸다.

"아닌가."

참으로 우습게도 사람을 손쉽게 세뇌해 다룰 수 있던 그는 처음으로 무력감을 느꼈다.

푸른 장미에게는 그의 능력이 통하지 않았다. 통했더라면 그는 여동생이 자신을 사랑하지 않게 했을 터다.

거기다 사람을 홀리게 만들던 외양조차 마법으로 뒤집어쓴 껍데기에 가려져 있었다.

아이러니하게도 체이서는 모습을 감춘 이 순간에 날것으로 누군가를 마주한 기분이 들었다.

불쾌해야 할 터인데, 전혀 그렇지 않았다. 이것이 푸른 장미의 힘인가? 과연 이게 힘인 걸까.

"편히 살란 말이에요."

"편히."

"하고 싶은 대로."

"멋대로 해도 될까요?"

이아나가 설핏 이마를 찡그렸다.

"물론 밖에 나가서 그러면 안 되고. 그건 미친놈이죠."

적어도 상식이 통용되지 않은 이곳에서는 멋대로 하고픈 대로 하란 소리였다. 그가 짊어진 짐을 모두 떨쳐낸 채로.

체이서는 우스웠다.

제가 진 짐을 알고서도 그녀는 이런 이야기를 할 수 있을까?

"내가 죄인이라도 말입니까?"

나는 당신을 당신의 세계에서 앗아온 사람이며, 당신의 기억을 빼앗아 봉인시킨 사람인데.

그리고 언젠가 당신의 영혼을 이 세계의 존속을 위한 재료로 쓸 사람이다.

"그걸 왜 나한테 물어요?"

이아나에게서 똑같은 한마디가 다시 터져 나왔다.

"내가 말하면 그대로 할 건가."

심드렁한 한마디에 체이서가 반응했다.

"그렇다면요?"

"당신 미친 사람이에요?"

어차피 여기 이 이아나의 쓸모는 정해져 있다. 끝은 정해져 있을 터. 그전까지 체이서는 그녀가 하고 싶은 거라면 무엇이든지 하게 해줄 생각이었다.

지금 막, 든 생각이었다.

어째서 이런 생각이 든 건지 논리적으로 설명할 순 없었다.

"다음에 만나면 거짓말이나 하지 말아요."

체이서가 멈칫했다.

우습게도 동생의 껍데기를 쓴 이는 그가 여동생에게 약속한 바를 정확히 말했다.

이아나가 등을 반쯤 돌렸다.

"난 거짓말은 별로 안 좋아해."

하늘을 올려다보는 옆얼굴은 어디에도 미련이 없어 보이는 낯이었다. 금방이라도 어디로든 날아가 버릴 것같이.

체이서는 웃음 지었다.

그는 여동생이 죽던 날까지 눈물 한 방울 흘리지 못했다. 자신이 메마른 사람이리라 생각했다.

폭력을 감내하다 모두 말라버린 것일지도 모르지. 체이서는 눈앞의 이아나에게서 눈을 떼어내지 못했다.

가엾은 여동생, 네 모습은 이제 어디에도 없구나.

이아나와의 대화는 여기서 끝이었다. 체이서는 또 한 번 멀어지는 그녀의 뒷모습을 보았다.

이윽고 이아나가 완전히 사라졌을 즈음, 그의 근처의 공간이 울렁 움직였다. 물방울이 떨어진 듯 일그러진 공간 사이에서 희끄무레한 형체가 나타났다.

그것은 점차 선명해지며 어린아이 같은 모습을 갖췄다.

"쥬인님."

마쉬멜이었다. 어린아이 모습인 그는 고개를 조아렸다.

"도라가지 않으십니까?"

사실 체이서는 현재 해야 할 일이 남아 있었다. 개중에는 당장 부친을 뒤쫓는 것과 같이 급한 일도 있었다. 언제 또 꼬리를 숨길지 모르니.

"기사단장이 찾습니다."

체이서는 천천히 고개를 돌렸다.

"네 목소린 진지한 분위기나 감상엔 어울리지 않네."

"쥬인님."

분명 돌아가, 한시바삐 움직여야 했다. 남은 일이 쉬워지려면 말이다.

"아아."

어느새 제 모습으로 돌아온 체이서가 고개를 기울였다. 그의 붉은 입술로 엷은 미소가 스쳐 지나갔다.

"……조금만 더."

그는 마쉬멜을 쳐다보지 않은 채, 한곳을 뚫어져라 응시했다.

존재감을 가득 드러낸 꽃의 향기. 역시나 향기가 이 공간 가득 남아 있었다.

체이서는 다시 한번 스스로도 이해하지 못할 선택을 했다.

"더 있지."

———— ❧ ————

"당신은 이름이 뭐야?"

걸음을 딛던 체이서가 고개를 돌렸다. 그의 얼굴로 흐릿한 놀람이 스쳐 지나갔다.

"그런 걸 물을 줄도 알았나요?"

본모습이 아니었기에 그의 웃음엔 그림 같은 아름다움은 없었다. 부드러운 미소를 보던 이아나가 어깨를 으쓱였다.

"매번 당신, 저기 할 수는 없으니까."

체이서가 이곳에 머문 지 꽤 시간이 흘렀다. 체이서는 정말 급한 사안만 도뮬릿으로 돌아가 처리하고서는 다시 이곳으로 돌아왔다.

제 모습을 숨긴 채로.

이런 저를 르나그가 이상하게 여긴다는 것을 알았지만 그는 이이상 행위를 멈추지 않았다.

그저 궁금했다. 알아야 할 것만 같았다. 눈앞의 이 여동생의 탈을 쓴 이아나가 어떤 이인지.

그렇게 시간이 꽤 흐른 만큼 체이서는 이아나와 많은 대화를 나눴다. 미약하지만 그녀가 더는 그를 불편하게 여기지 않는 걸 느겼다.

그에게는 상대의 반응을 기민하게 알아차리는 능력이 있었다.

분명 가까워졌음을 느꼈다.

하지만 체이서는 이렇게 가까워져, 무엇을 하고 싶은 것인지 아직도 알지 못했다.

자신은 멍청하지 않은데, 어째서일까.

"이서. 이서라 불러주세요."

대답을 지체할 수 없기에 체이서는 자신의 이름 반절만 내뱉었다.

"루브라 불러주면 더 좋고요."

세상에서 그 누구도 불러준 적 없는 자신의 중간성까지 입에 담으며.

이아나는 놀란 눈을 했다.

"이서. 익숙한 느낌의 이름이네."

그렇게 중얼거리는 목소리에는 약간의 즐거움마저 묻어나왔다.

"왜 익숙한데요?"

"아주 먼 곳에, 그래. 여기서 먼 곳에 그런 느낌의 이름을 쓰는 곳이 있거든요."

체이서는 그곳이 이아나의 원래 세계라는 걸 알았다. 원래 세계의 기억까지는 지우지 않았으니까.

"그립단 생각은 별로 안 했는데. 이상하게 그런 느낌이 드네요."

"왜 그립지 않나요?"

"다신 돌아가지 못할 테니까?"

그 목소리는 건조하되 체념이 어려 있었다. 이제 그 체념마저 바스라졌다.

"내 고향은 너무 멀어요."

차원을 이동하는 것이 불가능하다 여기는 것 같았다. 자신의 정체조차 알지 못할 테니 당연한 일이었다.

체이서는 잠시 시선을 내렸다. 그래, 그녀는 제 세계로 돌아가지 못할 것이다.

여기서 희생당할 테니까.

그는 왜 언젠가 죽을 희생양의 옆에 모든 일을 제쳐두고서 있는가.

궁금하니까.

"오늘은 작별 인사를 하러 왔어요."

하지만 더는 이런 유희를 누릴 수 없었다. 체이서가 맡은 일은 너무나도 많았다. 마쉬멜이 한탄하듯 악당도 부지런해야 할 수 있는 업이라며 농을 하듯이.

"출소해요?"

"그렇죠."

게다가 여기서 르나그의 의심을 지펴서 좋을 일이 없었다.

"다신 못 보겠네요."

이아나는 이별에 담담해 보였다. 체이서는 그런 모습에 속이 체한 듯 꽉 막힌 기분을 느꼈다.

"뭐. 건강해요. 건강이 최고더라."

언제나처럼 턱을 괴고 저를 올려다보는 이아나에게 체이서는 충동적으로 물었다.

"당신은 가족이 있나요?"

체이서는 의식적으로 눈앞의 이를 이아나라 부르지 않았다.

"가족? 음, 으음…… 있는 것 같아요."

이아나는 선선히 끄덕였다.

"다정한 오빠가 있네요. 아빠도 있는 것 같고."

"마음에 드나요?"

순간 이아나의 눈이 체이서에게로 돌아갔다.

"아빠는 모르겠고, 오빠는 다정해서 나쁘지 않은 것 같아요. 아니,
좋은가. 좋네요."

"그렇구나."

"그런데 요즘은 답장이 뜸하네요."

그럴 것이다. 그 오빠는 바로 그녀의 눈앞에 있었으니까.

"아쉬워요?"

체이서가 한 걸음 다가와 물었다. 이아나에게로 긴 그림자를 드리운 채로.

곧 고개를 갸웃하는 그녀의 눈은 이상한 사람이네, 하고 말하는
듯했다.

체이서는 다시 물었다.

"당신은 다정한 걸 좋아하나요?"

"무심한 것보다는 낫겠죠."

저는 무심하기 짝이 없으면서 그녀는 뻔뻔하게도 그렇게 말했다.

체이서는 웃었다. 눈앞의 이아나와 만난 것은 정말 짧은 시간이었다. 체이서가 살아온 수많은 시간에 비하면 짧은 시간. 이 뻔뻔함에 시선을 사로잡혔다는 것을 인정하고 싶지 않았다.

눈앞에서 거대한 식충식물이 아가리를 쩍 벌린 듯한 기분이 들었다.

제 꾀에 제가 당한 듯, 지독한 낭패감이 가슴을 파고들었다.

눈앞의 이아나가 어떤 사람인지 궁금했다고?

이게 어딜 봐서 호기심에 사로잡힌 사람의 행동인가.

체이서가 한 걸음 앞으로 옮겼다. 낙인을 찍은 듯 발자국이 꾹 바닥에 찍혔다.

"날 다시 소개할까요."

그는 엉뚱한 소리에 눈을 깜빡이는 이아나의 손을 살짝 거머쥐었다.

발밑에서 검은 아지랑이가 피어올랐다. 깃털과도 같이 나부끼는 이것은 체이서의 힘이었다.

"내 이름은 체이서 루브 도뮬릿."

다섯 장미 중 검은 장미. 그는 단 한 번도 느끼지 못했던 제 본능이 꿈틀거리는 감각을 느꼈다.

"흑장미의 수장이라고도 불려요. 푸른 장미."

"……그 이름, 설마. 책 속, 아니아니. 지금 무슨 소릴 하는 거예요?"

"진실을 고하는 겁니다. 당신이 거짓은 싫다고 했으니까."

아지랑이가 휙 흩날리며, 꽃잎이 흩날리듯 바람에 날아간다. 그 사이로 새카맣게 돌아온 머리카락이 흩날렸다.

"나는 그대의 '오빠'이지만, 동시에 아니기도 하죠."

이아나는 눈을 크게 떴다.

"당신은 내가 데려온 푸른 장미예요."

체이서는 알았다. 그는 언젠가 이아나에게 이 말을 다시 한번 더 할 날이 올 것이다.

그때에는 처음부터 거짓 없이 고하리라.

"당신을 진심으로 대하고픈 마음이 들었어요."

"지금, 무슨……."

"그러니까, 다시 시작해요."

원래 모습으로 돌아온 얼굴은 지독히도 아름다웠다. 이아나마저도 잠시만 말문이 막혔을 만큼.

푸른 장미의 영혼을 다른 차원에서 데려와 이아나의 몸에 옮긴 것은 체이서였다.

그렇기에 필연적으로 이아나의 몸에는 체이서의 힘이 남아 있었다. 정확히는 흔적이.

"당신의 무심한 다정함이 마음에 들어요. 가지고 싶을 만큼."

"대체……."

이아나가 마지막 말을 잇지 못하고 스르륵 쓰러졌다. 체이서는 그녀를 가벼이 안아 들었다.

한들한들. 봄바람이 불었다.

그의 얼굴로 농익은 미소가 흘러갔다.

"이아나."

붉은 입술이 처음으로 이름을 머금었다. 이는 곧 각인이었다.

너는 앞으로 이아나야.

"내 이아나."

내가 사랑할 이름이지.

그는 끝내 새롭게 치켜뜬 감정의 이름을 익숙한 단어에 붙여보았다. 이 가슴 속에 꿈틀거리는 것은 과연, 세상에서 처음 느껴보는 장미로서의 본능인가.

아니면 이 낯간지러운 감정의 이름인가.

다음에는 이 답을 느낄 것이다. 반드시 알아차리란 예감을 느끼면서.

체이서는 천천히 힘을 사용했다.

체이서가 이아나와 다시 재회한 것은 그로부터 한참이 지난 뒤였다.

모든 흐름은 그가 계획하고, 예상하고 생각한 것과 같았다.

"뭐, 뭐야……. 앞이……."

이성은 차갑게, 음성은 다정하게.

"쉬이, 괜찮아. 이아나."

사실 그렇다고 하여 연민과 죄책감이 없지는 않았다. 여동생이 남긴 흔적은 끝까지 그의 머리 한편에 남아 그에게 죄의식을 속삭였다.

새로운 푸른 장미를 만난 그 뒤로도 꽤나 오랫동안 말이다.

감정이 결여된 것은 타인에게 공감하지 못하고 이해하지 못하는 것과 같았다.

그러나 과거 유일하게 감정을 허용한 여동생만은 달랐다. 현재, 이 예외가 체이서의 삶 곳곳을 쫓아다니며 그의 앞을 가로막았다. 악몽이었다.

눈을 떠도 눈을 감아도 악몽이 그를 쫓았다.

어느 날은 그의 꿈에 나타나 그의 목을 조르기도 했다. 체이서는 이 모든 것을 담담히 받아들였다.

그리하여, 그가 다시 이아나와 재회했을 때. 여동생의 환영을 뒤로 겹쳐 보았다.

"나야. 이아나."

캄브라캄이었다. 그는 면회의 날에 잠시 방문하는 것으로 둘러대며 이아나를 만나러 왔다.

그녀의 눈을 가린 것은 의도한 바는 아니었다. 이아나의 주의를 잠시 빼앗으려 했던 것뿐이었다.

"이제 내게 말을 걸어 주는 거야?"

그는 눈앞의 환영을 마주한 채로, 이아나의 눈을 가린 손을 떼어내지 않았다.

다정한 오빠의 흉내를 내면서.

"사실 널 찾아간다고 해서 네가 만나 줄 거라 생각 안 했어."

체이서는 저를 바라보는 환영의 시선을 피하지 않았다.

"다시는 내게 말을 걸지 않겠다고 했잖아. 그래서 이제 네 목소리를 듣지 못할 줄 알았어."

점차 은밀하게 가라앉는 그의 목소리에 따라 이아나의 몸이 긴장하는 것이 절로 느껴졌다.

곧 이아나의 손이 그의 손등을 덮었다. 떼어내려는 손이었다.

그는 당황하지 않으며, 오히려 제 손을 떼어 내려하는 이아나의 손을 붙잡았다.

"네가 날 대신해 이곳에 들어갔을 때부터."

여동생은 언제나 그를 나쁜 인간이라 매도했다. 악당이며 잔인하고 잔혹하며 미소 속에 온기가 없는 이라 했다.

그는 그 말이 맞는지도 모르겠단 생각을 했다.

"네가 너무나도 보고 싶었어."

이아나가 다시 보고 싶었다. 이름과 얼굴을 숨긴 채 만났을 그때의 그 느낌을 잊을 수 없어서.

이제 그녀가 이아나이니까.

그의 손에는 하얀 손이 붙잡혀 있었다. 체이서는 이 손을 향해 기꺼이 고개를 숙였다. 손등으로 푹신한 입술이 닿았다. 이아나의 몸이 움찔하며 작게 떨렸다.

"이아나, 너도 보고 싶었어?"

그는 자신을 기억하지 못하는 이아나에게 이렇게 물었다. 답을 이미 알면서도 묻는 질문을.

눈앞에서는 어린 여동생의 환영이 울면서 저를 노려보고 있었다.

〈너, 쿨럭. 날 기만하지 마!〉

피를 흘리는 여동생은 처연했다.

그리고.

참으로 서럽게도 울었다.

〈꼴도 보기 싫어. 미워. 밉다고…….〉

실험실에서 애처롭게 제 옷을 붙잡고 엉엉 울던 때처럼. 이는 오랫동안 그를 쫓던 악몽이다.

체이서는 눈을 깔아 천천히 눈을 감았다가 떴다.

"오빠."

이아나에게서 흘러나온 단어에 체이서는 겉으로 드러나지 않게 동요했다.

진짜 남매로 보이고 싶지 않다며, 정말 특별한 경우가 아니고서야 여동생이 절대로 담지 않던 단어였다.

"……오빠?"

이아나는 대수롭지 않게 이를 입에 담았다. 이것이야말로 그가 눈앞의 이아나를 여동생으로 여길 수 없는 또 하나의 이유가 되었다.

향기.

마치 장미들에게 오감 외에 주어진 또 하나의 감각이기라도 하듯, 그는 온몸으로 자신을 찔러오는 향기를 느꼈다.

본능이 먼저 알아차리고 반겼다. 푸른 장미, 강력한 푸른 장미다.

내 여동생.

"나를 용서한 거야?"

나를 용서하지 마.

〈너 따위 다신 보지 않을 거야! 용서 안 해!〉

그는 오늘부로 세상에서 가장 잔인하고 무참한 악당이 되기로 하였다.

이미 악인이나, 이제는 제게 두 번째 삶을 건넨 죽은 이를 지워 냄으로써 더욱 깊은 심연 속으로 들어가겠노라고.

그는 제게 남은 마지막 인류마저 지운 악당이 되기로 했다.

안녕.

작별은 짧고도 잔혹했다.

이아나, 그의 이아나는 눈앞의 이 사람이니까.

이건 고개를 막 치켜든, 흑장미의 집착인가?

아니면 감정이 결여된 그가 비뚤게 느껴버린 사랑인가?

답은 차츰 마차 바퀴처럼 굴러 다가오고 있었다.

이윽고 다시 시간이 흘러 그는 출소한 그녀와 재회했다.

"……체이서."

"응."

그녀는 알까. 그가 이 순간을 얼마나 기다려왔는지.

그녀가 제 영역으로 한 발짝 들어오는 순간을. 눈앞의 이아나를 마음껏 관찰할 수 있는 순간이 오기를.

그가 다정함을 가장하여 웃었다.

너는 다정한 이를 좋아한다 하였지. 나는 누구보다 다정해질 수 있어.

"출소, 축하해. 내 동생."

네 앞에서는, 세상에서 가장 다정한 사람이 되어줄게.

"기다렸어. 내 이아나."

너와 함께 있는 순간을.

그리고 곁에 있어 줄게.

네가 죽는 순간까지.

세상 모든 일은 대부분 그의 예상을 빗겨나가지 않았다. 회귀를 겪은 후로는 더욱더 그러했다.

하지만 단 한 사람, 이아나만큼은 도무지 예상할 수 없었다. 행동 반경도, 생각도 그가 생각해온 것과 달랐다.

드넓은 방도, 수없이 따르는 시중인도, 산해진미와 반짝이는 금은보화도. 모두 그녀의 흥미를 끌지 못했다. 다른 세계에서 온 영혼이니, 가치관이 다른가 하여 그럴 수도 있겠노라 이해했다.

이아나는 몸에 편한 것은 좋아라 반겼지만 그 순간뿐이었다. 그 외에는 무심히 흘려 넘겼다. 그럴수록 체이서는 묘한 초조함을 느꼈다.

"이아나, 이것만은, 허락해 주면 안 될까? ……캄브라캄에서 돌아온 네게 뭐든 해주고 싶어."

그녀는 캄브라캄에서 들꽃을 보며 보일 듯 말 듯 짓던 미소마저 보여주지 않았다.

"이것이 보상이 되는 건 아니지만 그래도. 해주고 싶어."

이아나는 체이서를 흘끗 보았다.

"……일단 일어나 줘."

그녀가 작게 한숨을 쉬었다. 그리고 잠시지만 그에게서 시선이 떠나갔다. 그는 갈증을 느꼈다.

갈증이라고?

"받을게. 받을 테니까."

이 갈증은 이아나가 저를 본 순간 깔끔하게 지워졌다. 체이서는 서늘함을 느꼈다.

이는 짐승이 위기를 알아차리듯 등줄기를 삐죽 서게 하는 본능적인 감이었다.

그에게 있는 것이 앞으로 송두리째로 바뀔지도 모른다는 예감이기도 했다.

체이서는 이아나와 헤어지고서 고민에 빠졌다.

그는 멍청하지 않았다. 상황 파악은 누구보다 빨랐다. 그 안에서 꿈틀거리며 역동하는 이것은.

"……본능인가?"

흑장미들이 공통적으로 지닌 특성이었다. 상대를 어디로도 가지 못하고 붙들어두고 싶은 감각.

그 대상은 천년 동안 단 한 사람으로 고정되었다.

푸른 장미.

체이서는 여동생에게는 느끼지 못했던 본능을 이아나를 향해 느끼고 있었다.

그리고 이것은, 이아나가 납치를 당하며 기다렸다는 듯 폭발했다. 잠시지만 그가 제어하지 못할 정도로.

"……오빠, 사실 나 기억을 잃었어."

이아나를 구출하러 갔을 때, 체이서는 왜 이리도 이성을 잃은 것인지 알 수 없었다.

"응. 기억을 잃었다는 건 이제 말해주는구나."

그녀의 뒤로 활활 불이 타오르고 있었다. 굳이 이렇게까지 할 필요는 없었는데, 왜.

"괜찮아."

그래. 괜찮다. 날카롭던 그의 이성의 끝이 갉아 먹히며 마모가 되어갈지라도.

그는 이것이 썩 불쾌하지 않았다. 오히려…….

"걱정하지 마."

그의 입술로 낮은 미소가 스쳐 갔다. 아, 이게 아니지. 그는 다시 미소 지었다.

이아나에게는 세상 무엇보다 다정한 미소로 꾸며내자.

"네게 해를 끼치는 것들은 모두 태워버릴 테니까."

그래. 이 세상은 이 가녀린 푸른 장미에게 너무나 위험하다. 그렇지 않은가? 지금도 납치를 당해 해를 당할 뻔하였다.

자유롭게 두면, 이토록 위험한 거다.

체이서는 이것이 비논리적인 열거라는 것쯤은 알고 있었다. 본능이 쉴 새 없이 속삭이는 것이란 것도.

또한 이것이 상관없다 여겼다.

"도망가지 못할 감방이 저택에도 있으면 좋겠어."

배우지 못한 탓으로 미루기엔 그는 지나치게 머리가 좋았고, 감정의 영역을 이해하지 못하여도 비슷하게나마 체득하는 것은 어렵지 않았다.

그럼에도 그는 기꺼이 가장 쉬운 길을 택했다.

스스로 만든 죄업의 길이었다.

그때의 그는, 어느 길로 가든 그녀는 그의 손에 있으며, 그녀의 최후는 그의 손에 달려 있다 생각했으니.

이것이 잘못 매단 단추임을 알지 못하고 인식조차 하지 못했다.

그리하여, 이것으로 인해 끝내 사랑받지 못할 것을 모른 채로.

그는 결정했다.

묶어두자.

무엇이 좋을까? 줄은 풀릴 거야. 쇠사슬이 좋겠어.

쇠사슬로.

어디에도 가지 못하게 말이야.

그가 손수 만든, 비극의 시작이었다.

체이서는 어린 시절 학대를 제외하면 실패와 손해를 거의 겪어보지 못했다. 아니, 나락을 겪지 않았다.

예를 들어 투자를 하였다가 실패하면, 다음에는 더욱 큰 거래를 성사시켰다.

미래를 아는 그로서는 실패하는 것이 더욱 힘들었다. 과거에는 꽤 힘에 부쳤던 황제와 부친마저도 더는 그의 적수가 되지 않았다.

남은 것은 끝으로 몰아낸 부친에게 최후를 고하는 것. 죽음을 선사하는 것뿐이었다.

철그렁.

체이서는 미약한 진동을 느꼈다. 그에게 마법으로 이어진 쇠사슬의 소리다. 이 쇠사슬의 끝에는 그의 여동생, 이아나가 있었다.

모든 것이 완벽했다.

비록 그와 그녀를 향한 암살 시도가 지독할 정도로 늘어나긴 했으나, 체이서는 이것이 자신이 컨트롤 할 수 있는 정도라 느꼈다.

"이거 봐."

그녀는 제 발목을 묶은 족쇄와 쇠사슬에 대해서 달가워하지 않았다. 반겼다면 이상할 일이다.

"이, 미친놈아!"

체이서는 반발을 충분히 이해했다. 동시에 그는 그녀가 이런 반응도 보일 수 있다는 것에 놀랐다.

"사람을 묶어? 이게 정상이야?"

그가 보아온 이아나란 사람은 주변에서 무슨 일이 일어나도 신경 쓰지 않을 것 같은 무심함을 지닌 사람이었다.

실제로 그런 이이기도 했다.

그런 그녀에게도 이런 감금과 구속은 경악할 일이었던 듯했다. 실제로 그녀는 몇 번 더 도망을 시도하기도 했다. 그러나 이런 모습은 오래 가지 않았다.

쉬이익!

챙강!

날카롭게 날아간 단검이 검은 아지랑이에 가로막혀 그대로 부서진다. 그대로 챙그랑. 떨어졌다.

체이서는 낮게 숨을 내쉬고는 고개를 돌렸다.

"괜찮아?"

그의 뒤쪽에는 이아나가 앉아 있었다. 그의 손에 밀려 주저앉은 채로.

이번엔 조금 위험했다.

체이서는 잠시지만 낭패감을 느꼈다. 이번 상대는 몇 달을 잠입했다. 아니, 이아나가 캄브라캄에서 돌아오기 전부터 일했던 시간을 포함하면 7년이었다.

7년을 일한 식솔이 배신하는 것은 한순간이었다.

"릴라⋯⋯."

이아나에게서 쓰러진 이의 이름이 스쳐 갔다.

체이서는 피를 흘리며 죽어가는 이가 이아나와 퍽 친밀하게 지냈던 하녀였다는 것을 떠올렸다.

저 여자를 향해서는 감방에서처럼 제법 웃기도 하던 이아나였다.

'숨만은 붙여둘 것을 그랬나.'

체이서는 웅덩이진 피를 바라보며 무심히 이리 생각했다.

이아나의 손이 쓰러진 여자를 향하는 듯하였다. 하나 그 손은 왜인지 닿지 못하고 멈췄다.

다섯 번째였다.

이아나의 주변 식솔이 검을 든 괴한으로, 암살자로 변모하여 그녀를 덮친 횟수가.

처음 인사를 건네던 시종이 검을 들이밀 때는 얼떨떨해 했다. 맛있는 음식이라고 칭찬을 해주었던 조리사가 독을 건넨 음식을 억지로 먹이려 했을 때는 당혹스러워했다.

친한 하녀가 차례차례 그녀에게 독이 묻은 바늘이며 단검 따위를 내밀었을 때⋯⋯.

그녀에게서 표정이 차츰 사라졌다.

"괜찮아, 이아나?"

체이서는 한쪽 무릎을 접어 이아나와 시선을 맞췄다. 어딘가 넋이 나가 보이던 시선이 그에게로 돌아왔다.

"……그런 거구나."

한발만 늦었다면 그는 시체가 된 그녀를 발견했을 터였다. 음독과 기습이 합쳐진 유형이었다.

이아나는 체이서의 질문과 전혀 다른 대답을 중얼거리더니 바닥을 응시했다.

"이게 내 삶……."

그동안 시도가 어디 이것뿐이었을까. 그가 기억하기로 34번째 암살 시도였다. 납치가 어려우니, 암살로 시도하는 경우가 늘었다.

이는 오직 체이서에게 타격을 주려는 그의 정적들과 아직 살아남은 부친의 개들이 벌인 합작이었다.

이러한 시도는 결국 이 다음에 이어진 암살 시도에서 절정을 이뤘다.

"악마 같은 도뮬릿! 너희는 전부 죽어야 해! 네 아비로 인한 원한을 돌려주마!"

그가 도착했을 때, 상황은 꽤나 긴박했다. 이 저택에서 11년을 일해온 이가 이아나에게 검을 겨누고 있었으니까.

하얀 목덜미에서 피가 흘렀다.

"악마의 자식들! 죽어! 죽어라! 아비의 죄를 받아라!"

체이서가 회귀한 시점은 그가 어린아이이면서 이아나를 처음 만난 날이었다.

부친이 쌓은 죄업은 그가 태어나기 이전부터 그가 회귀한 시점까지 쌓인 것만으로도 수많은 이들의 원한을 사기 충분했다.

이토록 10년을 걸쳐 숨죽일 정도로 말이다.

처절하게 살아보지 못한 그는 밑바닥에서부터 끓어오르는 저열하고 간절한 원한을 가져본 적도 이해하지 못했다.

"……미안해, 이아나."

그가 놓친 것은 작은 것이었으나 그녀의 목숨을 노리기엔 충분했다. 그는 자신이 알아차리지 못한 것에 대해 처음으로 사과했다.

그는 그녀를 묶을 때에 사과하지 않았다. 이 저택에 감금할 때도 사과하지 않았다.

그러나 그가 그녀를 구하지 못했을 뻔한 예상하지 못한 상황에서 너무나도 쉽게 사과가 흘러나왔다.

심장이 반으로 쪼개지고 갈라지는 기분이었다. 그는 보이지 않게 입술을 지그시 물었다.

"청소가 덜 됐나 봐. ……미안해."

그의 무릎으로 피가 젖었다. 어느 틈엔가 베인 듯 허벅지로 작은 상처가 보였다. 피가 검은 것을 보아서 독이 묻은 검에 베인 듯했다.

상관없었다.

그는 어차피 쉽게 죽지도 않는 제 몸의 상처보다 이아나의 새하얀 치마 끝단이 젖어가는 것이 안타깝게 느껴졌다.

체이서는 검을 내려놓고, 손을 뻗었다. 어떤 생각을 하는 것인지 모를 자색 눈동자가 그제야 그에게 닿았다.

투명한 눈동자였다. 그 속에는 우습게도 그를 향한 미움도 원망도 없었다.

오히려 아무것도 없어서 그를 안달 나게 만들었다. 차라리 원망했더라면 네 미움만큼은 내 것이었을까? 이리 생각하고 말 만큼.

"괜찮아."

마침내 이아나가 조용히 말했다.

"그리고 막 깨달은 건데."

그녀의 목소리는 작았지만 또렷하게 들렸다. 지금 이 상황에 정신을 빼놓지 않았다는 듯이.

"감금도 나쁘지 않네."

그녀가 보일 듯 말 듯 작게 웃었다. 그러나 그 미소는 그가 보아온 미소와는 전혀 달랐다.

안개처럼 희미하며 무언가를 잃은 듯 혹은 내려놓은 듯 사라질 것같이 아스라한 미소였다.

"고마워."

살려줘서 고맙다는 그 말은 오히려 체이서의 심장을 산산이 조각내었다. 차라리 이걸 풀라며 역정을 내고, 도망을 시도하던 때가 생기 있다고 느껴질 만큼. 온기도 온도도 없는 그 말에 그는 아무것도 할 수 없었다.

시간은 속절없이 흘러갔다.

그는 회귀한 날 계획했던 것들을 차곡차곡 실현했다. 멸망을 늦추기 위한 복잡하고도 세밀한 계획들.

이걸 행하는 것은 어렵지 않았다. 그러나 그는 어느 순간부터 가장 중요한 요소를 계획에서 제외했다.

푸른 장미를 희생시켜야 할 시점. 그것이 계획에서 남김없이 사라졌다. 아니, 이렇게 된 지는 꽤 오래되었다.

그를 가장 가까운 곳에서 모시는 마쉬멜은 이 이야기를 굳이 꺼내지 않았다.

이는 이미 한 발짝 앞서 체이서의 의중을 알아차린 것일 테고, 동시에 이아나에게 나름의 호의와 정을 느낀 것일 터였다. 이것만 제외하면 모든 것이 수월하게 진행되었다.

이토록 성공가도를 달려온 그는 어느 날 무언가 잘못되었음을 느꼈다.

"이아나가 뭐라고?"

"아가씨가······."

아니. 이미 한번 느꼈던 것을 또 한 번 되새긴 것에 가깝다.

"잘 먹지도 자지도 않으십니다. 가주님께서 주시는 선물도······ 열어보시지 않습니다."

이아나의 곁에 꽤 오래 머물렀던 시중인이 조심스럽게 말했다. 배신할 일이 없는 완전한 그의 수하였다. 말을 하면서도 연신 체이서의 분위기를 살피는 기색이 역력했다.

"······표정도, 거의 사라지신 것 같습니다."

점차 표정이 사라지는 이아나를 바라보면서, 그는 이미 아득히

먼 곳에 와버렸음을 알았다.

더는 시간을 반복하지 못한다.

그가 사용할 수 있는 힘은 정해져 있었고, 세상의 멸망을 막는 힘을 제외하면 남은 힘으로는 시간을 돌이키기에 부족했다.

그날은 여동생의 기일이었다.

체이서는 여동생이 죽은 날짜를 기억했다. 그가 회귀를 한 날이기도 했다. 무덤조차 없는 여동생이었다. 그날따라 이상하게도 여동생의 환영이 다시 한번 나타났다.

"되게 예뻐졌네."

"네가 걸을 길이니까."

정원은 주황빛 장미로 가득했다. 체이서가 이아나를 위해 만든 꽃밭. 장미가 활짝 만개할 시기였다.

퍽 낭만적인 공간이었다.

그리고 이아나가 활짝 웃고 있었다. 그녀의 시선은 그를 향해 있지 않았다. 저 멀리 아웅다웅 다투다 말고 서로의 길을 향하는 아퀼라와 붉은 장미의 수호신에게 둔 채였다.

팔랑팔랑.

그런 이아나의 머리칼 위로 흩날리던 꽃잎이 내려앉았다. 그림 같은 풍경이었다.

장난치듯 굴러다니는 귀여운 동물들과 활짝 웃는 여인.

체이서의 얼굴에서 차차 웃음이 사라졌다. 이윽고 이아나의 시선이 그에게로 돌아왔다.

체이서의 표정을 본 이아나에게로 의문이 스쳤다.

그 순간 체이서는 아득함을 느꼈다. 웃을 줄 알았지만 단 한 번도 웃지 않던 그녀를 향해서.

그는 무릎 꿇어 갈구하고 애원하고픈 충동을 느꼈다. 동시에 이미 돌이키기에 늦었다는, 소회가 스쳤다.

"내가 미워?"

생각하지 않았던 말이 불쑥 튀어 나갔다. 그래서 제게는 미소를 보여주지 않은 거냐고.

그녀의 몸을 소유하고 자유를 빼앗아 구속하였는데, 그는 그녀를 가졌다는 기분을 느끼지 못했다.

역대 푸른 장미를 마주한 흑장미들이 이런 나락에서 허덕였구나 싶었다. 이건 오아시스 없는 사막과 같았다. 끝없는 갈증만 있을 것이다. 더는 손을 뻗어서는 안 된다.

"……아니, 넌 날 싫어할까."

딱 이 정도만 본능에 몸을 내어주자. 그는 그때까지도 이성을 유지하려 했다.

하지만.

"……딱히 싫어하지 않는데."

이는 감정을 내포하지 않은 나직한 한마디에 와르르 무너질 모래성이었다.

"밉지 않아."

아무런 의미도 담지 않은 담백한 말은 그를 끝내 나락으로 이끌었다. 그는 깨달았다. 이미 손쓸 새도 없이 제가 빠져들었다는 것을. 그리고 이것이 끝이 아니라 더욱 깊어질 것임을.

멀지 않은 곳에 여동생의 환영이 존재했다. 아마 저 환영과 마주하는 것은 오늘이 마지막일 것이었다.

여동생의 환영은 그와 그가 눈을 가린 이아나 두 사람을 울며 노려보았다. 무어라 소리치는 것 같았지만 소리는 닿지 않았다.

저건 그에게만 보이는 환영이었으니까.

"그래."

오늘이 여동생과의 마지막일 것이다. 왜? 오늘부로 그의 세상 속에 이아나는 눈앞의 이아나 하나뿐일 테니까. 영원히.

"응. 이아나."

고개를 들면 이아나가 눈을 크게 뜬 채로 그를 보는 것이 느껴졌다.

뺨으로 주르륵 무언가 흘러내렸다. 체이서는 눈물을 느끼며 해사하게 미소했다. 진심에서 우러른 미소였다.

그는 행복했으나 처참하게 불행했다.

"네가 영원히 곁에 있었으면 좋겠어."

그는 잘못 끼운 이 단추로 인해 남은 생을 후회할지도 모른다.

"날 떠나지 마."

그는 이 후회가 오래도록 제 삶을 묶어둘 것임을 느꼈다. 그럼에도 그는 이 욕심을 버리지 못할 것이다.

아마도 영원히.

"……곁에 있어 줄 거지?"

우습게도 그는 깊은 수렁 같은 사랑에 빠지고서야 죽어 사라진 여동생을 이해했다.

이것은 병이었다. 지독히 앓는 감정이었다.

그는 죽어 사라진 동생을 연민했고, 동정했으며. 처음으로 누군가의 행복을 바라보았다.

동생이 살아 있었다면 그는 끝내 그녀를 이해하지 못하였을 터다. 그에게 기회를 준 것을 감사해야 할까?

아니면, 황홀한 절망을 선사한 것이야말로 동생이 바라는 일이었을까.

남매는 서로가 서로에게 가시와 같은 관계였다. 동생에게 그는 냉정하고 가혹한 가족이었으니, 그는 끝까지 이리하기로 마음먹었다.

만약에 여동생이 훗날 어느 세상에서 다시 태어난다면, 그때는 다시 만나지 않았으면 좋겠다고 생각했다.

"이아나."

그는 이제 이 이름 앞에 엎드려 빌고 갈구할 것이다. 제발 그를 보아달라고. 한 번만 보아달라고.

그러나 여전히 그는 제대로 된 방법을 몰랐다. 그것이 그를 끝내 끔찍한 벼랑 끝으로 몰아내는 것도 알지 못한 채였다.

"이아나……."

그의 사랑에 여동생과 다른 것이 있다면, 그에게는 사랑과 집착이 공존했다.

눈앞을 엄습한 지독한 본능의 갈망 속에서. 회귀 후, 생애 첫 눈물이 턱 끝에 매달렸다.

이미 이 푸른 장미를 제물로 바쳐 멸망을 미루겠다는 생각은 사라진 지 오래였다.

차라리 이 순간 이아나에게 목줄을 쥐여주고 싶었다.

사랑이었다.

그가 사랑을 깨닫는 순간은 황홀한 봄인 동시에 스스로가 판 업화로 가득한 지옥이었다.

체이서는 눈물 맺힌 눈으로 황홀한 미소를 지었다.

틈을 주지 말았어야 했는데. 훗날의 그는 이렇게 생각했으나 돌이켜 생각해보면 그건.

불가능한 일이었다.

언제고 그녀는 그의 심장을 두드릴 듯, 부숴버리고는 멀리 손에 잡히지 않을 만큼 멀리 가버렸으니까.

그렇기에 그가 무너져 후회하는 것은 지극히 당연한 수순이었다.

그는 죄인이었으며, 업을 등에 쥔 사형수였다.

아마 그는 죽는 날까지 제 목을 묶은 이 목줄에서 벗어나지 못할 것이다. 그리고 그는 그편이 좋았다.

이아나는 모른다.

사람을 살리길 바란다면, 죽을 때까지 그렇게 할 테지만 결국은 그의 본능이 변한 것이 아니라……. 그녀를 위해서 삶을 송두리째 바꿀 수 있다는 것을.

세상 멸망도 막아온 그에게 이 정도는 어렵지도 않은 일이었다.

툭.

긴긴 회상을 깨우는 손길이 있었다. 곧이어 익숙한 향기가 느껴졌다.

"피크닉, 즐거워?"

그는 기나긴 회상에서 깨어나, 천천히 고개를 돌렸다. 그곳에는 제게 질문을 던진 왕이 존재했다.

나의 왕.

나는 죽을 때까지 후회와 죄업을 등에 쥔 채로 불기둥을 밟는 듯 회한 가득한 걸음을 걷겠지요.

하늘에서는 그의 왕의 머리칼색과 똑같은 꽃비가 내리고 있었다.

도뮬릿 저택의 꽃밭을 주황 장미로 가득 채워둔 일이 떠올랐다. 그곳에서 있었던 일들도.

그는 그곳을 주황색으로 가득 채운 것을 후회하지 않았다.

지독한 본능을 품은 흑색 장미보다야 무엇이든 낫겠느냐마는.

시작부터 잘못되었다는 것을 알게 된 순간부터 후회는 지독하게 쓴맛이었다. 그럼에도 좋았다.

"즐거워."

체이서는 눈을 접어 웃었다. 그날처럼 진심을 다한 웃음이었다.

"이대로 죽어도 좋을 만큼."

어떤 지옥이 되었든 네가 곁에서 살아 숨 쉬는 것만으로도, 그곳은 천국이 되니까.

체이서는 뻗지 못할 곳에 존재한 왕에게 가만히 고백을 건넸다. 말을 하지 않은 채 조용히 속으로 삼켜내면서.

사랑해, 이아나.

수천 번은 더 건넨 사랑이었다.

그리고 앞으로 만 번을 더 담을 이름이자, 어쩌면 영원히 닿지 못할 고백이기도 했다.

푸른 장미의 일기와 장송곡

햇빛이 반짝이는 오후, 구름 한 점 없는 하늘은 밑도 끝도 없이 파랗습니다. 하늘을 살짝 가리듯 기울어진 커다란 나뭇잎은 녹색의 그림자를 드리우며 여름 햇빛을 피했습니다.

"……아름답네."

이곳은 언제나 여름입니다. 청명한 하늘로 가득하고, 세상에 나혼자 있는 듯 고요한 언덕이 있는 아주 무덥지는 않은 그런 여름.

제가 제일 좋아하는 계절이 늘 머무르는 곳입니다.

저는 새삼 주변을 돌아보며, 이 그림 같은 풍경을 만끽했습니다.

이제 알고 있습니다. 이곳에서는 더는 출신을 감춘 완벽한 공작 영애인 척 세상 모든 우아함은 다 가져온 척 가식을 떨지 않아도 된다는 것을요.

그래서 멍하니 턱을 괸 채 여유로운 생각에 잠겼습니다.

사실 부끄럽지만 아주 어린 시절 한때 제 꿈은 '왕자님'이었어요.

어느 동화책에서 본 왕자님이 아주 멋있기 그지없었거든요. 멋진 백마도 타고 검도 마구 휘두르고, 나쁜 마왕을 물리치러 신나는 모험도 떠날 수 있다니, 이 얼마나 멋진 직업인가요?

이런 말을 했더니, 친부는 쓸데없는 생각 말고 도망이나 잘 칠 생각을 하랬어요.

그때는 숲에서 살아남는 법, 들판에서 조용히 걷는 법, 동굴에서도 머물 수 있는 법. 각종 생존 방법을 알려주는 부친이 이상하기만 했거든요.

동네 아빠들은 딸한테 동화책을 읽어주거나 안아 올려서 마차를 태워주곤 하던데 말예요.

한 번은 엉엉 울며, 밉다고 말했더니, 친부는 한숨을 쉬며 말했어요.

〈네 삶은 죽기 전까지 도피와 함께할 삶이니까.〉

친부는 도피가 무엇인지도 모를 어린 저한테 이렇게 말했고, 저는 당연히 알아듣지 못했습니다.

좀 더 컸을 때 들었으면 좋았을걸. 하지만 애석하게도 그런 일은 없었을 겁니다.

얼마 지나지 않아 친부는 죽었으니까요.

이후로 가끔 생각했습니다. 친부는 아프지 않게 갔을까. 그러면 얼마나 좋았을까 하고요.

도뮬릿 공작의 검은 정말이지 단 한 합에 친부의 숨을 끊어놓았습니다.

그때, 마을 사람들이 모두 죽었어요. 아직도 기억합니다. 굳이 죽이지도 않아도 되었을 어린아이, 노인까지 학살하는 모습을 보며 활짝 웃고 있던 공작의 모습을요.

이것이 양부와 나의 첫 만남이었습니다.

그리고 이어서 삶에서 절대 잊을 수 없던 사람을 만났지요.

저는 생각을 하다말고 고개를 돌렸습니다. 귀를 기울이면 웅장한 목소리들이 들려와요.

이른바 위대한 분들의 대화입니다.

[그래서, 어떡할 건가? 그대가 정한 '규칙'이 엉망이 되었어. 내 세계의 질서까지 망쳐놓았지!]

[하아, 골이 아프군.]

[인간처럼 말하지 말고, 방법을 제시하게. 방법을!]

[너야말로 인간처럼 재촉하지 말지, 그래? 시간이라면 불어터지게 많은 존재가.]

[아, 글쎄, 이대로라면 내 세계의 영혼을 빼앗긴대도!]

위대하신 존재들의 대화는 늘 같은 방향으로 끝나곤 했습니다. 끝은 늘 옥신각신 다퉜어요.

[특정 존재를 아끼지 마라. 대체 왜 너는 네 전대처럼 미련을 놓지 못하는 거냐!]

518

듣고 있노라면, 뭐랄까. 정말로 사람들이 싸우는 것처럼 격렬함을 느끼기보다는 마치 다툼을 흉내 내고 있다는 기분이 듭니다.

다툰다기에는 들려오는 목소리가 웅장하고 차분하고, 고요하기까지 해요.

아, 소리가 더는 들리지 않는 것으로 보아서는 오늘의 다툼이 끝났나 봅니다.

다시 들판을 바라보고 있노라면, 곧이어 근처에서 낮은 목소리가 들려왔습니다.

[여기 있었구나, 영혼아.]

이 우스운 호칭은 위대하신 존재께서 나를 부르는데 재미들린 호칭입니다.

차라리 이름을 불러주면 좋을 것 같은데, 위대하신 존재께서는 죽은 이에게 이름은 덧없는 것이라며 이렇게 부르곤 했어요.

그럴 때 다시 한번 느낍니다. 아, 나 죽었지 하고요.

"오늘의 실랑이는 끝나셨나요?"

[그럼, 저쪽이 꽤나 성가시게 나오는구나. 이제 그만 굽혀주었으면 하는데 말이지.]

"힘내세요."

이분은 제가 죽자마자 이곳으로 데려온 존재이십니다. 아마도 내 세계의 신이나 신 같은 존재가 아닐까 추측하고 있습니다.

[물론, 곧일 거다. 저쪽도 받아들일 수밖에 없는 건데, 괜한 고집을 부리는 게야.]

위대하신 존재의 모습은 의외로 인간과 똑같습니다. 정확히는 커다란 망토를 쓰고 있는데, 아래에 응당 보여야 할 얼굴이 보일 때도 있고, 보이지 않을 때도 있습니다.

아래 얼굴이 보일 때에는 지금처럼 미소를 지을 때입니다. 이럴 땐 다섯 살 난 장난꾸러기처럼 짓궂게 웃는데. 사람인가 싶을 때가 있습니다.

하지만 착각하진 않습니다. 눈앞의 존재는 제게 이 공간을 만들어준 존재이기도 하니까요.

가장 좋아하는 여름이 쏟아지는 공간, 저는 여기서 기다리고 있습니다.

무엇을 기다리는지는 곧 알게 될 거고요. 이래저래 눈칫밥 먹고 자란 기간이 길어, 이런 기민함에는 자신 있거든요.

그렇게 조금 더 시간이 흘렀을 때, 위대하신 존재가 다시 나타나 저를 불렀습니다.

[영혼아, 가엾은 영혼아.]

저는 대답하는 대신 눈을 깜빡였습니다.

"왜 제가 가엾나요?"

건방진 질문인가 싶었지만, 여기 머문 시간이 있으니 이 정도야 봐주지 않을까 싶은 생각도 있었어요.

저는 어린 시절부터 되바라졌거든요.

위대하신 존재는 저를 한참 보시더니 보일 듯 말 듯한 미소를 지었습니다.

[우리는 수명을 다하지 못한 모든 영혼을 가엾게 여긴단다.]

애초에 정해진 수명을 지키지 못하고 죽는 영혼은 무척이나 드물다고, 영혼은 정해진 규칙에 따라 돌고 도는 것이기에 발생하기 어렵다고 했습니다. 제가 무척 특이한 영혼이래요.

[특히나 너처럼 죽은 신의 파편을 쥔 채, 스스로 수명을 던져버린 이는 처음이라서 말이다.]

죽은 신의 파편에 대해서는 여기 온 처음에 들었습니다. 저처럼 푸른 장미들이 공통적으로 가지고 있는 것이라고요.

위대한 존재는 저를 탓하지 않았지만 동시에 탓하는 것처럼 느껴졌습니다.

[그토록 주어진 것이 많았거늘.]

어째서 제게 주어진 것을 누리지 않았느냐고요. 글쎄요. 저는 잘 모르겠습니다.

제게 정말 주어진 것이 많았을까요?

손을 내려다보았습니다. 그랬다면 저는 왜 꿈을 이루지 못했을까요?

진짜 자연처럼 만들어진 이 공간은 바람도 함께 불었습니다. 짧게 흔들리는 제 머리는 진한 갈색, 생전에 한 번쯤 해보고 싶던 머리색입니다.

눈에 띄는 내 머리색이 싫었던 저로서는 허락되지 않아 단발도 한번 해보지 못했던지라, 지금 모습에 만족합니다.

세상에서 가장 흔하던 색. 가끔은 흔하고 평범한 색을 가진 사람,

저기 굴러다니는 돌멩이 같은 사람이 되고 싶었어요.

우리 안에 갇힌 토끼처럼 시선을 감내하는 삶은 더는 살고 싶지 않았으니까요.

[다른 세계에서 다시 태어난다면 어떤 삶을 살고 싶으니?]

저는 꼼꼼하게 생각해보았어요. 이 질문에 대해서 답을 하기 위해서는 제 삶을 한번 반추해 보아야겠지요.

"저는……."

숨을 콱 조르는 드레스, 그보다 더욱 숨통을 조여오는 집안의 공기. 비명과 울부짖음, 원한과 고통이 모든 곳에 서린 채 칼날을 걷는 듯한 나의 삶.

단 한 번도 완벽한 공작 영애가 되고 싶지 않았으나 단 한 사람을 위해 지옥에 뛰어들었던 길.

이제는 머나먼 일들이 된 날들을요.

오늘도 저 소년은 세상에 홀로 남은 사람처럼 나른하게 창문 밖을 바라보고 있습니다.

그리고 저는 언제나처럼 소년을 바라보았어요. 검은 머리칼이 살랑살랑 흔들리는 소년은 세상 귀한 보석처럼 반짝반짝 빛을 내었습니다.

잘생겼다. 하녀들이 속삭이던 말들을 되새기면서 시선을 떼어내진 않았습니다. 혹시라도 침이 나올 것 같아 흐흡, 입술을 꽉꽉 단속했습니다.

언어나 문학은 너무나도 어려워서 채 모두 배우지 못했지만 책 문장은 유려합니다. 적혀 있는 만큼 잘 말할 수 있으면 좋을 텐데.

아직은 나이가 어려서 소년만큼 유창하게 말을 하지 못하는 것인지. 아니면 눈앞의 소년이 어떤 표현도 걸맞지 않을 만큼 눈부신 것인지. 늘 소년을 판단하기 어려웠습니다.

저는 훗날 마지막 순간까지 생각했어요. 누가 되었든 체이서 루브 도믈릿을 표현하는 일은 참 힘든 일일 거라고.

잘생겼는데 예뻐. 예쁜데 오묘해. 소년은 어린 내게 몇 글자로 담아내기엔 너무 많은 것을 가진 표현할 수 없는 사람이었습니다.

그래서 가끔은 열심히 연습한 말을 뱉기도 했어요.

"체이서."

물론 지금 생각해보면 캄캄한 지하실, 그것도 겨우 빛이 새어들어 오는 지하 실험실에 갇혀서 할 소린 아닌 것 같았지만요.

"체이서랑 만난 날은 나한테 시가 3000억 골드짜리 다이아몬드와 같아."

이런 되바라진 말에 어린 오라비는 미간을 살짝 찌푸렸다가 한숨을 폭 쉬었습니다.

"……그 표현 가르친 사람 문학 선생이야?"

"응? 으응."

"바꿔."

대답하기 무섭게 마법사들이 들어왔고, 언제나와 같은 실험이 이어졌습니다. 저는 내 팔에 들어오는 굵은 주삿바늘도 무서웠지만, 체이서의 팔에 놓아지는 바늘이 더욱더 무서워서 언제나처럼 엉엉울었습니다.

체이서는 그런 저를 보며 언제나와 같이 울지도 웃지도 않은 채보다가 눈을 떼어냈습니다.

그리고 밖으로 나온 뒤, 어느 날 문학 선생이 바뀌었습니다.

바뀐 선생님은 더는 고백하는 데 만점이라는 말들을 알려주지 않았어요. 아쉽게도.

하지만 상관없었습니다. 오늘도, 내일도 그다음 날도. 또 다음 날도.

앞으로 오랜 날들을.

체이서를 만나 행복하고, 앞으로 행복할 테니까요.

눈치챘겠지만 저는 이미 양 오빠를 사랑하고 있었어요.

글씨가 어여쁘게 써지지 않는 건 오랜 콤플렉스였습니다. 그건 성장한 어느 날에도 마찬가지였어요.

"체이서, 편지야."

그토록 싫어하고 어렵던 문학도 이제 줄줄 읽을 수 있고, 시도 막힘 없이 읊을 수 있는데. 왜 편지를 쓰는 건 이리도 어려운 건지.

사나운 일갈 속에 울며불며 익힌 교양은 뼛속같이 제게 박혀 있었지만 저는 그럼에도 언제나 자유로운 왕자님이 되길 꿈꿨어요.

철이 든 즈음에 많은 것을 알았음에도요.

첫 번째로, 제가 이 삶이 다하는 날까지 자유로운 사람도 왕자님도 될 일이 없다는 것.

"……어째서 넌 필체에 발전이 없는 거니?"

"흠흠, 숙녀에게 그런 걸 지적하는 게 실례인 줄도 몰라?"

"아아, 몰랐네. 어제는 존대를 하시더니, 오늘은 편히 말씀하시는 숙녀분?"

"……실수에 관대해지셔야죠, 오라버니."

세상에, 체이서가 보일 듯 말 듯 미소 지었습니다.

"난 내 숙녀에게만 친절해질 예정이라."

이제는 소년에서 벗어나 완연한 성인이 된 그는 어린 시절에 예쁜 모습은 온데간데없었지만, 이 모습은 성숙한 매혹을 뿜어내곤 했어요.

체이서를 보며 깨달은 점은, 로맨스 소설에 나오는 '어머, 죄송해요! 주워드릴게요!' 이따위 첫 만남들은 다 개수작이라는 걸 알았어요.

아무리 그의 앞에 떨어트려도 체이서가 사랑에 빠지는 일은 없었으니까요.

아마도 세상에 있는 모든 물건을 던져도 그는 나를 사랑하지 않을 겁니다.

두 번째로 깨달은 것이 바로 이것이었으니까요. 그가 나를 사랑하는 일은 없을 거라는 것.

우습게도 이건 푸른 장미로서의 감이었어요.

"실험실에 다녀온 거니?"

"응. 불러서요."

하루하루 내 힘을 빼내려 하는 실험은 더욱 잔인하고 깊어졌고, 저는 각성도 하지 않은 채로 힘을 인지하게 되었으니까요.

쇠약해져 가는 몸을 느꼈어요. 하지만 티를 내지는 않았습니다. 약해 보이는 건 싫으니까요. 모두가 내게 천한 출신을 감추고 완벽한 공작 영애이기를 바랐어요.

지하 실험실에서는 말 잘 듣는 실험체이길 바랐고요.

저는 완벽을 요구하는 모든 이들에게 지고 싶지 않았습니다. 제게는 손을 대지 않으면서 체이서만을 집요하게 학대하는 공작에게 한 방 먹여줄 날만 기다리면서요.

각성하면 무엇이든 자유롭게 할 수 있을 거야. 제가 믿은 것은 이 하나였습니다.

사실은 이미 무너져가는 발밑이 두려웠지만 애써 외면한 채 겨우 버티고 있었던 걸지도 모르겠어요.

"요즘은 소설을 쓰고 있어요."

문학은 별로 좋아하지 않았지만, 이야기는 좋아했습니다. 특히나 모험 이야기나 행복한 사랑 이야기를요.

이미 나는 수많은 이야기를 쓰고 지웠어요. 하지만 완성되지 않았으니 아직 첫 작은 없는 셈이었죠. 그렇지만 이 글 조각들을 쓰면서 즐거웠어요.

모두가 내가 할 수 없는 것이니까. 사실 이야기를 직접 쓰게 된 건 어찌 보면 당연한 수순이었어요. 이야기 속에서라도 행복을 느껴보고 싶었거든요.

기왕 쓴다면 저와 체이서의 이야기를 쓰고 싶었어요.

"네가?"

"네. 그런 눈으로 보지 마세요. 제대로 쓰고 있으니."

하지만 어떤 소설가이든 첫 작에는 미숙함이 보이지 않을까요? 그러니 한번 습작을 거치기로 했습니다.

그렇게 쓰게 된 소설을 위해서는 다정하고 강인한 주인공이 필요했어요. 일단 저는 안 됩니다.

못된 것만 보고 자랐더니, 좀 못되게 자랐거든요. 제 음식에 독을 탄 하녀쯤은 아무렇지 않게 처리할 만큼이요.

"주인공은 성녀님이에요."

그렇게 눈을 돌리다 보니, 들리는 소식이 막 신전에서 추대한 성녀님의 이야기였어요. 이 시기에 제국에는 세기의 사랑이 널리 퍼지고 있었는데, 대공가의 젊은 가주와 성녀님의 이야기였어요.

세상에, 두 사람은 수감소에서 운명처럼 만났다지 뭐예요?

"남자 주인공은 헤르님 대공님이요."

"……그쪽이 정적인 건 알고 쓰는 거지?"

"그래서 오라버니는 악당이에요."

체이서는 관심 없다는 듯 턱을 괴고 있다가 고개를 살짝 내저었습니다.

"무엇을 쓰고 싶은 건진 몰라도. 그 두 사람은 네가 알고 있는 것 같이 세기의 사랑은 아니야."

현재 도튤릿은 알게 모르게 세력이 갈라져 있었어요. 도튤릿 공작을 따르는 세력과 체이서를 따르는 세력.

"아마도 그 약혼은 전략적 동맹일 테니까. 둘 다 냉정하고 교활한 인간들이지."

"오라버니처럼요?"

체이서가 피식 웃었습니다.

"그래. 나처럼."

이제는 저 웃음이 정말 즐거워서가 아니라 누구에게든 의식적으로 짓는 웃음이란 걸 알고 있습니다. 제 고백에 지어 보이는 곤란함 조차도 그저 응당 반응에 맞게 꾸며낸 거란 것을요.

아마 체이서가 저렇게 말을 했으니, 사실일 겁니다. 그렇지만 저는 믿고 싶었어요.

"그럼 가상의 이야기라 생각하고 쓰면 되니까요."

이 세상엔 진실된 사랑도 있다는 걸.

"여기서 오라버니는 아주 악독하고 사랑 못 받는 악당으로 만들어버릴 거예요."

"그것참 무섭네."

거짓말이었습니다. 사랑하는 사람을 다른 이와 짝지어 줄 이유도 없고, 군이 나쁘게 표현할 이유도 없었으니까.

그러나 제 몸 상태가 악화되면서 이 소설은 미처 완성되지 못한 채 제 손을 떠나고 말았습니다.

그리고 잔혹한 실험 후 다시 눈을 떴을 때, 완성된 소설이 제 앞에 도착했어요.

그건 도뮬릿 공작의 변덕이었습니다. 제가 소설을 좋아하고 쓴다는 것을 알고서 사람을 시켜 이 소설을 완성시켜 버렸어요.

가끔 잔혹한 실험 뒤에 던져주곤 하던 보상이었습니다.

제 소설은 우습게도 제 의도와는 전혀 다르게 지지부진한 한편의 통속극이 되어 제 손에 돌아왔습니다.

악당 이름은 재미 삼아 체이서의 이름을 붙여두었을 뿐, 지우고 다시 쓸 예정이었는데…….

거기다 우습게도 이 소설에서 저는 일찍 죽은 악당의 동생이 되어 있었습니다.

제 이름 또한 언젠가 쓸 또 다른 이야기를 위해 적어둔 것인데, 이 소설에 쓰였더라구요.

도뮬릿 공작은 대체 무어라고 명을 내린 걸까요? 제 소설은 제가 생각했던 것은 거의 줄기만 남은 채, 순수하고 낭만적인 사랑은 어디 가고 육체관계만 남은 도색 소설이 되었어요.

어차피 이 소설은 출간되지 못할 겁니다. 이토록 실존하는 거물들을 써놓았는데, 어찌 가능하겠어요. 도뮬릿 공작 또한 이를 알고서 단 한 권만 만들어준 것이겠죠.

그날 저는 책을 끌어안고 한참을 울었습니다.

내 이야기는 끝끝내 완성되지 못하겠구나.

이 순간에도 기시감이 들었어요. 언젠가 체이서는 이 책처럼 내가 아닌 다른 사람을 사랑할지도 모른다는. 그런 예감이 들었으니까요.

"흡…… 흐흡."

눈물 방울이 하염없이 뚝뚝 떨어집니다.

저는 왕자님이 되고 싶었습니다.

동화 속 왕자님은 사악한 마왕의 수하들과 불을 뿜는 용을 물리치고, 마침내 성에 갇힌 공주님을 구해냈습니다.

저는, 저를 대신해 주삿바늘을 견디고, 그것이 아픈 줄도 모르던 소년을 구해주고 싶었어요.

감정이 무엇인지 모를 오라비에게 사랑을 하면 이토록 행복하다는 마음도 알려주고 싶었어요.

하지만 내 지옥을 숨을 쉴 수 있는 공간으로 만들어 준 사람의 상대는 내가 아니었나 봐요.

"그러니까 네 마음은 받아줄 수 없어. 미안해."

"오빠!"

왜 제 꿈은 늘 좌절되고 마는 것일까요. 실험을 일삼던 마법사들은 모두가 제가 아주 대단하다고 하였는데.

아주 오래전 과거 신처럼 모셔졌다는 푸른 장미는 이제 이 실험실의 죽어가는 꽃에 지나지 않는걸요.

그들은 제가 기록된 힘보다 약하다고 조롱하고 비웃고, 안타까워했습니다.

저는 그저, 무너지지 않기 위해 온 힘을 다해 지탱하는 힘없는 사람일 뿐이었어요.

그래서 끝내, 죽음의 순간엔 원망을 토해내고 말았습니다.

"꼴도 보기 싫어. 미워. 밉다고!"

잘못된 각성이었습니다. 실험에 의해 이리저리 흔들리고 억눌리며 엉망진창으로 빼내어진 힘은 결국 폭주를 가져와, 실험을 하던 모든 이들의 목숨을 빼앗았습니다. 함께 있던 도튤릿 공작마저요.

잘된 일이죠.

죽어 마땅한 자들이었으니까요.

체이서만은 살아서 다행이었지만 한편으로는 원망스러웠습니다.

나는 더 이상 네 곁에 있지 못할 테니까.

저는 그리 착하지 않습니다. 못됐어요. 그래서 체이서의 마음에, 기억에 가장 오래 남을 방법을 택한 겁니다.

"……사랑할게."

이 말이 거짓이란 것도.

"널 다시 만나면 거짓말하지 않을 테니까. ……아프지 마."

지켜지지 않을 약속이란 것도 알고 있었습니다. 모든 힘을 넘긴 순간. 시간이 돌아간 세상에 저는 없을 테니까요.

그저, 마지막 순간에야 제가 온 삶을 다해 바랐던, 온기를 품은 눈이 저를 향했다는 것이 원통하고 비통했습니다.

원망스러웠어요.

왜냐면, 우리는 다시는 만나지 않을 테니까.

기적이 일어나 우리가 다시 만난다면요? 그렇다고 해도.

넌 나를 끝내 사랑하지 않을 테고.

나는 그런 너를 다시는 만나고 싶지 않으니까.

마지막 순간에야 저는 사랑이 저를 죽였다는 것을 알았어요.

죽은 뒤에 이 공간에서 시간을 보내며, 멍하니 생각에 빠진 것만
은 아닙니다.

신기하게도 이 공간에서 제가 있던 세상을 볼 수 있었거든요.

저는 그곳에서 체이서를 보았습니다. 그리고 사랑에 빠진 그를
보았어요.

제가 죽은 뒤에야 여러 감정을 배워가는 그를 보며 신기하기도
하고 재미나기도 하고…… 한편으로는 안타까웠습니다.

그의 사랑이 스스로 저지른 잘못으로 비극을 향해 치닫는 것이
보였으니까요.

그가 보는 제 어린 환영은 아마도 처음 느껴보는 죄책감의 발로
였을 거예요. 이렇게라도 감정을 느끼는 그가 대단하다고 해야 할
까요. 장하다고 해야 할까요.

결국엔 제 존재와 이름을 완전히 지워내는 그를 보며 원망스럽기
도 했습니다.

하지만 어쩔 수 없이 기쁨이 더 큰 것은…….

네가 나처럼 아프고 아파서 결국엔 처절해지는 처지를 알아서일 거야.

어쩌면 저와 그는 남매가 더 걸맞았는지도 모릅니다. 저는 못된 사람이라서 그가 행복하기를 바라면서 저를 잊는 것이 싫었어요.

용서하고 싶지 않았어요. 널 살린 나를 기억해달라고, 그 사랑을 주지 않아도 좋으니 나를 기억하라고 괴롭히고도 싶었어요.

이렇게 못된 저라서, 그의 고통이 달갑게도 느껴지네요.

[영혼아, 왜 우는 거니?]

저는 천천히 고개를 들었습니다.

"기뻐서요."

[……하지만 네 감정은 그게 아니라고 하는구나.]

"기뻐서 우는걸요."

못난 사람. 기껏 사랑에 빠졌다면 보란 듯이 행복해지기라도 할 것이지.

내 존재를 남김없이 지워낼 거라면, 아끼고 귀애할 것이지.

저는 깨달았습니다. 제가 사랑했던 사람은 그 스스로가 지은 죄로 형벌을 받듯 사랑하는 이와 영영 가까워지지 못할 수도 있겠구나 하고요.

이런 결말을 바란 것은 아닌데……. 원망과 미련이 교차하듯 일렁였습니다.

"다시 태어난다면."

하지만 어쩔 수 없는 일이겠지요. 저는 죽은 사람이니까요.

"꼭 다른 세상에서 태어나고 싶어요."

체이서의 생각은 제게 닿았습니다.

훗날 제가 어느 세상에서 다시 태어난다면 다시 만나지 않았으면 좋겠다고요.

저는 만족하기로 했습니다.

그가 생애 처음으로 행복을 바란 사람이 가족인 나였다는 것에 대해서.

"행복한 가족이 있는 곳에 태어나서, 다정한 오빠가 있었으면 좋겠어요."

사랑에 빠질 일이 없는 그런 다정한 가족이요.

"친한 친구가, 아니면 언니가 하나쯤은 있었으면 좋겠네요."

단 한 번도 친구를 사귀어본 적이 없으니까요.

"아무것도 모른 채로 행복하고 아주, 아주 평범하게 살고 싶어요……."

이곳에서 갈색으로 물들이고 잘라낸 머리처럼. 그렇게.

"……그렇게 행복하게 살고 싶어요."

생각해보면 저는 단 한 번도 푸른 장미이길 바란 적이 없어요. 기쁜 적도 없고요.

그래서 저는 누구보다 그 자리에 어울리지 않는 사람이었던 건지도 모르겠어요.

[네 소원을 들어주마.]

534

저는 위대한 존재의 마지막 말을 기쁘게 받아들이며 눈을 감았습니다.

〜〜〜

"언니, 새해 복 많이 받아요!"

이아나는 고개를 돌렸다. 그러고는 제게 손을 붕붕 흔드는 소녀를 보며 슬쩍 미소했다.

"나가는 거야?"

"네! 해돋이 보러 가려구요."

흘끗 이아나가 본 풍경에 소녀의 뒤로 고개를 꾸벅 숙이는 이가 있었다. 소녀의 남매였다.

"우리 오빠는 맨날 저래요. 언니한테 인사하기 부끄럽다고."

"그래?"

"완전 숙맥이라니까요. 다정해 빠져서는. 쯧쯧. 이래서야 여자친구나 사귈지 모르겠어요."

소녀는 어깨를 으쓱하며 고개를 살래살래 저었다. 이아나는 추위도 잊고, 과장스럽게 움직이는 옆집 아이를 관찰했다.

프란시아를 떠올리게 해서일까, 퍽 귀엽고 사랑스러운 아이였다.

볼수록 사랑받고 자란 티가 물씬 풍겼다. 그러니, 낯선 그녀에게도 이토록 스스럼없이 다가가고 밝게 웃는 것이리라.

지금은 이아나도 소녀를 예뻐라 여겼지만, 처음부터 이랬던 것은 아니었다. 막 이 세계에 왔던 시점에 그녀는 알게 모르게 날카로워져 있었다. 그럴 때 만나게 된 것이 소녀였고, 그녀는 제게도 언니가 있었으면 했다며, 어여쁜 옆집 언니가 좋다고 졸졸 쫓아다녔다. 성가시다고 생각한 적도 있었지만 잠시일 뿐 이아나는 차차 마음을 열며 감화되었다. 그만큼 착하고 사랑스러운 소녀였다.

두 사람이 가까워진 건 순전히 이 소녀의 공이 컸다.

"해돋이 보러 가는데, 짐이 가득이네?"

"아, 여행 겸 가는 거거든요. 아빠는 내일 여행 가겠다고 휴가도 냈대요. 엄마는 캠핑하자며 부산스럽게 짐을 챙겼구요."

"좋은 가족을 뒀네."

소녀는 한숨을 짓다가도 곧 언제 그랬냐는 듯 활짝 웃으며 허리에 손을 짚었다.

"그렇죠? 너무 유난이라니까요."

그렇게 말하며 웃는 얼굴은 행복해 보였다.

사실 옆집 소녀는 더는 소녀가 아니었다. 성인이 된 지도 오래되었지만 처음 각인이 무섭다고 이아나의 눈에는 여전히 교복을 입은 아이로 보였다.

"언니는요?"

소녀의 물음에 이아나는 자신이 든 쓰레기봉투와 소녀를 번갈아 보았다. 이내 봉투를 흔들었다.

"보다시피. 쓰레기 많지? 손님이 왔거든."

프란시아와 르나그, 그리고 그들의 수호신들까지 떠올린 이아나가 작게 미소 지었다.

누가 먼저랄 것도 없이 제가 쓰레기를 버리겠다고 나서다 말고 싸우는지라 결국 그녀가 버리게 되었다.

"꽤 왔나 봐요?"

"먹보들이지."

수호신들이 어찌나 많이 먹던지, 쓰레기의 반은 그들이 먹어치운 것들의 껍데기였다.

"언니, 행복해 보여요."

고개를 들면 성인이 된 소녀가 생글생글 웃고 있었다.

이아나 또한 눈을 접어 보였다.

"응, 그러네."

한 해가 저물고 다시 새로운 해가 다가오는 시기였다.

사락사락.

고요한 함박눈이 내린다.

해의 마지막 날, 푸른 장미는 서로 마주한 채로 행복하게 웃어 보였다.

"이아나."

그때였다. 문이 찰칵 열리며, 낮은 목소리가 들렸다.

"돌아오지 않으면, 술에 취한 빨간 장미가 집을 부숴놓을 것 같은데."

감미로우면서도 장난스러운 목소리, 체이서였다. 이아나는 미간을 살풋 찡그리며 얼른 고개를 돌렸다.

"갈게."

"음, 빨리 오는 게 좋겠는걸. 흰 장미도 취한 것 같은데."

체이서가 안쪽에서 휘파람을 휙 불었다.

"오. 소파가 부서지겠어."

"언니, 얼른 가봐요."

소녀가 이아나를 떠밀었다. 이아나 또한 급히 고개를 끄덕였다. 분명 체이서가 밖으로 나올법한데, 나오지 않는 게 이상했지만.

그만큼 급한 상황인가 싶었다.

"응, 먼저 가볼게."

"네. 저도 가족들한테 가봐야겠어요."

소녀가 손을 흔들고 막 돌아설 때였다.

"아, 잠깐만."

이아나가 소녀의 이름을 불렀다. 소녀가 제일 편히 여긴다던 단발이 팔랑팔랑 움직였다.

"새해 복 많이 받아."

이아나는 제가 저쪽 세계에 익숙해지긴 했나보다 여기며, 이제는 낯설어진 이 세계의 인사를 뱉었다.

"너도 행복해."

그리고 왜인지 모르겠지만, 이 말을 꼭 해야겠다는 생각이 들었다.

"앞으로도 쭉."

소녀가 방긋 웃었다.

"언니도요!"

그렇게 돌아간 소녀는 가족들의 품에 감싸여 차에 올라탔다. 그 차가 붕 멀어지는 모습을 오래도록 보다가, 이아나는 얼른 돌아섰다. 그러다가 흠칫 놀랐다.

"뭐야, 거기 서 있었어?"

"아? 어."

체이서가 웃으며 손을 흔들었다. 어쩐지 손을 흔드는 양이 누군가를 막 떠올리게 했지만 이아나는 무심히 넘겼다.

"이제 나가도 될 것 같아서?"

"그게 무슨 소리야?"

"음, 나도 모르겠네."

체이서 또한 알 수 없는 감각이었으므로 어깨를 으쓱했다. 이아나는 체이서에게 닿지 않게끔 신발장으로 달려갔다.

스쳐 가는 이아나를 보며 체이서는 쓴웃음을 지었다.

그렇게 오래전 가족이었던 이들은 서로를 알아보지 못한 채 다시 멀어졌다.

아마도 앞으로도 그들이 만날 일은 없을 터였다.

고요한 함박눈 사이로, 기묘한 푸른 꽃잎 하나가 바닥에 내려앉았다.

[끝으로 남길 말은 없니?]

신이 수명을 다하지 못한 푸른 장미에게 물었다.

"그럼, 언젠가 제 오빠에게 닿지 않게 속삭여 주실래요?"

신은 기꺼이 엉뚱한 부탁을 들어주었다.

오빠,

너를 원망하지 않는 건 아니지만.

부디 긴긴 시간이 지난 뒤에 너는 행복해졌으면 좋겠어.

난 이제 너를 잊은 채로 행복해질 테니까.

안녕,

내 첫사랑.

〈끝〉

작가 후기

안녕하세요, 문시현입니다.

여기까지 읽어주셔서 감사합니다. 벌써 3번째 출간작이자, 3번째 종이책 출간임에도 늘 처음처럼 떨리고 설렙니다. 부디 《감방에서 남자주인공을 만났습니다》와 즐거운 여정 보내셨길 바랍니다.

사실 카카오페이지 연재를 마무리하며 하고 싶은 후기나 이야기는 제 블로그에 올렸던 터라, 종이책 후기에서는 어떤 이야기를 쓰면 좋을까 고민하다가, 트위터를 통해 독자님들께 의견을 받았습니다.

소설에서 제가 가장 좋아하는 장면은 리케도르안이 납치 직후에 이아나의 처지를 알게 되며 울며 후회하는 장면과 체이서가 주사기를 꽂고 입을 맞추는 장면, 마지막으로 르나그가 이아나가 진짜 이아나가 아닌 걸 알고 있었다, 고백하는 장면이에요.

그리고 제일 좋아하는 이야기는 '진짜 이아나' 외전인 〈푸른 장미의 일기와 장송곡〉입니다.

한 이야기를 마무리하는 것은 아쉽고도 섭섭하지만 동시에 기쁘고 설레는 일이기도 합니다.

저는 요리를 잘 못 해요, 아주 서툽니다. 모든 일이 그렇겠지만 특히나 제게는 어려운 '조리의 완성'이라는 이 과정을 마무리하는 게 참 쉽지 않다 여기곤 하는데, 반면에 그런 제가 하나의 세상을, 이야기를 마무리할 때면 이렇게 뿌듯할 수가 없네요.

누군가는 요리를 잘하고, 또 누군가는 노래를 잘 하고, 또 누군가는 이야기를 마무리하는 데 익숙할 테고, 이 글을 읽는 독자님께서도 잘하는 것과 서툰 것이 있으시겠지요.

저희가 사는 세상에서 서툰 것을 흠결로 잡지 않고, 모두가 어떤 과정을 마무리할 수 있는 것을 혹은 즐거운 것을 찾기를 바라보며, 그 속에서 좌절은 줄어들고 즐겁고 다정한 세상이 되길 바라봅니다.

이 이야기를 만난 독자님께,

단 한 글자, 한 줄이라도 어느 날의 즐거움이 혹은 위로가 되었다면, 이야기는 그것으로 맡은 소임을 다했다 여깁니다.

읽어주셔서 감사합니다.

다른 이야기에서 또 뵙길 바라봅니다.

늘 행복하세요.

문시현 올림

감방에서 남자주인공을 만났습니다 4

초판 1쇄 인쇄 2020년 9월 18일 **초판 1쇄 발행** 2020년 9월 25일

지은이 문시현
펴낸이 연준혁

웹소설본부 본부장 이진영
편집 오가진

펴낸곳 ㈜위즈덤하우스 **출판등록** 2000년 5월 23일 제13-1071호
주소 경기도 고양시 일산동구 정발산로 43-20 센트럴프라자 6층
전화 031)936-4000 **팩스** 031)903-3893 **홈페이지** www.wisdomhouse.co.kr

ⓒ 문시현, 2020

ISBN 979-11-90908-87-0 04810
      979-11-90908-83-2 (세트)

이 도서의 국립중앙도서관 출판예정도서목록(CIP)은 서지정보유통지원시스템 홈페이지(http://seoji.nl.go.kr)와 국가자료종합목록시스템(http://www.nl.go.kr/kolisnet)에서 이용하실 수 있습니다. (CIP제어번호: CIP2020036109)